LILY WHITE

ENGANO

Traduzido por Daniella Parente Maccachero

1ª Edição

2021

Direção Editorial:	**Arte de Capa:**
Anastacia Cabo	Lori Jackson Design
Gerente Editorial:	**Adaptação de Capa:**
Solange Arten	Bianca Santana
Tradução:	**Fotógrafa:**
Daniella Parente Maccachero	Michelle Lancaster
Revisão Final:	**Diagramação e preparação de texto:**
Equipe The Gift Box	Carol Dias

Copyright © Lily White, 2020
Copyright © The Gift Box, 2021

Todos os direitos reservados.
Nenhuma parte do conteúdo desse livro poderá ser reproduzida em qualquer meio ou forma – impresso, digital, áudio ou visual – sem a expressa autorização da editora sob penas criminais e ações civis.

Esta é uma obra de ficção. Nomes, personagens, lugares e acontecimentos descritos são produtos da imaginação da autora. Qualquer semelhança com nomes, datas ou acontecimentos reais é mera coincidência.

Este livro segue as regras da Nova Ortografia da Língua Portuguesa.

CIP-BRASIL. CATALOGAÇÃO NA PUBLICAÇÃO
SINDICATO NACIONAL DOS EDITORES DE LIVROS, RJ
Camila Donis Hartmann - Bibliotecária - CRB-7/6472

```
W585e

    White, Lily
        Engano / Lily White ; tradução Daniella Maccachero. - 1.
    ed. - Rio de Janeiro : The Gift Box, 2021.
        388 p. (Antihero inferno ; 2)

    Tradução de: Fraud
    ISBN 978-65-5636-100-0

        1. Ficção americana. I. Maccachero, Daniella. II. Título. III.
Série.

21-73118          CDD: 813
                  CDU: 82-3(73)
```

Primeiro círculo (Limbo)
Mason Strom

Segundo círculo (Luxúria)
Jase Kesson

Terceiro círculo (Gula)
Sawyer Black

Quarto círculo (Ganância)
Taylor Marks

Quinto círculo (Ira)
Damon Cross

Sexto círculo (Heresia)
Shane Carter

Sétimo círculo (Violência)
Ezra Cross

Oitavo círculo (Engano)
Gabriel Dane

Nono círculo (Traição)
Tanner Caine

engano
substantivo

Uma pessoa que pretende ludibriar os outros.

capítulo um

Vou começar esta história com um aviso.
Todas vocês merecem.
Toda mulher merece.
Nós temos que cuidar umas das outras quando se trata de homens, e estou fazendo a todas vocês um grande favor ao dizer isso.
Jerome Gabriel Dane IV é um mentiroso duas caras.
Ah, claro, ele irá até você enfeitado como um pavão, sua cauda tão alta e larga que você fica hipnotizada por todas as suas lindas cores. Mas posso garantir a você, que, por trás de seu sorriso encantador e daqueles olhos verdes brilhantes, há um homem que planeja destruir seu mundo sem um grama de culpa por fazer isso.
Eu deveria saber.
Ele destruiu o meu mais de uma vez.
Está tudo bem, no entanto.
Eu destruí o dele em retorno.
A triste verdade é que eu não tenho ideia do porquê tudo isso começou.
Ele me odiava desde o dia em que nos conhecemos.
O que eu sei é que ele me prendeu em sua mira novamente com uma promessa de me destruir. Talvez seja minha culpa que ele esteja atrás de sangue desta vez.
Talvez não.
Gosto de pensar que ambos somos culpados. Mas isso é porque eu sou justa.
Gabriel não.
Ele é apenas um monstro disfarçado em um lindo embrulho.
Um homem que não conheceria a verdade mesmo se ela lhe der um tapa na cara.
Não acredite em nada que ele te diga. Sobre mim ou qualquer outra pessoa. E, faça o que fizer, não se apaixone por ele. Estou te dizendo agora, você viverá para se arrepender disso.

Se você se apaixonar — se acreditar em suas belas mentiras — não volte para mim procurando um ombro para chorar.

Eu te contei a verdade.

Eu te avisei.

Não é minha culpa se você escolheu não ouvir.

Ivy

Colando um sorriso falso para piscar para a Senhora Gilmore quando ela passa em seu vestido vintage cintilante, seu braço envolto no de seu marido elitista, Reginald Paul Gilmore, só consigo pensar em uma coisa:

Se eu não sair dessa festa logo, vou gritar e perder a cabeça.

Eu não aguento mais.

O fingimento.

O favorecimento.

Esse grupo ridículo de gente rica e esnobe com seus narizes empinados e suas conversas por interesse.

Todos eles são corruptos e usam máscaras finas como papel. Nenhum deles se preocupa com o mundo além de suas carteiras de ações, contas bancárias e bens ilustres que nada mais são do que brinquedos convenientes.

É sempre a mesma coisa com eles. E muitas vezes eu penso que, se fossem despojados de suas roupas elegantes, de suas cirurgias estéticas, dos diamantes que brilham e de suas roupas sob medida, essas pessoas murchariam sob o olhar do verdadeiro escrutínio público.

Então, novamente, eu sou um deles. Sempre fui.

Ser filha de um advogado de alto escalão que se voltou para a carreira política me enraizou nesta vida, independentemente de eu querer isso ou não.

Minha existência vem com um livro de regras que não muitos precisam seguir. Fui amamentada por expectativas quando bebê e sobrecarregada de maneiras intelectuais e comportamento adequado enquanto crescia.

Quando cheguei ao ensino médio, minha vida parecia mais como uma audição constante do que qualquer coisa semelhante à liberdade.

Embora, eu não tenha certeza para o que estava fazendo o teste.

Certamente não para ser o centro das atenções como me tornei. Nunca pedi para ser um modelo em miniatura da herdeira da socialite que fingiu me criar, mas apenas quando as pessoas estavam olhando.

No entanto, aqui estou eu, de pé entre meus muitos admiradores, um sorriso falso estampado no rosto, meu vestido brilhando assim como o deles, enquanto digo todas as coisas esperadas para que meus pais se orgulhem de mim.

Como sempre.

— Você ouviu sobre Julie Cotter?

Meus olhos deslizam direto para a pergunta de Emily. Não tenho certeza se quero saber o que ela vai dizer a seguir.

Julie está na segunda divisão enquanto estamos na primeira, uma garota que conhecemos na escola preparatória que estava lutando para subir na escada social, mas nunca conseguiu de fato chegar lá. A família dela não tinha dinheiro suficiente, e ela nunca usou as roupas certas. Ainda assim, sempre esteve na periferia de nossa visão, como uma flor silvestre mais considerada uma erva daninha, enquanto crescia entre as rosas preciosas e valiosas.

Na verdade, eu sempre meio que gostei de Julie e, de certa forma, tinha ciúmes dela. Enquanto eu era forçada a andar em uma linha que era frustrantemente reta e estreita, ela podia se dar ao luxo de desviar do caminho sem pagar um preço muito alto por isso.

Ela também era uma selvagem como eu, exceto que nunca teve que esconder isso.

— O que ela fez agora?

Emily sorri debochada, seus olhos turquesa brilhando tanto quanto o vestido preto sem alças que está vestindo.

— Engravidou de um motoqueiro.

Minha cabeça estala em sua direção.

— O quê?

Enquanto seu olhar varre o pequeno grupo de pessoas ao nosso redor, Emily sorri.

— Não estou brincando. E veja isso. Ela abandonou a família para fugir com ele.

— Vaca sortuda — eu murmuro. — Meu pai me mataria se eu tentasse alguma coisa assim.

Olhos encontrando os meus, ela balança a cabeça de um lado para o outro, seu cabelo vermelho-escuro deslizando sobre um ombro.

— Tanto o seu quanto o meu. Garota, nós seríamos picadas e jogadas no oceano. Nunca encontrariam os nossos corpos.

Nós rimos, mas por dentro eu estou chorando, meu ciúme afundando ainda mais por uma garota que não sabia o quão sortuda ela era por nunca estar entre o nosso grupo.

Posso não ter a liberdade de fugir com motoqueiros, mas pelo menos a minha vida não é tão ruim quanto a de Emily.

Ainda não, de qualquer maneira.

— Você está nervosa sobre esta noite?

— Eu odeio isso — ela admite, suavemente.

A expressão de Emily cai, o sorriso falso que ela estava usando a noite toda se curvando nos cantos enquanto linhas de preocupação cortam sua testa.

Incapaz de ver a dor óbvia sem querer marchar até o pai dela e matá-lo, olho para longe e escaneio a multidão.

Como de costume, o quintal dos meus pais está enfeitado ao extremo, a demanda de minha mãe por glamour felizmente satisfeita pelos planejadores de festas que contratou.

Tendas brancas estão espalhadas por toda parte, os interiores iluminados pelo brilho de velas tremeluzentes. Acima de nossas cabeças, os galhos das árvores estão enfeitados com delicadas luzes brancas que se assemelham a estrelas cintilantes.

Para onde quer que você olhe, enfeites de cristal adicionam elegância ao design, suas superfícies multifacetadas cintilam tão intensamente quanto os vestidos das convidadas.

É tanto dinheiro quanto os olhos podem ver, as pessoas se misturando e se gabando de suas vidas enquanto a equipe de garçons carrega aperitivos e taças de champanhe caro em bandejas de prata polida.

Odeio tudo que está relacionado a isso. Ainda assim, fico parada entre meus colegas, me exibindo como o ornamento que sou, enquanto minha mãe, a borboleta social, flutua aqui e ali para garantir que os convidados estejam felizes.

De todas as pessoas ao meu redor agora, Emily é a única com quem me importo. O terceiro membro do nosso trio recusou-se a vir para a festa esta noite. Dado o motivo deste evento, não posso culpá-la.

Nós tentamos parecer envolvidas na conversa ao nosso redor, e eu rio de algo que Paul Rollings tem a dizer, embora eu não tenha ouvido uma palavra da piada. Tocando seu ombro, finjo que realmente o quero por perto.

Emily se vira para dizer algo para mim, mas seu olhar corta por cima do meu ombro, seus lindos olhos turquesa se arregalando com o que ela vê.

— Não olhe agora, mas o maior babaca conhecido pelo homem acabou de entrar. — Sua cabeça se inclina. — Mas não reconheço a mulher que ele tem em seu braço.

Sabendo que não devo reconhecer o diabo quando ele aparece, olho rapidamente por cima do meu ombro para ver Tanner Caine conduzindo por aí sua última vítima.

Seu encontro está usando um lindo vestido dégradé de branco a preto, seu cabelo castanho-claro puxado para cima para expor os ombros.

— Aquela pobre mulher provavelmente não tem ideia de que tipo de homem está com ela esta noite. Alguém deveria avisá-la.

— Ela é bonita — Emily comenta, seus olhos ainda rastreando-os à distância.

— E uma idiota se está disposta a passar mais tempo com ele.

Os olhos de Emily se arregalam.

— Ah, merda.

Eu me viro para olhar, mas ela agarra meu rosto e o puxa de volta.

— Ele está vindo para cá.

Meu coração pula na minha garganta, o batimento do meu pulso uma maldita britadeira.

— O quê?

— Aja naturalmente.

As pessoas saem do caminho conforme Tanner se aproxima.

Todos nós fomos para a escola preparatória juntos, e todos aqui sabem que não devem entrar no caminho dele. Eu cuidadosamente mantenho meus olhos treinados no rosto sorridente de Emily, mas isso não me torna invisível como eu esperava.

Em segundos, a mão de Tanner se agarra ao meu cotovelo e ele se inclina para sussurrar baixinho:

— Nós precisamos conversar.

Não.

Isto é ruim.

Brevemente me pergunto quão horrível seria se eu gritasse e fugisse.

Sorrindo apesar do gelo cobrindo a minha espinha, pergunto:
— Sobre o quê?
Olhos verdes-escuros encontram os meus.
— Acho que você sabe.
Estou com um sorriso brilhante colado no rosto como se fosse um colete salva-vidas. Agarrando-me a isso como se ele fosse a porta do *Titanic* que Jack poderia ter cabido caso Rose tivesse chegado para o lado.

Você precisa ficar assim ao redor de Tanner. Este homem tem a capacidade de te sugar para baixo de águas turbulentas, e não há muito que se possa fazer quando ele te pegar.

— Este é um momento ruim. Podemos falar sobre isso mais tarde?
O canto de sua boca se curva, pura maldade naquele olhar.
— Podemos discutir isso aqui mesmo na frente de todos, se quiser.
Droga.
— Se todos vocês me derem licença — digo, meu olhar aterrorizado encontrando o de Emily enquanto permito que Tanner me leve para longe.

As pessoas estão encarando, então finjo que nós estamos apenas flertando, que eu realmente quero estar perto de um homem em quem nunca se deve confiar. Meu corpo se inclina para ele, a confiança fácil que tenho com os homens em exibição, mesmo que meus nervos estejam em frangalhos e o pânico goteje como chuva na minha cabeça.

— Você me deve algo e é hora de você pagar.
Em voz baixa, Tanner encosta sua boca contra minha orelha. Felizmente, ele está jogando junto como se esta conversa não fosse um pesadelo ganhando vida.

Por fora, não somos nada mais do que duas pessoas curtindo a companhia uma da outra. Mas a verdade é que cometi um erro há muito tempo, e o diabo da encruzilhada tinha finalmente aparecido para cobrar o contrato que assinei.

Do outro lado da festa, minha mãe se vira em nossa direção, seus lábios brilhantes se esticando em um sorriso porque ela adoraria nada mais do que me ver com um dos garotos Inferno.

Exceto que isso *nunca* vai acontecer. Não me importo com o quão influentes suas famílias são. Nenhum deles vale os destroços que causam.

Exceto talvez por um em particular.

Ou talvez não...

— Preciso de informações sobre o seu pai. Alguma coisa que eu possa usar contra ele.

Mais pânico chove dentro de mim, uma leve tempestade se tornando um violento furacão.

— Não. — Olho para cima na direção dele, meu corpo tremendo enquanto o sangue escorre para meus pés. — Ele é meu pai. Não posso fazer isso com ele.

Tanner sorri, sua falta de preocupação com a minha lealdade aparente.

— Isso não é problema meu. Eu preciso da informação, e você vai me dar. Esse é o meu preço pelo que fiz por você.

— Isso foi no ensino médio. Você está seriamente me ameaçando com isso?

Seus olhos encontram os meus, sem humor por trás deles.

— Eu nunca faço um favor de graça — ele responde suavemente. É a voz de um amante, só que em vez de me seduzir, está me rasgando em pedaços.

— E se eu não pagar?

Dando-me um pequeno sorriso, Tanner se afasta de mim.

— Vou deixar você pensar sobre o assunto. Sei que você é mais inteligente do que isso.

Tanner sai com sua confiança de sempre. Enquanto isso, meu mundo está desmoronando.

Quando chego ao meu grupo, meus joelhos se enfraquecem. Minhas pernas bambas.

Emily me pega, envolvendo seu braço no meu, e viro a cabeça para assistir Tanner partir, seu par olhando para mim com preocupação em sua expressão.

— O que ele queria?

— Nada — digo, com um sorriso falso no lugar porque o grupo ao nosso redor está olhando.

Eu não desmorono.

Ivy Callahan *nunca* desmorona.

Eu sou feita de uma fibra mais forte do que isso.

Eventualmente, todos voltam às suas conversas desagradáveis e eu não sou mais o foco do escrutínio. Os minutos passam à medida que a noite se aproxima do anúncio que é o propósito desta festa.

— Tenho que ir — Emily sussurra para mim assim que minha cabeça vira e eu avisto o único homem no mundo contra quem lutei mais do que tudo.

— Agora? Mas… — Empurro o queixo na direção daquele homem.

13

Ele.

Um monstro que tem me atormentado desde que nós éramos crianças. Uma risada suave sopra em seus lábios.

— Apenas ignore-o. Você vai ficar bem. E eu tenho um encontro lá em cima.

Sorrindo como a garota suja que ela é, Emily se afasta. Não posso ficar brava. Eu sei para onde ela está indo… e por quê.

— Qual deles esta noite?

Caminhando para trás, ela ri e encolhe os ombros.

— Por que escolher?

— Ambos? Ao mesmo tempo?

Outro sorriso malicioso.

— Eu só tenho um pouco de liberdade restante. É melhor me divertir.

Ela só tem mais uma hora de liberdade, e espero que se lembre de descer a tempo. Ainda assim, ela é louca por ter qualquer coisa a ver com aqueles meninos.

Infelizmente, a fuga de Emily me deixou desacompanhada e não perco o passo suave do homem se aproximando de mim, meu estômago se agitando conforme ele se aproxima.

Quão conveniente ele aparecer depois do que Tanner acabou de me pedir. Se eles acharam que eu não iria notar, são uns idiotas.

Finjo que não o vejo.

Sorrindo e balançando a cabeça em concordância para a conversa ao meu redor, ignoro a maneira como os pelos se levantam em meus braços, o formigamento na minha nuca e uma pulsação irregular que avisa sobre problemas chegando.

O mentiroso não tem nenhum respeito por espaço pessoal.

Mas então, ele nunca teve.

As notas intensas e marcantes de sua colônia me atacam antes que o calor de seu corpo aprisione minhas costas.

— Quanto tempo faz, Ivy? Acho que não nos falamos desde o ensino médio. — A voz de Gabriel é um som insuportavelmente suave. Uma provocação.

— Você quer dizer quando encontrou seu carro mergulhado no fundo da piscina de Kevin Landry? Já faz um tempo, não é?

Eu o sinto sorrir contra minha bochecha, o sorriso doce dele que é uma mentira tanto quanto o resto dele.

É uma luta resistir ao desejo que tenho de me inclinar contra ele, no entanto. Parte do charme do mentiroso é sua habilidade de atrair.

Ele era lindo no ensino médio, mas os anos desde então só serviram para transformar este homem em algo quase malditamente irresistível.

— Minha culpa. Eu deveria ter estacionado melhor.

Mordendo o interior da minha bochecha para não rir, viro-me para enfrentar meu antigo nêmesis.

Instantaneamente, eu me arrependo disso.

Ele me encara de volta com olhos verdes-esmeralda que são os mais bonitos que já vi. Mas eles são apenas joias simples que adornam um rosto projetado especificamente para a destruição de uma mulher.

Meu olhar traça a linha forte de sua mandíbula. A altura de suas maçãs do rosto perfeitas. A linha reta de seu nariz que leva aos lábios perfeitos. Quando ele sorri aquele sorriso a toda potência, é uma luta não sorrir de volta.

Eu sei que é melhor não acreditar nisso.

— Gabriel — eu ronrono —, há uma razão para você estar aqui?

Seus olhos procuram meu rosto, parando por apenas um momento na minha boca antes de erguer seu olhar sedutor para o meu.

— Eu estava simplesmente de passagem e pensei em dizer olá para uma velha amiga.

Claro que você estava, querido...

Este homem pode ir para o quinto dos infernos com essa mentira.

A coisa mais inteligente a se fazer nesse momento é ir embora. Mas estou com problemas, e os garotos Inferno não são os únicos adeptos a jogos. Preciso de uma coisa de Gabriel, e estou disposta a jogar pesado para conseguir isso.

Estou desesperada *assim*.

— Eu deveria odiar você agora — digo, bancando a tímida.

Ele ergue uma sobrancelha e dá um passo mais perto, nossos corpos se encostando enquanto ele levanta um dedo para tirar uma mecha de cabelo do meu rosto.

— Por que isso?

— Acho que você sabe.

Sorrindo com isso, Gabriel prende seu olhar com o meu.

— Eu não sei, mas se quiser me contar sobre, ficarei feliz em ouvir.

Mentiroso...

Ele não é o único.

15

Depois de lançar um rápido olhar para as pessoas ao nosso redor, eu me viro para ele novamente e baixo a voz.

— Nós devíamos conversar em outro lugar.

Gabriel balança a cabeça de acordo e envolve seus dedos no meu braço para me levar para longe.

A maioria acreditaria que eu sou a idiota caindo em seus encantos. E a *maioria* estaria errada em presumir isso.

Eu não passei os últimos anos sendo vítima da vida socialite que meus pais querem para mim. Não como todo mundo pensa que passei.

Em vez disso, eu os gastei afiando minhas arestas, aprimorando minhas habilidades e aperfeiçoando meu jogo.

Se nosso passado me ensinou alguma coisa, é que não há pessoa melhor para jogar contra do que o diabo de boa lábia ao meu lado.

Gabriel

A primeira vez que encontrei Ivy, nós tínhamos nove anos.

Não foi o melhor encontro que duas crianças poderiam ter, principalmente porque eu estava de mau humor e descontei na primeira pessoa que vi. Eu tinha um péssimo temperamento quando era jovem, algo que eventualmente aprendi a controlar, mas ela foi o infeliz alvo disso naquela manhã.

Essa guerra que nós temos?

Eu comecei.

Não tenho certeza se Ivy se lembra disso, desde que tem durado tanto tempo, mas o começo foi inteiramente minha culpa.

Eu sou uma pessoa humilde o suficiente para admitir isso.

O que aconteceu naquele dia deu início a um ódio feroz e a uma competição que duraria os próximos nove anos.

E o destino tem o adorável hábito de trazer as coisas em um círculo completo.

É preciso esforço para controlar minha expressão, os cantos dos meus lábios lutando para se curvar, porque o universo foi gentil o suficiente para colocar Ivy no meu caminho novamente.

Eu não tinha visto essa mulher desde a noite em que ela afundou meu carro em uma piscina.

A última memória que tenho de Ivy é da maneira como ela olhou para mim da varanda do segundo andar da mansão de Kevin, rodeada por sua comitiva, um sorriso debochado enfeitando seus lábios venenosos porque ela acreditava que tinha vencido a guerra. Não tinha.

Ela pode ter vencido aquela batalha.

E eu vou admitir, algumas outras.

17

Mas a guerra nunca terminou.

Foi apenas adiada por um tempo.

Aquela foi a última festa da qual participei em nossa vizinhança antes de partir para Yale, a última vez que olhei para a pessoa com quem lutei desde que éramos crianças.

Ouvi dizer que Ivy foi enviada para uma faculdade só para mulheres porque seu pai estava farto da notoriedade que suas travessuras e mau comportamento lhe deram no ensino médio.

Essa foi apenas *parte* do motivo, mas então, eu sei mais sobre isso do que deveria.

O governador Callahan queria uma queridinha social bem-comportada como filha. E a julgar pelo que vi de Ivy esta noite, ele conseguiu.

Eu deveria ficar triste em ver uma competidora tão feroz derrotada pela vida que a prende, mas, em vez disso, me considero um sortudo. Tenho toda a intenção de usar sua obediência forçada como vantagem. Embora seja uma pena que ela não vá ser tão divertida desta vez.

Escoltando Ivy para uma das tendas brancas menos ocupadas montadas e espalhadas por toda a grande festa, inclino-me contra uma meia-parede que percorre o perímetro do quintal.

Meus olhos procuram seu rosto, minha expressão cuidadosamente controlada fingindo preocupação em vez de superioridade. E foda-se, ela de alguma forma ficou mais bonita nos dez anos desde que nos vimos.

Não importa.

Eu tenho um trabalho a fazer.

No entanto, isso me lembra de um problema subjacente que tive quando se trata dela:

Nunca houve um momento em que eu não a quisesse tanto quanto a odiava.

Em uma voz suave que disfarça meu desprezo, pergunto:

— Por que você deveria me odiar?

Ela é uma visão em azul, a cor de seu vestido de um ombro só destacando o surpreendente loiro-branco de seu cabelo e o verde-água hipnótico de seus olhos.

Vendo as lágrimas brilhando nas bordas, fico um pouco confuso. Ivy é conhecida por fazer muitas coisas, mas chorar nunca foi uma delas.

Nunca.

Nem quando estraguei sua festa de dezesseis anos, seu baile ou sua formatura.

Ela *nunca* chorou.

Ivy simplesmente se vingou.

Mas então, essa era a nossa história.

O que diabos os últimos dez anos fizeram com ela?

Seu olhar me escapa por apenas um segundo antes de retornar ao meu rosto. Chegando mais perto, ela não se afasta quando minhas mãos se estendem para tomar posse suavemente de seus quadris.

Ela está definitivamente subjugada.

A garota que uma vez conheci preferiria beijar uma piranha do que me deixar chegar em qualquer lugar perto dela.

— Eu não posso pagar o preço que Tanner quer. Não se for contra o meu pai.

Ela enxuga uma lágrima de seu rosto, seus olhos as afastando para longe.

— Já causei problemas suficientes a ele. Eu vou fazer qualquer outra coisa.

Qualquer coisa?

Interessante...

Outro piscar de olhos para longe de mim, e quando sigo a direção deles, vejo o governador Callahan de pé com um grupo de homens, seu sorriso polido firmemente no lugar.

Sério, eu não tenho nada contra o cara e não poderia me importar menos com quaisquer aspirações políticas que ele possa ter.

Mas não é assim para Warbucks. O que só torna minha vida uma merda.

Ivy se inclina contra mim, o cheiro de seu perfume floral flutuando sob meu nariz, uma mecha macia de seu cabelo roçando meu rosto.

— Eu não posso fazer isso — ela insiste. — Ele vai me deserdar se eu foder tudo de novo. Ele quase fez isso da última vez.

Lágrimas salgadas escorrem de seus olhos pelas bochechas. Observo cada uma delas, olhando para a maneira como deslizam por sua pele imaculada.

É impossível saber se elas são reais ou falsas, mas pelo jeito que ela está tremendo, quero acreditar que está realmente assustada.

Bom.

Ela merece por tudo que me fez passar.

E mau.

Isso tornará todo o jogo tedioso.

Ainda assim, não posso deixar de me perguntar o que aconteceu com ela. Esta não é a mulher que me combatia olho por olho quando estávamos crescendo.

19

Esta não é a garota que de alguma maneira encheu meu armário com lubrificante sexual e sorriu ao me ver abrindo. Essa merda encharcou a parte inferior das minhas pernas e a superior dos meus sapatos quando derramou. Me afastar era malditamente próximo de impossível. Eu parecia uma girafa recém-nascida com as pernas trêmulas andando por um estúdio de pornografia particularmente indecente. Depois de me assistir cair em minha bunda duas vezes, Tanner finalmente parou de gargalhar por tempo suficiente para me deslizar para longe daquela porra.

Essa definitivamente não é a garota que conseguiu esconder uma bomba de purpurina na minha mochila. A coisa fodida explodiu na minha cara, e não importa o quão forte eu esfreguei minha pele pelo próximo mês, eu parecia um vampiro rejeitado a quem foi negado um papel em *Crepúsculo* cada vez que eu caminhava sob a luz do sol.

E certamente não é a cadela desonesta que enfiou cinquenta galinhas vivas na minha casa uma hora antes de eu dar uma grande festa. Eu intencionalmente não tinha a convidado apenas para irritá-la, mas os caras e eu tivemos que cancelar tudo assim que nós chegamos lá e descobrimos o caos. Passamos a maior parte da noite perseguindo as filhas da puta emplumadas pela minha casa antes de gastar as próximas horas limpando merda de ave.

Até hoje, ainda não consigo descobrir onde ela conseguiu as galinhas.

Infelizmente, isso não foi o pior de tudo, e subitamente me lembro do quanto não posso confiar nela.

Não que ela possa confiar em mim também.

Colocando um braço em volta de seu ombro, eu a abraço. Nós nunca estivemos assim antes, nunca fizemos mais do que trocar farpas raivosas e atacar com a intenção de destruir um ao outro.

— Duvido que ele vá renegar você — minto.

A verdade é que mal posso esperar para ver essa queda da queridinha social. O fato de eu ter sido o causador disso torna a vitória ainda melhor.

Outra lágrima deliciosa escorre quando ela inclina seus olhos para os meus.

E eu sei que a tenho.

Bem aqui e agora, começo o jogo que tenho toda a intenção de usar contra ela.

Nos encontramos novamente, Ivy Callahan.

Você não tem ideia do quanto esperei por isso.

Claro, porra, isso é quando gritos saem da casa seguido por alguns assobios e pessoas rindo. Porque é assim que minha vida é. Estou tão ocupado perseguindo as merdas de todo mundo que é difícil focar nas minhas próprias.

— *Ai, meu Deus! Sim, Tanner! Mais forte!*

Nós dois nos viramos para o barulho, as sobrancelhas de Ivy franzidas em confusão enquanto fecho os olhos ao reconhecer aquela voz.

Ao nosso redor, as pessoas riem e sussurram com o que foi dito, sua atenção voltada para as portas traseiras abertas enquanto Luca sai apressada. Tanner a alcança rapidamente, sua mão agarrando seu braço para girá-la de volta para ele.

— O que está acontecendo?

Não. Eu preciso dela focada em mim e não na distração. Especialmente uma que prova que nós ainda somos os bastardos com quem ela lutou no ensino médio.

Coloco a palma da mão na bochecha de Ivy para chamar sua atenção de volta.

— Não se preocupe com isso.

Ela tenta se virar novamente, mas eu não a deixo.

Mergulhando minha cabeça perto da dela, não perco como seus lábios se abrem ligeiramente, seus olhos azuis se arregalando apenas um pouco.

Bocas pairando centímetros provocantes de distância, nós dois imóveis no lugar.

É ainda mais grave ouvir minha voz sair em um sussurro áspero:

— Nós devemos ver o que pode ser feito sobre o seu problema.

A voz de Luca sobe novamente, e eu levanto meu olhar para ver Tanner seguindo atrás dela. Se isso não fosse ruim o suficiente, nossos pais estão assistindo, suas expressões tensas de desaprovação.

Caralho...

Se não é uma coisa, é sempre outra.

Será um milagre se Tanner conseguir controlar Luca alguma vez. Essa mulher sempre consegue escorregar por entre seus dedos e, a julgar pela cena que ocorre, ele não está melhor com ela agora do que estava em Yale.

Se não estivesse ferrando meu jogo no processo, eu riria.

Sempre gostei de Luca.

Prendo os olhos com Ivy novamente, meus dedos levemente segurando seu queixo.

— Preciso que você fique bem aqui por um minuto enquanto eu vou resolver uma coisa.

É como falar com uma criança — não que Ivy pense como uma. Ela

21

simplesmente tem o hábito desagradável de causar o caos toda vez que uma pessoa fica distraída e precisa virar as costas.

Ela balança a cabeça como se fosse fazer o que eu peço, seus olhos piscando para afastar mais lágrimas, apesar da confusão em sua expressão depois de ver a discussão de Tanner e Luca.

Uma veia de desconfiança se desenrola dentro de mim, mas eu a deixo lá de qualquer maneira.

Pelo tempo em que alcanço meu pai, Tanner e Luca estão fora de vista, mas isso não apagou o olhar severo dos olhos de Warbucks ou a linha fina de sua boca.

— Pensei que nós tivéssemos ensinado vocês, crianças, a fazerem melhor do que isso.

Ele não se preocupa em olhar para mim. Provavelmente porque sou o filho decepcionante. Aquele que não dá a mínima para seguir todas as ordens estabelecidas para mim da maneira que ele quer.

De todos os caras, sou a melhor escolha para lidar com os nossos pais, apenas porque sou um mestre em esconder meu desprezo por eles.

Em vez do olhar do meu pai, encontro os olhos do Querido Papai.

— Luca tem sido um problema há anos. Tanner está cuidando disso.

— De onde estamos, não parece que ele está lidando nem um pouco com isso.

Com o comentário de William, viro-me para olhar para ele. No que me diz respeito, o pai dos gêmeos pode ser comido vivo por abutres raivosos, e ainda seria uma morte boa demais para ele. Embora, ele tenha todo o direito de estar irritado com a situação. É o que usamos para cortar seu acesso a Ezra e Damon.

Olho de volta para o pai de Tanner.

— Tenho certeza de que o que quer que eles estejam discutindo não será um problema.

— Vá lidar com Ivy — responde, em vez de reconhecer o que eu disse.

Os três vão embora para se juntar ao resto de nossas famílias, e sou dispensado para voltar ao meu problema.

Exceto que, quando me viro, Ivy não está onde a deixei. Eu sabia que não devia deixá-la sozinha. Aquela mulher é escorregadia e não é alguém que você quer correndo solta por aí.

Passo a próxima meia hora me misturando e fazendo conversa fiada enquanto vago pela festa procurando por ela.

Ao mesmo tempo que a vejo andando rapidamente com Emily pela porta dos fundos da casa, uma mão bate no meu ombro enquanto Shane e Sawyer passam correndo por mim.

— Vamos, Gabe. Está na hora.

Meus dentes rangem, mas corro atrás deles. Meus olhos travam com o olhar irritado de Mason enquanto nós tomamos os nossos lugares na frente de um pavilhão e nos alinhamos como se fosse uma porra de casamento e não o anúncio de um noivado.

O problema é que somos apenas seis, em vez de nove.

Acotovelando Sawyer, eu me inclino mais perto para sussurrar:

— Onde estão os gêmeos?

Ele dá de ombros, mas olha rapidamente para a casa.

— Vazaram logo depois que Luca fugiu e Tanner correu atrás dela. Não disseram para onde estavam indo.

Na minha visão periférica, vejo Ivy cuidando de sua melhor amiga.

A julgar pelo batom manchado de Emily e a bagunça de seu cabelo, eu suspiro e olho para trás em direção à casa para ver os gêmeos saindo com sorrisos suspeitos em seus rostos.

Ao redor da festa, algumas pessoas começaram a tilintar suas taças para que o silêncio caísse sobre a multidão. Todos os olhos estão em nós enquanto os gêmeos finalmente se colocam para entrar na fila. Somos espelhados por uma fileira de mulheres estendidas ao lado de Emily, todos nós vestidos apenas com as melhores roupas e adornos elegantes.

É tudo uma mentira de merda, uma geração mais jovem usada como peões nas viagens de poder de nossas famílias.

Os pais de Mason e Emily saem da multidão para se aproximar do pavilhão, suas esposas deixadas para trás para bajular a falsa imagem de felicidade que é na verdade um desastre esperando para acontecer.

Pergunto-me como ninguém percebe que o casal feliz está parado tão distante um do outro quanto humanamente possível.

— Onde caralhos está o Tanner? — Shane sussurra, quase assobiando.

Pego seu olhar e balanço a cabeça para os lados.

— Perseguindo a Luca.

— Babaca. — Shane ri. — Sabia que ele encontraria uma maneira de sair dessa. Aposto que a trouxe de propósito.

Todos nós queríamos uma maneira de sair disso, mas aqui estamos. É uma demonstração de apoio a Mason e nada mais. Definitivamente não é

23

para a mulher com quem ele está se casando ou para seu grupo de amigas, que não têm sido nada mais do que uma porra de uma dor de cabeça ao longo dos anos.

— Eu gostaria de agradecer a todos por virem esta noite para celebrar o noivado de meu filho, Mason Strom, com a bela e talentosa Emily Donahue.

Bufando com a descrição que ele deu de Emily, olho para os gêmeos e acho que ela deve ter pelo menos um talento para mantê-los interessados. É uma boa aposta que não é isso que o senhor Strom quis dizer com sua declaração.

Enquanto ele tagarela sobre como as famílias estão contentes em saber que serão unidas por meio do casamento de seus filhos, pego Ivy olhando para mim, seus olhos azuis cor de pervinca contornados de vermelho pelas lágrimas que ela chorou antes.

Esperando ver mais dessas, recuso-me a desviar o olhar primeiro. É adorável ver a hesitação em sua expressão. Ver o desamparo onde antes havia um sorriso enganoso pouco antes de ela arrancar o chão debaixo de mim.

É quase delicioso demais para usar palavras.

— Mais uma vez, obrigado a todos por estarem aqui esta noite para celebrar a união que está por vir de…

Sim, sim, sim, penso. Obrigado a todos por estarem aqui para assistir a duas pessoas que não se suportam serem forçadas a se juntarem.

Mentalmente apresso o babaca porque tenho um alvo à vista que por acaso está ferida no momento.

Felizmente, ele termina o discurso, nos libertando da tortura, mas assim que dou o primeiro passo para perseguir a mulher que estive caçando a noite inteira, uma multidão de mães desce como galinhas apaixonadas, cercando Ivy e Emily antes que eu possa chegar até elas.

— Você acredita nessa merda?

— Essa merda não me atinge, e se atingisse, eu não acreditaria — respondo, não muito interessado em Mason no momento, porque tenho outra coisa em mente.

Olhando para ele, rio de como ele já está arrancando a gravata de seu pescoço e desabotoando a parte superior do seu colarinho.

Nossa farsa forçada acabou, e podemos voltar à programação regularmente agendada, pelo menos até que tenhamos que fingir que nos importamos novamente com o casamento.

— Ela literalmente acabou de foder outra pessoa antes de ficar parada ao meu lado como se estivesse animada para o casamento.

Ficando na ponta dos pés e inclinando meu corpo para espiar a multidão de mulheres, não consigo localizar Ivy entre elas.

— Por que você se importa?

Onde diabos ela foi? Estou prestes a invadir a porra do lugar.

— Eu não me importo. É só besteira. Para onde nós todos vamos esta noite? Preciso relaxar depois de fazer isso.

Afastando-me dele, fico na ponta dos pés novamente.

— Vou ter que pular sua festa triste esta noite, Mason. Tenho outros planos.

Lá está ela. Vejo Ivy enquanto ela se vira para caminhar na direção de outra tenda.

— Gabe.

— Desculpe. Nós vamos compensar na próxima vez. Trançar o cabelo um do outro e toda essa merda enquanto falamos sobre os seus sentimentos.

Apressando-me na direção dela, estou quase na tenda quando outra barreira entra em meu caminho, essa com um brilho de raiva e lábios puxados em um sorriso de escárnio.

Maldição.

— Juro por tudo o que é sagrado, se você foder com ela de novo, eu vou pessoalmente tornar sua vida um inferno.

Como se ela pudesse.

Emily bate sua mão contra o meu peito, seu olhar travando no meu como se ela fosse algo mais ameaçador do que um pombo.

Olhando para baixo com cada gota de nojo que posso conjurar, levanto meus olhos de volta para o seu rosto.

— Você pode remover a sua mão do meu peito?

— Estou tentando te dar algo.

Eu sorrio.

— Isso é ótimo. É só que não sei onde sua mão esteve. Ou quais doenças você está carregando.

Com a ponta de dois dedos, agarro um dos dela e o arranco da minha pessoa. Um pequeno pedaço de papel flutua para o chão, mas em vez de correr atrás dele, eu olho para ela.

Eu seria um mentiroso se dissesse que o aborrecimento que vejo em sua expressão não me agrada. Bem, quero dizer, eu sou um mentiroso, mas não sobre isso. Eu genuinamente não suporto a parceira ruiva que ajudou Ivy por anos em sua tentativa de me derrotar.

Emily sorri, a visão qualquer coisa menos amigável.

— É bom ver que você não mudou. Vou me certificar de deixar Ivy saber disso, já que ela estava quase convencida de que você tinha crescido.

Pisco com o comentário e sorrio.

— Por que você está aqui de novo? É apenas para foder os gêmeos ou você serve a outro propósito também?

Seus olhos se estreitam.

— Para te dar o número de telefone de Ivy. Embora, para ser honesta, eu acho que ela é uma fodida idiota por pensar que você poderia ajudá-la pelo menos uma vez. Falo sério, Gabe. Machuque-a e você terá que lidar comigo.

Com isso, Emily irrompe na mesma tenda onde Ivy tinha desaparecido enquanto pego o pedaço de papel do chão.

Guardo o número na memória e coloco o pedaço de papel no bolso. Assim que meus olhos se levantam novamente, Ivy e Emily saem da tenda, um par de olhos azuis familiares olhando para mim.

É surpreendente ver medo genuíno neles.

Emily estava errada sobre minhas intenções para Ivy, no entanto. Machucá-la nunca foi o que planejei fazer. É muito comum. Muito chato.

Simplesmente *machucá-la* não vale o tempo que levaria para realizar a tarefa.

Não quando minha intenção sempre foi *destruí-la*.

Ivy

— Você não pode continuar assim. Eventualmente, terá que decidir de uma forma ou de outra.

Lançando um rápido olhar para Emily, deslizo a mão do cabide de outro vestido que não quero ou preciso. Não consigo mais me forçar a experimentá-los, as compras constantes são uma distração que não me satisfazem mais.

Eu sei.

Pareço uma pirralha mimada.

Pobre Ivy. Tudo o que ela tem que fazer é comprar, ir ao Spa e tirar férias. Sua vida deve ser miserável por ser tão difícil.

Mas esse é o problema. Minha vida não é difícil. O que a torna ridiculamente chata.

Eu daria qualquer coisa por alguma coisa que me desafiasse. Adoraria me encontrar vulnerável pelo menos uma vez, onde a única pessoa que pode me salvar sou eu. Meu pai nunca me deu essa oportunidade. Ele prefere me embrulhar em plástico bolha para garantir que sua reputação nunca seja prejudicada.

Emily não parece se importar em estar no mesmo barco que eu. Se não fosse por se casar com um homem que não suporta, ela estaria perfeitamente contente em ser mimada.

Ava é a garota sortuda cujos pais a incentivaram a encontrar uma carreira e fazer algo consigo mesma. Está se tornando raro nós três encontrarmos tempo para passarmos juntas, então, quando esses dias acontecem, eu os aproveito.

Emily cutuca Ava com o ombro e puxa um vestido envelope verde da prateleira.

— Isso ficaria incrível com o seu tom de pele. Você deveria tentar.

— Você está me ignorando? — pergunto, intencionalmente levantando minha voz para ser ouvida por cima da música da loja. Por que eles aumentam tanto o volume está além da minha compreensão. Talvez para fazer você sentir que gastar dinheiro é algum tipo de festa explosiva.

Olhos turquesa finalmente encontram os meus, o sorriso característico de Emily puxando seus lábios.

— Eu te ouvi. E não concordo. Em menos de dois anos, estarei casada. Não é como se eu pudesse iniciar um relacionamento real com alguém. Então, por que não posso continuar assim?

Ava pega o vestido da mão de Emily, sua expressão tensa enquanto nos dá um sorriso falso.

— Vou experimentar isso.

Imediatamente me sentindo uma merda por iniciar uma conversa que levou ao tópico de Mason, luto contra a vontade de correr atrás dela e me desculpar.

Emily e eu olhamos uma para a outra e de volta para Ava, ambas nos sentindo impotentes para confortá-la.

Nem sempre foi tão difícil assim, mas agora que o noivado é oficial e um diamante de três quilates está no dedo de Emily, o triângulo amoroso se tornou um ponto crítico no que costumava ser uma amizade fácil entre nós três.

Eu amo Ava e Emily como irmãs. Nós fomos criadas juntas, aprendemos a andar juntas, fomos para a escola juntas, arrumamos problemas juntas. Poderiam ter cirurgicamente costurado nossas peles e estaria tudo bem. Nós éramos grudadas pelos quadris.

Até a faculdade.

Enquanto eu era enviada para uma faculdade só para mulheres, Emily viajou pelo mundo e Ava foi para Yale.

Na manhã em que recebi a mensagem de texto de Ava dizendo que ela tinha ficado com Mason, eu sabia que era o começo do fim. Imediatamente liguei para ela para lembrá-la de todos os motivos pelos quais Mason era uma má ideia, mas ela me garantiu que não estava se apaixonando.

Dez anos depois, e aqui estamos. O próprio Shakespeare não poderia ter escrito uma tragédia melhor. A parte triste é que isso deveria ter sido evitado. Emily e Mason foram prometidos um ao outro desde antes deles deixarem o útero.

Ava sabia disso.

Mas não importava.

De certa forma, estou quase com ciúme dela ter experimentado um amor como esse. Mesmo que seja venenoso e acabe por destruí-la no final.

Eu certamente nunca tive isso. O único cara que sempre manteve meu interesse acontece de ser aquele que me odeia. O mesmo com olhos verdes-esmeralda que estavam machucados e inchados no dia em que o conheci.

Franzindo a testa, Emily dá a volta no cabideiro e afasta a imagem daquele rapaz para longe, seus olhos turquesa substituindo os dele, sua voz deslizando em meus pensamentos antes que eu possa me lembrar do que ele me disse uma vez.

— Eu gostaria de poder embrulhar Mason em um grande laço vermelho e entregá-lo a ela. Não que eu tenha alguma ideia do que ela vê nele. Ele é um dos babacas mais arrogantes que já conheci.

— Todos eles são — comento, enquanto finjo olhar as roupas novamente.

Se os garotos Inferno têm direito a algo, é a arrogância que envolve todos eles como uma segunda pele.

— É exatamente por isso que você não deveria ter dado o seu número de telefone para o Gabriel. Ele não vale o seu tempo. Nenhum deles vale. A única coisa para a qual esses homens são bons é em arrancar seu coração.

Eu rio com isso.

— Diz a garota dormindo com dois deles.

— Isso vem acontecendo desde o ensino médio. Eles começaram. Além disso, é diferente. Com a minha situação, tenho pouquíssimas opções, exceto me divertir enquanto ainda posso. Sem amarras, sabe?

Seus olhos avaliadores estão em mim novamente um segundo depois.

— Ele ligou para você?

Essa é uma pergunta que não quero responder, não com o jeito que ela está me olhando como se eu fosse uma idiota.

E talvez eu seja.

Não sou estúpida o suficiente para acreditar que Gabriel mudou o suficiente para me defender de seus amigos. Principalmente não contra o Tanner. Mas se eu tiver sorte, vou vencê-lo em seu próprio jogo e, de alguma forma, tornar o preço que eles querem em algo que eu possa engolir mais fácil.

Por que Tanner sequer pediu informações sobre o meu pai, eu não sei.

A única coisa que posso presumir é que ele quer me destruir. Fiz muito para irritá-los; nossa guerra era principalmente divertida, mas às vezes ia um pouquinho longe demais. Toda a situação é uma confusão de proporções épicas e nada disso faz sentido.

Foi uma loucura da minha parte pedir ajuda a Tanner em primeiro lugar. Mas, na época, era a única opção que eu tinha.

— Ele ligou mesmo para você — Emily estala, acusação em sua voz.

Passo pelas roupas mais rápido, tomando cuidado para não encontrar os olhos dela.

— O que ele disse para você?

Ela ofega.

— Espera, o que você fez?

Por que ela se preocupa em me fazer perguntas, ninguém sabe. Emily pode me ler como um livro aberto.

Felizmente, Ava se aproxima de nós e coloca o vestido verde de volta no cabide.

— Alguma de vocês está com fome? Eu quero sair daqui.

É o suficiente para distrair Emily e tirá-la da minha bunda por uma resposta que não quero dar.

Gabriel realmente me ligou. Na noite da festa, na verdade. Já se passaram quatro dias desde aquela noite, e nós estamos trocando mensagens de texto para lá e para cá desde então.

No segundo que eu disser a Emily que concordei em um encontro com Gabriel neste fim de semana, ela vai me mandar para o manicômio mais próximo. E talvez isso seja o melhor para mim.

Minha história com Gabriel é complicada, para dizer o mínimo. E Emily tem todo o direito de se preocupar. Gabriel é a razão pela qual eu fui enviada para uma faculdade só para mulheres. E ele também é a razão pela qual meu pai me colocou em confinamento com a ameaça muito real de me deserdar caso eu o envergonhasse novamente.

Eu estive em meu melhor comportamento por causa dessa ameaça. Com sorte, posso continuar assim. Tenho que continuar assim, e é por isso que o preço de Tanner é impossível.

— Eu não — Emily responde. — Eu tenho um lugar que preciso estar.

Ava e eu olhamos uma para a outra e gargalhamos.

— Diga a Damon e Ezra que eu disse oi — Ava brinca.

Uma sombra escurece os olhos de Emily. Eu não gosto de como isso se parece.

— Não é para onde eu estou indo. Vocês duas aproveitem, no entanto.
Depois de nos dar abraços, Emily vai embora, deixando Ava e eu encarando.

— O que foi aquilo?

Não tendo certeza, balanço a cabeça para os lados.

— Talvez ela esteja com raiva de mim — ofereço. Não é uma desculpa convincente, mas é o suficiente para apaziguar Ava.

Aliviada por sair da loja e escapar da batida forte da música explodindo acima de nossas cabeças, espero pela pergunta inevitável que sei que virá.

As palavras pairam sobre nós enquanto caminhamos pela praça de alimentação e subimos uma escada rolante para o segundo andar. Elas ainda estão lá, mas silenciosas, enquanto mando uma mensagem ao meu motorista, Scott, para que ele saiba onde nos encontrar.

Como um fantasma pairando em minha sombra, a pergunta que sei que está na cabeça dela nos persegue implacavelmente. Meus músculos travam enquanto me preparo para isso.

Realmente, é apenas uma pergunta. Nada a temer a longo prazo. Mas no momento em que isso for perguntado, eu vou ter que responder, e isso é o que mais me assusta.

Não que eu esteja preocupada com a reação de Ava. É mais porque eu ainda não tinha admitido o que estou fazendo em voz alta, e temo que ouvir minhas próprias palavras de alguma forma consolidará a verdade dentro de mim de que eu estou sendo estúpida.

Pelo tempo em que nós chegamos a uma das maiores lojas de departamentos, a pergunta bate como um martelo contra uma bigorna, as palavras flutuando de seus lábios com uma inocência que se estilhaça no chão tão pesadas quanto um anjo cujas asas estão despedaçadas.

— Por que ela estaria com raiva de você?

Eu sempre odiei os momentos da verdade. Não porque a verdade seja uma coisa ruim. Mais por causa de ser uma pílula difícil de engolir.

— Eu concordei em sair com Gabriel neste fim de semana.

Cuspo as palavras como se fosse ácido queimando minha língua. No instante em que elas saem, eu ouço claramente o quão horríveis são. Gabriel quase me custou tudo, e agora estou recorrendo a ele para obter ajuda. Assim como me voltei para Tanner todos aqueles anos atrás.

Nem Emily nem Ava sabem a verdade sobre o que eu fiz. Tanner nunca disse a ninguém e sempre me surpreendi com isso. No mínimo, eu esperava que os garotos Inferno pegassem alguns outdoors para espalhar minha vergonha pela cidade. Talvez um desfile para comemorar a vitória ou uma imagem que eles pudessem amarrar a uma estaca e incendiar porque a bruxa havia caído de joelhos.

Mas não. Não houve um pio. Tanner silenciosamente fez o que eu precisava que ele fizesse. Ele consertou minha merda, e estou em dívida com ele desde então.

Dez anos. É muito tempo para se sentar em uma bomba-relógio, esperando que ela exploda. Infelizmente, agora a contagem regressiva atingiu os números finais e a força da explosão me rasgará em pedaços.

A resposta que sei que vem de Ava é ainda mais pesada do que a pergunta que ela demorou uma eternidade para fazer. Ela se aloja em meus ombros enquanto caminhamos para fora e pisamos no meio-fio. É uma passageira indesejada quando meu carro para e Scott corre para abrir a porta traseira.

Ela não precisa dizer isso. Eu já sei.

Peço a Scott que nos leve ao Sakura, um restaurante moderno de sushi na mesma rua. Estabelecendo-me contra o meu assento uma vez que ele fecha a porta, preparo-me novamente.

Está chegando.

A verdade apenas sentada na ponta da língua de Ava esperando para ser liberada.

— Por que diabos você concordaria com isso? Você está louca?

Encolhendo-me com o tom severo de sua voz, quero contar a ela toda a história. Quero admitir o quanto estraguei tudo. Não apenas o fato de ter procurado Tanner por um favor no nosso último dia de ensino médio, mas também o que fiz para precisar do favor em primeiro lugar.

Ninguém sabe. Tanner se certificou disso. E agora eu estou pagando por esse erro cavando minha cova ainda mais fundo.

Neste ponto, ser perseguida pela floresta não parece tão ruim. Claro que eu provavelmente perderia a cabeça como todos os outros que se recusaram a pagar seus preços, mas isso seria pior do que trair meu pai?

Esse é o outro problema. O que o Tanner quer, eu tenho. Meu pai não é um santo como ele finge ser.

Todos nós temos segredos.

Eu não tenho nenhuma escolha, a não ser vencer esses caras em seu próprio jogo. De alguma maneira, enganar Gabriel para me ajudar.

De todos os caras, ele é a pior escolha para o que eu preciso. Mas ele é tudo o que tenho.

Talvez não vá ser tão ruim. Os anos poderiam tê-lo domesticado. Ele parece diferente, e eu tenho o sondado nas mensagens que trocamos. É possível que ele tenha mudado.

— Ele não mudou, Ivy.

Maldição...

Ava suspira enquanto o carro avança suavemente para deixar o estacionamento do shopping.

Além das janelas, a cidade passa por nós em um borrão de edifícios de aço colocados contra pequenos pedaços de grama, as árvores bem cuidadas diminuídas pela sombra das estruturas iminentes. Acima disso, o céu está cinzento, com rajadas da luz do sol rompendo as nuvens pesadas em faixas cintilantes.

Procuro essas manchas brilhantes, procuro por elas como os canteiros de flores esporádicos que adicionam um toque de cor a uma paisagem de cimento e aço.

Alguns segundos de silêncio tenso se passam entre nós, a voz suave de Ava o quebrando em uma confissão.

— Escute, eu não deveria estar te contando isso, e não iria se eu não tivesse medo do que poderia acontecer se você se envolvesse com eles novamente.

Virando-me para ela, corro os olhos pelo comprimento de seu cabelo loiro. É mais escuro que o meu, mais dourado, mas o tom perfeito para se destacar contra o âmbar cor de uísque de seus olhos. Infelizmente, esses olhos estão olhando pela janela em vez de para mim, e eu me preocupo com o que ela vai dizer.

O carro para no trânsito assim que ela suspira de novo e olha para mim.

— Eles ainda estão fazendo os desafios. Exceto que, em vez dos jogos estúpidos que faziam no ensino médio, eles estão jogando de verdade desta vez.

É claro que eles estão. Por que eles alguma vez cresceriam?

— Os desafios? Você está brincando, certo? Eles ainda estão correndo com as pessoas pela floresta?

Ela balança a cabeça em negação.

— Não. Não desde Yale. Mas, honestamente, a floresta seria preferível ao que eles estão fazendo agora.

Ava fica quieta, seu olhar se afastando por apenas um breve momento.

33

— Eles estão ferrando com a vida das pessoas, Ivy. Não apenas para intimidá-las, e não apenas para serem idiotas como eles eram no ensino médio. Esta não é mais a típica besteira de grupo popular. Não tenho certeza do que está acontecendo. Mason não me contou tudo sobre isso. Eu só sei que é sério.

O fato de ele ter contado alguma coisa a ela é surpreendente.

— Mason te disse que eles estão ferrando com a minha vida? Ou que eles estão planejando fazer isso?

Quer dizer, não seria um choque total descobrir isso. Mas, além das pegadinhas que eu fiz no ensino médio, não fiz nada para merecer. Gabriel pode realmente me odiar tanto assim?

Ela balança a cabeça negando.

— Não. Até que você me disse que ia sair com Gabriel, como uma idiota, devo acrescentar, eu não tinha nenhuma ideia de que você estava envolvida com eles de novo.

— Então por que você está tão preocupada?

A vergonha sombreia os olhos dela, sua expressão tensa enquanto ela se mexe no banco para me encarar.

— Porque eu acabei de ajudá-los a jogar aquele jogo com outra mulher.

— O que?

A pergunta sai da minha garganta muito mais rápido e mais alto do que o necessário. Mas não posso evitar. Se alguém se recusaria a jogar os jogos deles, é a Ava.

— Por que você faria isso? E com quem?

Seus olhos se abaixam, a vergonha que vejo no rosto dela se aprofundando.

— Todos nós temos os nossos motivos, mas esse não é o ponto.

— Quem é a mulher?

— Luca Bailey. Mas você não a conheceria. Ela foi para Yale e de alguma forma acabou aqui. Não tenho nem ideia do que eles querem dela, só que querem alguma coisa.

Ok.

Ou o carro acabou de bater em um prédio ou meu mundo implodiu em torno de mim, a força disso me sacudindo até o âmago.

— Diga aquele nome novamente. Não tenho certeza se te ouvi direito.

Ava trava seus olhos com os meus.

— Você não a conhece.

— Diga — insisto.

Porque… não.

LILY WHITE

Não tem uma fodida maneira disso...
— Luca Bailey. Por quê?
Eu não reconheço o primeiro nome dela.
Mas seu último?
Ah, sim. Isso me soa familiar.

Um arrepio corre pela minha espinha ao pensar que definitivamente há mais nisso do que se aparenta. E estou doente com o fato de que certos segredos não são tão desconhecidos quanto eu acreditava.

— Você está pálida, Ivy. Está se sentindo bem?

Virando-me para olhar pela janela, pego aquelas faixas de raios de sol novamente. Eu preciso deles agora. Seu calor. A serenidade de manchas brilhantes rompendo as nuvens ondulantes.

Agora tenho uma ideia do porquê Tanner quer informações minhas. E se eu estiver certa, então um mundo de problemas está prestes a desabar sobre a minha vida.

— Não — respondo, minha voz tremendo mais do que eu gostaria. — De repente, não estou com fome.

— É algo que eu disse? Nós podemos ir para outro lugar, se você quiser. Apenas me diga o que quer fazer.

Eu quero correr.

Eu sei disso.

Se o que Tanner deseja tem a ver com o que sei, então eu preciso correr.

O único problema é que não tenho certeza.

Ainda não.

Não até eu falar com Gabriel.

Faltam apenas alguns dias para o nosso encontro. Posso planejar enquanto isso. Preparar.

E se isso é sobre o que eu penso que é, então estou prestes a sair para umas férias prolongadas.

Mas não antes de saber com certeza.

E não antes de lembrar ao Inferno com quem eles estão lidando.

Olhando para Ava, estico meus ombros e sorrio.

— Na verdade, estou me sentindo um pouco melhor. Nós ainda deveríamos ir almoçar. E enquanto comemos, você pode me dizer tudo o que sabe sobre Gabriel e o Inferno.

capítulo quatro

Gabriel

A noite é um pouco surreal. Não porque nada aconteceu ainda, ou que eu me preocupe que alguma coisa vá acontecer.

Para todos os outros, é uma sexta-feira normal. Os caras estão reunidos na casa. Todos menos os gêmeos, que estão fazendo o que quer que seja que eles fazem, e Shane, que está em um show de motos.

Quando chego na casa do Tanner, estaciono perto de outros quatro carros que pertencem a Mason, Jase, Taylor e Sawyer.

O interior do carro fica em silêncio quando desligo o motor, mas, em vez de sair, olho para a tela do meu telefone, meu polegar pairando sobre uma chamada não atendida do Warbucks.

Que engraçado que ele ligou na mesma noite em que devo me encontrar com a Ivy pela primeira vez em dez anos. Ele foi a influência que indiretamente causou a guerra que tive com ela desde o dia em que nos conhecemos, o homem que alimentou a minha raiva para que eu a atacasse porque eu não podia me defender dele.

Talvez seja uma coincidência que ele deva entrar em contato comigo quando eu finalmente a tenho ao alcance, mas ainda acho o momento suspeito.

Não seria surpreendente saber que nossos pais nos rastreiam. Nós somos os dedos pegajosos que eles têm na geração mais jovem e, agora que somos todos maiores de idade, o nosso valor só aumentou pelas coisas ferradas que podemos fazer com as pessoas.

Mandar todos nós para a faculdade de direito não foi uma coincidência. Os advogados são criminosos incríveis, apenas porque nós conhecemos as leis bem o suficiente para dobrar ou violar cada uma delas.

Cada aspecto das nossas vidas foi planejado para se adequar a eles.

O único problema é que isso acabará por levar à queda deles.

A última pessoa com quem eu quero falar é o meu pai, mas aperto o botão para retornar sua ligação e levo o telefone ao ouvido no momento em que o babaca atende após o segundo toque.

— Acho que você sabe por que estou ligando.

Há um resmungo áspero na voz profunda do meu pai pelos anos fumando charutos. Não sei dizer quantas vezes desejei que aquele som indicasse algum tipo de câncer na garganta, mas infelizmente ele ainda não caiu morto.

— Para me desejar um feliz aniversário — digo, de forma inexpressiva.

— Que gentileza a sua lembrar.

Ele fica quieto por um segundo, mas não por causa do que eu disse. Ouço o tilintar característico de gelo contra um copo de vidro, sua garganta engolindo o uísque que sei que ele está bebendo.

— Não é seu aniversário.

— Ah, bem, você se esqueceu nos últimos três anos, então eu pensei que talvez essa ligação fosse finalmente aquela em que você me mostrasse que se importava. A Hallmark[1] está na discagem rápida para o dia em que isso acontecer. Daria um bom filme.

— Corta essa merda, Gabriel. Me fale o que está acontecendo com a Ivy.

— Nada de mais no momento — minto.

— Por que diabos está demorando tanto?

— Ela é um pouco problemática — minto novamente.

A verdade é que Ivy tem sido estranhamente agradável esta semana. Eu passei os últimos dias vacilando entre a opinião de que ou os anos realmente domesticaram uma mulher que costumava cuspir fogo ou ela está brincando comigo.

O primeiro seria uma pena, e o último é mais provável, mas Ivy nunca foi do tipo que faz jogos tão simples.

De todas as pegadinhas que nós pregamos e batalhas que lutamos, nenhuma vez ela fingiu me tolerar ou ser alguém que ela não é.

Muito provavelmente porque, na única vez em que ela baixou sua guarda perto de mim, eu a ensinei por que isso era uma péssima ideia.

— Talvez se você me disser o que exatamente está querendo dela, eu possa usar isso para apressá-la.

---

1 Empresa americana que atua no ramo do entretenimento com canais de filmes e séries, no ramo de cartões de aniversários, agradecimentos e outros momentos comemorativos, além de também atuar no setor do varejo.

Nossos pais têm um hábito irritante de nos dar ordens sem nos contar todos os detalhes. Qualquer informação que eles queiram de Ivy é importante para eles. Sei disso por causa da frequência com que ele liga para falar sobre. O que apenas significa que essa informação também é importante para nós, se esperamos superar esses bastardos e conseguir a nossa vingança contra eles.

Ele toma um gole de sua bebida novamente, e ouço a batida distinta do copo em qualquer mesa em que ele esteja por perto.

Eu o irritei.

Bom.

O idiota merece isso e muito mais depois de toda a merda que nos fez passar.

Um dia desses, eu posso empurrá-lo para um derrame, e vou rir ao saber que fui eu quem causou isso.

— Eu já disse a você tudo o que precisa saber. Quero informações sobre o governador Callahan. Se Ivy sabe o que é bom para ela, vai nos dar. Certifique-se de conseguir isso, Gabriel. Nós estamos ficando sem paciência.

Ele desliga antes que eu possa responder, e isso está perfeitamente bem para mim. Quanto menos eu tiver que falar com ele, melhor.

Infelizmente, agora eu também estou com um humor de merda fantástico, o que só significa problemas para Ivy.

Depois de pegar um baseado do console central, coloco atrás da orelha e saio do carro. Eu parei com essa merda depois de Yale, mas de vez em quando meus nervos estão à flor da pele e preciso fumar para relaxar.

A porta bate um pouco forte demais, mas isso acontece quando quero matar o gordo filho da puta que contribuiu para o meu DNA.

Eu não o chamo de *pai*. Nunca chamarei. Nenhum de nós menciona nossos pais como algo mais do que um problema que precisa ser exterminado agora que temos os meios para fazer isso.

Entrando na casa de Tanner por uma porta lateral, atravesso a cozinha e entro na sala de jantar para ver todo mundo reunido na sala de estar.

A maioria dos caras está de um lado com Luca e Ava fazendo companhia para eles, mas Tanner está sentado sozinho do outro lado da sala como o garoto perdedor que ninguém escolhe para seu time de softbol. A visão disso me faz rir.

Essa merda com a Luca é divertida, e ver Tanner remoendo uma mulher que o deixou maluco desde o dia em que a conheceu ajuda a aliviar um pouco a minha frustração.

Soltando meu peso em um assento ao lado dele, cruzo um tornozelo sobre o joelho bem na hora do Tanner latir:

— Vocês todos precisam dar o fora.

Rindo disso, eu relaxo no meu assento e noto o olhar duro que Tanner tem para Luca. O desgraçado está caçando e, embora esteja claro como o dia para mim, a pobre Luca não tem ideia do que está olhando para ela.

— Ainda nada, hein?

Olhos verdes se viram para mim.

— Isto é culpa sua.

Levanto uma sobrancelha e sorrio.

— Certo. Porque sou eu que estou fodendo com a vida dela desde o momento em que a conheci.

Na verdade, sim, mas ninguém precisa saber disso. Sou o queridinho do grupo, o sorriso fácil e a amizade rápida. As pessoas querem confiar em mim, provavelmente porque sou o mais descontraído de todos. O homem a quem você pode contar os seus segredos, porque nunca vou usá-los contra você.

E se você acredita nisso, você é um idiota.

— Eu só estou aqui por um tempinho e preciso falar com você sobre a Ivy — garanto a ele, ainda rindo por dentro porque nunca vi Tanner parecer tão exausto em sua vida.

A única razão de eu estar mesmo aqui é porque Ivy insistiu em me pegar para o nosso encontro, e eu não sou estúpido o suficiente para dizer a ela onde moro. Não depois do incidente das galinhas ou da outra dúzia de pegadinhas que ela pregou que quase me expulsaram de casa quando Warbucks descobriu o que ela estava fazendo.

— Excelente. Que bom que você passou por aqui. Agora saia.

Tanner se inclina para trás em seu assento e encara Luca, com as pernas esticadas no chão à sua frente e com tanta tensão em seus ombros que uma pena poderia tocá-lo e ele se despedaçaria.

Se os caras não forem embora na mesma hora que eu, Tanner vai matar todos eles e tornar a minha vida muito mais complicada.

Puxo o baseado de trás da minha orelha, rolando-o entre meus dedos enquanto o olhar de Tanner permanece trancado em Luca do outro lado da sala.

Batendo em seu ombro para trazer sua atenção de volta para onde deveria estar, travo meus olhos nos dele enquanto mordo o interior da minha bochecha para não rir da maneira como ele estreita seu olhar no meu rosto.

39

Se Luca for inteligente, ela sairá desta casa correndo pra caralho enquanto Tanner está distraído.

— Você pode parar de foder Luca com os olhos por um maldito segundo para me ouvir sobre o que está acontecendo esta noite?

É óbvio que ele está muito envolvido em sua própria merda para se importar com os meus problemas, mas eu o forço a conversar de qualquer maneira. No momento em que arrastei sua bunda com o tópico dos meus planos para a noite, fumei o baseado e me sinto muito melhor.

Não é que eu esteja nervoso por estar perto de Ivy. Pelo contrário, estou animado. No entanto, a expectativa de finalmente colocá-la sob controle também aciona uma veia de desconfiança em mim, porque não pode ser tão fácil assim, porra.

Ao que tudo indica, é sim, mas isso ainda não alivia a batida do meu pulso e a tensão nos meus ombros quando a campainha toca.

O alívio óbvio de Tanner ao me ver partir me faz sentir pena de Luca. Sem dúvida nenhuma, ele perseguirá o resto do grupo para ficar sozinho com ela. Mas isso não pode ser meu problema esta noite, não quando eu abro a porta da frente para ver uma beleza irritante parada do outro lado.

Os olhos azuis de Ivy encontram os meus, e isso me lembra do dia em que a conheci. Assim como naquele dia, ela é a princesa mimada olhando para o príncipe quebrado, só que meus olhos não estão machucados desta vez, e os dela não são mais inocentes.

Correndo meu olhar para baixo em seu corpo, libero o sorriso que usei tantas vezes para me esgueirar e passar pelas barreiras de uma pessoa. Porque é isso que você faz quando está se escondendo.

Você sorri.

Você mente.

Você engana.

Você finge que nunca se machucou e que nunca irá se machucar.

Os lábios dela se separam para combinar com a minha expressão, seu corpo se remexendo no lugar porque eu não disse nada.

— Você está pronto? — pergunta, um traço de humor nervoso em sua voz.

Isso é estranho pra caralho. Eu não vou nem tentar mentir. Sobre isso, pelo menos. Então, novamente, considerando tudo, não estou surpreso.

Pelas mensagens de texto, é fácil dizer as coisas certas e fingir que nós não passamos a maior parte da nossa vida na garganta um do outro. Ela pediu e implorou para que eu a ajudasse. Explicou que não pagaria o preço. E cada vez que ela levantava o motivo de nós estarmos nos falando novamente, eu redirecionava a conversa.

Ela vai pagar.

Estou confiante sobre isso.

A única questão é quanto tempo vou arrastar este jogo até chegar a hora de ela confessar.

Apesar de conversar por uma semana, ainda não tenho o melhor sentimento por Ivy. Eu ainda não confio inteiramente nela também. E provavelmente nunca confiarei.

É óbvio que nós dois estamos nos protegendo porque não há como dizer quem vai atacar primeiro.

— Estou pronto — eu finalmente digo, sem fazer nada para esconder o fato de que, embora ela seja perigosa e eu saiba disso, ainda não posso deixar de apreciar a vista.

De verdade, é como ficar embaixo de um vulcão em erupção. Você sabe que precisa correr. Se esconder. Sair do caminho da lava fluindo e das cinzas escaldantes. Mas, ao mesmo tempo, não consegue deixar de sentir admiração pelas explosões de cores vivas que sacodem o chão sob seus pés.

— Isso é estranho — ela diz rindo, suas palavras imitando exatamente o que estou pensando.

Oferecendo outro sorriso, dou um passo para fora e fecho a porta atrás de mim.

— Vamos tornar isso menos estranho.

— Como?

Deslizando um braço em volta de seu ombro, eu a conduzo pela varanda e desço as escadas para o carro dela que está esperando.

— Nós poderíamos foder no caminho para o restaurante. Isso tende a quebrar o gelo, pelo que ouvi.

Obviamente, não estou falando sério.

Não de verdade.

Quem estou enganando?

Talvez um pouco.

Ela dá um tapinha no meu peito quando nos aproximamos do carro, seu motorista abrindo a porta para permitir que Ivy deslize para dentro.

Não perco o olhar que seu motorista me dá, uma expressão selvagem de *toque nela e morra* que combina com a largura enorme de seus ombros e troncos de árvore atarracados como braços.

41

Mais ou menos da minha altura, o homem está comportando um equipamento impressionante. Ele encontra meu olhar enquanto deslizo para o assento ao lado de Ivy, um desafio óbvio na linha severa de sua boca.

A porta se fecha com uma batida de aviso, e nós estamos mergulhados nas sombras enquanto Ivy foge para o mais longe que consegue.

Garota esperta…

— Seu motorista parece… legal.

Ela balança a cabeça, recusando-se a olhar para mim.

— Ignore-o. Scott serve a dois propósitos, um dos quais é me manter longe de problemas. Meu pai acha que eu preciso de um guarda-costas e de uma babá.

Bem, pelo menos isso explica por que o cara estava olhando para mim como se estivesse decidindo se eu deveria morrer lentamente pela perda de sangue de ter as minhas bolas cortadas, ou rapidamente com uma bala na minha cabeça.

Scott vai ser um fodido problema.

Ignoro isso por enquanto, e o canto dos meus lábios se curva com a agitação nervosa que noto nas mãos de Ivy, as tentativas perdidas que ela faz para afivelar seu cinto de segurança, apesar de toda a atenção que está dando ao esforço.

Alguém está nervosa.

Relaxando contra o meu assento, afivelo o meu com um movimento suave, minhas mãos seguras e firmes.

— Foi o comentário sobre foder que te deixou tão perturbada?

Olhos azuis se levantam para olhar para mim, a trava do cinto de segurança dela finalmente clicando no lugar.

Dou uma lenta olhada em seu corpo novamente, intencionalmente tomando o meu tempo na pele exposta das pernas.

— Bonito vestido.

Novamente, não estou mentindo ao dizer isso. Ivy parece imaculada em um vestido cor-de-champanhe que não faz nada para esconder as curvas de seu corpo. Ela nunca foi tímida sobre isso, no entanto. Ela era uma tentadora, na melhor das hipóteses, quando estávamos crescendo, mas agora é absolutamente deslumbrante.

— Sei que você está brincando — responde. — Sobre foder, quero dizer.

Dando a ela um sorriso lento que revela exatamente o que estou pensando, pergunto:

— Estou?

Seus olhos se voltam para mim novamente. É como se ela não soubesse o que fazer consigo mesma. Ou talvez ela não saiba o que fazer comigo.

Esta não é a Ivy.

Mas então, eu imaginei isso pelas mensagens que trocamos durante a semana passada.

E isso torna o que tenho que fazer quase muito fácil.

Lançando-me um sorriso vacilante, ela olha pela janela do passageiro enquanto o carro avança suavemente pela entrada. A luz das arandelas de fogo que revestem o caminho cintila contra seus olhos, e estou cativado pela visão dela.

— Você tem uma casa linda — ela diz.

— Obrigado. Coloquei muito trabalho nisso. Levou quase um ano de reformas para deixá-la exatamente como eu queria depois que comprei.

Seus olhos se arregalam de admiração, embora eu não tenha certeza do motivo. A casa em que Ivy cresceu faz com que a de Tanner pareça um casebre de baixa renda decadente.

— Minha casa é bonita, mas não tão chamativa quanto esta. Papai queria que eu ficasse por perto, então ele me comprou uma casa em Greenwood Estates.

Ela balança a cabeça para os lados, seus braços envolvendo seu corpo como se isso fosse protegê-la do homem que está sentado ao seu lado.

— Meu pai é insanamente superprotetor — explica.

Sobre isso, ela não está mentindo. Eu fiz Taylor vasculhar a vida de Ivy desde o ensino médio, uma revisão completa de dez anos de como uma mulher que costumava revidar, independentemente de quão baixo ela tinha que ir para se vingar, se tornou isso. É deprimente, de verdade, vê-la confortavelmente envolvida no cobertor macio da vida de uma socialite, vê-la aceitar um destino tão merda.

Eu esperava mais dela.

Pelo que Taylor pôde descobrir, Ivy não tinha aprontado desde o dia em que foi enviada para a faculdade. Suas notas eram boas. Ela nunca teve um registro disciplinar. Suas amigas eram todas típicas esnobes mimadas, e ela voltou para casa depois de se formar em administração para se estabelecer na vida que o pai criou para ela.

Ele comprou a casa em que ela mora. Sempre insiste que tenha um motorista. A conta bancária e os cartões de crédito dela estão todos vinculados ao nome dele.

Ela não faz absolutamente *nada* por si mesma, e fico doente só de pensar nisso.

Até mesmo suas contas nas redes sociais são a cura para a insônia, todas as suas postagens focadas em roupas, comida ou suas férias nos lugares habituais.

Todo o fogo que costumava existir nesta mulher foi habilmente apagado por seu pai político, e eu lamento por quem ela costumava ser. Embora eu não possa reclamar do quanto isso a torna um alvo fácil.

Infelizmente, o plano dele de subjugar sua filha com o propósito de protegê-la — ou talvez, para falar a verdade, de proteger a carreira dele — resultou no contrário. Ela é muito simples agora, uma ovelha macia e fofa que não sabe correr quando um lobo está atrás dela.

— Greenwood é legal — digo, embora nós dois saibamos que isso é besteira. Não que seja uma vizinhança ruim. Todas as casas custam milhões. Mas ainda não é o que a maioria considera influente.

Mesmo na escola, nós nos referiríamos àqueles fora do nosso círculo como os *garotos de Greenwood*, aqueles que viviam vidas confortáveis, mas que ainda não tinham direito à fama. Eles eram de segundo nível em relação ao nosso primeiro.

— É uma porcaria e você sabe disso — diz ela, em uma risada. — Pare de mentir.

Os ombros de Ivy relaxam com essa resposta, a tensão que existia entre nós sangrando enquanto ela muda de posição o suficiente para que esteja virada na minha direção.

Sorrio assim que seus olhos fixam nos meus.

— Nós devíamos simplesmente ir em frente e resolver o que há de estranho neste momento. Sempre nos odiamos. E fizemos algumas coisas de merda. Mas eu gosto de pensar que podemos superar isso agora que somos adultos, certo?

Certo. Tudo o que você disser, linda...

Movendo-me no meu assento para que eu encoste um ombro no encosto do banco, intencionalmente a encaro de forma direta, o espaço entre nós fechando em pequenas frações que não a assustarão como a coelhinha assustada que ela é.

— A idade tem o hábito de acalmar as pessoas.

Outra risada, seus cílios batendo sobre olhos azuis que raramente olharam para mim como se eu fosse humano.

Foi um erro da parte dela, muitos anos atrás, acreditar que eu não estava fodido o suficiente para machucá-la como fiz, um acidente momentâneo que nós nunca repetimos.

A nossa história não é apenas das pegadinhas que fizemos e os socos que demos, mas também tem momentos lamentáveis em que Ivy viu sob o meu sorriso fácil e testemunhou o que existe por baixo dele.

Eu sempre odiei que ela soubesse o que fazia comigo. E talvez isso seja em grande parte o porquê ela era o meu alvo favorito. Não era a garota que eu queria destruir; era a memória que ela carregava em sua linda cabeça.

Ainda posso sentir a chuva daquela noite — aquele *acidente* entre nós — cada gota congelante apunhalando a minha pele como facas.

Afastando isso para longe, eu me concentro no presente.

— Meu ponto é que nós deveríamos começar de novo, fingir que nunca nos conhecemos antes deste momento.

Ela chega mais perto, e eu faço o mesmo. É quase como se a polaridade dela tivesse se invertido e, em vez de se afastar, agora nós estamos atraídos como ímãs.

Antes de sair de casa, Tanner me avisou que Ivy ainda é a mesma, que ela voltaria aos seus velhos truques se tivesse a oportunidade certa.

Acho que o desgraçado estava muito envolvido em suas besteiras com a Luca para ouvir o que eu estava dizendo a ele, fazendo com que estivesse errado em todas as acusações.

Isso é ruim para a Ivy.

Mas bom para mim.

O carro vira uma esquina enquanto entra no tráfego pesado, o movimento uma desculpa tão boa quanto qualquer outra para eu deslizar mais perto. Vamos culpar a física básica por me impulsionar na direção de Ivy e não a minha necessidade de atraí-la para a minha órbita.

Tão fácil, essa tarefa.

É quase chato.

Mas então, nada é completamente chato quando tenho uma loira gostosa pra caralho me encarando, especialmente uma tão tentadora como essa.

— De qualquer maneira — ela diz, um ronronar suave em sua voz que me atinge em todos os lugares certos —, espero que você tenha mudado o suficiente para me ajudar com essa coisa com o Tanner. Sem o meu pai, estou ferrada. Se eu o desobedecer...

Escolha de palavras interessante, penso. É errado que o pensamento de ela obedecer a alguém me excita pra caralho.

Também me deixa louco pra caralho porque eu gostava de sua atitude explosiva quando ela era mais jovem. Prefiro uma mulher que morde de volta.

— ... Ele vai me expulsar de casa e nunca mais me ajudar de novo.

Patético.

Absolutamente. Fodidamente. Patético.

Ela era a *Cadela Furiosa formalmente conhecida como Ivy*, e essa substituição sentada na minha frente não é nada mais do que uma imitação barata.

Honestamente, se fosse qualquer outra pessoa, eu abriria a porta do carro, pularia para fora a sessenta quilômetros por hora, ou o quão rápido que estamos indo, e me arriscaria com o cimento em vez de suportar mais alguma coisa desta conversa.

Mesmo assim, tenho um trabalho a fazer.

E contas a acertar.

Então aqui estamos nós.

Nossos corpos se aproximam novamente quando o carro entra em um estacionamento. É uma droga que o cinto de segurança me impeça de chegar perto demais para o conforto de Ivy, mas não é o fim do mundo.

Felizmente, o carro para do lado de fora, a porta do carro ao meu lado se abrindo tão rápido que eu brevemente me pergunto se Scott realmente anda como um ser humano ou simplesmente se distorce de um ponto a outro como um ciborgue.

Nossos olhos se travam, os dele com a promessa de me matar e os meus com o desafio de que ele tente fazer essa porra. Não posso ter certeza, mas acho que ouvi Ivy rindo baixinho atrás de mim.

Não é de se admirar que a vida dela nos últimos dez anos tenha sido conduzida de acordo com o Manual de Etiqueta para Freiras Modernas e na Moda. Esse filho da puta não está de brincadeira.

Isso o torna um problema maior do que eu pensava inicialmente e um que não posso ignorar. Ele vai ter que ser tratado.

Soltando o cinto de segurança sem acabar com a encarada que estou tendo com o Exterminador do Futuro, aparentemente, lanço a ele um sorriso malicioso e pergunto:

— Você vai me deixar sair ou está planejando entrar aqui com a gente? Eu não estava esperando um *ménage* hoje à noite, mas arranjos podem ser feitos se estiver a fim.

Seus olhos se estreitam e as narinas se dilatam enquanto Ivy suspira nas minhas costas.

— Scott, está tudo bem. Gabriel nunca leva nada a sério.

Eu estou falando sério sobre destruir essa garota, e pela aparência de sua babá, ele sabe disso.

Ele definitivamente precisa ser tratado. Scott eleva o termo *empata-foda* a um nível inteiramente novo. Não apenas o tipo que me impede de marcar, mas o tipo que vai literalmente arrancar meu pau do corpo só de ousar pensar em tentar.

Eu não ficaria surpreso se Ivy estivesse usando um cinto de castidade de última geração com um alarme ligado diretamente à cabeça desse homem toda vez que alguém sequer respirar em sua direção.

Nem preciso dizer que não gosto dele. E a julgar pela maneira como ele ainda está me avaliando com a ameaça bem real da morte lenta que eu imaginei mais cedo, ele também não gosta de mim.

Pelo menos nós podemos concordar nisso.

— Scott — Ivy avisa —, nós não podemos entrar e comer se você estiver bloqueando a porta.

Seus olhos passam por mim para olhar para ela, seu corpo eventualmente se movendo para o lado para nos deixar sair.

Cauteloso, lentamente saio do carro e empurro toda a minha altura ao lado dele. Seria definitivamente uma luta justa, nosso tamanho facilmente combinando, embora eu tenha a sensação de que esse homem se inclina mais para o lado assassino em série psicopata no espectro de más atitudes.

Embora eu não seja exatamente inocente de arruinar vidas, esse homem parece o tipo que corta em pedacinhos o corpo de uma pessoa antes de decidir qual parte manter como uma adorável lembrança.

É preciso esforço para quebrar a encarada e me virar para oferecer uma mão a Ivy enquanto ela sai do carro. No instante em que nossa pele se toca, sinto a faísca de costume subindo pelo meu braço que sempre acontece com ela.

É perturbador, esse sentimento, só porque o meu corpo está se revoltando contra a soberania dos meus pensamentos.

Eu não deveria querê-la.

Não depois do que aconteceu entre nós dois.

E especialmente não com tudo o que pretendo fazer com ela.

Ainda assim, é inegável. Nós sempre tivemos a irritante habilidade de nos atrair, mesmo quando estávamos fazendo tudo em nosso poder para destruir o mundo um do outro.

Afastando-me do carro, olho para trás para a babá dela e percebo que ele ainda está observando cada movimento nosso.

Inclinando-me, sussurro contra o ouvido de Ivy:

— Você realmente deveria ter um focinheira para o seu cão de guarda. Eu odiaria vê-la ser multada quando ele quebrar a coleira e morder alguém.

Ela gargalha, seu cabelo esbarrando no meu rosto, o cheiro de seu shampoo me seduzindo enquanto um homem se move para abrir a porta da frente para nós.

— Ele não é tão ruim assim — ela diz, enquanto nos aproximamos da recepção.

Exceto... que ele realmente é.

Lidar com ele deve ser uma tonelada de diversão.

Endireitando a minha postura, dou nossos nomes para a recepcionista e sigo atrás de Ivy enquanto somos levados à nossa mesa. Meus olhos ficam grudados na bunda dela, porque é o formato de coração perfeito, e o vestido que ela está usando não faz nada para disfarçar isso.

O corpo de Ivy, por si só, é uma arma mortal, uma que zombou de mim durante todos os anos da nossa guerra. Apenas uma vez eu toquei nele, e aquele pequeno sabor foi o suficiente para me tornar um viciado.

É uma pena que as circunstâncias daquela noite só tornaram a nossa guerra pior em vez de melhorar.

Chegamos à mesa e ouço Ivy bufar uma risada.

— Você está olhando para minha bunda?

Meus olhos se levantam, e eu sorrio com tanto charme quanto posso colocar na expressão.

— De jeito nenhum. Eu estava verificando o chão de pedra. Gosto da cor.

Seus lábios se curvam.

— Você é tão mentiroso.

Você não tem ideia, amor...

Sorrindo com isso, puxo a cadeira dela para ajudá-la a se sentar, minha mente correndo com todas as possibilidades de como esta noite pode ser divertida.

Gabriel

Alguém deveria vir até a mesa agora e levar os meus talheres.

Eu sou como uma criança com uma má ideia, o pensamento de arrancar meus olhos com uma colher é muito mais interessante do que a baboseira estúpida e conversa banal que estou aturando nas últimas duas horas.

Como?

Como é possível que a mulher que me manteve na ponta dos pés nos últimos vinte anos tenha sido reduzida a essa casca vazia de uma pessoa que está mais interessada em tópicos superficiais e enrolar seus malditos cabelos?

Já estive perto das lágrimas três vezes até agora enquanto decidia exatamente como escrever o discurso em tributo à Ivy que eu conhecia.

Aqui jaz a mulher mais irritante de todas... o que só me fazia querer transar com ela ainda mais. É uma pena que nunca tive a chance enquanto ela ainda era agradável.

Ok. É mais um epitáfio, um bem merda, inclusive, mas ainda assim. É adequado, porque a beleza olhando para mim agora perdeu cada grama de sua alma ardilosa.

Continuo procurando em seus olhos pelo menor vislumbre da maldade que uma vez eu vi, mas tudo o que estou vendo é a típica socialite, uma caricatura tão mundana e chata que fico me remexendo na minha cadeira lutando contra o desejo insano de me levantar e ir embora.

Isso significa que não estou interessado em arrastá-la para a cama?

Não.

Ainda interessado.

Interessado pra caralho.

Só porque desejo isso há muito tempo e, junto com a conversa estúpida que estou sendo forçado a suportar, Ivy está flertando descaradamente.

Eu mereço sexo depois de lidar com essa merda. E terei a maldita certeza de conseguir isso.

Mas não como pagamento pelo o que ela deve a Tanner. Nós nunca fazemos isso. Se uma mulher abre as pernas para qualquer um do Inferno, ela faz isso em seus próprios termos. Caso contrário, a conquista não é nem um pouco divertida.

— Então — Ivy diz, seus olhos azuis encobertos por pensamentos sombrios, as poucas taças de vinho que bebeu indo direto para a sua cabeça —, eu estava pensando que talvez possamos voltar para a sua casa e fazer um acordo.

Isso não pode acontecer por vários motivos. Deixe-me contá-los para você.

Número um: qualquer arranjo para ficar entre as pernas de Ivy não terá amarras, exceto a promessa de orgasmo.

Número dois: não é a minha casa, e Ivy não vai chegar a lugar nenhum perto da minha casa real porque, imitação fraca de quem ela costumava ser ou não, não sou estúpido o suficiente para dar a ela meu endereço. Ainda tenho cicatrizes do incidente das galinhas. Literalmente. Uma delas me bicou loucamente, e a pele nunca mais cresceu.

E número três: Tanner está ocupado seduzindo Luca, e eu suspeito que aparecer lá depois que ele especificamente me avisou para ficar longe resultará em vários apêndices quebrados, bem como no rearranjo do meu rosto. Acontece que eu gosto do meu rosto e prefiro mantê-lo da forma como está.

Ir para a minha casa não vai rolar.

Mas ir para a dela...

Inclinando-me sobre a mesa, estico os braços e pego suas mãos nas minhas. Ela aceita alegremente e se inclina para frente, dando-me uma amostra deslumbrante de seus lindos seios. Meu pau estremece com a visão deles.

— Considerando que seu cão de guarda parece ter uma ereção por cortar a minha garganta e se banhar no spray arterial...

Ela dá uma risada.

— Ele não é tão ruim assim.

— Ele é — insisto —, mas esse não é o meu ponto. Nós deveríamos voltar para sua casa. Lá, pelo menos, ele vai estar em seu próprio quintal e poderá brincar alegremente com seus brinquedos de mastigar, em vez de danificar minha propriedade por causa do tédio.

A analogia não faz nenhum fodido sentido, mas a julgar pela forma como Ivy tem agido esta noite, ela é estúpida demais para perceber.

Ela abre a boca para responder, mas seu telefone toca em sua bolsa, sua expressão caindo quando solta minhas mãos para atender.

— Deve ser nove da noite — comenta, enquanto procura por ele.

Acho que deveria ser mencionado que a alegre melodia da *boyband* que ela tem como toque está fazendo meus ouvidos sangrarem.

Lançando um olhar em minha direção antes de atender a ligação e acabar com a minha miséria, ela resmunga:

— É o meu pai. Tenho que atender meu telefone várias vezes todos os dias para provar que estou sendo uma boa menina.

Jesus Cristo.

Ela está falando sério?

A mulher tem 27 anos e está sendo tratada como uma adolescente. Por que caralhos ela atura isso?

— Você tem toque de recolher também?

Seus lábios se curvaram em uma linha fina com a minha pergunta, e ela ergue um dedo para que eu lhe dê um minuto.

— Oi, papai!

Meus olhos se arregalam com o tom meloso de sua voz, o tom agudo mais esperado de uma criança de oito anos tentando parecer legal do que uma mulher adulta.

Cada pedacinho de sangue que tinha escorrido para o meu pau anteriormente com o pensamento de transar com ela agora está correndo de volta para o meu corpo tão rápido que meu pau está murchando como um balão estourado, completo com um pequeno guincho no final enquanto ele cai para a sua miserável morte flácida.

Ivy torce uma mecha de cabelo enquanto dá risadinhas de alguma coisa que o pai dela disse, sua voz aguda arranhando meus nervos enquanto promete a ele que vai para casa em breve para estar na cama na hora certa.

O que caralhos está acontecendo?

Ela deve ter sofrido um acidente que eu não sei sobre.

Ou uma pegadinha deu terrivelmente errado e ela sofreu danos cerebrais.

Não há outra explicação para a besteira que estou testemunhando do outro lado da mesa.

— Ok! Amo você também! Diga à mamãe que estou com saudades dela e que a verei amanhã na festa de aniversário. Haverá um palhaço?

Minha sobrancelha se ergue.

— Ah, sim! — ela grita, e eu quase caio da maldita cadeira. — Adoro quando eles fazem animais de balão.

É, não.

Eu não posso transar com ela.

Seria o mesmo que tirar vantagem de alguém com transtornos mentais.

Não admira que o Scott me odeie. Quase fui até as bolas dentro de uma mulher com a mente de uma adolescente. Eu também me odeio agora. Eu deveria salvá-lo do problema e chutar a minha própria bunda.

Ivy desliga o telefone e o coloca de volta em sua bolsa, seus olhos azuis deslizando em minha direção.

— De volta ao que nós estávamos discutindo. Ir para a minha casa funciona. Contanto que eu esteja lá para definir o alarme na hora certa e provar que estou em casa, eles não vão saber o que nós realmente estamos fazendo.

Que porra?

— A sua babá não vai dizer nada?

Não tenho certeza se eu poderia transar com ela se tentasse. Meu pau está tão morto a essa altura que um padre deve chegar em breve para dar o último sacramento.

— Scott não vai se importar — ela diz, revirando os olhos. — Estou te dizendo, ele não é tão ruim quanto parece.

Eu quero dizer não. Eu deveria dizer não. Mas nós ainda precisamos de informações sobre o pai dela, que pode estar convenientemente em algum lugar de sua casa para eu encontrar.

Transar com ela agora pareceria menos como uma conquista emocionante e mais como levar uma pelo time.

Um suspiro escapa de mim.

— Vamos pagar a conta e seguir em frente.

Ela sorri e gira o cabelo, a visão é dolorosa de assistir.

Depois de acenar para nosso garçom e pagar pela refeição, eu a ajudo a se levantar da cadeira, ainda olhando para sua bunda enquanto ela caminha à minha frente para sair do restaurante.

O que posso dizer? Eu sou um cara, e acontece que ela tem um corpo incrível. Se ela apenas parasse de falar por algumas horas, eu poderia esquecer que tem a personalidade brilhante de um peixinho dourado.

Scott dá a volta com o carro, me dá o olhar assassino de costume quando abre a porta para nos deixar entrar, e eu paro ao lado dele enquanto Ivy desliza pelo banco para me dar espaço.

Virando a cabeça para encará-lo, não tenho certeza se devo esticar os ombros e reivindicar meu espaço, ou escorregar dinheiro para ele com o pedido sussurrado para que me nocauteie e me alivie da minha miséria.

Eventualmente, escolho não fazer nada e relutantemente subo no carro para jogar um jogo que precisa ser jogado.

Eu vou para o inferno por isso.

É importante que todos saibam disso.

A rota direta. Eu sou horrível demais para sequer conseguir uma pausa tranquila no purgatório.

O carro mal começou a avançar quando Ivy se move para se sentar no meu colo.

Eu vou admitir que é o choque no início que me faz estender as mãos ao lado do corpo para não tocá-la. Depois disso, é a culpa de se aproveitar de alguém tão mentalmente deficiente que ela acredita que é seguro estar no meu colo em primeiro lugar.

— Você não acha que é melhor ficar do seu lado do carro com o cinto de segurança afivelado?

Ou talvez em uma cadeirinha de criança, eu não adiciono, imagens de seus pezinhos chutando, fazendo com que o meu pau se retraia totalmente para dentro do corpo.

Ivy revira os olhos e se inclina para falar em meu ouvido, seus peitos pressionando contra a minha garganta com o lembrete de que ela pode ser abobalhada, mas tem o corpo de uma deusa.

Meu corpo reage, e faço uma oração silenciosa de agradecimento pelo comportamento dela não ter me quebrado totalmente.

— Eu realmente preciso que você me ajude, Gabriel.

A voz dela é um sussurro em meu ouvido, minhas mãos se movendo lentamente para tomar posse de seus quadris.

Muitos homens amam os peitos de uma mulher, sua bunda, sua boceta ou boca. Mas essa é a minha parte favorita. Segurar minhas mãos nos quadris cheios de Ivy me dá todo o controle que preciso dessa mulher, de seu corpo, da velocidade que nós seguiremos quando eu deslizar para dentro dela.

Contanto que ela não fale. Normalmente, eu gosto que uma mulher seja vocal, mas no caso da Ivy, o silêncio é preferível.

— Nós deveríamos discutir isso mais tarde — sussurro de volta, um gemido subindo pela minha garganta quando ela rebola seus quadris e seus dentes levemente mordiscam minha orelha.

Ela não desiste do assunto.

— Eu não posso dar a Tanner o que ele quer. Isso vai acabar comigo...

Esse era o plano.

— ... E eu tenho sido tão boa nos últimos anos...

Um pouco assustador, na verdade, mas se ela parar de falar, eu posso ignorar isso.

— ... E sei que é estúpido da minha parte confiar em você depois de tudo o que aconteceu entre nós dois, mas esses dias acabaram, certo?

Seus quadris rebolam novamente, e minha cabeça cai para trás contra o assento, meus dedos apertando a carne cheia e macia de seu corpo.

Além disso, sim. É extremamente estúpido da parte dela confiar em mim, o que é precisamente o motivo pelo qual eu não posso falar sobre isso agora.

Abro os olhos para dançar com seu olhar sedutor e quase perco o meu fôlego com a visão de um rosto que eu tanto odiava quanto desejava por anos.

Forçando-me a lembrar quem ela costumava ser, para que o meu pau não recue novamente em uma recusa flácida, solto um lado de seus quadris para agarrar a parte de trás de sua cabeça e trazer para baixo aqueles lábios carnudos até os meus.

Ivy não luta contra mim, mas ela ainda é uma provocadora do caralho, sua respiração colidindo com a minha enquanto sua língua sai para tentar meus lábios. Mas antes que eu possa beijá-la completamente, ela se afasta apenas o suficiente para me provocar com tudo o que sabe que eu quero.

— Talvez se você apenas me disser quais informações Tanner espera descobrir, eu posso provar que não sei de nada.

Ela precisa calar a porra da boca antes de estragar isso. Eu a puxo para baixo novamente, forçando sua boca na minha, e é um beijo explosivo, um que tem estado para acontecer há tantos anos, nossas bocas se abrindo enquanto nossas línguas se juntam em um choque de ódio e necessidade.

Você alguma vez já esperou sua vida inteira por alguma coisa e finalmente conseguiu? Sabe essa adrenalina? A batida forte do seu coração, a insanidade absoluta que vem com provar algo que ansiava e sonhava durante anos?

Isso é o que esse momento é.

É vitória, destino e conquista.

Apesar de quem Ivy se tornou.

Apesar do fato de que eu não posso deixá-la falar de novo por medo de destruir a ilusão.

Isso é algo que eu queria desde a noite em que a destruí pela primeira vez.

Meu corpo ganha vida com uma paixão tão voraz que perco a porra da minha maldita cabeça quando seus quadris rebolam novamente, nossos corpos tão perto de se conectar exatamente onde eu preciso deles.

Empurrando para frente, porque tenho absolutamente zero paciência com isso, surpreendo Ivy ao deixá-la cair no assento, minha boca devorando a dela enquanto o meu corpo se move entre as suas pernas.

Um gritinho de choque escapa de seus lábios, mas engulo isso e me certifico de que a boca dela está ocupada. Uma palavra ridícula e ela vai foder com tudo.

Meu pau ganha vida novamente, pressionado contra sua calcinha. Enquanto meus dedos agarram o cabelo dela, minha outra mão prende seu quadril no lugar para que eu seja o bastardo liderando esta dança.

Isso é perigoso? Você pode apostar nisso, porra. Estou bem ciente de que estamos na parte de trás de um carro dirigido pelo guarda-costas psicopata dela, mas não consigo pensar direito com os ruídos subindo por sua garganta, não dou uma merda quando suas mãos se movem dos meus ombros para o meu cabelo, sua boca se afastando da minha para que ela possa recuperar o fôlego.

Descendo a minha boca pela linha de sua garganta, eu a prendo com mais força, mal percebendo quando o carro para.

— Gabriel — ela sussurra, na hora que os meus pensamentos estão me alcançando. Arrastando o olhar para cima para que nossos olhos se encontrem, eu trinco meus dentes para ela como uma ameaça.

Ela balança a cabeça para os lados e sorri, seus olhos procurando meu rosto.

— Gabriel — ela diz novamente, enquanto me movo para beijá-la.

Merda. Por favor, não diga nada estúpido.

— O quê? — rosno.

Uma risada suave sacode os ombros dela.

— Não acredito que você caiu nessa.

Leva um segundo para o meu sangue viajar do meu pau até o meu cérebro e, com ele, a compreensão do que ela acabou de dizer.

Meus olhos se arregalam no momento em que a porta é aberta atrás de mim e um saco de pano é forçado por cima da minha cabeça.

Arrastado para fora do carro pelo meu tornozelo em um puxão forte, sou largado no chão pouco antes de um antebraço ficar preso contra a minha garganta e um peso pesado prender o meu corpo.

Porra!

Não pergunto o que está acontecendo porque eu já sei, caralho.

A cadela.

Não posso ter certeza, mas tenho a sensação de que há mais do que apenas uma pessoa me segurando. Eu sou um cara grande. Bastante forte, na verdade, então, a menos que o assassino em série como motorista dela de repente tenha criado mais dois pares de mãos, não há nenhuma maneira que ele possa prender todos os lugares do meu corpo que estão jogados no chão.

— Sabe — a voz de Ivy está acima de mim, um toque de humor revestindo suas palavras —, eu honestamente pensei que você veria além disso.

Ela está rindo completamente agora, o som se aproximando enquanto eu suponho que ela se ajoelha ao meu lado.

Mais uma vez, tento chutar para me libertar, mas é inútil.

— Eu vou te matar por isso — murmuro contra o interior da bolsa.

Rindo de novo, ela diz:

— Ah, Gabe. Eu sei. É por isso que tenho que tornar isso o mais agradável possível.

Posso ouvi-la se mover ao meu redor e quando um conjunto de dedos se prende na fivela do meu cinto, eu me debato para me libertar enquanto também falho miseravelmente com o esforço. Sabendo que a minha luta só vai diverti-la, eu relaxo.

Essa merda vai acontecer, e não tenho ideia do que ela planeja para mim.

— Em primeiro lugar — ela diz enquanto desabotoa meu cinto e minhas calças para puxá-las pelas minhas pernas —, dizer que a casa do Tanner era sua foi simplesmente preguiçoso. Mesmo para você, Gabe. Realmente achou que eu não iria procurar o endereço?

Eu tinha uma leve suspeita de que ela poderia, mas ignorei como se não fosse uma preocupação.

Ela puxa minha cueca boxer para baixo em seguida, o ar frio da noite impactando fortemente contra o meu pau.

— Sabe, se você quer entrar tanto assim nas minhas calças, não precisa de uma equipe para ajudar. Eu teria deixado você chupar meu pau se simplesmente pedisse com jeitinho.

Estou envergonhado pelo meu equipamento estar exposto na frente de quem sabe quantas pessoas? Não. Essa não é a primeira vez, embora eu não fale com frequência sobre as outras vezes que isso aconteceu.

É apenas mais uma marca contra a Ivy, no entanto. Ela deveria saber por experiência própria que estou anotando.

Lentamente, ela começa a desabotoar a minha camisa, sua voz um som de ronronar que transmite o quanto ela está gostando disso.

— Sorte a sua se isso tivesse acontecido. Mas vamos continuar falando sobre o porquê você está tendo sua bunda entregue agora.

Eu brevemente me pergunto como ela planeja tirar minha camisa sem que alguém solte os meus braços.

— Oh, amor, você pode estar ganhando agora, mas sabe que vou me vingar.

— Você pode tentar — ela diz docemente, o som agudo de uma tesoura cortando a noite antes de ela começar a rasgar a minha camisa.

Eu vou dar isso a ela. Essa é uma jogada inteligente.

— Você mentiu para mim em resposta a todas as perguntas que fiz a você esta noite.

Ela não está errada.

— E tudo bem, eu sabia que você estava mentindo. Ao contrário de você, que realmente acreditava que de alguma forma eu me tornei a mulher mais irritante do planeta.

Eu rio.

— Não foi muito difícil de acreditar. Você sempre foi irritante.

As pontas da tesoura cravam na minha pele, mas não o suficiente para me cortar.

— Meu ponto é, você pode ir se foder, Gabriel. Todo o Inferno pode, se acha que vou pagar qualquer preço ridículo que vocês exigirem de mim.

Estou totalmente nu neste momento, a voz de Ivy acima de mim novamente enquanto ela diz:

— Vire-o.

Meu corpo é virado para a frente enquanto os meus pulsos e tornozelos são mantidos juntos. Dentro de um ou dois minutos, estou completamente amarrado, as mãos que antes me seguravam finalmente se soltando.

— Estou usando você para entregar uma mensagem a Tanner. Então, fique quieto enquanto escrevo.

A ponta de um marcador rabisca as minhas costas, o lado do meu rosto pressionado contra o chão enquanto a bolsa que eles usaram arranha a minha pele.

— Leve-o para a van.

Enquanto eles me levantam, não posso deixar de foder com ela.

— Então espere, nós não estamos tendo uma orgia de grupo em um cativeiro esquisito? Porque pensei que era para onde isso estava se direcionando.

— Idiota — Ivy resmunga, enquanto sou jogado na parte de trás da van, não tão delicadamente, devo acrescentar.

Sinto uma boca contra a minha orelha por cima da bolsa, a voz suave de Ivy me lembrando do quanto eu odeio a cadela.

— Diga a Tanner e a todos os outros que eu disse oi.

Virando a cabeça para poder responder, eu a aviso:

— Espero que você saiba que acabou de começar algo que eu pretendo terminar.

Não preciso vê-la para saber que ela está com um sorriso que já vi muitas vezes.

Como eu não vi isso chegando?

Ou a idade avançada me tirou do jogo ou a Ivy se tornou uma jogadora melhor.

— Boa sorte com isso, Gabe. Duvido muito que você vá me encontrar.

A porta da van bate um pouco antes de partir, e sou levado para Deus sabe onde.

Eventualmente, chegamos ao nosso destino e sou largado no chão sem cerimônia, minha pele nua contra o que parece ser grama bem aparada. A van decola com um guincho de pneus e risadas pesadas, a voz de Tanner soando em seguida, o que só me faz estremecer.

Pelo menos Ivy me largou em algum lugar onde eu pudesse ser resgatado rapidamente. Isso significa que ela está amolecendo. A mulher que eu conhecia teria me deixado no meio da Times Square junto com uma seta de néon piscando para mim para garantir que cada pessoa desse uma boa e longa olhada.

Felizmente, leva apenas alguns minutos para Tanner me desamarrar. Sento-me depois que Luca corre para dentro de casa, muito provavelmente para rir até não poder mais, e agradecidamente pego a camisa que Tanner me entrega quando seus olhos encontram os meus.

Cobrindo meu pau com isso, espero o filho da puta parar de rir.

— Como diabos isso aconteceu? — pergunta, cada palavra é difícil para ele falar claramente porque ainda tem um caso grave de gargalhadas.

Babaca.

— Ela fingiu que era mentalmente deficiente, e isso me tirou do meu jogo. Não vai acontecer de novo.

Tanner balança a cabeça e se levanta, estendendo a mão para agarrar minha mão e me puxar de pé.

— Eu te avisei que ela não tinha mudado. Então, o que vai fazer agora para resolver esse problema?

Depois de tirar algumas folhas de grama da minha pele, solto um suspiro pesado e envolvo a camisa em volta da minha cintura.

— Tenho a sensação de que ela está prestes a fugir. Pelo menos, foi o que me disse.

Nós estamos voltando para casa quando me lembro de outra coisa que Ivy fez.

— Ah, ei, me faça um favor. Me conte o que ela escreveu nas minhas costas. Ela disse que é uma mensagem para você.

Assim que me viro, Tanner gargalha de novo, o som dele não faz nada para me fazer sentir melhor.

— O que diz, porra?

Ele finalmente ganha o controle de si mesmo e responde:

— Diz assim: aqui está um idiota em quem você pode enfiar as suas exigências. Fodam-se todos vocês. Com amor, Ivy.

Meus lábios se curvam com as palavras.

Mas só porque ela é uma mulher morta da próxima vez que eu colocar as minhas mãos nela.

capítulo seis

Ivy

Que trouxa, eu penso, enquanto desço da parte de trás de um carro alugado para sair para o sol quente de Miami.

Faz um pouco mais de um mês desde que embalei e marquei Gabriel antes de despejá-lo no gramado de Tanner, e eu não deveria estar mais pensando nele.

No entanto, eu estou.

Todo santo dia.

Tudo bem, mais como algo constante; infelizmente, meus pensamentos movem-se alegremente ao longo do dia apenas por um vislumbre dele cavalgando como um dos quatro cavaleiros do apocalipse para arruinar a minha paz e serenidade.

Porém, nem todos os pensamentos são iguais. Eles mudam a cada dia que passa.

Alguns são memórias do passado, todas dolorosas, hilárias ou agridoces. Enquanto outros são do encontro que tivemos, uma mistura tóxica de emoções conflitantes que ainda não fui capaz de administrar.

Hoje, os meus pensamentos são de descrença.

Principalmente porque não consigo acreditar que ele caiu no meu jogo. Gabriel sempre foi mais esperto do que isso, e me pergunto se ele estava brincando comigo o tempo todo.

Eu não duvidaria que ele iria jogar junto com o propósito exato de me forçar a atacar. Dessa forma, ele tem uma desculpa para destruir a minha vida para se vingar.

Quando se trata de Gabriel, há uma regra de ouro que você deve sempre seguir:

Nunca acredite nele.

Nem sequer uma vez.

Fazer isso é garantir que o seu mundo esteja prestes a ser arruinado.

Foi inteligente da minha parte fugir no dia seguinte. Disso eu sei com certeza.

Dizendo a meu pai que eu precisava de um pouco de descanso e relaxamento, parti para uma excursão de seis meses por todas as melhores praias que os Estados Unidos têm a oferecer.

Na verdade, estou apenas continuando em movimento porque é mais fácil do que ficar constantemente olhando por cima dos ombros.

Então, enquanto o primeiro mês foi gasto viajando pelas longas costas da ensolarada Califórnia, logo fiz as minhas malas e parti para a Flórida, onde pretendo desfrutar de mais do mesmo, além de fazer algumas memórias entregando-me ao pulso caótico de muitas casas noturnas.

Depois disso, não tenho ideia para onde irei, apenas que vou continuar. E, honestamente, quando os seis meses acabarem, talvez eu simplesmente saia do país.

É do Inferno que estamos falando, e qualquer pessoa com qualquer nível de inteligência sabe que irritá-los por não pagar o preço deles é uma ideia muito ruim.

Foi estúpido da minha parte cutucar o urso zangado?

Você pode apostar nisso, porra.

Mas era algo que precisava ser feito?

Também um sim, porque me recuso a deixar que eles me intimidem.

Felizmente, Ava tem me mantido informada de tudo o que eles têm em andamento, um aviso enviado quando Gabriel deixou o estado há algumas semanas, que acabou por não ser nada.

Pelo menos, de acordo com Ava, não foi nada. Para mim, foi mais outro sinal de que fugir para bem longe deles foi a melhor decisão que já tomei.

O problema de ter uma família que está envolvida com pessoas sombrias é que eles fazem coisas sombrias. Coisas que eu não saberia se não tivesse caminhado pelo corredor errado, no dia errado, na hora errada.

Eu não quero saber as coisas que sei, e não tenho certeza se Gabriel e o resto de seu grupo se oporiam a me torturar fisicamente para que eu contasse os detalhes.

Por que razão? Não tenho certeza. Mas assim que Ava mencionou que Gabriel foi para a Geórgia, eu sabia que a única coisa que me manteria segura era nunca parar de me mover por aí para que ele nunca pudesse me encontrar.

E é isso que estou fazendo.

O céu acima da minha cabeça é de um azul imaculado com uma mancha de nuvens brancas perseguindo a distância, o sol radiante onde ele pinta a minha pele, agora bronzeada pelas semanas que passei de férias.

Entro no hotel de luxo que fica de frente e no centro de um trecho pitoresco de praia, com areia branca, água azul e dias despreocupados espalhados como o paraíso na minha frente.

Scott segue atrás de mim, minha bagagem empilhada em um carrinho, meus saltos de tiras batendo alegremente no piso de mármore brilhante polido enquanto me aproximo da mesa para fazer o *check-in*.

O atendente da recepção é um homem mais jovem com um uniforme bem passado, cabelos castanhos grossos e olhos cor de mel. Seu sorriso é incrivelmente charmoso, mas não tão impressionante quanto o de Gabriel.

Então, novamente, o sorriso de ninguém se compara ao do mentiroso.

Eu não ficaria surpresa em saber que ele se olha no espelho regularmente apenas para aperfeiçoá-lo.

E lá vou eu pensando nele novamente.

Essa merda precisa acabar.

— Efetuando o *check-in*?

Retribuo o sorriso amigável e respondo:

— Deve haver uma reserva para Ivy Callahan. Quarto 14B.

Ele bate seus dedos ágeis sobre o teclado do computador, seu sorriso se alargando ainda mais ao confirmar que sou uma grande gastadora. 14B é uma das mais cobiçadas suítes, com uma grande varanda que oferece uma vista deslumbrante do oceano.

— Sim, senhorita Callahan. Nós vamos precisar de um cartão de crédito em arquivo para reservar o seu quarto.

Procurando na minha carteira, pego o cartão preto do meu pai, que é um suprimento infinito de dinheiro que nunca me decepciona.

O atendente o passa, clica em algumas teclas e está imprimindo uma chave eletrônica para mim dentro de segundos.

— Aproveite a sua estadia, senhorita Callahan. Se houver algo que possamos fazer por você, por favor, deixe-nos saber.

Scott e eu subimos para a minha suíte, e depois de depositar minhas malas, ele faz seu habitual ato de desaparecimento após confirmar que vai me buscar novamente mais tarde para me levar pela cidade. Não tenho ideia de onde ele fica quando estamos fora do estado. Simplesmente nunca é o mesmo lugar que eu.

Sempre achei isso estranho, mas então, ele não é realmente um guarda-costas como nós fizemos o Gabriel acreditar, ele é apenas um motorista normal que por acaso está em uma forma realmente muito boa. Por esse motivo, ele não precisa estar ao meu lado 24 horas por dia, 7 dias por semana. Só precisa estar disponível quando quero ir a algum lugar.

Sua atuação na noite do meu encontro com Gabe, no entanto, foi incrível, a coisa toda um estratagema para me fazer parecer o mais dócil e branda possível.

Como um idiota, Gabriel acreditou nisso. Mas então, muitas pessoas acreditam. Eu tenho duas vidas distintas e separadas, a que coloco à disposição do público e a real.

Depois de ser pega no ensino médio por todos os problemas que causei, aprendi rapidamente que, na superfície, preciso aparecer como a Mary Poppins, enquanto o meu verdadeiro eu continua com as travessuras normais fora de vista.

No entanto, isso é típico da vida vivida sob um microscópio. Você apresenta um rosto público que é apenas uma máscara experiente destinada a enganar.

É por isso que tenho duas contas em cada site de mídia social, uma com o meu nome real e outra usando um nome falso que só o meu círculo íntimo conhece.

Gasto as próximas horas atualizando ambas as contas.

De acordo com as minhas contas falsas, eu estou de volta em casa cuidando de todas as minhas funções de costume, enquanto nas minhas contas reais estou documentando toda a diversão que estou tendo sem dizer exatamente onde.

Depois de fazer isso, eu saio para a varanda, meus olhos examinando a praia arenosa onde ela se estende até a distância.

A quebra das ondas me embala em um estupor relaxado, meu cabelo levantando do meu ombro por uma brisa leve que carrega o cheiro do oceano com ela.

As gaivotas dançam pelo céu azul, seus gritos agudos contribuem para o coro de serenidade que a praia oferece.

Eu poderia morar em um lugar como este se o meu pai me deixasse, mas ele insiste que eu fique na cidade perto dele, embora nunca tenha me dado um motivo para tal.

O homem não me deixa fazer nada sozinha. Um emprego está fora de questão, assim como qualquer outra coisa, e eu acredito que ele está determinado a me moldar em uma réplica da minha mãe, a borboleta social.

Exceto que essa é a última coisa que eu quero, e embora eu possa me rebelar e decolar para fazer minhas próprias coisas, ainda há o peso da lealdade e da responsabilidade que pesa sobre os meus ombros.

Eu amo meus pais, e essa é uma verdade difícil de engolir, porque é o meu amor por eles que me mantém presa. Nunca quero decepcionar ninguém, não como eu costumava fazer tão frequentemente quando era mais jovem.

Todos os erros que cometi enquanto crescia me deixaram insegura sobre mim agora. Eu pensava que era mais inteligente do que o grupo, tão malditamente sorrateira que poderia me safar de qualquer coisa.

Exceto que isso não era nem um pouco verdade. Foi uma sucessão constante de erros que me levou ao último — aquele GRANDE —, o erro que me fez rastejar direto para Tanner consertar.

Desde aquele dia, estou com muito medo de confiar nos meus instintos, com muita vergonha de juntar os pedaços e tentar novamente.

E talvez seja por isso que deixei meu pai ditar a minha vida. Às vezes, é mais fácil entregar as rédeas para outra pessoa do que sair por conta própria e correr o risco de falhar.

Aproximando-me do corrimão da varanda, equilibro meus braços no cimento frio, inclino-me e rastreio uma criança que corre pela areia com uma pipa esvoaçando atrás dela.

Mal se levanta no ar, a moldura de madeira barata quicando no chão, mas o menino ainda tem um largo sorriso em seu rosto que é insanamente adorável.

De muitas maneiras, sinto-me como aquela pipa, tantas falsas largadas que só me fizeram desabar. E que engraçado que a pessoa que puxa a corda que guia a pipa seja um menino com um sorriso de morrer.

Meus pensamentos estão de volta em Gabriel de novo, mesmo que esse seja o último lugar que eles precisem estar.

No nosso encontro, eu esperava descobrir exatamente quais informações eles queriam de mim, mas, como de costume, Gabriel habilmente desviou o assunto e eu tive que enviar minha mensagem antes de fugir.

Nunca esperei aproveitar o tempo que nós passamos juntos, nunca quis que meus pensamentos voltassem para uma noite em que testemunhei algo que não deveria e que vivi para me arrepender.

Ainda assim, aquela noite pesou em minha mente, meu coração se partiu pela verdade sobre o homem que estava sentado à minha frente na mesa.

Apesar de todas as coisas de merda que Gabriel faz, eu entendo por que ele se esconde tanto. Ele está mais quebrado do que qualquer um percebe.

Ele também é lindo. Não da maneira calculada e perigosa que Tanner é, e não da maneira vibrante de deus do sexo que Jase é.

Gabriel é emotivo de uma maneira que muitas pessoas não esperariam dele, seu charme espirituoso e humor fácil um disfarce que protege o coração batendo por baixo.

Eu vejo isso.

Eu sei disso bem, na verdade.

E acho que isso é parte do motivo pelo qual ele me odeia.

Quão errado é que a minha alma ganhou vida no momento em que nós nos beijamos no carro?

Sempre tivemos esse efeito um no outro, no entanto. É como se a nossa energia vital não estivesse completa por conta própria, mas, quando combinada, uma pulsação lenta se torna um zumbido frenético, a sobrecarga disso sempre roubando meu fôlego para me deixar sem pensar.

Eu pretendia beijá-lo, mas tinha me convencido de que não significaria nada. Era um jogo e nada mais, uma provocação que eu pretendia usar para fazê-lo falar.

Mas no minuto em que nossas bocas se tocaram, o mundo inteiro se dissolveu, deixando apenas ele e eu em um estado onde nenhum de nós poderia resistir à atração.

Eu senti isso nele também, então posso encontrar algum consolo no fato de que não fui só eu que perdi o controle. E se não fosse pelo jogo que eu já tinha organizado antes daquele momento, não tenho certeza se posso dizer que não teria ido além daquele beijo.

Não há como negar que eu o queria, mas então, sempre quis. É uma pena que a nossa história seja a razão pela qual nunca poderemos acontecer.

Tem sido assim desde o início, e eu me lembro vividamente de um menino com cabelos ondulados e olhos machucados, o lábio dele inchado onde se franzia e as palavras odiosas que me disse quando me jogou no chão.

Também me lembro do pai de Gabriel rindo de todo o incidente, mesmo enquanto meu pai marchava para me pegar de onde eu havia caído para limpar a sujeira dos meus joelhos.

Ainda observando o garotinho na praia, quero comemorar quando ele finalmente ergue a pipa no ar, a alegria absoluta em sua expressão ajudando a aquecer o calafrio da memória em mim.

Desejando que eu pudesse ver o mesmo brilho de felicidade colorindo o rosto de Gabriel, penso em como seria impressionante.

Eu continuaria observando o menino se meu telefone não tocasse de dentro da minha suíte, arrastando-me para longe da varanda e através da sala para uma mesa onde deixei cair minha bolsa quando entrei pela primeira vez.

Uma olhada na tela e aperto o botão para atender quando vejo que Emily está ligando.

— Como vai a vida de fugitiva? — ela pergunta, com um toque de humor em suas palavras, porque sabe exatamente por que estou correndo.

— Está ótima. Eu estava do lado de fora aproveitando a praia, e esta noite estarei curtindo uma festa em um clube.

— Deve ser bom pra caralho — ela resmunga. — Faça-me um favor e poste um vídeo para eu ver. Quero viver indiretamente através de você por um tempo.

— Eu já postei vários — eu a lembro. — Além disso, sobre o que você tem que reclamar? Está vivendo com dois homens incrivelmente lindos com quem você pode brincar ao mesmo tempo. Se alguém precisa postar um vídeo, é você.

Caindo no sofá branco no centro da sala, inclino-me para trás e coloco meus pés para o alto.

— Na verdade, isso é mais complicado do que eu gostaria que fosse. Damon foi preso algumas semanas atrás.

— Pelo que?

— Brigar — ela geme.

Não estou surpresa com isso. Tanto Damon quanto Ezra são conhecidos por isso.

— Será que ele vai crescer? Deixe-me adivinhar: ele e Ezra decidiram enfrentar um time de futebol inteiro desta vez, certo? Ah, e tenho certeza de que Shane teve algo a ver com isso. Aquele cretino está sempre causando problemas.

Shane, por mais deslumbrante que seja, sempre foi um problema. Ainda mais do que o resto dos caras. Se o caos explodir, você pode apostar o que quiser que foi ele que começou.

— Ezra não estava lá — ela responde, sua voz suave. — Ele está zangado com isso, na verdade, mas não me diz por quê. E sim, Shane estava lá. Ele também foi preso.

Agora, isso sim me surpreende.

— Estou chocada que Shane foi pego pela primeira vez.

Ela ri.

— Eu também.

A campainha toca em sua extremidade da linha, outro gemido escapando dos lábios dela.

— Deve ser o Ezra, o que significa que eu preciso ir. Divirta-se esta noite e certifique-se de me enviar o vídeo.

Nós desligamos e eu gasto mais outra hora me preparando para sair. Eu deveria estar animada por estar livre por um tempo, para dançar e beber e queimar a ansiedade que é uma companhia constante nos dias de hoje.

Infelizmente, já sei que a noite será apenas mais outra decepção.

Ah, claro, eu vou postar vídeos e outras *provas* da vida incrível que estou vivendo, mas se alguém espiasse sob a superfície dos dois rostos que eu mostro ao mundo, descobriria que a verdade é que estou morrendo uma morte lenta e agonizante, e que eu nunca fui a garota que todo mundo pensa que sou.

Ivy

— Serviço de quarto.

Uma voz profunda me arrasta à força do esquecimento abençoado do sono, uma batida na porta do meu quarto alavancando a minha mente em uma tempestade de confusão.

Eu sei malditamente bem que não pedi nenhum serviço de quarto em qualquer hora perversa da madrugada que seja. E mesmo se eu pedisse, eles não iriam entrar na minha suíte para entregar.

Meio que em uma névoa enquanto me forço à consciência, rolo o corpo sob o calor dos meus cobertores e pisco, abrindo meus olhos.

Pelo amor de tudo o que é sagrado, por favor, me diga que estou sonhando nessa porra...

O pânico se instala instantaneamente, minha frequência cardíaca subindo de uma batida lenta e segura para a de uma britadeira tentando se livrar das minhas costelas.

Pisco novamente e sacudo o cabelo do meu rosto enquanto me apoio em um cotovelo. As orações que estou silenciosamente lançando ficam sem resposta quando a ilusão de um pesadelo não desaparece.

Nãããããããoooo...

Isso não está acontecendo, porra.

— Gabriel?

Ele sorri, aquele maldito sorriso é sua maior mentira. Você tem que olhar em seus olhos para ver a verdade, tem que espreitar a beleza dentro do verde-esmeralda para testemunhar a dor e a raiva que vivem por baixo.

Talvez eu seja a única pessoa que consegue enxergar isso. Duvido muito que ele tenha cometido o erro de revelar quem ele realmente é para qualquer outra pessoa.

— Bom dia, amor. Feliz em me ver?

Sim e não, o que é a parte complicada. Meu corpo reage toda vez que ele está por perto? Claro que sim. Meu estúpido coração bate mais forte quando o vejo? Também sim.

Mas também estou apavorada porque sei o que esse homem está prestes a jogar sobre mim?

Pode apostar o que quiser que sim.

Eu não vou mostrar isso a ele, no entanto. Gabriel é como um animal selvagem na caça, um cão raivoso que escapou da coleira e está perseguindo adiante.

Mostrar a ele o primeiro sinal de medo apenas acelerará seu ataque, e é por isso que preciso manter a calma para ganhar tempo.

Isso pode ser resolvido. Assim como todas as outras vezes que me esquivei dele e corri como louca. Assim que eu puder entrar em contato com Scott, ele vai chegar em sua carruagem e me levará para um lugar seguro.

É preciso esforço para afastar o meu medo para longe como se a presença de Gabriel não fosse grande coisa, e tenho que engolir várias vezes para desalojar o nó de terror na minha garganta para responder a ele. De alguma forma, eu consigo.

— Como você me encontrou?

Outro sorriso, afiado com a promessa de todas as coisas horríveis que ele quer fazer comigo. Eu mereço algumas dessas coisas. Não há dúvidas sobre isso. Mas ele começou toda essa bagunça e deveria simplesmente deixar pra lá.

— A equipe de limpeza da sua casa odeia você tanto quanto eu — ele sussurra, com uma voz suave e sedosa que envia arrepios na minha espinha.

Maldição. A única razão pela qual eu deixo alguém na minha casa saber onde estou é para que possam me encaminhar quaisquer pacotes que cheguem inesperadamente. Alguém está prestes a ser despedido por isso. Só não tenho certeza de quem fofocou.

Então, novamente, talvez isso seja um pouco duro. Eles não podem ser culpados por acreditar em qualquer coisa que Gabriel diga a eles.

Coloco-me em uma posição sentada e puxo o lençol para o meu peito quando o olhar de Gabriel cai para a minha camisola. Pergunto-me se foi o movimento repentino da minha parte que o afastou da parede, seus passos pesados enquanto ele caminha na minha direção para se ajoelhar na cama.

Ele segura o meu queixo e posso sentir a tensão em sua mão, a luta pelo controle. Vou me aventurar a adivinhar que Gabriel está seriamente irritado com o que fiz.

Não tenho certeza do porquê, no entanto. De verdade, considerando tudo o mais que nós fizemos um ao outro, deixá-lo sem roupa e despejá-lo não foi tão ruim assim. Ele era muito bonito de se olhar e eu não me importava com a vista. Gabriel não tem nada para se envergonhar nesse departamento.

Se eu fosse ele, andaria por aí nua o tempo todo apenas para ostentar a minha superioridade para todos os outros homens no planeta.

Os olhos dele me prendem, toda uma tempestade de ódio por trás deles.

— Você realmente achou que poderia escapar?

Estreito os olhos em seu rosto. Foda-se ele, se acha que pode me intimidar. Existe dois jogadores em todos os jogos, e eu me recuso categoricamente a ser arrastada para um somente com as regras dele.

Educando a minha expressão, falo com a voz mais doce possível.

— Por que você está aqui? Não aprendeu sua lição da última vez?

Seu sorriso se alarga, e eu mordo o interior da minha bochecha para evitar de reagir.

Isso é insano, essa faísca entre nós. Mas talvez seja isso que o ódio faça. Está em uma linha tão tênue com o amor que o seu cérebro tropeça e você experimenta o mesmo desejo.

— Na verdade — ele diz, sua voz um assobio de advertência —, da maneira como vejo, acabamos de começar.

Eu sorrio com isso. Mas, realmente, estou apavorada. Os anos não fizeram nada para amolecê-lo. No mínimo, suas bordas estão mais afiadas, aquele olhar cortante me partindo ao meio por dentro. Como ninguém mais percebe esse lado dele está além de mim.

Todo mundo acredita que Gabriel é descontraído e doce. Eles gravitam em torno dele e sussurram todos os seus segredos. Eles não têm ideia de quem ele realmente é por trás de todos os seus lindos envoltórios, aquela lábia encantadora dele disfarçando o monstro.

Mas eu sei.

E nunca me permitirei esquecer.

Gabriel é puro mal quando quer ser, sua auréola enganosa sustentada pelos seus chifres pontudos.

— Você precisa sair antes que eu chame a segurança.

Ele abaixa o rosto e esfrega meus lábios com os dele, aquela estúpida faísca entre nós explodindo em uma labareda de fogo. Eu tento extingui-lo com todas as lembranças da maneira como ele me machucou, mas isso não o apaga. Só fica mais quente.

— Você nunca faria algo tão comum e chato.

Ele está certo sobre isso, e eu reviro os olhos.

— Espero que saiba que eu acho que você é um bastardo. Isso não vai acontecer. Vou deixar você para trás, assim como sempre fiz.

Seus olhos verdes brilham, um lampejo de desafio por trás deles.

— Ah, querida, eu não esperaria nada menos de você.

Um tremor percorre meu corpo, porque, junto com o ódio que está tão claro em seus olhos, há desejo. Este homem poderia me devorar inteira e não tenho certeza se iria impedi-lo.

— Então por que você está aqui?

Ele me beija sem responder, aquela língua talentosa dele deslizando dentro da minha boca com a promessa muito real da forma como ele eventualmente vai acabar me destruindo. Estou impotente para lutar contra ele, minha mente gritando para eu parar enquanto meu corpo implora pelo seu toque.

Esta não é a primeira vez que nos beijamos. Nem a segunda também. E cada vez que eu permiti a ele essa intimidade, vivi para me arrepender disso.

Ainda assim, isso me enfraquece tanto que meus pensamentos entram em curto-circuito, e eu derreto onde estou sentada, um pequeno som de reclamação escapando de mim quando ele arrasta sua boca até o meu ouvido.

— Eu odeio ter que te dizer isso, Ivy, mas a vingança é uma cadela.

Sorrindo com isso, viro a cabeça apenas o suficiente para que os cantos de nossas bocas se toquem.

— Odeio ter que te dizer isso, Gabriel, mas eu também sou.

Ele ri disso, seu polegar roçando suavemente a linha da minha mandíbula.

— Se alguém sabe a verdade nisso, esse sou eu. Te desafio a trazer o seu pior, linda. Isso só vai tornar o que estou fazendo para você mais agradável.

Ele diz isso como se já tivesse ganhado, e puxo meu rosto para longe dele para pular para fora da cama.

Infelizmente, isso significa que estou de pé do outro lado do colchão, apenas com a camisola rosa fina que usei para dormir, o olhar dele se arrastando e checando meu corpo com apreciação aberta.

— Você precisa ir embora. Eu tenho planos para hoje e eles não incluem brincar com você. Superei essa merda no ensino médio. É entediante.

— É mesmo?

Um sorriso surge em seus lábios enquanto ele ajusta sua posição na cama para se inclinar contra a cabeceira e esticar suas longas pernas.

Ele está casual hoje, vestido com uma calça jeans e uma camiseta preta.

É um bom visual nele, o algodão não fazendo nada para esconder a força de seu corpo.

Eu poderia muito bem estar nua, pela maneira como ele me encara.

— Vá embora — eu o lembro. — Preciso me vestir.

Ele cruza um tornozelo por cima do outro e se acomoda contra os travesseiros, seus bíceps se contraindo quando levanta os braços para colocar suas mãos atrás da cabeça.

— Na verdade, acho que temos uma conta a acertar aqui. Parece que me lembro de você me despindo e conseguindo uma boa visão. Só acho justo que você retribua o favor.

Inclinando o quadril, eu gargalho.

— Não era uma vista tão boa assim. Não se iluda.

Sim, era, na verdade.

Insana, realmente.

O corpo desse homem deveria ser imortalizado em uma escultura.

Ele ergue uma sobrancelha em desafio.

— Você está tímida, Ivy? Isso é tão diferente de você. Estou desapontado.

— Talvez eu só esteja tentando evitar a sua frustração de ver tudo o que você não tem permissão para tocar.

Ele sorri com isso, e seus olhos brilham com maldade.

— Eu não vou embora. Você vai me querer aqui na próxima hora ou algo assim. Eu posso te prometer isso.

Rindo, balanço a cabeça.

— Certo. Qualquer coisa que você diga. Fique parado aí se quiser. Não é a pele das minhas costas.

Tento esconder o fato de que estou andando com as pernas trêmulas. Esperando não estar falhando, atravesso o quarto até uma divisão perto do banheiro e tiro um pequeno vestido de verão e uma calcinha limpa.

Minhas costas estão viradas para Gabriel quando tiro a minha camisola, um som engasgado vindo da cama chamando a minha atenção.

Agarrando a camisola contra o peito nu, olho por cima do ombro para ver Gabriel dando uma longa e lenta olhada no meu corpo, para baixo e de volta para cima novamente.

— Problemas?

Ele sorri quando seus olhos encontram os meus.

— De jeito nenhum. Só acabei de engolir pelo tubo errado. Você sabe como é isso.

Tão mentiroso, esse homem.

— Aham. E aqui eu pensei que você devia ter visto alguma coisa de que gostou.

Um pequeno balançar de cabeça para os lados enquanto ele olha ao redor do quarto e de volta para mim.

— Não há nada de especial que prenda minha atenção. Não sei por que você pensou isso.

Com um revirar de olhos, pego minhas roupas e me apresso para o banheiro.

— Vou tomar banho — grito. — Se você ficar entediado sozinho, há uma varanda da qual você pode se jogar.

Ele ri.

— Eu nunca faria esse favor a você.

— Uma pena — digo, a porta batendo atrás de mim um pouco antes de eu trancá-la e deslizar para baixo pela superfície lisa.

Foda-se minha vida. Não tenho ideia do que fazer para me livrar dele. Eu posso ligar para o Scott e dizer a ele para me buscar. Posso pular no avião particular do meu pai e voar para longe. Posso correr de novo, mas tenho a leve suspeita de que nada disso vai ser fácil.

Gabriel não teria vindo até aqui se não tivesse um plano em prática. E o que ele quis dizer ao falar que eu iria o querer por aqui?

Eu não o quero aqui.

Eu o quero em casa, a milhares de quilômetros de distância de mim, sua fúria fria e temperamento irregular uma combinação perfeita para a cidade de cimento e aço.

Como diabos ele sequer entrou no meu quarto esta manhã?

Não há como dizer com ele, e com esse pensamento em mente, eu me coloco de pé e me forço para dentro do chuveiro. A água quente não faz nada para acalmar meus nervos em frangalhos, é impotente para aliviar a tensão nos meus ombros.

Quero me esconder aqui para sempre, mas sei que é inútil. Ele vai esperar para sempre apenas para me irritar. Gabriel é irritante em seu nível de paciência.

Uma coisa que aprendi durante a minha guerra com ele é que você nunca sabe quando ele vai contra-atacar.

Sabendo que isso não vai acabar quanto mais eu ficar no chuveiro e entrar em pânico, eu saio e me visto, certificando-me de tomar o meu tempo escovando os dentes e jogando o cabelo molhado em um coque bagunçado.

Gabriel ainda está na cama quando saio do banheiro, seus olhos grudados na tela do celular, em vez de se levantarem para olhar para mim.

Ele está relaxado demais para eu confiar em qualquer coisa sobre esta situação.

— Ok, então aproveite o quarto pela próxima hora ou algo assim, mas não estarei aqui por muito mais tempo. Eles provavelmente vão pedir para você sair, já que estou fazendo o *check-out*.

Começo a arrumar minhas coisas e ele ri atrás de mim.

— Eu vou com você, ou acho que devo dizer que você vem comigo.

— O inferno vai congelar quando isso acontecer.

— Você deveria pegar um casaco, então. Eu odiaria que pegasse um resfriado — ele murmura, o tom de sua voz enfiando uma lâmina pela minha espinha abaixo.

Giro para olhar para ele.

Que porra ele fez?

Você sabe o que? Não. Não há nada que ele possa fazer para me prender. Gabriel está mentindo como sempre faz e tentando me deixar maluca.

Isso não vai acontecer.

Depois de terminar de fazer as malas, eu marcho para a sala de estar para pegar meu telefone da bolsa. Gabriel sai do quarto um pouco antes de eu apertar o botão da discagem-rápida para chamar o Scott, meus lábios se torcendo em um sorriso que diz *vai se foder*.

Ele inclina a cabeça e me encara, casualmente encostando um ombro contra o batente da porta enquanto ouço o telefone de Scott tocar do outro lado da linha.

A chamada vai para o correio de voz, e minhas sobrancelhas se franzem em confusão.

Scott nunca perde minhas ligações. Nem mesmo no meio da noite, quando eu não deveria estar ligando.

Talvez ele esteja no banheiro ou tomando banho.

Escondendo a pontada de pânico que estou sentindo, deixo uma mensagem animada, avisando-o para me buscar o mais rápido possível.

Vou demorar um pouquinho para fazer o *check-out* e pagar a conta, então tenho certeza de que ele terá ouvido a mensagem e estará vindo até lá.

Desligando, largo o telefone de volta na bolsa e fico olhando para a quantidade de malas que tenho. Não tem maneira de que eu vá ser capaz de conseguir carregá-las, então pego a chave eletrônica e decido deixá-las para trás.

— Como está o seu buldogue? — Gabriel pergunta, sua voz segura demais para ser confortável.

— Ele está ótimo — minto, recusando-me a encará-lo. — Nunca esteve melhor. Ele vai estar aqui a qualquer momento.

Sigo na direção da porta e Gabriel grita nas minhas costas:

— Você vai deixar todas as suas coisas para trás?

Sacudindo os dedos para a enorme pilha de malas, eu respondo:

— Vou mandar um carregador de malas buscá-las. É muito para carregar.

Gabriel sorri, apenas o canto de sua boca puxando para cima.

— Se você diz.

Ah, eu não gosto da expressão no rosto dele. De jeito nenhum. O mentiroso está aprontando alguma coisa, e é difícil respirar.

— Você está pronta para ir? — pergunta, conforme se afasta da parede.

— Eu não preciso de uma escolta — insisto, enquanto abro a porta para dar um passo para o corredor. — Foi bom ver você, Gabriel, mas tenho lugares para estar.

Ele sai atrás de mim como um demônio nas minhas costas.

— Nós vamos ver isso, Ivy. Mal posso esperar para descobrir para onde você irá a seguir.

O que diabos isso quer dizer?

E por que tenho a sensação de que não quero descobrir?

Gabriel

Cheque. Mate. Porra.

Este momento é muito mais agradável do que eu pensava que seria, o tremor na voz de Ivy e a maneira como ela continua dando olhadas rápidas e nervosas para mim, fazendo coisas com o meu corpo que me deixam preocupado, eu sou mais um bastardo diabólico do que pensava.

Gosto de causar dor em outras pessoas? Normalmente não. Mas gosto de prendê-las em esquemas?

Sim. Acontece que sou um mestre nisso.

E eu gosto especialmente de prender essa mulher em particular por toda a porcaria que ela causou na minha vida.

Ela é fofa com a maneira como desfila pelo corredor como se tivesse alguma base para se garantir. Seus olhos azuis continuam olhando por cima do ombro dela, seus passos apressados não são rápidos o suficiente para ultrapassar os meus.

Não é justo com ela, na verdade. Minhas pernas são muito mais longas. Então ela está praticamente correndo em direção ao elevador enquanto estou mantendo um ritmo casual e suave.

Alcançando o elevador, ela esfaqueia o botão repetidamente como se isso fosse enviá-lo rápido o suficiente para ela deslizar para dentro e as portas se fecharem antes que eu possa entrar atrás.

Obviamente, isso não acontece, e eu aproveito a oportunidade para ficar mais perto, para pressionar meu peito contra as costas dela e colocar minha boca em seu ouvido.

— Para onde você está fugindo?

Ivy estremece com o sussurro contra seu ouvido e, em seguida, tenta esconder com um sorriso de escárnio, seu reflexo olhando para mim pelas portas espelhadas.

— Para longe de você — ela fala, com aquela voz ultradoce que me deixa maluco pra caralho.

Ela deveria parar de usar isso contra mim. Sei que ela faz para me irritar, mas tudo o que faz é me excitar.

Ninguém, e eu quero dizer nem uma outra mulher que eu já conheci, me afetou como ela me afeta.

Todos nós temos um ideal na vida.

A carreira ideal. A casa ideal, as férias ideais, ou o carro ou parceiro.

No entanto, para mim, nenhuma dessas outras coisas alguma vez realmente importou tanto quanto a conquista ideal que eu sempre busquei:

A destruição completa de Ivy Callahan.

De corpo, mente e alma.

Isso está ao meu alcance agora, e passei o mês passado me preparando. Enquanto isso, ela tem estado viajando por aí, desfrutando de uma vida superficial sem nenhuma substância ou significado real.

No final, tudo isso se resumirá a terminar a tarefa que o meu pai me deu, mas, por enquanto, posso terminar uma que eu queria completar pelo que parece uma vida inteira.

Uma campainha toca para sinalizar que o elevador chegou, as portas se abrindo com um movimento suave.

Ivy dá um passo para dentro e se move para uma parede distante à esquerda, enquanto eu ocupo a parede à direita.

Nós nos encaramos pelos quatorze andares, seus olhos transbordando de desconfiança e especulação, enquanto os meus simplesmente apreciam a vista. Não deixo de notar a tensão em seu corpo, a maneira como seus braços se cruzam sobre o abdômen antes de ela os desembaraçar novamente para deixá-los soltos ao lado do corpo.

Ela não tem ideia do que fazer consigo mesma enquanto estou olhando para ela.

— Isso é ridículo, Gabriel. O que você planeja fazer? Me seguir até o meu carro e correr atrás dele como o cachorro que é? Isso não está um pouco abaixo de você neste ponto?

Eu sorrio e não digo nada. É uma loucura o quanto eu amo o som do meu nome nos lábios dela.

As portas se abrem quando chegamos ao térreo, e estico um braço para frente.

— Depois de você.

Ela ri.

— Tão cavalheiro.

— Só para você — eu murmuro, os olhos dela encontrando com os meus por apenas um segundo antes de cruzar o saguão para se aproximar da mesa de recepção.

Ficando para trás, eu rio ao ver o rosto da atendente se iluminar. Sua excitação vai ser de curto prazo. Isso a torna apenas mais uma vítima inocente que teve a sorte infeliz de ficar entre mim e Ivy.

Praticamente se balançando na ponta dos pés, ela olha entre nós e para baixo, para o dedo de Ivy. Não encontrando o anel de noivado que usei para mentir para entrar no quarto de Ivy, a expressão dela cai e seus olhos me procuram novamente.

Eu dou uma piscadinha e encolho os ombros.

— Não posso ganhar todas as vezes, acho.

A pobre mulher parece com o coração partido.

Eu não tinha realmente planejado isso, mas seus olhos se estreitam em Ivy em seguida, a recepcionista amigável agora odiando a bela loira a encarando de volta.

— Suponho que você vai fazer o seu *check-out*?

Rindo de seu tom cortante, cruzo os braços sobre o peito e aguardo.

Encolhendo-se com a voz da mulher, Ivy cola em seu rosto um sorriso vacilante, claramente ainda sem equilíbrio comigo parado por perto.

Normalmente, alguém estalando com ela não teria nenhum efeito. Nossa escola preparatória estava praticamente entupida de gente mimada e mal-intencionada. Nós estamos acostumados com isso.

O que só faz vê-la ser derrubada pela raiva da recepcionista ainda mais hilário do que isso deveria ser.

Porra, eu estou gostando disso.

Aperfeiçoando seu sorriso de 100 watts, Ivy joga os ombros para trás e deixa sua bolsa no balcão, tornando-se a pequena Miss Simpatia bem diante dos meus olhos. Isso não vai ajudá-la, mas é divertido assisti-la tentar.

— Sim, estou fazendo o *check-out* um pouco mais cedo, então eu espero que isso não seja um problema.

Os olhos da recepcionista disparam para mim novamente, e eu encolho os ombros e finjo uma cara triste porque a solidariedade é engraçada e isso só a irrita mais.

Quando o olhar dela se fixa de novo em Ivy, há milhares de facas disparando para fora dele.

— Normalmente, nós negociamos com os nossos hóspedes que precisam fazer o *check-out* inesperadamente, mas, no seu caso, isso não vai acontecer.

Batendo os dedos no teclado, ela bate seus olhos irritados de volta em Ivy.

— Você vai precisar pagar pelas duas semanas inteiras.

— O quê?

Quando o queixo de Ivy está caído no chão em estado de choque, ela perde a fachada falsa, seus olhos se estreitando de volta para a mulher.

— Mas eu só estive aqui por uma noite.

A recepcionista dá de ombros, seus olhos disparando para mim novamente enquanto abre um sorriso conspiratório.

Eu esperava colher a minha própria vingança eventualmente, mas é bom ter alguém conspirando comigo.

Olhos de volta para Ivy.

— Duas semanas completas. É o período pelo qual você reservou o quarto, e é isso que você vai pagar. Dê-me o cartão que deixou conosco para que eu possa debitá-lo.

Ivy abre a boca, um argumento bem ali na ponta da língua dela. Ele se agarra com mãos desesperadas enquanto ela luta contra o desejo de colocá-lo para fora.

Mas então ela olha para mim e solta um grunhido de raiva, seus olhos revirando enquanto chicoteia seu olhar de volta para a recepcionista.

— Quer saber? Tudo bem. Qualquer coisa para ficar longe daquele homem chato parado atrás de mim. Não é como se eu não pudesse pagar por isso.

Colocando o cartão de crédito no balcão com raiva, Ivy perde a mudança na expressão da recepcionista.

A raiva colore as bochechas da mulher com um vermelho saudável, seus olhos se voltando rapidamente para mim, onde estou parado como o herói de guerra indesejado, um pobre homem negligenciado que foi deixado de lado pela mulher que ele trabalhou duro para perseguir.

Isso só a deixa ainda mais irritada.

Apanhando o cartão, ela o insere no leitor, uma gargalhada explodindo de seus lábios quando um bipe soa do computador.

Colocando-o de volta no balcão com raiva, ela fixa um olhar irritado em Ivy.

— Recusado.

— O quê?

A pergunta de duas palavras é um som estridente que ecoa pelo saguão.

Eu cubro a boca para esconder meu sorriso, meus ombros tremendo com uma risada silenciosa que jogo como soluços suaves quando a recepcionista dá uma olhada na minha direção de novo. Felizmente, meus olhos estão lacrimejando, mas não pelo motivo que ela pensa.

— Como você pode fazer aquilo? — a recepcionista pergunta, verdadeiramente chateada por eu estar sendo tratado tão mal.

As sobrancelhas de Ivy se franzem enquanto ela puxa outro cartão e o joga.

— Fazer o quê? Experimente esse aqui.

A funcionária tenta com o novo cartão apenas para que o computador apite novamente.

— Também recusado.

— O quê? — Outra pergunta gritada e Ivy está chamando a atenção enquanto o ataque de pânico dela escala ainda mais alto.

Eu deveria estar filmando isso para o bem da posteridade. É quase perfeito demais para acreditar.

Elas passam por mais três cartões, o pânico de Ivy no volume máximo quando todos são recusados.

Considerando que ela estava hospedada em uma suíte que custa mil dólares por noite, duas semanas são muitas noites para pagar quando você não tem dinheiro em seu nome.

Depois de correr pelo mar de plásticos sem valor que enchem a carteira dela, o pânico de Ivy diminui apenas o suficiente para que seus pensamentos a alcancem.

Ela gira na minha direção, seu rosto em um adorável tom de vermelho enquanto aqueles olhos azul-piscina se estreitam no meu rosto com puro ódio.

— O que você fez?

Se eu fosse um desenho animado, a luz irradiaria da minha auréola com o sorriso inocente que dou a ela.

— Eu? Eu não fiz nada.

Resmungando sua descrença raivosa, ela se vira de volta para a recepcionista.

— Só preciso fazer um telefonema rápido para resolver esse problema. Tenho certeza de que isso tudo é um grande mal-entendido.

Ah, isso deve ser divertido. O *grand finale* é sempre a melhor parte do show. Ivy sai pisando forte com seu telefone na mão.

Tenho certeza de que ela está ligando para o pai e está a segundos de descobrir o quão sozinha ela está nesta briga. E, embora eu adorasse segui-la e escutar a conversa, decido ir para a recepção, para resolver o problema que eu criei.

Descansando meus antebraços contra o balcão, inclino-me para que eu possa nivelar os meus olhos com a mulher que tinha inesperadamente se tornado minha melhor amiga nesta parte do jogo.

— Tem que haver uma maneira de resolver isso. Quatorze dias é muito dinheiro quando, obviamente, ela não pode pagar. Não podemos pagar apenas por uma noite e terminar com isso?

Ela corta seu olhar para Ivy e de volta para mim.

— Por que eu deveria dar a ela essa cortesia? — Seus olhos se enchem de lágrimas. — Não posso acreditar que ela rejeitou você.

Eu franzo a testa.

— Sim, foi extremamente decepcionante, mas vou seguir em frente. Tem que existir amor verdadeiro para mim em algum lugar.

Estendendo a mão, ela toca meu braço.

— Oh, você é tão corajoso. Há uma mulher lá fora que é perfeita para você, tenho certeza.

— Obrigado por isso. Então, sobre a conta.

Pego a minha carteira e a abro.

— Ivy nunca deveria ter ficado aqui. Ela obviamente não pode pagar por isso, mas é como eu te disse antes. Ela tem problemas mentais. Eu não tenho muito dinheiro. Você sabe como é. O exército não paga muito bem. Mas eu posso lidar com uma noite, se pudermos nos contentar com isso?

Atrás de mim, a voz de Ivy vocifera através do saguão:

— Pai! Você não pode fazer isso comigo! Eu não fiz nada de errado!

Intencionalmente deixando cair a minha expressão para parecer magoado com a explosão, espero até que a recepcionista olhe para mim novamente.

— Vê o que eu quero dizer? O pai dela morreu há mais de três anos. Eu não tenho a menor ideia de com quem ela está falando. Ninguém foi capaz de convencê-la de que ele não está mais vivo.

Os ombros da funcionária murcham e seus olhos se arregalam de compreensão.

— Você é um homem tão bom por ajudá-la.

— Obrigado. Mas sobre a conta. Eu posso apenas...

Sua mão aperta meu antebraço.

— Uma noite está bem. Sinto muito que você tenha que passar por isso. Se eu pudesse deixar de graça para você, eu o faria.

— Obrigado por isso — digo, com um sorriso triste. — Eu agradeço.

Entrego o meu cartão a ela e ela o passa sem problemas. Não que eu esperasse um. Ao contrário de Ivy, as minhas finanças não estão inteiramente ligadas à minha família. Eu assino o recibo e entrego a ela, meus olhos fixos nos da recepcionista mais uma vez.

— Eu tenho mais um problema. Ivy aparentemente trouxe todos os seus pertences com ela. Não me pergunte por quê. Doidinha e tudo mais. Mas podemos pedir a um funcionário que os traga para baixo? É muito para carregar.

Piscando para mim, a recepcionista lança seus olhos entre mim e Ivy, que ainda está discutindo freneticamente com seu pai.

— Os carregadores de malas esperam receber gorjetas. Você pode pagar por isso?

Eu suspiro.

— Não realmente. Quer dizer, eu posso. Só vou ter que pagar minha conta de luz um pouco atrasada, mas tudo bem.

Ela acena com a cabeça de acordo.

— Na verdade, eu posso pegá-las. Levará apenas algumas viagens. Só estou preocupado porque meu ferimento de guerra, aquele que eu te contei...

Outro aceno, balançando a cabeça.

— Foi na perna, e ela começa a doer com muita caminhada. Mas tudo bem. Eu vou apenas...

— Não — ela diz, cortando-me. — Você já fez demais. Eu vou arrumar alguém para pegar as malas dela e trazê-las para baixo.

— Agradeço por isso.

Ela se vira para chamar um funcionário, e eu me viro para ver Ivy marchando em minha direção. A julgar pela linha fina de seus lábios e o som cortante de seus saltos de tiras contra o chão, estou prestes a ficar preso em um monte de problemas.

Honestamente, mal posso esperar. É mais divertido ferrar com a Ivy quando ela está com raiva.

Afastando-me do balcão para interceptá-la antes que ela esteja perto o suficiente para a recepcionista escutar a nossa conversa, coloco as mãos sobre os ombros dela e a paro no lugar.

Abaixando minha boca para o ouvido dela, não perco o calor raivoso de seu corpo, ondas dele batendo contra mim.

— Sugiro que você diminua o que quer que planeje dizer ou fazer no momento, para que esta situação não se torne pior para você. A conta foi paga e um carregador está trazendo suas malas para baixo. Eu odiaria que você arruinasse isso.

— Eu vou matar você — ela sibila — e te cortar em pedacinhos minúsculos.

É errado que o meu pau estremeça com a raiva mal contida na voz dela. Aparentemente, eu sou o tipo de bastardo que se excita com isso.

Ainda assim, não vou admitir culpa.

— Não tenho ideia do porquê você faria isso. Afinal, estou aqui para resgatá-la. Você deveria ser mais grata.

Quando me afasto dela, os olhos de Ivy se prendem no meu rosto. Vejo a minha morte sendo planejada por trás deles e rio com a visão disso.

— Seja inteligente, Ivy. Você pode jogar junto com o que está acontecendo agora ou lutar e foder com tudo. Sua escolha.

A voz dela é um fio de navalha quando estreita os olhos nos meus e fala:

— Não tenho ideia do que você fez, mas nunca te odiei mais do que odeio neste momento.

Sorrindo com isso, respondo:

— Eu não fiz nada.

— Você é um fodido mentiroso. E quando eu descobrir o que aconteceu, vou me vingar.

Nunca ouvi palavras mais bonitas na minha vida.

Dando uma piscadinha para ela, aperto seus ombros.

— Estou ansioso por isso.

Ivy

Gabriel me encara de volta com um brilho maligno em seus olhos verdes. O filho da puta me encurralou, e ele sabe disso.

Como conseguiu isso, eu não tenho ideia, mas fui inteiramente cortada dos meios de sair deste hotel por conta própria.

Meu pai estava com tanta raiva que mal conseguiu formular uma frase bem estruturada quando liguei para ele. Tudo o que me disse é que eu preciso crescer, parar de ser uma fracassada e me desejou boa sorte para voltar para casa.

Dizer que eu estava em choque é um eufemismo. Nem uma vez meu pai me abandonou em algum lugar e, apesar da minha discussão sobre como isso é perigoso, ele me cortou e não quis ouvir.

Ele me disse para pedir ao meu noivo que resolva o problema, já que estou ameaçando a carreira dele com o que fiz.

Eu não tinha absolutamente nenhuma fodida ideia do que ele estava falando, e ele não explicaria, independentemente de quantas vezes eu exigisse isso.

Mas eu sei que certamente tem tudo a ver com o bastardo conspirador olhando para mim neste momento.

A coisa que eu disse sobre matá-lo? Isso vai totalmente acontecer, assim que eu descobrir esse fodido desastre de situação e consertar tudo o que ele fez.

— Não vou a lugar nenhum com você. Eu vou dar um jeito nisso.

— Vai? — Ele sorri com isso, seus olhos brilhando com mais maldade.

Não suporto a vitória estampada na expressão dele, a arrogância, a autoconfiança que o cobre como uma mortalha. Isso está tão além do que eu fiz a ele que deveria estar fora dos limites.

Destruir a propriedade um do outro?

Sim, nós fizemos isso.
Constrangimento público?
Coisa certa.
Alterações corporais semipermanentes?
Estivemos lá. Fizemos isso.
Mas trazer as nossas famílias para isso? Ah, não. Essa é uma linha que nós traçamos na areia muitos anos atrás, e agora Gabriel a pisoteou completamente.
Nenhum de nós foi criado com a maior compreensão das famílias, e essa é uma linha que nunca deveria ter sido cruzada.
Mesmo que eu deva um preço pelo favor que Tanner fez por mim, essa merda está tão além dos limites que não consigo nem pensar direito para processar.
Ele muda sua postura, solta os meus ombros e enfia as mãos nos bolsos, a expressão no rosto dele de estar pouco se importando me irritando ainda mais.
— Me conte como você planeja voltar para casa sem nenhum dinheiro em seu nome. Ou, por falar nisso, como planeja chegar sequer até o aeroporto. Você vai caminhar até lá com as trinta malas que tem com você? Talvez se esconda na seção de carga para pegar um voo para casa. Por favor, me conte. Estou morrendo de impaciência.
Meus olhos se estreitam tanto que estou olhando para ele por trás de pequenas fendas.
— Envolver nossas famílias está fora dos limites. E são apenas dezessete malas, muito obrigada.
— Ah, desculpe-me pelo erro de contagem, e quem disse?
O humor em sua voz é incrivelmente exasperante.
— Além disso, o que te faz pensar que eu tenho algo a ver com isso?
— O fato de você estar aqui — respondo, levantando meus braços porque é melhor do que espancá-lo até ele desmaiar bem aqui na frente de testemunhas.
Conhecendo esse cretino, ele espera que eu o ataque fisicamente apenas para que possa jogar minha bunda na prisão por agressão e me fazer implorar a ele para me libertar.
Encolhendo um ombro negligente, ele inclina a cabeça.
— Estou simplesmente tentando ajudar uma velha amiga. Nós podemos ir agora? Ou você gostaria de continuar adiando o inevitável?
Minha voz cai para um rosnado perigoso.

85

— Eu não sou sua velha amiga. Eu nunca fui sua velha amiga. E estou bastante certa a esta altura de que nunca serei. Portanto, pare de fingir. É cansativo.

Chegando mais perto, ele se inclina para baixo apenas o suficiente para poder sussurrar para mim:

— Querida, eu não comecei a cansar você ainda. Pretendo colocá-la em tantos círculos que você vai me implorar para parar.

Odeio a forma como meu corpo estremece com sua proximidade, com o tom sexual em sua voz, apesar da promessa horrível que ele está fazendo.

E é uma promessa.

Gabriel não faz ameaças vazias.

Quando ele diz que vai fazer algo, é melhor acreditar que isso vai acontecer.

Essa é a única coisa sobre a qual ele não mente.

Nunca.

Eu não posso perder minha cabeça com isso, não posso ceder e me permitir perder o equilíbrio. É isso o que ele quer de mim, porque isso só me torna um alvo mais fácil.

Respirando fundo, inclino o queixo para cima e cruzo os braços sobre o peito. É preciso esforço para controlar minha voz, ainda mais para me segurar de não arranhar seu lindo rosto com as minhas unhas.

— Tudo bem. Acho que você ganhou esta rodada.

Sua sobrancelha se levanta, o canto da boca dele se arqueando.

— Mas isso não significa nada no longo prazo.

Outra contração de seus lábios.

— Você está planejando realmente me escoltar para casa, ou vai me deixar desamparada em Miami?

— Eu nunca faria isso. Você está tão indefesa e incapaz de cuidar de si mesma que eu seria um completo bastardo se a deixasse sozinha.

Revirando meus olhos para isso, eu sorrio de volta.

— Tão cavalheiro.

— Só para você —, ele diz, seus olhos caindo na minha boca e voltando para os meus olhos.

A quantidade de calor e ansiedade no olhar dele é impressionante.

Rolando meus ombros, relaxo a postura e decido lidar com isso no meu próprio terreno.

Assim que nós voltarmos, eu posso ir para o meu pai, explicar que tudo isso é um erro horrível e ter a minha vida de volta.

Feito isso, vou deixar o país e viver como uma vagabunda em algum país do terceiro mundo, se eu precisar, só para escapar desse cretino diabólico.

Atrás dele, o elevador apita e vejo um carregador trazendo as minhas malas em um carrinho, meu olhar cortando de volta para Gabriel.

— Vamos embora.

Puro triunfo está nos olhos dele, a verdade disso me dando um tapa na cara.

Ainda assim, este jogo não acabou. Nem de longe, e assim que eu me recompor, vou encontrar uma maneira criativa de contra-atacar.

Gabriel dá um passo à frente novamente e coloca a mão nas minhas costas para me mostrar a porta da frente. Meu corpo formiga com o toque dele, mas ainda assim todos os músculos ficam tensos também, porque permitir que ele fique em qualquer lugar perto de mim é apenas pedir um pesadelo.

Acompanhando-me pela porta afora e para o sol de um dia quente em Miami, Gabriel dá uma gorjeta ao carregador por trazer minhas malas e então espera pelo seu carro ser trazido para o meio-fio.

Depois de colocar minhas malas no carro, ele abre a porta da frente do passageiro, sorrindo para mim enquanto espera que eu entre.

Com a voz mais firme que consigo, eu falo:

— Estou surpresa que você esteja me deixando ir na frente. Pensei que seu estilo seria me amarrar e me trancar no porta-malas.

Ele ri disso.

— Pelo que me lembro, esse é mais o seu estilo depois de me despir de antemão.

Meus olhos se erguem para os dele enquanto coloco o cinto de segurança, a faísca que está sempre presente entre nós ainda está lá, apesar do quanto eu o odeie.

Gabriel deve sentir isso também, porque os olhos dele correm pelo meu corpo abaixo, levando seu querido e doce tempo no topo das minhas coxas, onde a minha saia subiu para mostrar mais pele.

Livrando-se do fascínio, ele fecha a porta e dá a volta na frente do carro, sem dizer uma palavra, enquanto seu pé pisa no acelerador e saímos do estacionamento para a estrada.

Nós passamos os próximos minutos viajando pela estrada em um silêncio desconfortável. De vez em quando, eu olho na direção de Gabriel, meu ódio por ele só aumentando a cada olhar.

Mais do que o meu pai disse passa pela minha cabeça, meu choque inicial diminuindo o suficiente para que eu considere os eventos que ocorreram.

— Você vai me dizer o que fez?

O canto de sua boca se curva com a minha pergunta, mas ele mantém seus olhos meticulosamente na estrada. A maioria das pessoas poderia abandonar o assunto neste ponto, aceitar sua derrota e seguir em frente.

Eu não sou a maioria das pessoas.

— Por que meu pai acredita que eu tenho um noivo?

Outra contração de seus lábios, o silêncio absoluto em seu lado da conversa enlouquecedor.

— Quem é meu noivo? — pergunto, porque é melhor não ser ele. Até o pensamento de um noivado falso entre nós faz meus olhos se contraírem e meu estômago encolher para um tamanho desconfortável.

— Você está planejando falar comigo de novo ou é mais divertido me torturar em silêncio?

Seu olhar verde brilhante corta para mim por apenas um segundo antes de retornar para a estrada.

— Na verdade, o silêncio é legal. Descobri que prefiro você quando não está falando. Isso me irrita menos.

Sorrindo com isso, eu me mexo em meu assento para olhar pela janela lateral.

— Beleza. Eu nunca mais vou falar mais uma palavra para você.

— Promessas, promessas — ele resmunga, enquanto nós viramos a esquina em uma rampa de acesso à rodovia.

De cada lado de nós, Miami passa velozmente, as palmeiras altas, o sol brilhante e as nuvens brancas e fofas deslizando por entre meus dedos enquanto Gabriel me leva para o aeroporto particular para me arrastar de volta para o meu tormento.

Eu odeio a cidade, sempre odiei, especialmente agora que o Inferno voltou de Yale e mais uma vez faz parte dela. Há anos eu procuro por uma desculpa para me mudar, e talvez esta seja uma.

Claro, é uma droga que meu pai tenha me deserdado, mas isso é o fim do mundo?

Há muito tempo, desejo liberdade financeira e minha própria carreira. Eu detestei a vida que ele estava lentamente criando para mim.

Talvez toda essa coisa possa ser uma bênção disfarçada. Eu posso conseguir um emprego com meu diploma em administração, trabalhar um ano inteiro para economizar e depois mudar para um lugar como este para encontrar outro emprego, meus dias de semana sendo gastos ganhando meu sustento, enquanto meus fins de semana são gastos tomando drinks de frutas ao sol.

Apesar de tudo, Gabriel pode ter acabado de me fazer um favor sem perceber, e com esse pensamento em mente, eu me volto para ele.

— Eu acho que você acabou de foder tudo, Gabe. Eu posso estar agradecendo a você depois disso.

Pelo perfil dele, posso ver seus olhos se revirarem, mesmo quando ele se recusa a olhar para mim.

— E eu acho que você deveria calar a boca como prometeu. Eu estava gostando do som de nada.

Meus lábios se curvam com isso, outro pensamento vem à mente sobre uma das maneiras que posso contra-atacar no caminho para casa.

Ele quer uma vítima silenciosa.

Eu me recuso a ser uma.

E com o conhecimento de que tenho algo contra ele, farei do voo para casa a experiência mais desagradável da história da humanidade.

Gabriel

É difícil acreditar que Ivy aceita qualquer coisa que tenho a dizer como verdade. Não depois dos anos que estivemos ao redor um do outro e não depois dos jogos que jogamos.

A verdade é que nunca a quero em silêncio perto de mim.

Ok.

Espere.

Isso é uma mentira.

Eu a *queria* em silêncio naquela vez em que ela me convenceu de que era um saco inútil de pele de socialite, que seu único valor era o custo de sua manutenção e as roupas que vestia.

Mas agora que eu sei que não é assim, e agora que vejo a adversária emergente contra a qual batalhei toda a minha vida, a última coisa que eu quero é que ela pare de falar.

Ela me fascina, essa mulher.

Sempre me fascinou.

Ivy permanece quieta o resto do caminho para o aeroporto, mas isso não significa que ela desistiu. Muito pelo contrário, na verdade. É quase como se eu pudesse ouvir as engrenagens girando em sua cabeça, pudesse ler seus pensamentos tão facilmente como se estivessem escritos em um quadro branco enquanto ela traça seu próximo movimento em seu plano de revidar.

Ela está tramando alguma coisa, e estou ansioso para a grande revelação, apenas porque, por mais irritantes que as pegadinhas dela possam ser, elas também são inspiradoras.

Eu amo o jeito que sua mente diabólica funciona. Ivy nunca faz nada padrão ou comum. As pegadinhas que ela planeja contra mim são uma forma de arte, e eu admiro a maneira como sempre me surpreendeu tanto quanto eu a surpreendi.

Parando nos portões do aeroporto, entrego ao atendente de segurança a minha identificação e plano de voo para ele verificar. Satisfeito por eu ter todo o direito de estar aqui, ele abre os portões e me permite seguir em frente.

Dentro de alguns segundos, nós estamos dirigindo lentamente pela pista, meu avião aparecendo, vários membros da tripulação correndo ao redor para fazer as verificações antes do voo.

Olhando para Ivy, vejo que ela não está impressionada. Mas então, por que estaria? Ela foi criada na mesma vida que eu, seu nível de luxo quase igual à riqueza que minha família acumulou.

Pelo contrário, ela parece entediada, o silêncio finalmente me afetando tanto que não consigo evitar quebrá-lo.

— Só para você saber, sou um membro em situação regular com o Clube de Sexo nas Alturas. Se você ainda não aderiu, eu recomendo fortemente.

Ela vira a cabeça para olhar na minha direção, mas ao invés de abrir aqueles lindos lábios e cuspir alguma réplica sarcástica, ela revira os olhos e se volta para a janela.

Minhas sobrancelhas se levantam com isso, e eu me pergunto por quanto tempo ela vai continuar com o tratamento de silêncio que está me dando.

Não deixo isso me incomodar.

— Posso presumir que seu silêncio indica consentimento e entusiasmo?

Seus ombros tremem com uma bufada, mas ela não olha para mim novamente ou se comunica de qualquer forma.

Está tudo bem. Assim que estivermos no avião, vou irritá-la tanto que ela não será capaz de resistir a atacar de volta.

Estaciono o carro perto do avião e saio. Acenando com a cabeça para um dos tripulantes, ando ao redor do carro para abrir o porta-malas para outro membro da equipe reunir e carregar as malas no avião, em seguida, viro para o lado do passageiro para abrir a porta de Ivy.

Oferecendo uma mão para ajudá-la a sair de seu assento, sorrio quando ela faz uma careta.

— Venha, princesa. Sua carruagem a aguarda.

Surpreendentemente, ela pega minha mão enquanto balança suas pernas bem torneadas para fora do carro e fica de pé.

— Eu não sou uma princesa — argumenta, enquanto nós caminhamos em direção ao avião, o sol brilhando lindamente contra sua pele bronzeada.

— Ah — eu provoco —, ela fala.

Sua risada suave flutua pela brisa, tentando-me em todos os lugares certos.

— Ah — ela responde de volta —, ele realmente quer me ouvir. Estou chocada.

Sorrindo com isso, nos aproximamos do avião quando eu a lembro:

— Você sempre foi uma princesa mimada, Ivy. Desde o dia em que nos conhecemos.

Chegamos à escada e ela se vira para mim antes de subi-la. Olhos azul-piscina seguram os meus, algo não dito em sua expressão.

— E você sempre foi o príncipe quebrado. Ou se esqueceu dessa parte?

Ela arqueia uma sobrancelha de formato perfeito antes de soltar minha mão para subir as escadas.

Preso no lugar pela lembrança de como nós acabamos aqui, observo enquanto ela sobe, o vento chicoteando sua saia de forma que a parte de trás de suas coxas continua espreitando para mim.

Que estúpido da parte dela dizer o que disse. Mesmo que eu tenha começado. O humor fácil que senti apenas alguns segundos atrás agora está perdido nas memórias que prefiro esquecer.

— Senhor Dane. Estamos prontos para partir. Só esperando você embarcar.

O vento chicoteia meu cabelo enquanto olho para cima para Ivy. Ela olha para baixo na minha direção, o vento batendo em sua saia da maneira certa para me dar um vislumbre de sua calcinha de seda preta.

Segurando a mão contra a saia para mantê-la no lugar, ela inclina o queixo desafiadoramente, seus olhos se enredando com os meus sem se desculpar pelo que ela disse.

— Senhor Dane?

Arrastando meu olhar do dela, viro-me para o tripulante falando comigo.

— Vou subir agora.

Ele acena com a cabeça em acordo e aguarda enquanto subo as escadas.

Abaixando minha cabeça enquanto entro na cabine, vejo Ivy em uma única cadeira perto de uma janela, seus tornozelos cruzados recatadamente e sua postura perfeitamente reta.

Escolho um assento em frente à cabine dela, não que ela mereça tanto espaço. Meus olhos ainda estão fixos nela enquanto fecham a porta e os motores dão partida.

Nós dois colocamos nossos cintos de segurança enquanto o avião se move pela pista, mas Ivy se recusa a olhar para mim quando nos levantamos no ar, subimos para a elevação adequada e o avião se prepara para o voo de duas horas.

Não aguento o silêncio por mais de meia hora.

— Você não acha que foi estúpido trazer isso à tona?

Ela ainda se recusa a olhar na minha direção, seus olhos treinados no céu lá fora.

— Não fui eu quem começou. Na verdade — ela acrescenta, seus olhos finalmente rastejando para os meus —, não sou eu que quero estar aqui. Eu estava alegremente vivendo minha vida ignorando todos vocês, pelo menos até que fui arrastada de volta para as suas merdas. Sinto falta dos dias em que você esteve ausente em Yale. Pelo menos, naquela época, eu não tive que olhar para trás constantemente com medo de você se esgueirar pelas minhas costas .

Sorrindo, eu tamborilo meus dedos no apoio de braço, a tensão em meus ombros forte demais para ser confortável.

— Há certas coisas sobre as quais nós não falamos, Ivy. Ou você se esqueceu?

Uma gargalhada estremece os ombros dela, mas o som é totalmente desprovido de humor.

— Você está falando sério? Quantos anos se passaram, Gabriel? Se alguém deveria querer evitar falar sobre aquela noite, sou eu. Nada do que aconteceu foi culpa minha. Mas você certamente me fez miserável por isso, não foi?

Ela balança a cabeça para os lados.

— É tanta besteira. Todo mundo acredita na máscara falsa que você usa. O brincalhão descontraído que não liga para coisa nenhuma. Mas eu vi a verdade, e você não gostou. É por isso que estou aqui agora? Foi porque eu abandonei algo que não deveria? Você pode se culpar por isso. Não a mim. Engano é um bom nome para você, Gabe. Acho que ninguém percebe o quão profundo é o apelido.

Ela solta o cinto de segurança e fica de pé. Os saltos que usa apenas acentuam o formato de suas pernas, sua pele bronzeada captando a luz certa para a sombra do músculo destacar o quão perfeita ela é.

Não posso deixar de arrastar meu olhar para baixo e para cima novamente, os olhos dela estreitados em mim porque ela sabe exatamente o que estou fazendo.

— Como se fosse rolar — ela zomba. — Esse navio partiu faz muito tempo.

Sem outra palavra, ela marcha para a parte de trás do avião e entra em um quarto à esquerda.

É exatamente o lugar errado para ela ir, mas não me importo com a escolha. A porta tem uma fechadura, mas é codificada, o painel eletrônico na lateral um verde constante depois que eu me levanto do meu assento para segui-la.

Com dois dedos, pressiono a maçaneta para baixo e entro, as costas dela voltadas para mim enquanto me movo o suficiente para que a porta se feche por trás de mim.

A luz não fica verde depois disso. Mas não tenho certeza se ela sabe que eu a tranquei.

— Boa escolha de quartos. Esta é uma dica sutil ou o quê? — Olho para a cama que ocupa a maior parte do quarto.

Ivy geme e se vira para olhar para mim.

— Não. Eu não queria entrar aqui, mas depois de fazer isso, pensei que pareceria estúpido marchar de volta para fora e seguir na outra direção.

— Isso mata o efeito dramático — comento.

Seus lábios se separaram com isso.

— Exatamente.

Jogando as mãos para cima, ela desiste do ato de garota durona, seus olhos implorando para mim do outro lado do quarto.

— O que você quer de mim? Eu não tenho nenhuma informação para dar a você sobre o meu pai, então não tenho certeza do que posso fazer para sair dessa.

Infelizmente para ela, essa é a última coisa na minha mente no momento. Eu ainda estou preso no meu primeiro ano do ensino médio, a chuva caindo em gotas congelantes.

Ela nunca deveria ter estado lá naquela noite, e não estaria se ela não estivesse tentando uma pegadinha no lugar errado na hora errada.

Desde então, ela sempre me viu como o príncipe quebrado. E não suporto que ela saiba disso.

Na época, nós nos odiávamos, mas esse ódio era simplesmente uma antipatia juvenil. Uma faísca ganhou vida naquela noite, e nenhum de nós foi capaz de apagá-la.

Ela pode tentar fingir que não está interessada, mas eu sei a verdade.

O que é triste é que ela está certa em dizer o que disse. Nossos jogos só ficaram mais cruéis depois que ela viu a horrível feiura do que reside por trás de um sorriso experiente e raciocínio rápido.

Eu ataquei porque a dor e o constrangimento eram demais, e ela rebateu porque eu merecia.

Quando não respondo, ela balança a cabeça novamente, a cor quase branca de seu cabelo brilhando sob a luz fraca do quarto.

— Acho que isso não importa, não é? Você nunca teve um motivo para me odiar, mesmo antes daquilo. Você simplesmente odiava. Desde que éramos crianças. Então, nisso, acho que é seguro presumir que seu grupo vai me torturar por diversão. Independentemente de eu poder lhe dar informações ou não.

Tão presa no que ela está dizendo, Ivy não percebe que estou me aproximando em passos lentos. Meus olhos a prendem no lugar, a distância diminuindo, mas ela está muito chateada para perceber que está sendo perseguida.

Ela não está errada, apesar disso. Sobre tudo o que mencionou. O Gabriel que todo mundo conhece é brincalhão e divertido. Eu sempre sou bom para uma risada fácil e um entretenimento rápido.

Tudo isso é de propósito, é claro, meu ato de *bom policial* um estratagema completo para fazer as pessoas baixarem a guarda.

Tanner sabe a verdade, mas então, isso é esperado de um melhor amigo. As pessoas acreditam que nós somos opostos, e talvez na temperatura do nosso temperamento, nós somos. Onde ele é quente, eu sou frio. E onde ele é rápido para reagir, eu levo meu tempo.

Tanner passará por cima de qualquer um que o desafie, enquanto eu os induzirei a acreditar que estão seguros antes de me esgueirar por trás.

Mas essa não é a única razão pela qual Tanner e eu somos tão próximos. Também tem tudo a ver com o que ele tinha testemunhado.

Assim como Ivy.

Embora ela nunca tenha sido convidada por mim para ver essa verdade.

Como sempre, essa mulher não pediu permissão para saber quem eu sou, ela simplesmente colocou sua linda bunda na situação errada e a roubou.

Ela se vira para ver que estou apenas a um pé de distância dela, um suspiro saindo de seus lábios enquanto ela se encolhe.

— Jesus Cristo, Gabe.

Dando um passo para trás, a boca dela se torce em uma carranca quando eu fecho a distância novamente.

Ela fica parada no lugar, o desafio rolando por trás de seus olhos.

— O que você vai fazer? Me assassinar? Finalmente cumprir todas as ameaças que fez no ensino médio?

Fico olhando para ela e sorrio ao ver Ivy inquieta no lugar. O silêncio cai entre nós, mas ela não aguenta. Seus lábios se separaram novamente para preenchê-lo.

— E se eu simplesmente pedir desculpas pelo que aconteceu e deixarmos por isso mesmo? Seguir em frente com nossas vidas separadas como se nunca nos conhecêssemos? Você pode consertar o que quer que tenha feito para fazer o meu pai me odiar, e nós podemos fingir que tudo isso nunca aconteceu.

Ela nunca se cala. Sempre gostei disso nela. Isso a torna mais interessante do que a maioria das pessoas. Isso significa que sua mente está se movendo mais rápido do que sua boca, seu filtro geralmente totalmente ausente para que eu tenha uma visão de primeira linha de cada pensamento.

Neste momento ela está hesitante, em curto-circuito. Mas então, ela sempre fica assim perto de mim, e eu gosto disso também.

— O que você está fazendo? — pergunta, quando fico aqui parado pacientemente olhando para ela, sem dizer uma maldita palavra em resposta.

Estou reunindo informações, examinando, avaliando. É o que faço com todas as pessoas, mas principalmente com ela.

Você não tem ideia de como a maioria das pessoas é entediante. Eles dizem as mesmas coisas. Fazem as mesmas coisas. Agem como clones uns dos outros quando estão em certas situações. Sempre previsível. Nunca é surpreendente.

Não a Ivy.

Ela é um mistério envolto em belas plumas. Mil sabores diferentes da mesma pessoa, cada um mais tentador que o outro. Eu só acho que ela não sabe disso.

É por isso que foi estúpido da minha parte cair no jogo que ela jogou no nosso encontro. Eu deveria ter percebido. Você não pode pegar uma pessoa que é muito grande para o seu próprio corpo e colocá-la em uma caixa de tamanho padrão que não tem peso ou volume.

É impossível, e eu deveria saber disso. No entanto, caí nessa de qualquer maneira.

Eu não vou cair de novo.

Estendendo a mão, suavemente seguro sua bochecha, meus lábios se curvando quando os olhos dela se arregalam ligeiramente e seu corpo fica imóvel.

Sempre...
É disso que você precisa se lembrar.
Eu sempre quis essa mulher, mesmo quando não suportava que ela existisse.
— Você não deveria me tocar — ela fala em um suspiro, sua voz sem força.
Minha boca se curva mais com isso, e eu me aproximo um pouco mais.
Com os olhos arregalados, ela não se afasta nem cede, mas ainda está tão nervosa quanto pode.
— Isso nunca acaba bem — ela argumenta, seu olhar caindo para a minha boca antes de saltar para cima novamente.
Ela não está errada. Mas então, nós nunca tivemos um momento em que não fomos interrompidos. Parecia que o mundo concordava que éramos as piores pessoas possíveis um para o outro e colocava obstáculos no lugar para nos manter separados.
Essa atração é um vírus fatal ao qual nenhum de nós está imune, que nos infectou quando éramos crianças e tem lentamente lascado tudo o que somos.
E embora eu ainda queira destruí-la, não posso lutar contra a necessidade de prová-la no processo.
— Gabriel — ela avisa, mas não se afasta. — Você sabe que isso nunca pode acontecer, e também sabe o porquê. Então só pare antes de empurrar isso longe demais.
Eu gosto de empurrar as coisas longe demais.
Ivy e eu somos ambos especialistas nisso.
Nossas bocas estão a poucos centímetros provocantes de distância, nossa respiração compartilhada enquanto nossos olhos dançam juntos com ódio e desejo. Ainda assim, ela não para de falar, e eu sorrio ao ouvir isso.
— Você é uma mentira ambulante, Gabriel. Alguma vez vai deixar alguém além de mim saber disso?
Minha boca encosta na dela quando respondo:
— Eu não planejo isso.
— É uma pena.
— Só cale a boca.
Nossas bocas pressionam juntas, minha língua varrendo para prender a dela, minha mão se movendo para que eu possa colocar meus dedos nos cabelos dela e segurá-la no lugar. E, caralho, meu corpo está apertado com a necessidade de me conter, o dela está se derretendo, como se fosse se render.

Este beijo é feroz pelo quanto nós queremos um ao outro, perigoso pela maneira que ele nunca deveria acontecer, e errado por quão sem sentido ele é, porque não vai mudar a minha decisão de destruí-la.

Estamos nos devorando, minha outra mão tomando posse do quadril dela para puxar seu corpo para o meu, suas mãos mergulhando em meu cabelo para me arrastar para ela. Mesmo nisso, a gente luta, mas sempre foi assim.

O avião balança sob nossos pés e Ivy tropeça para trás, seu corpo caindo contra uma parede que uso para prendê-la no lugar.

Meus pulmões estão gritando por ar, mas não consigo parar de beijá-la, prová-la, praticamente foder seu rosto com a minha língua porque perco cada grama de controle quando se trata dela.

Atrás de mim, há uma batida forte de nós dos dedos contra a porta enquanto o avião balança novamente. Eu acreditaria que a Terra está se movendo em resposta ao choque de duas forças opostas se unindo, se eu não soubesse que nós estamos no ar.

Outra batida, mais forte e mais urgente.

— Senhor Dane.

Rosnando com a interrupção, interrompo o beijo e olho por cima do ombro, meu peito batendo com a respiração ofegante.

— O quê? — Minha voz é um quase um latido da frustração me dominando enquanto o avião afunda, e nós dois damos um passo para o lado para não cair.

— Estamos entrando em forte turbulência. O piloto solicitou que vocês retornassem aos seus assentos.

Outra sacudida forte e objetos no quarto chacoalham, minha palma pressionando contra a parede perto da cabeça de Ivy para manter o equilíbrio.

— Foda-se — eu reclamo baixinho.

Toda maldita vez isso acontece.

— Nós vamos estar aí em um segundo — respondo, enquanto outro tremor forte nos avisa para apertar o cinto.

Voltando-me para Ivy, meus olhos se fixam nos dela, os mesmos pensamentos correndo por trás de seu olhar que estão gritando na minha cabeça.

— Até o universo é contra isso, Gabe.

Seu olhar procura meu rosto, sua respiração batendo contra os meus lábios.

— E nós dois sabemos disso.

Ivy

Quem diria que a própria Mãe Natureza iria intervir e impedir um erro enorme? Eu tenho que agradecê-la, porém, tanto pelo aviso quanto pelo lembrete.

Acho que é bastante óbvio que não posso confiar em mim para me controlar perto de Gabriel. Ele tem a capacidade insana de puxar todas as emoções para fora de mim. Principalmente a raiva, mas frequentemente a luxúria. Ocasionalmente, um coração partido, mas, de acordo com ele, nós não falamos sobre isso.

Não foram nem dois segundos mais tarde, depois de retornar aos nossos assentos, que ele se escondeu atrás de sua máscara novamente, os pequenos vislumbres que tenho do homem por baixo dela raros e distantes entre si.

Nós não falamos pelo resto do voo, o que estava bom para mim, e assim que o avião pousou, fizemos o nosso caminho até o carro que estava nos esperando lá embaixo.

Agora estamos a caminho de sabe-se lá onde. Ele não vai me dizer. Sua boca se curva com um sorriso enigmático toda vez que pergunto.

Não é até que nós paramos no portão em Highland Hills que percebo que ele está me levando direto para a casa de Tanner.

Meu estômago dolorosamente se torce em nós quando Gabriel para no pequeno prédio de segurança, ergue uma sobrancelha para o guarda, então segue em frente lentamente conforme os portões se abrem.

— Eu esperava que você estivesse me levando para casa. Tenho uma situação desagradável para resolver, graças a você.

Sorrindo, ele ri baixinho enquanto nós seguimos pela estrada de mão dupla, passando por belas casas que são símbolos de status das pessoas poderosas que as possuem.

— Eu não teria gastado tanto tempo criando essa situação se eu tivesse planejado que você a consertasse.

Pelo menos ele está falando de novo.

— Você gostaria de me dizer exatamente o que fez para criar isso?

Outra risada, o brincalhão descontraído firmemente no lugar, agora que voltamos para casa.

— Não tenho ideia do que você está falando — ele diz, seu tom de zombaria enquanto direciona o carro pela entrada de Tanner e dá a volta na casa para os fundos.

Babaca.

Agora que ele está assim de novo, sei que não vou ser capaz de arrancar nada dele, mesmo que o cortasse ao meio para desenterrar informações. Já vi esse lado de Gabriel tantas vezes que posso ficar confusa quando isso acontece. Às vezes esqueço que conheço a mentira.

Estacionando do lado de fora de uma grande garagem, Gabriel desliga o carro e sai. Depois de dar a volta pela frente para chegar ao meu lado, ele abre a minha porta e oferece sua mão para me ajudar a ficar de pé.

É uma loucura o quão educado ele é, sempre o cavalheiro como eu o provoco. Mas tudo isso faz parte do charme fácil que ele retrata para esconder o que realmente está acontecendo por dentro.

Eu aceito, e aquela maldita faísca salta no segundo em que as nossas mãos se tocam, meus olhos se levantando para os dele para ver que ele está olhando para mim, um milhão de pensamentos girando por trás do verde-esmeralda que faz meu coração disparar e minhas coxas baterem juntas.

Uma vez que estou de pé, ele se aproxima de mim, prendendo-me ao carro, seus olhos procurando os meus por apenas um momento antes de a boca dele se mover para o meu ouvido.

— Você acha que se eu a beijasse agora, um terremoto iria nos parar?

Um tremor percorre o meu corpo com a rouquidão em sua voz, as bordas ásperas provocando meu corpo com a frustração sexual que sei que ele sente.

— Tenho certeza de que o chão se abriria e nos engoliria inteiros. Nós não devemos ficar juntos. Isso é uma afronta à ordem natural do mundo.

Eu sinto sua boca sorrir contra a minha bochecha.

— Talvez eu precise te levar para um lugar onde não existam falhas geológicas e que não tenha vulcões por perto.

Rindo disso, eu respondo:

— Então seria apenas um tornado, um furacão ou algum outro desastre natural. Porque é isso que nós somos.

Ele suspira, e aqueles olhos mentirosos voltam para os meus.

— Suponho que você esteja certa. É uma pena que eu te odeie tanto. Você não é ruim de se olhar. Eu não me importaria em descobrir como a vista é bonita sem as suas roupas.

— Como se eu fosse deixá-lo ver tudo isso. Você se apaixonaria e eu nunca me livraria de você.

O sorriso que conheço tão bem está de volta no lugar quando ele solta a minha mão e se afasta.

Empurrando o queixo em direção à casa, ele silenciosamente me diz para começar a andar, a porta do carro fechando atrás de mim enquanto respiro fundo e sigo naquela direção.

Chego a uma porta lateral e Gabriel passa por mim para abri-la.

Olhando para ele, eu pergunto:

— Quando você vai me levar para casa?

Aqueles lábios enganadores se abrem em um sorriso encantador.

— Não sei por que você gostaria de ir para lá quando estamos tão perdidamente apaixonados.

— Espere. O que?

Gargalhando, Gabriel me empurra para dentro de casa, direcionando-me mais alguns passos para a frente para dentro de uma bela cozinha enquanto ele silenciosamente fecha a porta atrás de nós.

Eu giro para encará-lo.

— Você vai explicar o que isso significa?

— Boa sorte em arrancar alguma coisa dele — diz uma mulher atrás de mim. Há humor na voz dela, e apenas uma sugestão de sotaque sulista.

O medo percorre a minha espinha quando me viro para ver a linda morena com quem Tanner estava andando pela festa de noivado, seus olhos azuis pousando em Gabriel por apenas um segundo antes de deslizar para mim.

— Não tenho certeza se você se lembra de mim. — Ela sorri docemente e encosta um ombro na porta. — Na verdade, nós já nos encontramos antes, mas eu era casada com Clayton Hughes na época.

Ah, Deus. Pobre mulher. Clayton Hughes pode fazer parte dos melhores círculos sociais por causa de seu pai, mas ele sempre foi um idiota.

Meus pensamentos devem estar escritos por todo o meu rosto, porque ela ri e dá um passo à frente para oferecer uma mão em saudação.

— Sim, foi um erro horrível me casar com ele, e vivi para me arrepender disso. A propósito, sou Luca Bailey. É um prazer encontrar você novamente.

Tão horrorizada com o reconhecimento de seu sobrenome, eu brevemente esqueço que há um bastardo atrás de mim que fez algo terrível para arruinar minha vida.

Sua mão toca minhas costas enquanto aperto a mão de Luca, a culpa rastejando pela minha espinha pelo que sei e me recuso a dizer.

Gabriel passa por mim e puxa Luca para um abraço caloroso.

— O que você está fazendo, amor? Sentiu minha falta enquanto eu estava fora?

Outra risada enquanto ela envolve seus braços ao redor dele. Resisto à vontade de vomitar. Esta pobre mulher não tem ideia de quem ele realmente é.

— Sempre sinto sua falta. O policial malvado está lá em cima, se estiver procurando por ele.

Policial malvado?

Quem é esse?

E por falar nisso, quem diabos é o policial bom?

Eles dão um passo para longe, e Gabriel parte como se fosse sair da sala. Parando antes de chegar à porta, ele se vira.

— Faça-me um favor, Luca, e ataque a Ivy se ela tentar escapar. Ela não está feliz comigo no momento. Embora eu não consiga descobrir o porquê.

Mentiroso...

Ele dá uma piscadinha para ela antes de desaparecer pela porta, e eu congelo no lugar quando Luca se vira para olhar para mim.

Odeio saber o que sei, e é preciso muito esforço para não me jogar aos pés dela, revelar todos os detalhes e implorar por perdão. Mesmo que eu não tivesse nada a ver com isso.

— Lamento saber das suas férias. Sei o que é ser arrastada para a merda deles. Suponho que você esteja tão relutante quanto eu estava.

— Você pode dizer isso — respondo, com a voz trêmula.

Minha hesitação não é por causa do que Gabriel está fazendo comigo. Estou acostumada com isso. É mais porque não consigo engolir totalmente o segredo que acho que sei sobre a mulher. A culpa está me comendo viva.

Talvez seja um Bailey diferente.

Quer dizer, sempre existe a possibilidade.

O pensamento me acalma parcialmente, apenas o suficiente para que as palmas das minhas mãos não suem.

— Sente-se.

Ela aponta para a ilha da cozinha e vai até a geladeira.

— Posso pegar alguma coisa para você?

— Água está ótimo. Obrigada.

Fico olhando enquanto ela abre a porta da geladeira e tira duas garrafas. Fico feliz em me sentar por medo de que eu possa desmaiar, inclino-me contra o encosto e bato meu dedo do pé no chão.

Isto é estranho. Ainda mais do que ir a um encontro com Gabriel. Não fui feita para a merda obscura em que o meu pai está envolvido. Se eu alguma vez fosse interrogada, tudo o que eles teriam que fazer seria balançar o dispositivo de tortura para mim e eu desabaria e choraria como uma putinha.

Eu contaria tudo a eles.

Os segredos do meu pai.

Os meus.

Droga, eu contaria a eles todos os segredos de Emily e Ava, também, apenas para garantir.

Voltando-se para mim, ela coloca uma garrafa no balcão e abre a dela para tomar um gole.

— Então — ela diz, com um brilho nos olhos e um sorriso estranho em seu rosto. — Desembucha.

Eu guincho, meu coração agora totalmente na minha garganta, dançando em um ritmo pausado. O que diabos ela quer saber?

É preciso esforço para falar.

— Desembuchar o quê?

Sua risada é encantadora, sua natureza despretensiosa brilhando através de sua linguagem corporal e voz.

— Sobre Gabriel. Ouvi dizer que vocês dois têm história, e quero saber tudo sobre isso.

Na verdade, isso é pior do que o que eu temia que ela estivesse perguntando. Prefiro contar a ela o que meu pai fez do que chegar perto desse assunto.

— Nós nos conhecemos desde que éramos crianças — eu respondo resumidamente, esperando que ela não se intrometa muito.

Seus olhos se reviram.

— Você sabe mais do que isso. Pelo que ouvi, vocês dois não se suportam. Eu estava aqui na noite em que o largou no gramado de Tanner amarrado e pelado.

Eu rio disso. Só porque foi incrivelmente engraçado.

Inclinando sua garrafa de água para mim, ela acrescenta:

— Eu respeito você pra caramba depois disso. Também acho que você é estúpida por foder com ele, mas tem coragem.

Espera. O que ela sabe?

— Acontece que tenho bastante experiência em foder com Gabriel. Nós estamos nos zoando há muito tempo.

Suas sobrancelhas se franzem com isso.

— O que é estranho. Ele é um cara tão legal. Prefiro tê-lo por perto quando Tanner fica de mau humor. Juro que ele é o único que pode acalmar Tanner.

Ok.

Então ela não faz a menor ideia.

Cara legal, minha bunda.

Concordo com o equívoco apenas porque derramar o segredo de Gabriel resultaria na minha morte e em um enterro superficial.

— Embora eu entenda que não se deve confiar totalmente em Gabriel — ela diz. — Ele é um mentiroso especialista.

Pelo menos ela sabe disso.

— O que ele fez para você? — pergunta, seu cabelo castanho-claro caindo suavemente por cima de seus os ombros.

Respirando fundo, abro a tampa da minha garrafa e engulo alguns goles.

— Eu não faço ideia. Ele não quis me dizer. Tudo o que sei é que meu pai não está mais falando comigo agora, todos os meus cartões de crédito foram cortados e eu estou sem um tostão, sem esperança de escapar dessa bagunça, a menos que Gabriel faça alguma coisa para consertar isso.

Seus olhos se arregalam.

— Puta merda.

— Sim — concordo. — Ele não está de brincadeira desta vez.

Ela balança a cabeça em negação.

— Não é pior do que o que Tanner fez comigo.

Oh, céus. Isso deve ser bom.

— E isso é?

— Eu me pergunto quanto tempo nós temos antes que os caras voltem. Essa vai ser uma longa história.

Tudo bem com isso. Contanto que signifique que não estou falando, eu me acomodo na minha cadeira.

— Eu aparentemente tenho todo o tempo do mundo. Gabriel não tem nenhuma intenção de me levar para casa. Conte-me tudo.

Gabriel

— Ouvi dizer que devo dar os parabéns. Quando é o casamento? Acho que vou conseguir para você uma molheira legal, ou talvez algum pegador de salada revestido de prata que você possa usar para tirar sua cabeça da bunda por fazer algo estúpido pra caralho.

Os olhos de Tanner se voltam para os meus assim que entro em seu escritório, seus pés estão apoiados em cima da mesa e sua cadeira inclinada para trás.

Rindo da raiva que ouço em sua voz, largo o meu peso em uma cadeira em frente a ele e cruzo um tornozelo sobre o joelho.

— Problemas?

Ele corre a mão pelo cabelo e balança a cabeça para os lados.

— Nós fizemos muita merda com as pessoas durante muitos anos, Gabe, mas isso leva a fodida medalha. Existe algum motivo pelo qual você não mencionou isso antes de partir para Miami? Um alerta poderia ter sido bom.

— Parte do motivo pelo qual não fiz isso é porque eu estava animado com a surpresa. Você está levando isso muito melhor do que o esperado.

Lábios puxados em uma linha fina, ele joga uma caneta em mim que eu mal esquivo, a maldita coisa como um mini míssil para o quão bravo ele está.

Isso é realmente muito bom. Eu estava ansioso pela reação dele, tanto quanto pela de Ivy quando ela descobrir.

— Warbucks vai matar você. Espero que saiba disso. Aqueles cretinos não levam na boa serem deixados de fora quando um de seus fantoches está prestes a ser destaque na primeira página de todos os sites de notícias e fofocas.

Embora eu concorde que talvez tenha ido um pouco longe, funcionou perfeitamente para o que eu esperava alcançar.

— O Warbucks já ligou várias vezes. Ainda tenho que responder.

— O que significa que eles vão aparecer aqui em algum momento. Ótimo pra caralho.

Dando de ombros, relaxo contra o meu assento.

— Ele me pediu para lidar com ela. É isso que estou fazendo.

Tanner sorri.

— Você está morto pra caralho. Vou começar a escolher o seu caixão agora.

— Escolha um rosa com brilhos, e eu vou te assombrar até a sua morte.

Rindo disso, ele bate em alguns botões do teclado e faz uma careta para o que quer que esteja lendo.

— Você é tão babaca. Estou chocado por ter ido tão longe. Sei que você teve problemas com a Ivy, só não percebi o quão grande era esse seu ressentimento. Isso vai muito além de colocar alguém sob controle.

— Diz o cara que literalmente enganou uma mulher que ele ama para se casar com outro homem apenas para que pudesse eventualmente ter vantagem sobre ela.

Tanner inclina a cabeça em um acordo silencioso.

— Bom ponto. As fotos ficaram boas, no entanto. Você as viu?

— Na verdade, não, eu não vi.

Levantando-me, ando ao redor de sua mesa para ficar de pé atrás dele, a gargalhada explodindo de meus lábios assim que ele rola para a primeira foto que está colada em uma revista de celebridades bem conhecida.

Taylor fez um trabalho extraordinário criando imagens falsas de Ivy e eu juntos, a manchete acima era *Solteiro milionário agora fora do mercado*.

O artigo é apresentado como uma grande façanha de reportagem investigativa, quando a triste verdade é que nós entregamos a eles a informação.

— Como vocês, filhos da puta, conseguiram fazer tudo isso?

Rindo novamente quando ele rola para baixo para a minha foto propondo o casamento, eu respondo:

— Não foi tão difícil assim. A tecnologia torna quase tudo possível hoje em dia.

— Elas parecem reais — ele comenta. — Mas isso ainda não explica por que você faria algo tão estúpido, porra.

Voltando ao meu lugar do outro lado da mesa, eu me jogo na cadeira e alongo os músculos do pescoço.

— Ivy simplesmente continuaria correndo e se esquivando de mim se eu não a prendesse. Então, sabendo o quanto o pai dela odeia nossas famílias e supondo que ele mais do que provavelmente proibiu Ivy de ter qualquer coisa a ver conosco, eu corri o risco. Antes que qualquer uma dessas merdas fosse para a mídia, uma cópia de cortesia foi enviada ao governador Callahan, do Tribunal de San Diego. De acordo com isso, nós ficamos noivos depois que ele financiou nossas férias extravagantes juntos. Eu tinha certeza de que depois que o idiota visse a conta de todos os hotéis luxuosos em que ela estava hospedada, ele iria deserdá-la apenas para me irritar.

— Ela está aqui? — pergunta.

— É claro. Ele cortou os cartões de crédito dela, tirou seu avião particular e praticamente a deserdou assim como eu pensei que faria. Honestamente, não posso ser culpado. Foi ela quem me deu a ideia quando interpretou o papel da filha indefesa e mimada.

Tanner ri disso.

— Ela é a filha mimada.

Não me preocupo em discutir ou concordar, porque não precisa ser dito.

— Mas ela não estava indefesa. — Eu sorrio. — Agora ela está.

Puxando as pernas para baixo da mesa, Tanner encontra meu olhar.

— Então, qual é a rede de segurança para endireitar a vida dela novamente quando ela nos der o que queremos?

Quando não respondo, ele se inclina para trás em sua cadeira e faz uma careta.

— Porra, Gabe. Você não preparou uma?

Eu não vi necessidade disso quando o meu objetivo é destruir a vida dela.

Warbucks e o resto dos nossos pais podem estar atrás de informações, mas eu quero mais do que isso. Esta é a cereja no topo da porra do bolo, a pegadinha final que termina com a guerra.

Eu deveria me sentir mal?

Provavelmente.

Mas não há regras no que diz respeito ao quão longe estou disposto a ir.

— Isso está além de uma merda de corrida de desafio.

— Claro que está. Isso é uma vingança. Ela fez por merecer.

Tanner tem uma expressão preocupada, seus olhos encontrando os meus com cautela demais por trás deles.

— Acho que você está mirando nela porque você não pode tocar a pessoa que realmente quer derrubar.

Franzindo meus lábios, eu dou de ombros.

— É mais do que isso.

— Claro que é.

Ele suspira e tamborila uma caneta na mesa. Tanner está sempre brincando com algo em suas mãos quando está agitado ou pensando.

Olhando para mim novamente, ele pergunta:

— Ela sabe o que você fez?

— *Que porra é essa? Maldição, Gabriel! Seu filho da puta desgraçado!*

O momento da explosão de Ivy lá embaixo não poderia ter sido melhor.

Meus lábios se contraem ao ouvir o grito agudo, meus olhos se fixando nos de Tanner.

— Agora ela sabe.

Ele esfrega uma mão no rosto, amaldiçoando baixinho.

— Acho que isso significa que você não vai voltar para o escritório hoje?

Minha coluna fica reta com isso.

— Por quê? Quem você demitiu? Quem se demitiu? Lacey ainda é uma funcionária?

Eu juro por Deus que não se pode confiar neste idiota nada que requeira sequer a menor quantidade de sutileza e etiqueta social. Não é que Tanner não saiba como as pessoas funcionam, é que ele não se importa, e ele se tornou muito dependente de mim para consertar todas as suas idiotices de mau humor.

Desde que embarquei no avião em Miami, não verifiquei meu telefone, mas pensei que as duas horas que Tanner passou longe do escritório seriam seguras para não ter que me preocupar.

Tirando o celular do bolso, toco na tela e vou até o meu aplicativo de e-mail.

Não há linhas de assunto ameaçadoras em letras maiúsculas geralmente enviadas pela Lacey, ou cartas de demissão de advogados associados chorões me agradecendo pela oportunidade, mas expressando seu pesar por terem se demitido.

Tudo o que recebi desde a última vez que verifiquei o e-mail é a correspondência usual e outras porcarias relacionadas com os nossos casos de muito dinheiro.

— Eu não fiz nada — Tanner diz inocentemente. — Só acho que você precisa se esconder no meu banheiro pelas próximas horas para evitar a mulher atualmente com raiva subindo as minhas escadas.

Levantando uma sobrancelha para isso, eu rio.

— Ao contrário de você, eu não preciso me esconder de...

A porta se abre atrás de mim com tanta força que posso ouvir a parede de gesso estalar com o impacto da maçaneta.

— Você está maluco, porra? Eu vou cortar sua garganta por isso. Amarrar você por suas pequenas bolas e te usar como uma *piñata*. Quando eu terminar de mutilar o seu corpo, não vai restar mais nada para queimar. Você está tão morto por isso, Gabriel Dane, e eu não tenho certeza se percebe o quão sério estou falando neste momento.

A voz irritada de Ivy preenche a sala, praticamente sacudindo as paredes ao meu redor.

Tanner lança um olhar de mim para ela e então encontra o meu olhar novamente.

— Você estava dizendo?

— Eu ainda não vejo qual é o problema — eu respondo calmamente.

— Provavelmente porque você não está olhando para trás. E eu iria me abaixar, a propósito. Parece que pode doer.

Meus olhos se arregalam e eu me viro a tempo de ver o braço de Ivy puxado para trás para lançar um pesado cinzeiro de vidro na minha cabeça que ela deve ter agarrado enquanto passava como uma tempestade pela sala de estar.

Caindo no chão, cubro a cabeça assim que o vidro atinge o lado da mesa de Tanner e se estilhaça, a voz de Ivy retumbando através da sala novamente com um par de pulmões que são estranhamente impressionantes.

— Isso ultrapassou todas as linhas que nós alguma vez já tivemos na nossa guerra. Não há mais limites, Gabe. Sem regras. Sem cortesias. Nada! Quando eu terminar de destruir o seu mundo inteiro, você precisa se lembrar que foi você quem começou essa merda. Não fique puto comigo quando eu te pegar de volta por isso. Estou indo embora, babaca, e não se atreva a tentar me impedir.

Outro objeto bate contra a mesa antes de seus pés marcharem para longe, o som de seus passos recuando como um trovão pelo corredor e escada abaixo.

Fico de joelhos e sacudo o vidro quebrado do meu cabelo e roupas.

Os olhos verdes-escuros de Tanner me encaram do outro lado da mesa. O canto de sua boca se curva, seus lábios se estreitando para conter a gargalhada dele.

Depois de alguns segundos, ele ganha controle de si mesmo o suficiente para falar, mas ainda ri ao perguntar:

— Você vai cuidar disso ou deixá-la destruir minha casa? Eu não estava brincando sobre esfregar seu nariz nisso. Isso nunca deveria ter sido trazido para a minha casa.

Eu me coloco de pé e sacudo mais vidro para longe.

— Como se eu fosse trazê-la para a minha. Eu ainda me estremeço ao som de galinhas cacarejando.

Ele perde a cabeça com esse comentário, seu leve caso de risadas agora uma gargalhada escandalosa completa.

Amaldiçoando baixinho, eu saio da sala em perseguição de uma mulher seriamente puta da vida que provavelmente está se escondendo com uma arma na mão, na esperança de bater na minha cabeça.

Não que eu possa culpá-la. Eu realmente cruzei a droga de um limite com o que fiz, mas ela não me deu escolha no assunto. Ela me irritou quando realmente conseguiu me fazer cair no jogo dela, e então saiu correndo antes que eu tivesse a chance de me vingar.

A única maneira de lidar com a Ivy é prendê-la no lugar, e isolá-la dos recursos do pai dela era a melhor maneira de fazer isso.

Se ela apenas tivesse ficado na cidade em vez de sair de férias permanentes, eu não teria sido empurrado para este ponto.

A porta da frente nunca bateu e sacudiu toda a parte da frente da casa, então eu viro a esquina para a sala de estar para caçá-la, acreditando que é seguro presumir que ela foi por esse caminho.

Luca está sentada em um dos sofás, seus olhos azuis erguendo-se para mim com desaprovação por trás deles.

— Não posso acreditar que você fez isso com ela, Gabriel. Isso é algo que eu esperaria que o Tanner fizesse, ou talvez um dos outros caras. Mas você? Estou desapontada.

Sorrindo para ela, atravesso a sala a caminho da cozinha.

— Isso é perfeitamente normal, linda. Não se preocupe. Ivy e eu gostamos dos nossos jogos de merda. Isso nada mais é do que um tapinha de amor. Por acaso ela correu nessa direção?

A porta da cozinha bate com força o suficiente para balançar o lustre da sala de jantar, e me apresso naquela direção, pronto para jogar a cadela no chão, se necessário.

Indo para fora, espero encontrar Ivy em algum lugar na garagem, mas depois de procurar para cima e para baixo, não há sinal dela.

Porra, que inferno. Para onde ela poderia ter ido?

Sim, a propriedade é enorme, mas duvido muito que ela rastejaria para debaixo de um arbusto ou que escalasse a lateral da casa para escapar de mim.

Então, novamente, esta é Ivy. Quando está brava, não há como dizer do que ela é capaz.

A julgar pelas ameaças que fez e quão ruidosamente as fez, ela não está apenas brava, está perigosamente psicopática.

Sabendo disso, eu saio para olhar a rua, a vizinhança tranquila em sua maior parte, apenas uma equipe de jardinagem trabalhando algumas casas abaixo e um caminhão de entrega na direção oposta.

Volto para a casa e levanto o olhar para o telhado, apenas no caso de ela estar lá com alguma coisa pesada para largar na minha cabeça.

Uma buzina chama a minha atenção um segundo mais tarde, meu corpo girando no lugar a tempo de ver o carro de Emily parar rapidamente e Ivy sair correndo de trás da grande cerca viva de um vizinho, descalça e com seus sapatos de salto nas mãos.

Não estou surpreso de ver a ajudante ruiva de Ivy aparecendo para o resgate.

Ela sobe no carro antes que eu possa dar o primeiro passo em sua perseguição, não que eu fosse atacá-la na frente de testemunhas.

Virando o dedo do meio para mim, Ivy estreita os olhos na minha direção um pouco antes do carro decolar com pneus cantando.

Porra.

Eu não tinha planejado isso, mas rio mesmo assim. Eu não deveria ter esperado nada menos.

Tudo bem, no entanto. A caça é sempre mais divertida quando se tem que persegui-la. E não é como se Ivy pudesse fazer muito para consertar isso. Eu tenho medidas de segurança no lugar, surpresas que garantem que ela não será capaz de suavizar essa situação.

Sorrindo quando o carro vira uma esquina e desaparece de vista, eu enfio minhas mãos nos bolsos e inclino o rosto para o céu cinza acima da minha cabeça.

Parece que pode chover nas próximas horas.

Vamos torcer para que não seja do tipo congelante que tem o péssimo hábito de fatiar uma pessoa até o osso.

capítulo treze

Ivy

— Preciso que você me leve para a casa do meu pai agora. E rápido. Nem sequer pare no sinal vermelho. Basta pisar no acelerador e ir embora.

Minha voz está tremendo enquanto digo a Emily o que fazer, a raiva que sinto é tão forte que meus dentes estão rangendo e minhas mãos estão fechadas em punho.

Gabriel fez um monte de coisas fodidas comigo ao longo dos anos, mas eu nunca pensei que ele se rebaixaria tanto e faria algo assim.

— Garota, eu vi os artigos esta manhã. Tentei ligar para você porque sabia que não havia nenhuma maneira de que fossem verdade.

O longo cabelo ruivo de Emily esconde parcialmente seu rosto enquanto ela corre pela estrada. Nossos corpos deslizam em nossos assentos enquanto vira o volante para a esquerda para fazer uma curva fechada, as rodas do carro deslizando sobre o cimento antes que o motor ruja para acelerar novamente.

— Eu vi suas ligações, mas não consegui atendê-las. Estava no processo de ser abduzida pelo Gabriel.

Estou em lágrimas neste momento.

Como Gabriel sabia como fazer algo assim é um mistério para mim. Enquanto a minha mãe iria adorar me ver com um dos caras Inferno por causa do status das famílias deles, meu pai secretamente tinha me proibido de ter qualquer coisa a ver com eles.

Suas famílias são criminosas. Todo mundo sabe disso, mas ninguém é corajoso o suficiente para fazer alguma coisa a respeito. E embora meu pai não seja exatamente limpo, ele é muito mais silencioso sobre as merdas que faz.

Não me admira que ele tenha me cortado sem se preocupar em me ligar.

Eu vi as fotos enquanto navegava pelas redes sociais, vi os links dos artigos e li as porcarias das mentiras sobre mim.

Tudo parece perfeitamente real e legítimo. Eu não estou surpresa, entretanto. Com Taylor naquele grupo, aqueles cretinos podem fazer qualquer coisa.

— Seu pai certamente entenderá, Ivy. Assim que contar a ele o que aconteceu, tenho certeza de que ele vai consertar isso para você.

Emily está tentando me acalmar e me garantir que tudo vai ficar bem, mas eu não acredito nela. Conheço meu pai. Não importa se as fotos são falsas. Apenas o pensamento de uma conexão pública entre ele e qualquer um dos membros do Inferno é demais para ele aguentar.

Este é mais um escândalo que será lançado em sua cara como governador do estado, e ele vai colocar meus pés no fogo por permitir que isso aconteça.

Isso é especialmente ruim depois de tudo o que fiz no ensino médio, tudo conectado de uma forma ou de outra com Gabriel Dane.

Meu pai sabe disso.

Eu sei isso.

E ele não vai tolerar isso.

Porra...

— Querida, é sério. Vai ficar tudo bem. Eu vou na casa dele com você. Tenho certeza de que, uma vez que explicar que Gabriel está fazendo outra manobra fodida como ele sempre faz, seu pai vai ver que você é inocente e que não teve nada a ver com isso. O Scott não esteve com você o tempo todo em que esteve na Califórnia? Ele pode dizer ao seu pai que você estava sozinha.

Ela tem razão. Scott muito provavelmente voltou para a mansão para ser um motorista alternativo para minha mãe ou meu pai. Ele saberia que Gabriel não estava comigo.

Só não tenho certeza se isso vai importar. Os artigos foram publicados. A conexão foi feita. E isso é tudo o que vai importar para o meu pai.

O medo rola com força através de mim enquanto corremos pelas ruas, um estalo de um raio disparando pelo céu pouco antes de as nuvens se abrirem e liberarem sua chuva.

Emily tem que diminuir a velocidade para não escorregarmos pela calçada e deixemos o carro destruído, o tempo extra que isso adiciona ao nosso trajeto me deixa maluca.

Fico olhando para a cortina de chuva e quero chorar. Principalmente por esta situação, mas também pelas memórias que a chuva sempre causa.

Mesmo enquanto eu estava fora na faculdade e centenas de quilômetros separavam Gabriel de mim, as tempestades sempre o trouxeram para mais perto, os raios caindo sempre o plantando bem ao meu lado.

Ele machuca o meu coração, mesmo quando não está por perto. Ele torce a minha alma quando se aproxima. Essa é a razão pela qual eu luto tanto contra ele. Não estou apenas tentando removê-lo da minha vida, estou tentando apagar seu nome dos lugares que ele gravou nos meus ossos.

Entendo o porquê ele se esconde. E entendo por que é um babaca tão calculista. Mas por que eu pareço ser o único alvo que ele deseja destruir é uma pergunta que não posso responder.

As pessoas o irritam o tempo todo. O Inferno é conhecido por suas besteiras. Mas quando se trata de Gabriel e eu, a guerra está em um nível totalmente novo, e eu não acho que fiz alguma coisa para merecer isso.

Não a este extremo, pelo menos.

Emily chega a uma parada brusca no portão da mansão do meu pai. O segurança nos dá uma rápida olhada antes de apertar o botão para nos deixar entrar. Os portões se abrem lentamente, e Emily quase bate em um deles com o carro em sua tentativa de chegar em casa mais rápido.

Ela sempre foi desse jeito. A meu favor. Nossos problemas e vitórias são compartilhados porque nós sempre defendemos umas as outras.

Ava também costumava estar nessa mistura, mas desde o seu relacionamento com Mason, ela não tem estado tão próxima quanto costumava estar.

Parando na varanda da frente, Emily joga o carro no estacionamento, e nós duas saltamos para correr na chuva e subir os degraus, nossas roupas e cabelos totalmente encharcados quando o mordomo abre a porta.

— Senhorita Callahan e senhorita Donahue — ele diz, com censura em seu tom. — Posso pegar uma toalha antes de vocês deixarem poças d'água por todo o chão?

— Isso seria ótimo, Harrison. Obrigada.

Ele acena em acordo enquanto ficamos pingando no tapete do vestíbulo, nós duas tremendo de frio.

O cabelo de Emily está grudado nas costas dela e o meu vestido está grudado nas minhas pernas, mas não posso me preocupar que nós duas estejamos uma bagunça quando minha vida inteira é a maior bagunça do momento.

Harrison retorna com duas toalhas grandes. Envolvendo-me em uma delas, eu pergunto:

— Meu pai está lá em cima?

— Ele está. — Harrison concorda com a cabeça. — Você o encontrará em seu escritório. Embora, apenas um aviso justo, ele está de mau humor. Parece que tem um pouco de drama para lidar no momento.

Arqueando a sobrancelha, ele deixa claro que o drama tem meu nome escrito por todos os lados.

Exalando com um suspiro pesado, luto contra a vontade de me encolher como uma criança sendo repreendida pela equipe de funcionários. Tenho vinte e sete anos, droga. Os dias de babás e outras *cuidadoras* já passaram faz tempo.

— Eu não fiz nada — falo.

— Isso é o que você dizia quando era mais jovem, pelo que me lembro.

Eu quero tirar o sorriso do rosto do bastardo a tapas.

Harrison é um cara bom. E está com a minha família desde sempre, pelo que me lembro. Mas tenho a leve suspeita de que ele gosta do drama um pouco demais.

Acho que sempre mantive as coisas interessantes para ele.

Emily termina de secar o cabelo e nós entregamos as toalhas encharcadas de volta para Harrison antes de levar nossas bundas escada acima para enfrentar meu pai.

Preparando-me enquanto me aproximo das portas duplas do escritório dele, eu me encolho ao ouvir o tom cortante de sua voz. Julgando pela conversa, ele tem outros problemas além de mim, mas tenho certeza de que não tornei as coisas mais fáceis para ele.

Emily e eu olhamos uma para a outra, sua expressão sombria quando levanto a mão para bater na porta e me estremeço quando meu pai resmunga para eu entrar.

— Respire fundo — ela sussurra. — Nós podemos fazer isso.

Infelizmente, eu não acredito nela, mas o esforço para acreditar que tudo vai dar certo é admirável da parte dela.

Minha mão pousa na maçaneta da porta e a empurro para baixo para permitir que a madeira balance e se abra. No segundo que os olhos do meu pai pousam no meu rosto, a tensão na sala explode tanto que sou esmagada por ela.

Isso não vai dar certo.

Eu já sei disso.

— Deixe-me ligar para você de volta, Stewart. Acabei de ter outra situação problemática valsando pelo meu escritório adentro.

Ele bate o telefone no gancho e cruza seus braços sobre o peito largo enquanto Emily e eu praticamente rastejamos para a sala como crianças implorando por misericórdia.

— Eu não fiz nada de errado desta vez, pai. Juro. Eu não estava em nenhum lugar perto de Gabriel Dane, e ele armou toda essa coisa para causar problemas.

— Ah, é mesmo? — pergunta, sua voz calma demais para ser reconfortante. — Bem, ele fez um maldito de um bom trabalho, considerando que eu estive no telefone o dia inteiro explicando aos meus colegas que a minha filha não é mais bem-vinda na minha casa, já que ela não consegue manter a porra das pernas dela fechadas.

Meu queixo cai com suas palavras.

Emily chega mais perto de mim e envolve um braço em volta das minhas costas. Ela pode precisar deixá-lo lá, porque não tenho certeza se minhas pernas vão me manter de pé, dado o quão forte elas estão tremendo.

Contornando a mesa dele, papai se inclina contra a frente dela. Seu paletó está faltando e os primeiros botões de sua camisa branca estão desabotoados. Como de costume, seu cabelo está penteado para trás, com salpicos de cinza óbvios na cor marrom escuro.

Eu herdei meu cabelo loiro da minha mãe. Meus olhos azuis também. Ela deve ter me clonado em vez de metade do meu DNA ter vindo deste homem. Não me pareço em nada com ele.

— Se você não teve nada a ver com Gabriel, então me explique por que eu vi você conversando com ele na festa de noivado de Emily.

Engolindo o nó de medo na minha garganta, tento e não consigo firmar minha voz.

— Ele se aproximou de mim. Eu só estava tentando ser educada. Como seria se eu causasse uma cena na frente de todo mundo correndo dele?

Sinceramente, eu queria correr. Havia apenas o problema incômodo do preço que devo a Tanner. Não que eu vá dizer isso ao meu pai. Ele perderia a cabeça. Provavelmente iria me matar aqui e agora e me enterrar no jardim nos fundos.

Papai sorri com isso, mas o olhar não é amigável. É o olhar de advogado que ele tem. Aquele que me diz que ele me encurralou facilmente.

— Ah, então é isso?

Porra. Ele está com sua voz de advogado também.

Estou ferrada.

— Então por que você saiu em um encontro com ele uma semana depois? Aquilo foi apenas você sendo educada ou há algo mais que você gostaria de explicar para mim?

Não é bom. Não tenho explicação para isso, além da verdade de que estava tentando me livrar de outra merda, nomeadamente, tentando não dever mais nada ao Tanner.

Além disso, foi divertido ferrar com Gabriel. Eu não posso me ajudar com ele, no entanto. Ele tem a capacidade irritante de ser capaz de me puxar para o jogo com o dobrar de seu dedo enganador.

A guerra que nós temos é uma droga, e eu sempre fui uma viciada. Isso causou uma série de problemas insanos, mas eu simplesmente não consigo parar.

Todos os meus problemas, cada um deles, tem o nome de Gabriel estampado neles.

É uma das razões pelas quais o meu pai está tão bravo agora. Ele sabe o que eu fiz no passado, porque foi ele quem teve que consertar. E eu não tenho nenhuma explicação do porquê saí com Gabriel naquela noite, quando ele é a pessoa com quem meu pai tinha me proibido expressamente de falar novamente.

— Você não tem nenhuma explicação — diz, enquanto fico lá olhando para ele com o meu queixo caído. — Foi o que eu pensei. E é por isso que eu decidi que agora você está cortada de tudo o que eu te dei. Assumo parte da culpa por isso, Ivy, porque mimei você durante toda a sua vida. Resolvi todos os seus problemas, e nunca te obriguei a resolvê-los sozinha, para que parasse de fazer as coisas estúpidas que faz para causá-los. Independentemente de o noivado ser real ou não, você é responsável por abrir a porta para o Gabriel fazer algo desse jeito novamente. Você sabe bem como é com ele. Ele sempre foi um monstro. Então, agora que permitiu que isso acontecesse, pode fazer o que for necessário para consertar. Por si mesma. E sem as minhas finanças para te ajudar.

Estou prestes a morrer bem aqui na frente dele.

Prestes a murchar sob o brilho assassino dos olhos dele.

Não porque eu estou deserdada. Eu sempre quis cuidar de mim mesma. Isso pode me dar a oportunidade de provar que consigo. Mas é doloroso porque eu o machuquei novamente.

Eu amo meus pais. Apesar de como eles são ferrados em suas próprias vidas, nunca quis desapontá-los. E este último transtorno impulsionou um relacionamento que venho lutando para reconstruir.

— Scott pode esclarecer isso. Ele estava comigo o tempo todo na Califórnia...

— Scott é a pessoa que me contou sobre o seu encontro — ele grita, me interrompendo. — E isso foi um pouco antes de ele pedir demissão porque estava cansado de correr atrás de você.

O quê?

Meu queixo cai com isso.

Scott e eu sempre nos demos bem.

— Sugiro que você e Emily desapareçam daqui agora e decidam como planejam resolver tudo isso. Não tenho mais nada a dizer a você.

Com qualquer outra pessoa, eu plantaria meus pés no lugar e continuaria discutindo. Mas isso não adianta com o papai. Depois que ele tomou uma decisão, não há como convencê-lo do contrário.

Eu tenho que consertar isso.

Por conta própria e sem a ajuda dele.

Emily e eu nos viramos para sair, mas meu pai grita para nos impedir:

— Emily, na verdade, eu também tenho uma coisa a dizer a você.

O nó de medo rasteja de volta à minha garganta enquanto nós duas giramos de novo para olhar para ele. Seus olhos se prendem nela, a desaprovação óbvia no rosto.

— Você está noiva. Embora eu não concorde necessariamente com a decisão que seus pais tomaram por você, ainda acho que deve honrar esse noivado, pelo menos quando se trata de aparições públicas. E se acha que ninguém percebeu que você saiu furtivamente da minha casa com o cabelo bagunçado e com as roupas fora do lugar, você está enganada. Nós também notamos os gêmeos saindo atrás de você. E nenhuma mulher deveria ser pega tendo algo a ver com Ezra e Damon Cross. Eles são bombas-relógio. Meu conselho é que você pare de ter qualquer coisa a ver com eles. Você não tem ideia do que qualquer um desses homens está tramando.

Quero discutir em nome dela. Mason Strom não é muito melhor do que qualquer um dos garotos Inferno, mas ainda assim ela vai se casar com ele como uma espécie de objeto que pode ser trocado. Mas mantenho minha boca fechada porque isso só pioraria as coisas para ela.

Emily deve sentir o mesmo, porque responde a ele o mais recatadamente possível.

— Sim, senhor Callahan.

Ele acena com a cabeça de acordo uma vez.

— Vocês duas estão dispensadas. — Seus olhos deslizam para se prenderem em mim. — Corrija este problema, Ivy. Esta é a última chance que estou te dando.

Concordando com a cabeça, eu me viro para a porta e corro para fora, meu braço agarrado ao de Emily. Nenhuma de nós diz uma palavra enquanto corremos escada abaixo e saímos de casa, ambas abatidas.

Depois de entrar no carro e dirigir para longe da casa, nos acomodamos em nossos assentos enquanto entramos no trânsito.

— O que você vai fazer? — ela finalmente me pergunta, sua voz suave.

— Não tenho a menor ideia.

Meus pensamentos estão correndo neste ponto, sem uma direção clara do que devo fazer a seguir ou para onde devo ir.

Tudo o que sei é que tenho que vencer Gabriel em seu próprio jogo. E conhecendo ele e o poder que detém, esta batalha não vai ser fácil.

Ivy

Emily me leva de volta para sua casa, já que não tenho mais uma, o carro parando perto da ala infantil da mansão, nós duas exaustas demais para abrir nossas portas e sair imediatamente.

Ao nosso lado, o carro de seu irmão mais novo está estacionado torto, a parte da frente tão mutilada que um farol pende para fora. Balançando suavemente na brisa de uma tempestade que se aproxima, ele balança em fios finos, chamando minha atenção.

— Não demorou muito para Dylan acabar com o seu novo carro, pelo que eu vi. Aposto que seus pais estão irritados.

A chuva fraca continua caindo no para-brisa e, quando Emily se vira para mim, ela pinga sobre sua pele como uma sombra em movimento.

— Eles gastaram quase noventa mil dólares naquele carro, e ele o destruiu em menos de cinco semanas. Ele é o bebê da família, então, como sempre, meus pais não fizeram nada a respeito. Teriam me massacrado, mas Dylan não recebeu nem um tapinha no pulso. Se nós o encontrarmos nas áreas comuns, simplesmente ignore-o. Ele tem sido um completo babaca ultimamente. Continua pegando no pé de Ezra e Damon toda vez que eles aparecem aqui, como se tivesse uma chance contra qualquer um deles.

Minhas sobrancelhas se franzem com isso.

— Por que você simplesmente não vai para a casa deles para ficar longe de Dylan?

Sua expressão cai.

— É complicado. As coisas não têm sido somente diversão e jogos ultimamente, e eles sempre brigam um com o outro. Para evitar isso, eu os convido para vir aqui, mas apenas um de cada vez.

Não consigo decidir se ela é corajosa ou estúpida. Os gêmeos sempre foram um pouco agressivos no ensino médio, mas as coisas pioraram demais no nosso último ano. Os dois me assustam demais. Emily parece equipada para lidar com eles, no entanto.

Pelo menos, ela parecia até recentemente.

Cada vez que eu os menciono, seu humor fica azedo.

— Acho que devemos entrar — ela diz, seus olhos virados na minha direção. — E pegar algumas roupas secas para você. Você tem permissão para ir para a sua casa e pegar suas coisas?

Maldição...

Assim que ela menciona isso, lembro que deixei todas as minhas malas no porta-malas do carro do Gabriel. Normalmente, eu diria apenas que se dane e compraria coisas novas. Infelizmente, isso é impossível com todos os meus cartões de crédito cortados.

Sabendo que não posso durar assim, pergunto-me o quão fácil vai ser encontrar um emprego. Há muitas coisas que posso fazer com o meu diploma. Só preciso descobrir em que campo desejo entrar.

— Não faço ideia. Meu pai pode pensar que essa sou eu aproveitando o que ele me deu. A maior parte das minhas coisas já está embalada, de qualquer maneira. O único problema é que Gabriel está com elas.

Ela pisca em minha direção, seus ombros tremendo em uma risada. Eu a encaro com raiva por pensar que qualquer coisa sobre isso é engraçada.

— Sinto muito. Não deveria rir de você. É que isso está ficando cada vez pior e é como assistir a uma maldita novela. Ele realmente te fodeu bem desta vez.

Atirando-lhe outro olhar raivoso de advertência, balanço a cabeça.

— Estou tão feliz por poder te entreter.

— Ah, querida. Vocês dois têm entretido a todos nós por anos. Não posso acreditar que isso ainda está acontecendo. Por que você se envolveu com ele de novo? Eu te avisei na festa.

Ela ainda não sabe sobre o favor que Tanner fez por mim, a razão pela qual tive que pedir um em primeiro lugar, ou o preço que ele está me fazendo pagar por ter consertado o meu erro todos aqueles anos atrás. Independentemente do quanto eu queira contar a ela a verdade, mantenho a boca fechada.

— Eu estava apenas sendo estúpida, acho. Sou uma boba por pensar que o Gabriel pode mudar.

Ela endireita sua postura e passa as mãos pelos cabelos arrepiados e emaranhados. A chuva deixou nós duas parecendo uma completa bagunça.

— Ele mudou. Mas não de um jeito bom. Se você me perguntar, ele está pior.

Pode ser.

Pode ser que não.

Ele era bastante ruim quando era mais jovem também.

— Vamos entrar e tirar essas roupas molhadas.

Acenando com a cabeça em concordância para isso, ela empurra a porta dela para abri-la enquanto abro a minha, nós duas nos arrastando em direção à casa com um peso pesado em nossos ombros.

Obviamente, o meu é a minha situação com Gabriel, mas suspeito que o dela tem tudo a ver com o que quer que esteja rolando com os gêmeos. Assim que estivermos em roupas quentes e com humores melhores, com certeza vou interrogá-la mais sobre o que está acontecendo.

Assim que damos um passo para dentro da casa, balançamos nossas mãos na frente do rosto para dissipar a espessa nuvem de fumaça de maconha que preenche os corredores.

Emily rosna e marcha diretamente para a sala de estar, seus olhos indo diretamente para seu irmão, onde ele está sentado com outros cinco adolescentes da sua escola de ensino médio. Todos os seis ainda estão de uniforme, cada um deles com os olhos injetados de sangue e más atitudes.

Eu rio, só porque isso me lembra das festas que nós costumávamos dar na idade dele.

— Que porra é essa, Dylan? Vocês não podem ir a outro lugar para essa porcaria?

Praticamente tendo que gritar para ser ouvida acima da batida pesada do rap, Emily avança para desligar o som, derrubando uma das cervejas deles no processo.

— Falta! — um dos caras grita, suas risadas combinadas apenas irritando Emily ainda mais.

Seu irmão era uma criança inesperada, um dos erros da vida mais recentes que aconteceram. Emily tinha dez anos quando ele nasceu, o que não é muita diferença, mas seus pais nunca tiveram a intenção de ter mais de um filho.

Dylan está recostado no sofá, sua cabeça apoiada no braço e seus olhos fechados.

— Se você não gosta disso, saia daqui, porra. Você é a adulta, não é? Vá se casar ou seja o que for que você deve fazer da sua vida.

Com um revirar de seus olhos, Emily joga as mãos para o alto.

— Foda-se. Mamãe e papai vão te matar por isso.

Ele ri disso.

— Você age como se eles alguma vez aparecessem aqui ou se importassem o mínimo com o que estou fazendo. Não sou o pedaço de bunda cara que eles estão vendendo. Dê o fora daqui com sua merda de boa menina. Vá abrir as pernas para os gêmeos Cross para não ficar tão irritante o tempo todo.

Os olhos de Emily se arregalam de raiva, mas, em vez de responder, ela vai embora. Provavelmente é melhor ela deixar isso para lá. Dylan nunca se importou nem um pouco com nada.

— Eu deveria pedir para os gêmeos arrastarem a bunda dele para um beco em algum lugar e ensiná-lo o porquê ele não deveria me deixar puta — ela resmunga, enquanto passa esbarrando em mim. — Isso pode mostrar ao cretino sobre ter algum respeito.

Seguindo-a, mantenho a boca fechada até entrarmos em seu quarto.

— Fizemos pior, Em. A pequena reunião dele nada mais é do que uma festa do chá apropriada, em comparação com os problemas que nós causamos.

Rindo disso, ela acena com a cabeça em concordância.

— Verdade. Ok, bem, estou indo para o chuveiro. Espero que você não se importe, mas Ezra deve chegar em meia hora. Não esperava ter que te resgatar hoje, ou teria cancelado. Quer dizer, eu ainda posso cancelar, se quiser.

— Não se preocupe com isso. Posso me manter entretida enquanto você brinca com ele.

Ela sorri com isso.

— Você é a melhor. Eu diria que vou me apressar para que você não fique entediada, mas essa não será uma opção. Gosto de aproveitar o meu tempo com aqueles meninos.

Entro em seu closet para pegar algumas roupas limpas.

— Leve todo o tempo que precisar.

Dylan não estava errado em provocar que Emily precisava de algo para melhorar seu humor. Ela não tem sido ela mesma desde a festa de noivado. Eu diria que é o problema com Mason que a deixa tão para baixo, mas estou começando a pensar que tem mais a ver com os gêmeos do que com qualquer outra coisa.

Isso é com ela para resolver, no entanto. Eu tenho meus próprios problemas. Em primeiro lugar, a necessidade de tirar essas roupas molhadas e vestir algo quente.

Lá fora, outra tempestade está se desenrolando, o trovão distante é alto o suficiente para chamar a minha atenção.

Tiro o vestido molhado e o jogo em uma pilha de roupas sujas que Emily tem no canto do armário e pego uma calça de moletom fina e uma camisa de algodão de manga longa para vestir.

Felizmente, minha calcinha está quase seca, então eu a mantenho, mas meu vestido tinha uma espuma de sutiã embutida, o que significa que não tenho nada para usar em cima. Eu pegaria emprestado alguma coisa de Emily, mas de jeito nenhum vou encaixar um conjunto tamanho P em suas modestas taças PP.

Maldição.

Preciso das minhas malas, mas não tem uma maneira de eu ir até Gabriel para pegá-las.

Ninguém pode me fazer chegar em qualquer lugar perto daquele homem. Não pelo resto da minha vida miserável. Eu me recuso categoricamente, porra.

E com esse pensamento em mente, saio do armário, viro-me em direção a um barulho e grito ao ver Gabriel parado no vão da porta, um sorriso malicioso arrogante curvando seus lábios enquanto seus olhos percorrem um caminho lento pelo meu corpo.

— Você está bonita — ele provoca, puro humor em sua voz. — Embora eu acho que gostei mais do vestido de antes. — Seus olhos verdes-esmeralda encontram os meus. — Era um acesso mais fácil.

— O que diabos você está fazendo aqui?

Odeio o tom estridente da minha voz, o choque óbvio. Mas esse cretino tem um jeito de se aproximar de mansinho de você nos lugares mais improváveis. Ele sabe disso também, se aquele sorriso encantador que usa tem algo a dizer sobre isso.

Inclinando um ombro contra a moldura da porta, ele me mantém presa naquele olhar encantador, o verdadeiro Gabriel que eu conheço espreitando por trás dele.

— Você foi embora antes de termos a chance de discutir o nosso casamento que está por vir. Nossas cores deveriam ser branco e prata, ou você é mais tendenciosa para o azul? Além disso, faremos um bolo completo ou você prefere o arranjo de cupcake em camadas? Ouvi dizer que são populares atualmente.

— Pare de ser um idiota. Você está aqui para esfregar que *acha* que venceu.

Ele pisca com isso.

— Eu não venci?

— Nem mesmo perto.

Ele sorri.

— É uma pena, vou ter a certeza de cancelar o troféu que encomendei com o meu nome gravado na placa. Vai ser triste cancelar a festa da vitória. Eu estava ansioso pelos palhaços e animais de balão.

Meus lábios se contraem com isso, só porque me lembra o quão idiota ele foi por acreditar em qualquer coisa que eu disse no nosso encontro.

Arqueando uma sobrancelha arrogante, ele fala:

— Na verdade, estou aqui para te dar as suas malas.

Seus olhos caem lentamente para o meu peito, meus mamilos duros porque está frio e a camisa é fina.

— Pensei que você poderia precisar delas. E aparentemente eu estava certo. A menos que goste de uma aparência totalmente natural. Caso esteja se perguntando, sou fã.

Cruzando meus braços para cobrir o peito, espero seus olhos se erguerem novamente, aquele sorriso mentiroso esticando sua boca quando ele vê o aborrecimento em minha expressão.

— Você vai me ajudar a pegar as malas ou estava esperando que eu arrastasse todas as quarenta comigo?

— São dezessete, Gabe. Você sabe disso.

— Minhas desculpas pelo erro de contagem.

Suas sobrancelhas se erguem.

— Nós podemos ficar aqui a noite toda, se quiser, mas presumi que gostaria de se livrar de mim o mais rápido possível.

— Podemos retroagir isso? Eu gostaria de me livrar de você há dezoito anos.

A gargalhada sacode os ombros dele.

— Sinto muito, amor. Não posso fazer nada. Além disso, quão chata a sua vida teria sido sem mim?

Deixo cair meus braços e caminho na direção dele, nossos olhos se prendendo enquanto me aproximo.

— Tenho certeza de que eu teria sobrevivido.

— Mas você se sentiria tão viva?

Meu coração bate dolorosamente com suas palavras, nossos olhares se enredando sem esperança de se soltarem.

Não importa o que ele está fazendo ou onde estamos. Vejo Gabriel como um homem, mas também como um menino de nove anos, as duas imagens sobrepostas.

Agora ele está de pé com a postura relaxada, seu rosto todo em ângulos rígidos e charme fácil. Mas por baixo disso está o garoto magricela com cabelos ondulados que caíam até seu queixo, os olhos inchados e o lábio partido.

Ofereci a ele um picolé naquele dia, pensando que poderia fazer seu lábio se sentir melhor, e enquanto os nossos pais estavam parados à distância discutindo negócios, ele arrancou a guloseima da minha mão como se eu o tivesse ofendido.

— *Eu não quero isso.*
— *Mas você está ferido. Isso vai fazer você se sentir melhor.*
— *Você não deveria ver isso.*

Ele me jogou no chão depois de dizer essas palavras.

O menino me machucou e eu chorei naquela época. Seu pai riu orgulhosamente enquanto Gabriel olhava para mim com raiva. Como se Gabe devesse machucar as pessoas porque esse era quem ele é.

Ao longo dos anos, ele aprendeu a usar a máscara encantadora e enganou todo mundo ao seu redor. Seduziu-os à complacência. Fez com que se sentissem seguros.

E, no fundo, onde ninguém podia ver, o menino cresceu e continuou me machucando, mas eu o machuquei de volta.

Uma vida inteira disso, nos deixando com cicatrizes que combinam perfeitamente.

Eu gostaria que ele deixasse mais pessoas verem por trás do sorriso fácil e das maneiras charmosas. Essas cicatrizes de alguma forma o deixam mais bonito.

— Malas — ele me lembra em um sussurro. — Você as quer ou não?

Eu me sacudo do passado. Estou atordoada e confusa, mas é assim que ele sempre me deixa.

— Sim. É claro que eu quero. Estou um pouco surpresa por você as ter trazido. Especialmente depois de tudo o que fez.

Ele aperta suavemente meu queixo entre seus dedos.

— Você ainda está brava com isso?

Ignorando a faísca que sempre salta entre nós, aceno com a cabeça concordando.

— Eu ainda planejo matar você. Lentamente. Muito provavelmente dolorosamente também.

O calor brilha em seus olhos verdes, sua boca se curvando em um sorriso.

— Estou ansioso por isso.

Desta vez é Gabriel que se perde em pensamentos enquanto me encara, seus olhos procurando meu rosto, seus dedos suavemente traçando minha mandíbula.

— Então, sobre aquelas malas — eu o lembro, porque não consigo ver aquele calor e não ser afetada por ele. Não consigo sentir o toque dele e não querer mais disso.

Foi como a pior noite entre nós aconteceu, a noite em que vi algo que não deveria ter visto, e a natureza quase nos matou.

Tenho que odiar Gabriel, e não posso esquecer isso enquanto estou sendo atraída por seu charme.

Por causa dele, eu tenho um problema a resolver, um que não tem solução fácil. Mas também por causa dele, fico confusa e esqueço qual é esse problema.

Só quando ele está perto de mim.

Só quando estamos parados desse jeito.

Só porque eu vejo o menino e o homem.

E só porque sei que ele é o príncipe quebrado, enquanto todo mundo o conhece como Engano.

Eu não consigo esquecer.

De novo não.

Nem nunca.

O olhar dele cai para a minha boca.

— Sobre elas.

Empurro passando por ele, apesar do quanto quero ficar parada desse jeito.

— Vamos, Gabriel. É melhor acabar com isso e ficarmos longe um do outro.

Ele dá um passo para andar ao meu lado.

Felizmente, os corredores são largos o suficiente para não empurrar nossos ombros juntos. Ainda assim, tê-lo lá é desconfortável, porém mais preferível do que tê-lo nas minhas costas.

Virando uma esquina, vejo Dylan parado no vão de uma porta, seus olhos minúsculos, em fendas vermelhas, seus lábios se curvando nos cantos. Ele é um garoto bonito com cabelo castanho-escuro, não tão ruivo quanto o de Emily, mais para o castanho. Ele tem a mesma altura de Gabriel, embora ainda não seja totalmente preenchido, mas os garotos do ensino médio nunca são.

Dylan olha para mim, mas então fixa seu olhar em Gabriel, seus nós dos dedos batendo juntos em saudação quando passamos.

Olhando Gabriel depois que ele faz isso, levanto uma sobrancelha em questão.

— Pensei que você odiava Emily e tudo sobre ela.

— Emily é uma vadia. Mas Dylan não é tão ruim — responde.

— Como você sequer o conhece? Quero dizer, quando crianças, obviamente todos nós nos conhecíamos, mas como você o conhece agora?

Nós alcançamos a porta da frente e ele agarra a maçaneta, seu olhar finalmente rastejando para o meu.

— Onde você acha que Sawyer consegue a maconha dele?

Meu queixo cai quando Gabriel abre a porta e me direciona para fora. Ele não está nos deixando desacelerar nem por um segundo para ter essa conversa.

— Vocês estão comprando de garotos do ensino médio?

— As escolas preparatórias sempre têm a melhor merda. E eu não estou comprando nada. Esse é o negócio de Sawyer, não meu.

Mantendo sua mão na parte inferior das minhas costas, ele está praticamente me puxando, seus passos largos se movendo muito mais rápido do que as minhas pernas podem acompanhar.

— Por que Sawyer faria isso? Ele é um homem de 28 anos.

— Eu não sei — ele diz, enquanto nos aproximamos de seu carro. — Você vai ter que fazer essa pergunta a Sawyer.

Eu reviro meus olhos.

— Quando eu iria falar com Sawyer? Não é como se eu saísse por aí com vocês.

— Que tal agora?

— Hã?

Um saco é puxado sobre a minha cabeça e sou empurrada para frente por um corpo muito maior do que o meu, uma risada baixa chamando minha atenção enquanto meu cérebro percebe o que está acontecendo.

Aquele filho da puta.

— Deixe-me ir, Gabriel.

— Eu não estou com você, amor. — Eu o ouço responder à distância. — Vai ter que pedir ao Sawyer para fazer isso.

Lutar contra o babaca que está me segurando é inútil, meus pés levantados do chão quando ele envolve um braço em volta do meu abdômen e me puxa para ele.

Debato-me de qualquer maneira quando ouço o som distinto de uma porta de carro se abrindo pouco antes de ser jogada no que presumo ser o banco de trás.

— O que diabos vocês estão fazendo?

Sawyer ri enquanto sobe depois de mim, a porta do carro fechando ao lado dele e a outra se fechando na frente.

Tento me balançar para longe, mas ele me agarra e segura minhas mãos no lugar, o saco estúpido esfregando contra a minha bochecha, tornando impossível ver qualquer coisa.

— Eu vou te matar por isso, Gabe! Para onde diabos você está me levando?

O carro avança, e meu corpo rola contra o assento com o movimento, Sawyer ainda prendendo meus pulsos juntos com uma de suas mãos.

— Você fica dizendo isso, linda, mas eu ainda estou respirando. E estou te levando para outra casa, para que nós possamos terminar o que começamos hoje.

— O que há com o saco na minha cabeça? Isso não é necessário.

Ele ri.

— Na verdade, é sim. De jeito nenhum vou deixar você ver para onde estamos indo.

capítulo quinze

Gabriel

Dylan realmente é um garoto decente. E é extremamente útil que ele odeie Ivy tanto quanto eu.

Tudo o que bastou foi um telefonema de Sawyer e ele estava a bordo para nos ajudar.

Infelizmente, o merdinha também é um empresário astuto. Isso me irritou, mas também me fez respeitá-lo um pouco mais. Eu teria feito a mesma coisa na idade dele.

Pela pequena bagatela de quinhentos dólares, Dylan me avisou imediatamente quando Emily e Ivy voltaram para a casa, bem como destrancou a porta da frente para mim. Tenho certeza de que se eu tivesse deixado cair mais quinhentos além desses, ele teria estendido um tapete vermelho e me dado as boas-vindas de uma celebridade.

Eu não precisava de tudo isso, no entanto.

Apenas da Ivy.

E agora eu a tenho.

Sawyer, felizmente, estava mais do que feliz em vir comigo, porque eu não estava mentindo quando disse a Ivy que ele conseguia sua maconha de Dylan.

Eu nem sempre sou um mentiroso e um enganador.

Apenas sobre certas coisas.

Infelizmente, nunca planejei persegui-la tão rápido, mas alguns telefonemas que fiz depois que ela saiu me convenceram de que tê-la por perto seria mais benéfico para mim do que o entretenimento de vê-la tentar recompor sua vida.

Ao contrário de Tanner, eu não sinto a necessidade de manter as pessoas que estou perseguindo por perto. Estou mais do que feliz em deixá-las correr por aí até que estejam de acordo e exaustas.

Infelizmente para Ivy, as circunstâncias mudaram, e eu tive que agir mais rápido do que o esperado.

— Por que você está fazendo isso, Gabriel? Você perdeu a cabeça? Isso é meio maluco, até mesmo para você.

Rindo da raiva na voz dela, viro uma esquina e sigo em direção à rodovia que me levará para mais perto de casa.

— Alguém está mentindo, Ivy, e pela primeira vez, não sou eu.

Ela fica quieta por um segundo, e posso ouvi-la se mexendo no assento. Um baque pesado soa imediatamente depois.

— Porra! Cuidado! Você me chutou.

— Ah, me desculpe — ela fala com aquela voz doce que sempre me afeta de maneiras que não deveria —, eu te machuquei?

— Sim — Sawyer resmunga.

Outro baque e ele grita novamente:

— Que porra! Pare.

— Então eu sugiro que você remova sua mão da minha bunda antes que eu te chute novamente.

Meus olhos vão para o espelho retrovisor, e o olhar de Sawyer encontra o meu, seus lábios esticados em um sorriso de quem come merda. Ele está gostando demais do sequestro.

Estreito meus olhos em advertência, e quando ele ri, eu finalmente entendo por que Tanner estava tão decidido a matá-lo.

— Eu não tenho mentido sobre nada — ela mente, provavelmente depois que Sawyer remove sua mão.

Sorrindo para isso, não posso ficar com raiva dela. Ivy é tanto uma enganadora quanto eu.

— Mesmo? Então você não vai se importar de me explicar qual a conexão que sua família tem com uma empresa de tecnologia na Geórgia.

E ela fica em silêncio novamente.

Exatamente do jeito que pensei que ela ficaria.

Estou contando os segundos na minha cabeça até que a próxima mentira saia de seus lábios. Alcançando o número um, meus ouvidos pinicam ao som de sua voz.

— Por que eu saberia algo assim? Meu pai não me conta nada.

O tráfego passa para um engarrafamento e eu piso no freio.

— É interessante que você imediatamente assumiu que seu pai tinha a conexão e não sua mãe.

O silêncio enche o carro novamente enquanto a mente dela procura pela próxima desculpa.

— Meu pai está mais bem conectado…

Não é mentira.

— … e minha mãe não sabe coisa nenhuma sobre tecnologia…

Também não é uma mentira.

— … então presumir que fosse meu pai seria uma aposta melhor…

Meia mentira.

— … mas ainda não sei nada.

Mentira completa.

Ela sabe de alguma coisa, e a única razão pela qual sei disso é porque ela não está mais ameaçando me matar por sequestrá-la.

Admito que Ivy é uma dançarina malditamente boa quando se trata de se esquivar da verdade, mas ela não é tão boa quanto eu.

O que quer que a esteja preocupando é mais importante do que o fato de que ela está atualmente sendo mantida no banco de trás do meu carro com um saco na cabeça enquanto nos conduzo para um local não revelado.

Na verdade, estou apenas levando-a para minha casa, uma vez que o Tanner me baniu da dele, mas ela não precisa saber disso. O ponto é que ela deveria estar mais preocupada em ser contrabandeada para algum lugar e lutar contra esse problema mais do que com a minha pergunta.

O fato de ela não ter feito isso me diz tudo o que preciso saber.

Nós atravessamos uma ponte que leva para longe dos caros bairros suburbanos mais próximos da cidade, a tempestade que estava se formando mais cedo ainda mais perto agora. À distância, um trovão sacode o céu, um flash de relâmpago no alto da camada de nuvens quebrando no crepúsculo.

Mais outros quinze minutos e estou percorrendo um caminho privado e arborizado que leva à minha casa, a propriedade cercada por um estreito anel de árvores que lhe dá a aparência de isolamento. Não é tão chamativa quanto a casa de Tanner, a casa de Emily ou mesmo a da família de Ivy, mas me dá a privacidade que eu anseio nos dias em que não estou com vontade de ser visto.

Só os caras sabem que eu moro aqui, a escritura feita em nome de uma falsa empresa que criei para garantir que ninguém possa fazer uma simples busca na internet e me encontrar.

O incidente com o frango me ensinou bem, mas, mais do que isso, é a necessidade que sinto de me esconder. Uma necessidade que ninguém conhece.

Exceto Ivy.

E é por isso que me dói que ela exista.

Nós estacionamos em frente da casa, uma mansão de dois andares no estilo Tudor que parece ter sido tirada de uma página da história, em vez de construída especificamente para o meu gosto.

Apenas o exterior parece velho. O interior é mais moderno com linhas elegantes, ampla iluminação natural e um espectro de cores cinza que é discreto em comparação com o design da casa de Tanner.

Não me pergunte por que o interior não combina com o exterior. Eu tento não pensar que é uma representação do homem que a possui.

Sawyer dá um tapinha no meu ombro em despedida e pula para fora do carro assim que ele para, suas longas pernas facilmente cobrindo a distância até seu carro, onde está estacionado do outro lado da garagem.

Eu só o trouxe para a casa de Emily para garantir que agarrar Ivy seria o mais rápido e silencioso possível, mas agora que estamos aqui, não preciso que ele fique.

Suas lanternas traseiras se distanciam enquanto ele se afasta, outro estalo agudo de um relâmpago cortando o céu pouco antes de o trovão rolar sobre nossas cabeças, sacudindo o carro abaixo de nós.

— A tempestade parece adequada, não acha?

Surpreendentemente, Ivy não se moveu de onde estava deitada no banco de trás, o saco ainda sobre sua cabeça que eu pensei que ela arrancaria imediatamente.

Ela fica quieta com o som da tempestade e da minha pergunta, sua voz cautelosa alguns segundos depois, quando ela diz:

— É melhor não tocarmos nesse assunto.

Realmente é.

— Você não vai puxar o saco e lutar para escapar?

— Para que eu possa ver a floresta pela qual você planeja me perseguir? Não, obrigada.

Eu rio. Não tinha planejado fazer isso, mas agora que ela mencionou...

— Deixe-me adivinhar: o resto dos caras está aqui? Qual é o tamanho da festa do desafio? Qual é o tema? E eu não vou beber aquela merda verde, só para você saber.

— Só fazemos isso quando alguém se recusa a pagar o preço. E se eu quiser, vou segurar você e despejar aquilo na sua garganta.

— Bem, ainda não estou pagando o preço e vou cuspir essa merda de volta na sua cara bonita, então onde diabos isso nos deixa?

Porra, ela é teimosa.

Sempre foi.

— Você me acha bonito?

— Vá se ferrar, Gabe.

Meus lábios se curvam.

— Não, na verdade, eu não vou. Acontece que gosto de para onde esta conversa está indo. Me conte mais.

Ivy rosna e se arrasta no banco de trás para se sentar, seu cabelo uma bagunça quando ela tira o saco e olha em volta.

— Caramba. Estamos na floresta. Isso é besteira.

Virando-me no meu assento para olhar para ela, nossos olhos se encontram, assim que outro raio se rasga através do céu noturno, o flash dele refletido em seu olhar, assim como em uma noite que nunca deveria ter acontecido.

Os ombros de Ivy estremecem com o som, mas ela não diz nada, nossos pensamentos silenciosos emaranhados enquanto o trovão sacode o carro.

— Eu odeio tempestades — ela finalmente sussurra.

É difícil falar com o nó na minha garganta.

— Por quê?

— Acho que você sabe a resposta para isso.

Esse é um tópico perigoso de se trazer à tona, ainda assim nós dois continuamos voltando àquele lugar, a violência da tempestade ao nosso redor nos forçando a voltar a um momento no tempo em que nossas travessuras estúpidas adquiriram um novo significado cruel.

Minha voz está rouca quando digo:

— Devemos entrar antes que comece a chuva.

E bem assim, os céus se abrem. Teria sido melhor não mencionar. A Mãe Natureza odeia quando estamos juntos e faz tudo ao seu alcance para nos impedir.

Talvez Ivy estivesse certa ao dizer que somos o desastre natural. Não as tempestades. Não a turbulência. Não o raio que corta as árvores ao meio e nos faz correr.

Nós somos a devastação que nasceu no dia em que nos conhecemos quando crianças, nosso ódio um pelo outro girando em ventos caóticos, nossa atração quebrando o céu em uma faísca que se torna um fogo violento no ponto onde atinge a terra.

Ela não foi a pessoa que colocou fogo na minha casa naquela noite. A natureza foi a culpada por isso. Mas eu a culpei por aquilo. E a puni.

Há uma razão pela qual nós nunca trazemos nossas famílias para isso, os eventos daquela noite são a maior razão, e ainda assim fui eu quem cruzou essa linha alegremente.

Então, novamente, essa mulher tem um jeito de me levar a todos os extremos.

— Um pouco tarde para isso — ela brinca. — Acho que não vamos pegar minhas malas também.

Eu sorrio.

— Seria definitivamente uma droga ter que arrastar todas as sessenta delas pela chuva.

— Dezessete — ela rosna.

— Minhas desculpas pelo erro de contagem.

Forçando-me a quebrar o olhar que estamos tendo, cerro os dentes enquanto empurro minha porta e saio para a chuva torrencial. Abro a porta de Ivy e ofereço a mão para ajudá-la a sair, olhos azuis virados para mim com memórias por trás deles.

Ela tem que levantar a voz para ser ouvida em meio à tempestade.

— Tão cavalheiro — brinca, suas palavras me desafiando a fazer o que nós dois queremos.

Eu a puxo para fora e fecho a porta, mas quando ela tenta se afastar, eu a puxo de volta para prendê-la contra o carro.

Seu cabelo quase branco está grudado nas laterais do rosto, nós dois já encharcados. Já a vi assim antes, afogada na chuva, os olhos arregalados de medo e desejo.

Foda-se o que a Mãe Natureza quer.

Não estou mais interessado em seus avisos.

Estou pegando o que deveria ter pegado todos esses anos atrás.

— Só por você — respondo honestamente, antes que a minha boca reivindique a dela em um beijo que não deveria acontecer e que só vai levar ao desastre.

capítulo dezesseis

Ivy

Eu me preparo para o que está acontecendo.

Contra o ataque violento da memória.

Contra a colisão do passado e do presente em uma explosão violenta que está derrubando meus pés debaixo de mim.

A única razão pela qual ainda estou de pé é o carro contra as minhas costas e o corpo de Gabriel me prendendo no lugar. Minhas pernas estão tremendo de medo. Não apenas pelos raios que continuam agredindo o céu, mas também porque sei que o que estamos fazendo nunca vai acabar bem.

Mas não podemos evitar.

E a verdade é que nunca poderíamos.

A primeira noite em que nos beijamos foi a mesma em que roubei sua verdade. A mesma que ele me aterrorizou e me puniu por algo que não fiz.

Foi em outra festa em casa, assim como qualquer outra. As reuniões eram sempre a mesma confusão de crianças bagunceiras, a única diferença eram os locais.

Naquela noite, todos estavam na casa de Gabriel, já que seus pais saíram da cidade, uma mansão multimilionária cheia de parede a parede com praticamente todas as classes júnior e sênior.

Como de costume, o álcool estava fluindo, copos vermelhos em cada mão, o ar era uma gigantesca cortina de fumaça de toda a maconha sendo fumada.

Era o caos puro, e eu entrei furtivamente porque Gabriel tinha me banido de sua casa. Não sendo alguém socialmente destituída, eu apareci de qualquer maneira, e dados os acontecimentos daquela noite, gostaria de não ter feito isso.

Se eu não estivesse lá, não saberia a verdade. E se eu apenas tivesse ficado com a minha bunda em casa em vez de tentar pregar uma peça, não teria ficado aterrorizada além da medida.

Nós não nos odiaríamos tanto quanto nos odiamos se eu tivesse tomado uma decisão diferente naquela noite. Mas o passado está claramente escrito, e não há nada que eu possa fazer sobre isso agora.

Depois de chegar na festa, eu entrei como se fosse a dona do lugar, um bando de adolescentes rindo ao me ver porque sabiam que alguma merda estava prestes a acontecer. Gabriel e eu nunca podíamos estar próximos um do outro sem uma briga de proporções épicas.

Eu estava preparada para a briga.

Empolgada por isso.

E tinha bastante glitter e sabão em mãos para transformar suas piscinas (tanto a interior quanto a exterior), banheiras de hidromassagem, várias fontes espalhadas pela propriedade e qualquer outra fonte de água em movimento em um enorme banho de espuma.

Eu costumava usar purpurina com frequência porque a coisa é um pesadelo e quase impossível de limpar. Imaginar Gabriel com raiva tentando se livrar disso me trazia imensa satisfação.

Nós ainda éramos jovens, nossas travessuras eram estúpidas, mas também nada permanentes. Pelo menos até aquela noite elas não eram. Depois do que aconteceu, começamos a partir para a garganta um do outro, e as nossas travessuras se tornaram crueldade.

Não foi até depois de ter jogado sabão e purpurina em suas piscinas, banheiras de hidromassagem e a maioria das fontes do jardim de um lado da casa que eu caminhei para o outro.

Uma tempestade tinha se desenrolado enquanto eu estava no processo de foder com as coisas, o céu se abrindo com cortinas de chuva quando dobrei uma esquina para o jardim oeste para tropeçar em uma visão horrível.

Gabriel estava parado perto de uma garagem de serviço particular, uma faixa de cimento que cortava a propriedade, mas não era vista da casa principal. Era uma daquelas estradas que os zeladores geralmente costumam usar para evitar de serem enfadonhos para os proprietários.

Dois carros estavam estacionados perto de onde ele estava parado e três homens desceram enquanto eu observava. A chuva já tinha ensopado Gabriel até os ossos, seu cabelo ondulado escorregadio sobre sua cabeça, suas roupas coladas em seu corpo.

Os homens que se aproximavam dele não pareciam muito melhores, seus rostos revelados para mim quando um raio iluminou o jardim ao redor deles.

Eu os reconheci imediatamente como William Cross, Peter Black e Joshua Kesson.

Todos nós crescemos perto uns dos outros. Todas as nossas famílias de alguma maneira estão ligadas. Portanto, não foi difícil para mim reconhecer os pais dos gêmeos, Jase e Sawyer.

O que eu não entendia era por quê Gabriel estava parado na chuva esperando por eles.

A princípio, pensei que haviam chegado para acabar com a festa, já que o senhor Dane não estava em casa, mas essa ilusão foi rapidamente destruída quando William Cross agarrou Gabriel pela garganta e o empurrou de volta na direção do carro.

Prendendo-o contra a porta traseira do passageiro, o senhor Cross estava gritando algo que eu não pude ouvir, os outros dois homens invadindo o espaço em cada lado de Gabe, seus rostos tensos de raiva.

O vento caótico da tempestade roubou as palavras deles, então tudo que eu podia ver era o que fizeram com ele.

Sempre pensei que os hematomas no rosto de Gabriel na escola eram por causa dele lutando com outras crianças.

Nunca imaginei como eles realmente aconteceram.

Depois daquela noite, eu sabia, e desejei pelos próximos anos que não soubesse.

Assim que se afastaram, Gabe caiu no chão, seu rosto inchado e os lábios partidos, seus olhos se estreitaram nos três homens enquanto eles entraram em seus carros e foram embora.

Eu deveria ter saído também, deveria ter escapado sem dizer uma palavra, mas estava muito chateada. Muito preocupada. Só conseguia pensar no menino de nove anos com o lábio arrebentado e os olhos machucados. E odiei perceber o que aconteceu naquela época também.

Gabriel estava de joelhos quando corri até ele, seus olhos verde-esmeralda erguendo-se para os meus, sua expressão torcida de ódio.

Naquele momento, nós éramos crianças novamente.

— Mas você está ferido...

— Você não deveria ver isso...

Eu nunca deveria ter visto aquilo.

Nunca deveria saber o que causou aquilo.

Gabriel me odiava por saber que ele poderia se machucar, por ver a verdade de sua vida, e eu o odiava por conter toda a sua raiva e dor para descontar em mim.

Ele estendeu a mão antes que eu pudesse me afastar dele e me puxou para o chão. Minhas costas bateram em uma poça enquanto ele rastejou para se sentar em cima de mim, seus dentes cerrados de raiva e seu olhar se estreitou no meu rosto.

Achei que ele fosse me machucar. Me punir. Me fazer sentir o mesmo que ele.

Ele fez.

Tudo isso.

As palavras que ele me disse eram afiadas como navalhas, os nomes que ele me chamou eram vis. A maneira como ele agarrou minha garganta como se fosse sufocar minha vida me deixaram congelada no lugar com terror.

Eu vi o verdadeiro Gabriel naquele momento, e o que eu vi me quebrou.

Mas em vez de me machucar fisicamente, ele parou e me encarou pelo que pareceu uma eternidade. Quando ele se inclinou e me beijou, roubou o fôlego dos meus pulmões.

Não me importei com o sangue em seu lábio quando sua língua escorregou em minha boca. Não me importei com a chuva e o vento quando a mão dele se moveu entre as minhas pernas. Não dei a mínima para o raio que estava caindo quando seus dedos estavam enérgicos contra o meu jeans, o tecido áspero abusando do meu clitóris.

Eu não me importei.

Não queria que ele parasse.

Mas a Mãe Natureza sim.

Um raio caiu quinze metros de nós para partir uma árvore ao meio, a madeira rachando tão alto enquanto o tronco caía na nossa direção.

Nós não nos movemos até que o peso dele bateu e sacudiu o chão, nós não nos separamos até o final.

Talvez tenha sido o choque que nos manteve no mesmo lugar. Ou talvez fosse a verdade de que não queríamos nos separar.

Mesmo com o quanto nós nos odiávamos, sempre nos recusamos a deixar pra lá.

Não que isso importasse. Não que pudesse importar. O cheiro de fumaça passou por nós alguns segundos depois, e nos viramos para a casa dele para ver as primeiras chamas saindo do telhado.

— O que você fez?

Neguei com a cabeça. Lágrimas escorrendo dos meus olhos pela maneira brutal que ele me beijou.

— Eu não fiz nada.

— Mentirosa!

Gabriel correu na direção de sua casa, e eu fiquei largada chorando no chão.

Aquela foi a noite em que a nossa guerra boba se tornou um legado de crueldade. O próximo ano e meio foi passado nos machucando tanto quanto podíamos.

Você vê isto agora?

Entende meu aviso?

Disseram-lhe a verdade sobre ele.

Você foi avisada para não acreditar nele.

Mas a única pessoa que você conhecia era Engano.

E se você não acreditou em mim, não posso te culpar.

Eu o vejo, no entanto.

Eu o *conheço*.

E é por isso que eu não deveria beijá-lo agora em outra tempestade de raios, em outra casa, em outra noite quando tudo que ele fez foi me machucar.

No entanto, isso é exatamente o que estou fazendo. A tempestade é tão violenta quanto aquela. E ele é tão brutal como sempre foi.

As mãos de Gabriel seguram meu rosto enquanto sua boca ataca a minha, sua língua passando pelos meus lábios com desespero. Não consigo tomar fôlego pelo quão violento é o beijo dele, não consigo ouvir nada além do fluxo de sangue na minha cabeça.

Acima de nós, o céu é dividido ao meio por um raio, o vento soprando em nossas roupas e cabelos molhados como se estivesse lutando para nos separar. Gabriel luta ainda mais forte para nos segurar, seus dedos deslizando em meu cabelo e seu corpo pressionando com força contra o meu.

Sua ereção está dura contra o meu estômago, sua boca liberando a minha enquanto seus dentes mordem meu lábio inferior. Abro os olhos para ver a mesma pessoa que vi naquela noite com o cabelo grudado na testa e a chuva escorrendo pelo seu lindo rosto.

Só que desta vez ele não está machucado e espancado por fora. Ele carrega todas aquelas cicatrizes escondidas dentro dele.

Minha cabeça cai para trás contra o carro enquanto sua boca explora mais abaixo, minhas mãos se movendo para agarrar seus braços enquanto sua cabeça desce ainda mais, e ele prende um mamilo entre seus lábios cruéis e enganadores.

Ele suga com tanta força que um suspiro escapa da minha garganta, a fina camisa de algodão não é páreo para o poder de sua boca.

Os dedos de Gabriel soltam o meu cabelo para agarrar minha bunda, seus bíceps se tensionando sob minhas mãos enquanto ele me levanta para que eu envolva as pernas ao redor de sua cintura.

O seu pau pressiona contra o meu clitóris e eu grito com a sensação, seus dentes mordendo no ponto de pulsação do meu pescoço antes de sua língua se espalhar para lamber a picada.

O relâmpago estala acima de nós, o trovão rápido em seus calcanhares, e eu abro os olhos para ver que o céu nada mais é do que nuvens escuras e pesadas.

— Nós devíamos entrar.

Porra. É difícil falar, mas estou apoiada contra um grande carro de metal com relâmpagos caindo por toda parte. Este não pode ser o lugar mais seguro para se estar.

Nós brincamos sobre a natureza tentando nos impedir, mas isso é abusar da nossa sorte.

— Por quê? — pergunta, seus lábios travando no lóbulo da minha orelha, seus dentes castigando a pele um segundo depois.

A palma da mão de Gabriel desliza por baixo da minha camisa e sobe pelo meu corpo, seus dedos segurando o peso do meu seio com uma posse feroz. Quando seus quadris se movem entre as minhas pernas, estrelas explodem por trás dos meus olhos, a protuberância de seu pau atingindo exatamente o lugar certo.

— Porque nós podemos morrer nisso.

Ele sorri contra a minha bochecha.

— Se não for a tempestade a nos matar, vai ser um terremoto ou um vulcão. Merda, um buraco pode se abrir e engolir a casa. É assim que a merda funciona com a gente. Agora cale a boca e tire a sua maldita camisa, porque eu estou te fodendo, independentemente do que está acontecendo ao nosso redor.

Arrastando a bainha da minha camisa para cima, ele usa seu corpo para me prender no carro enquanto arranca o algodão encharcado pelos meus braços e o joga para longe.

Sua boca trava no meu mamilo, a língua sacudindo a ponta dolorosamente apertada enquanto tento tirar a camisa dele.

Apoiando as mãos contra o carro de cada lado meu, ele puxa a cabeça para cima para que eu puxe a camisa, mas deslizo pela porta de metal molhada e quase paro no chão.

— Isso não está funcionando, porra — ele rosna, ao me pegar e me carregar na direção da casa.

— Ah, graças a Deus — eu falo ofegante, aliviada por ele estar nos tirando desta tempestade. — Lá dentro é muito mais seguro.

Aquele maldito sorriso se distende enquanto ele me joga no capô do carro.

— Quem disse alguma coisa sobre lá dentro?

Nossos olhos se fixam um pouco antes de ele tirar sua camisa e, em seguida, prender suas mãos nas laterais da minha calça para arrancá-la pelas minhas pernas. Ele a está puxando dos meus tornozelos antes que eu consiga abrir a boca para reclamar.

Aproveitando aquele momento para encará-lo, para ver verdadeiramente o que ele se tornou, fico maravilhada com a força de seu corpo, a ondulação de músculos sobre seus ombros, a largura de seu peito que se estreita em um abdômen apertado e perfeitamente formado com um tanquinho tentador. Minha respiração fica presa ao traçar a sombra de seus músculos oblíquos e cintura estreita, fico com água na boca com a dica do que me espera por baixo das calças dele, que caem de forma imaculada em seus quadris como uma provocação.

As mãos de Gabriel agarram meus quadris novamente um segundo depois para me puxar para baixo do capô e levantar meus joelhos para prendê-los por cima de seus ombros.

Minha reclamação se perde no segundo que suas mãos tomam posse agressiva dos meus quadris novamente, e a boca dele cobre minha boceta. Quando sua língua desliza para dentro do meu corpo, eu me deito no capô e minhas costas se arqueiam.

— Oh, Deus...

Eu mal sou capaz de pronunciar as palavras, meus olhos se abrem em um estalo para ver o céu girando com raiva acima de nossas cabeças. Mas Gabriel não se importa que as árvores estejam balançando e se curvando ao nosso redor, e a chuva torna impossível ver.

Seus dedos apertam com mais força a carne macia dos meus quadris, seus lábios se fechando no meu clitóris, a forte sucção me levando tão perto de um orgasmo que não consigo evitar de escorregar para baixo pelo capô. Cada vez que quase caio para fora, a mão de Gabriel agarra a minha bunda e me empurra de volta para cima, meus joelhos apertando em seus ombros enquanto ele circunda meu clitóris com sua língua mentirosa, e não posso lutar contra o orgasmo.

Ele explode através de mim tão violentamente quanto a tempestade acima de nós, meus joelhos fechando nas laterais da cabeça de Gabriel enquanto sua língua desliza dentro de mim para provocar os tremores secundários do meu corpo.

Apesar da chuva, meu corpo está pegando fogo, meu rosto está vermelho e a pele dolorosamente tensa. Cada centímetro é sensível ao seu toque, meu coração praticamente batendo na minha garganta.

Sua boca se afasta da minha boceta e ele olha para mim com olhos verdes que estão tão cheios de calor que são líquidos. Só o olhar em seus olhos é o suficiente para me prender no lugar.

É uma mistura de satisfação masculina e posse completa. De insanidade misturada com a necessidade de dominar. Eu vi isso apenas três vezes anteriormente — todas as vezes que ele me beijou.

— Você tem um gosto tão bom quanto eu pensei que teria. Assim como a porra da princesa mimada que você é.

Há um tom áspero na voz dele que envia um arrepio pela minha espinha, uma nota de vitória arrogante que me deixa com raiva.

— Nós devíamos entrar — eu o lembro, com medo da tempestade subindo pela minha espinha.

Seus lábios se curvam em um sorriso provocador.

— Você deveria calar a boca e se virar.

— O que...

Ele agarra meus quadris novamente e vira meu corpo, sua voz um comando agressivo.

— Fique de joelhos.

— Eu não consigo.

O capô é tão escorregadio que não tem como eu me segurar. Gabriel ri atrás de mim, guia minhas pernas por baixo de mim e, em seguida, me arrasta para baixo até que minha bunda encontre seus quadris.

— Parada.

— Vá se foder — respondo, só porque não vou deixá-lo mandar em mim.

— Eu não posso. Estou muito ocupado fodendo você — argumenta, desabotoando seu jeans e o empurrando até os tornozelos. Quando seu pau fica livre, ele o segura contra o vinco da minha bunda, seu braço envolvendo meu peito para me puxar de volta.

Sua boca pressiona meu ouvido.

— Só para você saber, eu queria te foder todas as vezes que você me irritava e fazia uma de suas pegadinhas estúpidas. E quando está puta da vida, eu quero enfiar meu pau em sua garganta para te fazer calar a porra da boca.

Deus, ele é tão babaca.

Virando-me para que as nossas bocas fiquem próximas, eu o lembro:

— Palavras tão bonitas de um homem que ainda vou odiar pela manhã. Pretendo ficar puta da vida e me vingar.

Os olhos verdes se prendem aos meus com cada promessa do que ele planeja fazer comigo, aquele sorriso encantador se alongando lentamente.

— Eu não esperaria nada menos, e estou ansioso por isso. Também estou ansioso para ouvir meu nome em seus lábios irritantes bem agora.

Uma de suas mãos se espalma nas minhas costas para empurrar meu peito para o carro, enquanto a outra agarra minha coxa para separar minhas pernas.

Travando a mesma mão sobre o meu quadril, ele empurra para dentro de mim com um movimento lento e suave, outro flash de luz iluminando o céu.

O carro balança embaixo de mim, e não sei se é por causa do trovão acima de nossas cabeças ou do chão se abrindo para nos engolir. O que sei é que o pau de Gabriel me estica como nunca senti antes. Me preenche. Me possui.

Minha boca se abre quando um gemido gutural escapa, o som constrangedor por ser tão carnal.

— Porra — ele rosna baixinho e empurra minhas pernas mais abertas, seu polegar cavando no músculo interno da minha coxa, sua outra mão agarrada dolorosamente sobre o meu quadril para me segurar no lugar enquanto ele reivindica meu corpo com cada impulso forte.

O carro balança embaixo de mim e não consigo me mover para uma direção ou para a outra. O metal é muito escorregadio, e isso me deixou completamente sob o controle de Gabriel.

Conhecendo-o, ele fez isso de propósito. Desde que nos conhecemos, ele sempre tentou me controlar.

Outro orgasmo rasga através de mim assim que um raio cai bem perto, as ondas de prazer colidindo com a eletricidade no ar, minha testa pressionada contra o metal molhado do capô enquanto a minha pele formiga, e eu tremo no aperto de Gabriel.

É preciso esforço para respirar, pensar, falar, mas de alguma maneira eu consigo assim que os tremores de prazer param de me estremecer.

— Nós precisamos sair dessa tempestade.

— A tempestade pode se foder — ele rosna, enquanto empurra meu corpo para baixo, minha bunda apertada em seus quadris. — Estou pegando o que sempre foi meu.

É a cara dele, um homem que acredita ser mais poderoso do que uma tempestade, uma personalidade agressiva e desafiadora que não duvida que pode dizer aos céus escuros que se limpem e aos mares que se abram e isso será feito.

Sua mão corre pelo centro do meu corpo até chegar na minha garganta, não forte o suficiente para cortar meu ar, mas firme o suficiente para segurar minhas costas no lugar contra o peito dele, seus quadris ainda se movendo com força o suficiente para balançar o carro embaixo de mim.

Com a boca no meu ouvido, sua voz é áspera e mal controlada, seu pau deslizando em meu corpo com força dominante e golpes longos e intensos. Ele está me fodendo enquanto está me odiando, me controlando enquanto está me punindo, descontando toda a raiva que ele sente na única pessoa contra quem sempre lutou.

— Você se lembra da vez em que encheu meu carro de ovos no estacionamento da escola?

Eu sorrio, mas perco a capacidade de manter a expressão quando os dedos dele beliscam meu mamilo com força e seu pau empurra mais profundamente dentro de mim.

— Como diabos você fez aquilo?

Não foi fácil... ou barato. Mas ele mereceu aquilo por convencer nosso professor de física de oitenta anos de que eu queria transar com ele e estava secretamente lhe enviando calcinhas e brinquedos sexuais usados por seis semanas.

Foi impossível convencer a escola de que não fui eu quando fui chamada para uma reunião de três horas com uma psicóloga e assistência social. O senhor Granger nunca mais olhou para mim normalmente pelo resto do ano. Eu ainda quero vomitar só de pensar nisso.

Tudo isso foi antes daquela noite na casa dele, quando as nossas pegadinhas eram engraçadas, mas ainda não eram cruéis.

— Eu me lembro — expiro, meus lábios se separando para buscar ar, enquanto seu pau afunda dentro de mim novamente.

Seus golpes se tornam lentos e tortuosos, um lembrete de que ele está dentro do meu corpo e pode tomar o seu tempo para desfrutar do que faz comigo.

Ele sorri.

— Você ficou do outro lado do estacionamento gargalhando, e eu quase andei até lá para te curvar e te foder na frente de toda a classe júnior.

Outro impulso forte para dentro leva um gemido até a minha garganta, seus dedos se apertando em resposta ao som, as árvores ao nosso redor rangendo quando uma forte rajada de vento rasga seus galhos.

A voz de Gabriel fica mais baixa, torna-se perigosa, sua máscara deslizando novamente.

— E eu queria te foder na noite em que você me viu levar uma surra pelos pais dos meus amigos. Eu queria te machucar por roubar aquela verdade de mim.

Ele está me machucando agora. Me punindo. Mas não de uma forma que machuque o meu rosto. Mais de uma maneira que corta até o osso. Gabriel está pegando o que sempre foi dele, mesmo quando nós dois sabemos que isso não vai durar.

Já sei que amanhã estaremos de volta ao que sempre foi. Todo mundo vai ver o piadista, o encantador despreocupado, o *cavalheiro* de boas maneiras que ele finge ser.

Eles verão Engano.

E vou olhar além daquela máscara para vê-lo me machucar tudo de novo.

Mal capaz de falar com outro orgasmo ameaçando me dilacerar, eu digo:

— Você vai me arruinar por isso, eventualmente.

Quando responde, sua voz é um sussurro perigoso, ele está ofegante contra a minha orelha, seus quadris se movendo mais rápido, mais forte, dirigindo seu pau mais fundo enquanto sorri contra a minha bochecha.

— Eu arruinei você há muito tempo. Você simplesmente não sabe disso ainda.

A mão dele solta a minha garganta para se espalhar sobre as minhas costas e me empurrar para baixo novamente, a outra segurando meu quadril no lugar enquanto nos leva a uma liberação vertiginosa.

A chuva fria desce pelas minhas costas enquanto ele puxa para fora, o jorro quente de seu clímax escorrendo pela parte posterior da minha perna.

Gabriel não me dá tempo para recuperar o fôlego antes de me virar novamente para travar sua boca sobre a minha, sua língua sondando minha boca enquanto seus dedos agarram meu cabelo.

Nossos peitos pressionam juntos enquanto a chuva desliza entre nós, os dedos de Gabriel se agarrando ao meu quadril para me puxar mais apertado para ele enquanto os meus deslizam sobre os músculos rígidos de seus ombros.

Outro estalo de relâmpago enche o céu, um trovão rolando em resposta atrás dele. A tempestade está tão próxima que o zumbido da eletricidade está formigando na minha pele.

Quebrando o beijo, ele pressiona sua testa na minha, seus olhos verdes e brilhantes capturando o meu olhar.

— Nós deveríamos entrar agora.

Eu rio.

— Você acha?

Ele me arrasta para baixo do capô até que os meus pés tocam o chão lamacento.

— Espera. Eu preciso das minhas coisas.

Balançando a cabeça, Gabriel puxa minha mão para me arrastar para a casa.

— Agora não é hora de se preocupar com as suas oitenta malas de porcaria.

Reviro os olhos, mas o sigo de qualquer maneira. Quando nós chegamos à porta da frente, ele a abre para mim e eu paro para ver o quão grande é o interior.

— Você tem uma casa legal.

Seu peito pressiona minhas costas, sua cabeça caindo para que ele possa falar no meu ouvido.

— Não é minha. Esta é a casa de Sawyer.

A confusão puxa minhas sobrancelhas juntas.

— Então por que estamos aqui?

— Porque não há nenhuma maneira de eu deixar você saber onde eu moro.

Sua palma dá um tapa na minha bunda antes que ele me empurre para dentro.

— Vá lá para cima e tome um banho antes de você congelar até a morte.

Ansiosa por isso, deixo um rastro de pegadas enlameadas no meu caminho para as escadas.

Voltando-me para ele antes de eu subir o primeiro degrau, pergunto:

— Você não vem?

Ele balança a cabeça em negação.

— Não imediatamente. Vou subir em pouco tempo.

Eu não confio nele, mas tomar um banho quente é muito mais atraente do que ficar aqui nua e com frio apenas para discutir. Não que a vista do meu lado seja tão ruim assim. Gabriel não parece ter o menor problema em ficar pelado na minha frente. Mas então, isso é esperado quando seu corpo é perfeitamente esculpido sem nenhuma falha à vista.

Correndo escada acima, fico maravilhada com as claraboias que percorrem os longos corredores. Do lado de fora, este lugar parece antigo e rústico, mas por dentro, é uma mistura de tirar o fôlego de linhas elegantes e cores suaves, toques modernos de vidro e tinta cromada combinando perfeitamente com detalhes em cores em tons de pedras preciosas.

Tudo é imaculado em sua localização, sem qualquer desordem que prejudique a sensação de tranquilidade e abertura.

Isso não é algo que eu esperaria de Sawyer, o que só pode significar que Gabriel estava mentindo… de novo.

Depois de espiar em vários cômodos diferentes, finalmente encontro a suíte master e rapidamente caminho descalça pelo cômodo até o banheiro.

O chuveiro é totalmente aberto, sem vidro ou portas para fechá-lo. A pedra cinza parece natural, enquanto os bancos de madeira escura são o destaque perfeito.

Em vez de um chuveiro preso na parede, eu viro a maçaneta e olho para cima para ver uma grande ducha com efeito de chuva acima de mim. Para ser sincera, estou um pouco cansada de chuva no momento, mas pelo menos essa água está quente e não está misturada com raios.

Não que a tempestade lá fora tenha diminuído alguma coisa. Uma das paredes do banheiro é uma grande janela com vista para as árvores. A cada dois minutos, se clareia um pouco antes do estouro de um trovão.

Gasto pelo menos meia hora descongelando sob o jato de água. Uma vez limpa, saio e enrolo uma grande toalha em volta do meu corpo, meus passos hesitantes enquanto saio para o quarto principal.

Gabriel não está em nenhum lugar à vista, mas isso não significa nada.

Um pedaço de papel no chão chama a minha atenção, as palavras impressas em grande negrito confirmando que o mentiroso esteve aqui.

> **Você não vai dormir neste quarto. Caminhe até a porta.**

Ok. Eu entendo isso como uma dica.

Ando até a porta do quarto e vejo outra nota no corredor.

> **Caminhe por aqui.**

Em seguida, chego a outra nota.

> **Continue.**

Isso é um pouco ridículo. Ele poderia ter me mostrado um quarto diferente. Eu chego a outra nota.

> **Quase lá. Mais alguns passos.**

Outra nota está a poucos metros de distância.

> **Vire à esquerda.**

Fazendo o que me foi dito, eu me viro e empurro a porta de um grande quarto de hóspedes.
Minhas malas estão empilhadas no centro dele.
Todos as dezessete.
Caminhando até elas, encontro outra nota no topo.
Eu a pego e rio.

> **Este é o seu quarto por esta noite. Fique aqui. Se tentar alguma coisa estúpida, vai viver para se arrepender disso.**

capítulo dezessete

Gabriel

A tempestade continua até tarde da noite, o flash constante de um relâmpago iluminando os céus enquanto um trovão estremece as paredes ao meu redor.

Depois de tomar um banho e me descongelar, passo as próximas horas olhando pela grande janela do meu quarto, meus olhos focados nas árvores à distância enquanto a casa está tão silenciosa que se pode ouvir um alfinete cair.

O silêncio não me incomoda e, considerando que Ivy está aqui, eu prefiro assim. Não há maneira possível de trancá-la em seu quarto, embora eu tenha pensado nisso. Amarrá-la provavelmente seria um pouco exagerado, considerando que acabei de transar com ela no capô do meu carro como uma afronta ao mundo ao nosso redor.

Foi estúpido da minha parte fazer sexo com ela. Esse não era o plano, e o fato de que nós acabamos nus sob a porra de uma tempestade de raios em cima de um carro só prova que não somos capazes de ter pensamentos racionais quando estamos juntos.

Ou talvez seja só eu.

Ivy mencionou entrar, mas eu estava muito focado em terminar algo que comecei anos atrás para me preocupar com a sugestão.

Infelizmente, minha atração por ela é inegável. Também é uma infelicidade que com a atração venha a memória, e com essa memória venha um lado de mim que eu preferia que ninguém soubesse.

Obviamente, os caras sabem a verdade porque eles têm os mesmos problemas, mas ninguém de fora sabe.

Ninguém, exceto Ivy.

Tem sido assim desde o início, e se eu acreditasse em coisas como o destino, assumiria que o destino pegou dois dos fios mais fodidos que conseguiu encontrar e os amarrou juntos no pior ponto possível.

O dia em que conheci Ivy foi o mesmo em que fui usado para ensinar Tanner a andar na linha.

Não menti para Luca quando contei essa história a ela, não falsifiquei a verdade para torná-la mais digerível. Eu fui usado como um exemplo de como todos nós obedeceríamos, e então fui levado para outra casa, e saí para fazer companhia a Ivy enquanto os nossos pais faziam negócios.

Naquela época, o pai de Ivy ainda era um advogado, com seus bolsos cheios de dinheiro questionável. Ele ainda não estava no centro das atenções políticas, onde tinha que esconder melhor sua verdadeira conexão com algumas das nossas famílias.

Você pode imaginar o que é ser machucado e ensanguentado apenas para ser empurrado na frente de outra pessoa cuja vida é vivida em um pedestal acolchoado?

Lá estava ela, a princesa mimada, em seu lindo vestido azul com cabelos brancos amarrados para trás em fitas e dois picolés na mão.

E lá estava eu, o príncipe quebrado, com um lábio arrebentado e sem saída para a minha raiva.

Ivy viu a verdade naquele dia.

Eu a odiei imediatamente.

Ela se tornou minha válvula de escape.

Não que ela fosse uma vítima daquele dia em diante. Ivy rebate tão bem quanto recebe, e é por isso que esta guerra tem durado tanto tempo.

O problema com os oponentes é que, embora você os odeie pela competição que criam, você também os respeita pela mesma coisa. Não há competição se uma pessoa é mais fraca do que você de alguma forma, mas isso nunca poderia ser dito sobre Ivy.

Claro que seria ela naquela noite na festa. Nossos pais ficaram irritados porque tínhamos resistido ao sistema novamente, e eles me usaram para passar uma mensagem adiante.

O que Ivy viu não era uma ocorrência regular, apenas uma que acontecia quando nós não nos curvávamos imediatamente às exigências deles e marchávamos às suas ordens.

Por semanas depois disso, acreditei que Ivy tinha começado o incêndio na minha casa. Ataquei como resultado disso. Nossos jogos se tornaram mais cruéis, e quando o relatório investigativo veio alegando que um raio havia sido a causa, já era tarde demais para parar o que eu havia começado.

A única coisa que finalmente cessou a guerra foi sair para a faculdade. Mas, embora a distância entre nós desse um fim nas pegadinhas, não fez nada para acabar com a rixa... ou com a atração.

— Por acaso, você trouxe nossas roupas para dentro quando pegou minhas malas?

Virando-me ao som de sua voz, coloco as mãos nos bolsos e tento não notar como ela fica bem em um par de calças de ioga e uma camiseta meio gasta. O cabelo de Ivy está solto em volta do rosto, o formato de seu corpo mal escondido por suas roupas.

Meus olhos se erguem quando termino de memorizar todos os detalhes sobre ela, que levanta uma sobrancelha para me deixar saber que me pegou.

Eu sorrio com isso.

— Pareço como o seu garoto de recados pessoal? Em caso afirmativo, por favor, me deixe saber, e vou atualizar meu currículo.

Ivy não passa pela porta do quarto. Ela apenas fica lá parada reivindicando o direito de entrar no meu espaço sem realmente fazer isso.

— Não. Você ainda parece como o pior pesadelo de alguém, que eu sempre conheci. Nenhuma atualização necessária. Além disso, eu não te daria uma boa referência. No que diz respeito aos funcionários, você é hostil e não segue ordens. Mas eu gostaria daquelas roupas. Então, onde elas estão?

Afastando-me da parede, atravesso o quarto para me aproximar dela. Ela não se afasta ou mostra qualquer sinal de medo de me ter mais perto. Na verdade, ela endireita os ombros, mas seus olhos suavizam, um olhar com o qual ainda não estou familiarizado.

Avanço até estar a poucos centímetros dela, nossos olhos dançando e nossa respiração colidindo. As costas de Ivy estão pressionadas contra o batente da porta, seu joelho roçando no meu enquanto me encara silenciosamente.

— No que diz respeito aos chefes, você é exigente demais e tem expectativas irracionais. Além disso, o pacote de benefícios que oferece é uma porcaria.

Seus lábios se curvam.

— Você não parecia ter problemas com meu pacote de benefícios há apenas algumas horas no capô do seu carro.

Meu olhar cai para sua boca atrevida.

— Pode ser, mas eu acho que certos itens deveriam ser adicionados a esse pacote para torná-lo mais atraente.

— Que itens são esses?

Meus olhos se erguem para os dela.

— A promessa de seus lábios no meu pau.

Ela não tem a chance de responder antes de eu colocar minha mão em sua nuca e puxar sua boca para a minha. O corpo dela se derrete contra o meu peito no segundo em que nossas línguas deslizam juntas, meus dedos agarrando seu cabelo enquanto suas mãos correm sobre os meus ombros.

Sem perder nenhum tempo, puxo a frente de suas calças de ioga para escorregar uma mão por baixo delas, meu polegar punindo seu clitóris enquanto empurro dois dedos dentro dela e descubro que ela está quente e pronta, inchada e tão molhada pra caralho que meu pau fica instantaneamente duro.

Ela geme na minha boca, seus dentes mordendo meu lábio, se recusando a soltar por alguns segundos. Provoco as paredes internas de sua boceta e sua cabeça cai para trás.

Aproveitando cada vantagem, mordo a pele de seu pescoço, minha língua lambendo a linha do tendão que salta para fora.

— Nós devíamos conversar — ela fala, sua voz sem fôlego.

— Sobre?

Meus dedos afundam mais profundamente, e meu polegar circunda seu clitóris. Suas pernas tremem e o corpo dela se inclina mais contra mim.

— Sobre o que isso significa.

O que diabos ela acha que isso significa?

— Isso significa que eu quero foder de novo — rosno, enquanto libero seu cabelo para segurar seu peito. Meu pau está duro de novo, empurrando contra as minhas calças.

As mãos de Ivy mergulham no meu cabelo.

— Eu sei disso, mas nós devíamos conversar sobre nós.

Minha cabeça se levanta rapidamente e nossos olhos se prendem, minhas mãos parando em sua boceta e seios porque:

— Não há um nós.

Ela pisca e move seus quadris em um esforço para me fazer começar de novo. Eu me recuso.

— Eu não tenho certeza se você quer dizer isso. Nós fizemos sexo, o que significa que você gosta de mim mais do que está admitindo.

Afastando minhas mãos de seu corpo, eu a encaro como se tivesse crescido uma segunda cabeça nela.

— As pessoas fodem o tempo todo sem que isso signifique nada.

Ivy muda sua postura, seus olhos suavizando mais enquanto minhas sobrancelhas se franzem. Ela não pode ser do tipo que quer um relacionamento só porque meu pau tem estado dentro dela.

— Quer saber o que eu acho?

— Não realmente.

Rindo baixinho com isso, ela estica a mão para segurar minha bochecha.

— Acho que você está escondendo todos os seus sentimentos por causa do que passou na vida. Devíamos conversar sobre isso.

Filha da puta.

Eu nunca imaginei que Ivy fosse o tipo de mulher que se agarrasse como um parasita no minuto em que a comesse. Mulheres assim não têm uma boceta, elas têm uma armadilha para ursos pronta para se fechar e prender seu tornozelo nela.

— Você sabe o que eu acho?

Ela sorri e esfrega o polegar ao longo da minha mandíbula. Dou um passo para trás para quebrar o contato.

— Acho que você deveria voltar para o seu quarto, e nós podemos esquecer que essa conversa alguma vez aconteceu.

Decepção pisca por trás de seu olhar, junto de uma determinação.

— Você precisa falar sobre isso, Gabe. Não pode passar o resto da sua vida fingindo ser algo que nós dois sabemos que não é.

Pisco com isso.

— Essa conversa acabou. Por favor, vá embora.

Seus olhos se prendem nos meus.

— Ainda é o príncipe quebrado, pelo que vejo.

— Você não está andando.

Ela precisa ir embora. Agora. Neste exato instante.

Esta é uma linha que nunca deve ser cruzada.

Com um revirar de olhos, ela se afasta do batente da porta.

— Beleza. Se você quer manter tudo isso dentro de você, é sua escolha.

Ela se afasta alguns passos e se vira, seus lábios uma linha fina de raiva.

— Você trouxe aquelas roupas ou não?

— Eu as joguei na lavanderia lá embaixo.

Com isso, ela deveria ter continuado em movimento, mas em vez disso, ela fica parada lá.

— Tem certeza de que não podemos falar sobre isso?
— Boa noite, Ivy.
— Você está sendo ridículo.
Não me preocupo em responder.

Depois de alguns segundos, ela se afasta e eu fico parado no lugar, ouvindo enquanto ela desce correndo.

Completamente irritado, percebo que não vou dormir esta noite, já que não posso confiar nela, e ela só acabou de abordar um assunto que está tão fora dos limites e que não está nem perto do que é aceitável para ser discutido.

Pegando minha bolsa, decido descer para trabalhar um pouco.

Ivy está correndo de volta para cima, e nos encontramos no meio da escada, sua cabeça virando para mim como se ela quisesse dizer alguma coisa, e meus olhos estão fixos em frente porque me recuso a escutar.

Outra hora se passa enquanto me distraio com e-mails sobre casos e reclamações sobre Tanner.

Lacey tinha exigido outro aumento salarial que aprovo com alegria, porque perdê-la não vale o pesadelo que seria encontrar outra assistente para Tanner.

Enquanto estou enviando essa mensagem, Ivy desce as escadas novamente para ir em direção à cozinha.

Sem me preocupar em olhar para ela, pergunto:
— Você não deveria estar na cama?

Ela faz uma pausa.
— Eu quero alguma coisa para beber. Você gostaria de se juntar a mim na cama depois?
— Não mais.

Cruzando seus braços sobre o peito, ela me olha com raiva.
— Você não pode ser tão babaca assim, Gabe. Eu realmente acho que deveríamos conversar sobre isso.

Inclino a cabeça para a direita.
— A cozinha é naquela direção.

Ivy bufa e leva sua bunda até a cozinha, as portas do armário se abrindo e fechando enquanto ela procura por um copo.

Despejando gelo nele, ela o enche de água e começa a vasculhar minhas gavetas.

Minha cabeça se levanta com isso.

— O que você está procurando?

— Uma colher — ela murmura.

— Por quê? É água.

— Eu gosto de mexer o gelo. Isso deixa mais frio mais rápido.

Seus olhos encontram os meus.

— Nós realmente deveríamos conversar sobre isso.

— Terceira gaveta à direita — eu lato, recusando-me a conversar sobre qualquer coisa. Meus olhos estalam de volta para a tela do computador para evitar essa porcaria de conversa.

Outro som de reclamação sobe por sua garganta, mas depois de encontrar as colheres, ela mexe a água e leva seu copo escada acima.

Estou completamente irritado neste ponto, e bato a tampa do meu computador porque não posso acreditar que ela está fazendo essa merda.

Eventualmente, eu me acalmo o suficiente para trabalhar novamente, meus dedos voando sobre as teclas pelo resto da noite, finalmente parando quando a luz do sol começa a iluminar minhas janelas.

Depois de ligar para Tanner para dizer a ele para vir esta manhã para questionar Ivy sobre o que ela sabe, corro escada acima para ver como ela está.

A porta está trancada quando tento a maçaneta, mas quando pressiono meu ouvido contra a porta, ouço o chuveiro ligado.

Satisfeito com isso, desço as escadas e preparo um bule de café.

Estou de pé na minha cozinha uma hora depois, servindo uma terceira xícara de café quando Tanner entra com o resto dos caras atrás dele.

O sol ainda mal nasceu e todos nós deveríamos estar no escritório, mas as prioridades tendem a mudar quando novas informações são disponibilizadas.

O que descobrimos sobre Ivy tornou uma reunião aqui mais importante. No entanto, a única coisa que consigo pensar é nos sons que saíram de seus lábios quando a fodi no carro na noite passada.

Eu não pretendia que aquilo acontecesse, mas assim como todas as coisas com Ivy e eu, as melhores intenções significam absolutamente merda nenhuma.

Nós dois somos o pior par que pode existir. Ela sabe muito sobre mim e eu sei que não posso confiar nela. É por isso que me irritou tanto que tenha trazido à tona o assunto de um relacionamento.

Nada disso realmente importa, no entanto. Não quando há outras questões nas quais precisamos nos concentrar.

— O que aconteceu com você nos ligando na noite passada?

Tanner cruza os braços sobre o peito, seu olhar encarando o meu rosto com suspeita.

Olho para ele de volta por cima da borda da minha xícara de café e arqueio uma sobrancelha, desafiando-o a fazer a acusação. Quase posso ouvir as engrenagens girando em sua cabeça.

— Você transou com ela em vez de nos ligar, não foi?

— Nós não voltamos até que estivesse tarde — eu minto.

Sawyer ri disso e se senta no sofá da sala.

O olhar de Tanner se estreita em meu rosto.

— Ótima história. Realmente muito divertida. Com certeza deixarei uma resenha quando tiver tempo para organizar meus pensamentos e sentimentos. Agora me conta outra, idiota.

Colocando minha caneca de café no balcão, limpo minha garganta. Estou arrastando minha bunda esta manhã porque não dormi.

— Faltou energia por causa da tempestade. Não consegui carregar meu telefone.

— Você está ficando ótimo nisso, Gabe. Mais uma e você terá um best-seller nas mãos. Conta outra.

Mentir para Tanner é quase impossível, especialmente com ele não distraído pelos problemas com a Luca. Como estou me arrastando pela falta de sono, meu jogo foi prejudicado, e tenho que recorrer a meias-verdades que não são completamente inventadas, mas que ainda assim não respondem à pergunta ao mesmo tempo.

— Ivy não foi exatamente cooperativa. Tive que prendê-la no carro apenas para mantê-la sob controle. Você sabe como ela é.

Ele fica quieto por um segundo, seus olhos me avaliando pela besteira dessa história.

— Isso explica por que você está parecendo uma merda agora.

Rindo, encosto-me em um balcão.

— Isso é por não dormir. Você fecharia os olhos com a Ivy por perto?

— Não.

— Então aí está.

Ele me estuda novamente, mas não posso me esconder de Tanner. Ele me conhece muito bem porque temos sido próximos durante toda a nossa vida. Mesmo assim, ele desiste do interrogatório sobre esse assunto, passa uma mão pelo cabelo, e inicia outro.

— Ela admitiu alguma coisa sobre seu pai e a empresa de tecnologia? Eu não disse nada sobre isso a Luca ainda, já que não tenho certeza do que dizer.

157

Cruzo os braços sobre o peito, desejando demais ter um uísque na mão.

Sim, são apenas sete da manhã, mas já estou agitado.

Ivy veio toda cheia de coisas de mulher para cima de mim no espaço de algumas horas na noite passada e isso está me deixando maluco.

Por que diabos ela mencionaria a ideia de algo mais entre nós, quando sabe muito bem que nunca poderíamos fazer isso dar certo?

E por que apenas a ideia disso me incomoda mais do que deveria?

— Não conversamos muito.

Sobre esse assunto pelo menos...

Uma vez que isso não é mentira, espero que ele compre e siga em frente. Em vez disso, ele pisca, muda sua postura e bate os dedos contra o braço.

— Você transou com ela — ele assume corretamente, seus olhos encontrando os meus para ver a verdade disso. — Você está brincando comigo, Gabe? Realmente é tão estúpido assim? Nós dois sabemos o que aquela mulher faz com você.

Não posso culpá-lo por sua frustração. Ivy tem as informações que nós precisamos. E eu ferrei com a nossa capacidade de conseguir isso. Só porque ela sempre me fez tropeçar quando se trata dos jogos que jogamos.

Para Tanner, trata-se de Luca. Mas para todos nós, trata-se de vingança contra os nossos pais. Não precisamos do dinheiro ou da empresa deles, mas o que precisamos de fato é da capacidade de ensinar a eles uma lição por todas as coisas ruins que fizeram com as nossas vidas.

Até que tenhamos o que precisamos, temos que continuar fingindo ser os fantoches que marcham às suas ordens, mas assim que tivermos o suficiente para derrubá-los, a encenação termina e estamos livres.

Poderíamos nos afastar agora? Tecnicamente, sim. Mas essa é uma solução muito simples quando passamos a vida inteira sendo pressionados.

Vamos provocar um inferno eventualmente. No entanto, em vez de encurralar Ivy por algo que suspeitamos ser importante, eu me concentrei em outra necessidade. Uma que tenho há anos.

— Quer saber? — Ele levanta as mãos. — Que se dane. É isso aí. Só vá acordá-la porque eu gostaria de acabar com isso. Precisamos resolver essa merda antes que tudo piore.

— Ela não está dormindo — eu respondo. — Ela estava no chuveiro da última vez que verifiquei.

Ele puxa uma cadeira em uma pequena mesa de café da manhã e joga seu peso nela.

— Então, arraste-a para fora dele.

Não dou o primeiro passo quando a risada baixa de Ezra chama a minha atenção.

Virando-me para ele, noto que está olhando para cima, seus lábios se abrindo em um sorriso estranho.

Seguindo o caminho de seu olhar, olho para cima e meus olhos se arregalam enquanto meus dentes se apertam. A dor desce pela minha mandíbula enquanto o resto dos caras olha para cima e começa a gargalhar.

— Ah, merda — Shane diz, sua mão voando para sua boca em uma fodida tentativa fracassada de esconder seu sorriso. — Ivy está tão morta.

Uma gota d'água escapa da grande mancha úmida no teto, e eu saio correndo da sala sem me preocupar em esperar que a gota espirre no chão.

Estou subindo as escadas e descendo o corredor para os quartos de hóspedes em segundos, os caras ainda rindo lá embaixo quando bato a mão para encontrar a porta trancada.

Batendo o ombro contra ela, quebro a moldura para entrar, meus olhos disparam para uma janela aberta que ignoro enquanto atravesso o quarto para o banheiro anexo.

O chuveiro ainda está ligado, mas o ralo está entupido com uma camiseta, um lago de água se espalhando pelo chão e escorrendo pelos rodapés para formar uma piscina sob o piso de cerâmica.

Pisando com cuidado no chão para não desmoronar, desligo a água e volto para o quarto dela, olhando para a janela novamente e para a cama.

Meus olhos disparam para suas malas para ver que há apenas quinze delas.

— Porra!

No meio da escada, meus olhos encontram os de Tanner, cada músculo travado na minha espinha enquanto corro por ele em direção à porta da frente.

— Ela se foi.

— O quê?

— Você me escutou — eu rosno, enquanto abro a porta com força e corro para a entrada. Parando no meu caminho, minhas mãos se fecham em punhos para ver o dano.

— É exatamente por isso que ela não tem permissão para entrar na minha casa. O que diabos você vai fazer agora?

Estou com tanta raiva que não consigo pensar direito.

— Eu não sei, Tanner. Eu estava pensando em tirar uma soneca relaxante e talvez colocar o Netflix em dia. Depois disso, poderia fazer meu cabelo e unhas e, em seguida, assistir a uma boa aula de *pole dance*. Isso faria maravilhas para o meu abdômen. Que porra você acha que eu vou fazer?

Ele pragueja baixinho e me segue até a garagem, o resto dos caras saindo da casa para descobrir o que já sabemos.

Meu carro sumiu e os três que eles dirigiram estão todos arriados com os pneus furados.

Tanner está mortalmente silencioso ao meu lado, nossas cabeças se virando para nos encarar.

— Só tenho uma coisa a dizer sobre isso.

— E o que é?

— Ela também não tem permissão para andar no meu carro.

— Pelo menos não são ovos — eu expiro, meu corpo estremecendo no lugar quando ouço o som abafado de algo caindo na minha casa.

Todos nós ficamos em silêncio por um breve segundo, minha coluna travada no lugar porque não quero voltar correndo para ver o que eu já sei.

Da porta, Taylor grita:

— Acho que foi o seu teto desabando, Gabe.

Todos os caras bufam enquanto tentam conter suas risadas. Meus olhos se contraem com espasmos, e fico olhando para a floresta porque preciso me afastar disso antes de sufocar um deles até a morte.

Eu vou matar Ivy quando colocar minhas mãos nela da próxima vez.

Isso e fodê-la.

Obviamente, não nessa ordem, mas definitivamente os dois.

Isso é o que eu sempre quero fazer quando ela fica assim, só porque sua besteira me faz odiá-la e respeitá-la ao mesmo tempo.

Eu amo que ela nunca se curve a ninguém.

Que ela nunca desabe.

Que ela vá se sentar lá com um sorriso doce em seu rosto enquanto fode o seu mundo sem um pingo de culpa por isso.

Me deixa insano que ela possa mentir tão bem quanto eu e me fazer esquecer que nunca deve ser deixada sozinha por não ser confiável.

No final das contas, a verdade mais básica é que Ivy é um engano tanto quanto eu.

Eu deveria tê-la amarrado à minha maldita cama e olhado para ela a noite toda. O único problema com isso é que eu não seria capaz de manter minhas mãos longe dela.

Foder uma vez? Éramos nós exercitando o ódio.

Foder duas vezes teria nos empurrado muito perto da verdade de como nos sentimos um pelo outro. Especialmente depois que ela trouxe a possibilidade de um relacionamento para a equação.

— Eu não posso acreditar que ela fez isso com você de novo. Quero dizer... *de novo* — Tanner enfatiza. — Nesse ponto, eu vou precisar que você admita que eu estava certo quando toda essa merda começou. Ela não mudou nada. Vá em frente. Diga: "Tanner estava certo". Eu vou esperar.

Minha mandíbula pulsa com tiques, e rolo o pescoço sobre os meus ombros.

— Não é tão difícil dizer. Apenas três palavras.

— Você pode ir se foder agora?

Ele tem um caso grave de gargalhadas, aparentemente, seus lábios pressionados juntos enquanto os ombros tremem, e ele levanta o rosto para o céu.

Já sei que quanto mais bravo eu ficar neste momento, mais engraçado vai ser para ele, então respiro fundo para conter.

— Tudo bem. Você pode dizer isso para mim mais tarde, já que eu sei que você está pensando nisso. O que é importante agora é como diabos nós vamos trazê-la de volta?

Shane e os outros caras descem os degraus da varanda, a maioria deles de pé ao lado de Tanner e eu enquanto Shane circula os carros, seus lábios se abrindo em um sorriso.

— Sei que você não quer ouvir isso, mas sempre admirei Ivy. Juro que essa garota não se importa com porra nenhuma.

Seus olhos se levantam para olhar por cima do capô do carro para mim.

— Ela acabou com todos os pneus. Perfurações laterais também, então não podemos remendá-los. Se fossem apenas um ou dois pneus, poderíamos ter dado um jeito. Mas isso vai levar algum tempo, já que são todos os quatro.

Minhas sobrancelhas se erguem.

— Quanto tempo?

— O dia todo se você quiser todos os carros prontos. Algumas horas para ter um arrumado e funcionando. Vai ser mais rápido se Priest estiver na oficina e puder me trazer o que eu preciso. Vou ligar para ele.

Enquanto ele se afasta para fazer isso, Ezra se coloca ao meu lado.

— Eu posso ligar para Emily, se quiser. Provavelmente, Ivy estará voltando nessa direção.

161

Ele está certo sobre isso, mas Emily não vai nos contar nada. Eu giro para travar os olhos com Sawyer.

— Ligue para o Dylan. Ofereça a ele o que ele quiser para nos ligar imediatamente quando ela chegar lá.

Não que possamos fazer muito a respeito enquanto estamos presos aqui. Felizmente, tenho outro dispositivo à prova de falhas. Um que tornará muito mais fácil encontrá-la.

Meus olhos examinam o dano novamente, e solto um suspiro pesado.

Essa filha da puta.

Eu não posso acreditar que ela…

Ok… não… eu posso acreditar.

Eu simplesmente não posso acreditar que ela escapou impune.

O pensamento do que essa mulher é capaz de fazer me faz sorrir.

capítulo dezoito

Ivy

Os homens são tão malditamente fáceis.

Normalmente não o Gabriel, no entanto. Eu admito isso. Mas mesmo ele tem certas fraquezas masculinas que o fazem cair na mesma merda com que outros homens têm problemas.

Isto é, o tópico de relacionamento. Eu sabia que no segundo em que trouxesse a temida conversa, ele iria recuar e ficar tão incomodado que pararia de prestar atenção.

Acho que é um problema com o cromossomo Y. Especialmente quando se trata de babacas machos alfa. O pau deles está sempre pronto e capaz de proporcionar uma boa foda, mas seu cérebro desliga quando uma mulher quer ficar sentimental. Eles se espalham como baratas na luz todas as malditas vezes, fugindo o mais rápido que podem.

Mas isso era necessário.

Eu precisava dele distraído enquanto corria pela casa reunindo o que eu precisava para escapar esta manhã. Sabia que se ele me pegasse procurando aquelas roupas ou indo para a cozinha, ele me seguiria para ver o que eu estava aprontando.

Gabriel sabe que não deve confiar em mim nem mesmo por um minuto, o que o torna inteligente a longo prazo.

Mas não inteligente o suficiente.

Antes de começar o que eu precisava fazer, comecei a trabalhar para ter certeza de que ele não iria querer chegar perto de mim.

Infelizmente, meu plano funcionou melhor do que o esperado e, embora eu não estivesse falando sério sobre o que disse, fico triste por ele ter sido tão decidido contra isso.

Gabriel nunca teve uma namorada no ensino médio e, pelo que Ava me contou, nunca teve uma na faculdade também. Isso não significa que ele não estava brincando por aí. Afinal, ele é um cara, mas, como os outros caras, ele habilmente evitou se apegar a qualquer pessoa fora do Inferno.

Embora isso irrite a maioria das mulheres e as faça acreditar que Gabriel é um imbecil com medo de se comprometer, sei que sua hesitação em se aproximar de alguém é a verdade que ele quer esconder sobre si mesmo.

É por isso que eu trouxe à tona suas inibições emocionais quando pedi para conversar sobre algo entre nós dois. Foi um toque duplo de tópicos questionáveis, e ele caiu nessa, completamente.

Isso me deu a oportunidade de passar por suas calças molhadas que ele tirou do lado de fora da casa, as chaves ainda nos bolsos onde ele as havia deixado. E enquanto vasculhava as gavetas da cozinha depois de mentir sobre mexer meu gelo, eu peguei escondido uma faca e a levei para o meu quarto.

Na manhã seguinte, liguei o chuveiro assim que o sol nasceu, tampei o ralo e deixei funcionar por mais de duas horas. Fazer isso tinha sido intencional, para causar uma distração, mas também um tapa de volta por tudo que Gabriel fez para mim.

Olhando pela janela, esperei pelo resto do Inferno chegar, porque sabia que Gabriel havia me levado para a casa *dele* para que todos eles pudessem me encurralar.

Rindo de sua mentira de que Sawyer morava lá, escalei a janela que estava convenientemente localizada em uma parte plana do telhado e desci assim que os caras entraram.

Não demorou muito para arriar os pneus e meter o pé com o carro de Gabriel.

Agora estou guardando o caminho de volta à sua casa na memória. Essa informação será útil em algum momento se ele continuar ferrando comigo.

Aborrecida por não ser capaz de levar todas as minhas malas comigo, reorganizei os itens na noite anterior e preparei duas com todas as coisas que eram essenciais.

A questão agora é para onde vou e como fico fora do radar deles quando chegar lá?

Minha primeira parada tem que ser na Emily, desde que deixei minha bolsa e telefone lá ontem à noite, depois que o Gabriel me enganou para que eu saísse apenas para que Sawyer pudesse pular em mim.

Sim, sinto-me uma completa idiota por cair nessa, especialmente depois de ter feito a mesma coisa com Gabriel há pouco mais de um mês, mas não vou cair nessa duas vezes.

De agora em diante, não vou deixá-lo chegar perto de mim, e se o cretino conseguir se esgueirar quando não estou prestando atenção (ele tem a insana capacidade de fazer isso), então vou travar meus pés no lugar e ficar onde outras pessoas podem me ver. É a única maneira de evitar que ele me sequestre novamente.

Quando viro à direita para pegar uma ponte de volta aos subúrbios mais próximos da cidade, o Bluetooth toca no carro de Gabriel, meus olhos se voltam para ele em confusão.

Olho ao redor do banco da frente e para cima no painel, mas não vejo que ele deixou o celular no carro.

Apertando o botão no volante para atender a ligação, não digo nada, mas espero para ver como é possível que alguém esteja ligando.

— Você está gostando do meu carro, amor? Não me lembro de ter dado permissão para fazer um *test drive*.

Sua voz suave flui através dos alto-falantes, e sei que estou falando com Engano e não com o verdadeiro Gabriel.

Isso não significa que eu seja afetada de forma diferente. Tudo sobre aquela língua encantadora dele me excita, e depois da noite passada, agora eu conheço seus outros talentos. Com as coxas se apertando enquanto dirijo, sorrio docemente, embora ele não possa me ver.

— É bastante legal, na verdade. Um passeio tão tranquilo, e os assentos são incrivelmente confortáveis.

Ele ri.

— Estou tão feliz. Embora, depois de ontem à noite, eu teria acreditado que você gosta mais de passeios duros do que qualquer coisa.

Filho da puta. A promessa na voz dele é o suficiente para deixar meus mamilos duros.

— Como você está me ligando, Gabriel? Não tem telefone nenhum no seu carro.

— Todos nós temos os nossos segredos, e se você está planejando fazer algum tipo de chamada, não é possível.

Droga. Isso teria sido conveniente.

Eu não digo nada, mas sua voz suave rola pelos alto-falantes novamente.

— Só para você saber, pretendo bater em sua bunda pela bagunça que você deixou em casa.

— Você vai ter que me pegar primeiro, e isso vai ser um pouco difícil com tantos pneus furados.

Mais risadas, o tom delas sombrio e assustador. Odeio quando ele fica

165

desse jeito, mas secretamente também adoro.

— Não vai demorar muito para nos vermos novamente. Diga a Emily que eu disse olá quando você chegar lá.

Eu viro a alavanca do indicador de direção para dar seta e viro para a esquerda.

— Não sou estúpida o suficiente para voltar para a casa dela.

É exatamente para onde estou indo, mas não vou demorar. Eu vi todos os meninos Inferno na casa de Gabe antes de sair, então sei que nenhum deles pode estar esperando na casa de Emily para me agarrar novamente.

— Ah, bem, imaginei que você estaria correndo até lá para pegar o seu telefone.

Cretino. Ele sabia que eu tinha deixado lá e provavelmente pretendia que isso acontecesse.

— Posso comprar outro.

— Com que dinheiro?

Eu rosno com o lembrete.

No que diz respeito a este jogo rolando, Gabriel tem a vantagem, mas isso não significa que vou me deitar e aceitar.

Cansada da conversa, eu sorrio novamente enquanto paro no bairro de Emily.

— Foi bom colocar a conversa em dia, Gabriel, mas preciso deixar você ir. Talvez possamos almoçar em algum momento daqui a alguns anos. Isto é, se você alguma vez me encontrar de novo, é claro.

— Você não tem ideia do quanto estou ansioso por isso.

Meu polegar aperta o botão para encerrar a ligação depois disso, o carro voando para a frente da casa de Emily e dando a volta.

Ela corre para fora assim que desligo o motor e saio do carro.

— Ouvi dizer que Gabriel pegou você de novo. Sinto muitíssimo. Se eu soubesse que ele estava vindo para cá, teria ficado com você.

Os olhos de Emily se voltam para o carro.

— De quem é isso?

— É do Gabriel.

Suas sobrancelhas se franzem, mas um sorriso aparece em seus lábios.

— Sério? Ele vai ficar tão irritado.

— Ele já está — eu confirmo —, mas não posso ficar aqui muito tempo. Preciso da minha bolsa e do telefone, e então preciso descobrir algum lugar para ir onde eu possa me esconder.

Os olhos de Emily se arregalam e uma expressão maligna assume.

— Se você não se importa de companhia, nós podemos ir para a cabana dos meus pais no interior do estado. É apenas uma viagem de duas horas e os gêmeos não sabem dela.

Perfeito pra caralho.

— Então embale algumas roupas e vamos sair daqui. Os caras não serão capazes de sair do lugar por mais algumas horas, então nós estaremos muito longe quando eles puderem me perseguir.

A risada sacode seus ombros.

— Quero saber o que você fez para conseguir isso?

— Eu te conto no caminho.

Nós nos voltamos para caminhar até a casa quando me lembro do que vi ontem à noite.

— Seu irmão está em casa?

Emily geme e acena com a cabeça concordando.

— Os amigos dele nunca foram embora, então tive que encontrar Ezra em outro lugar ao invés de ele ter vindo aqui na noite passada. Por quê?

Gabriel foi um idiota por cumprimentar o Dylan. Isso apenas me mostrou que ele tinha um espião no único lugar que eu pensava ser seguro.

— Porque ele é amigo de Gabriel, e ele não pode saber para onde nós estamos indo.

Balançando a cabeça, Emily abre a porta para eu passar.

— Claro que ele é. Vamos dizer a ele que vamos para a casa de Ava. Obviamente, Mason conseguirá arrancar dela que não estamos realmente lá, mas isso os afastará por tempo suficiente para que possamos chegar à cabana.

É um plano tão bom quanto qualquer outro, minhas pernas bombeando rapidamente para correr pelo corredor na direção do quarto dela. Pego minha bolsa e o telefone enquanto ela joga as roupas em uma mala para que possamos meter o pé para fora de casa novamente.

Como eu suspeitava, Dylan está na entrada da frente enquanto corremos.

— Onde vocês duas estão indo tão rápido? Existe uma promoção na loja das vadias? Um creme antifúngico leve dois pague um?

Emily lança a ele um olhar desagradável, mas eu sorrio em vez disso.

— Na verdade, sabemos que seu aniversário está chegando e pensamos em comprar alguns plugues anais que brilham no escuro para você e seus amigos usarem na próxima vez que eles passarem a noite. Prefere neon azul ou rosa?

Ele sorri com isso.

— Eu sou mais tendencioso para o verde, se eles tiverem. Obrigado por isso.

— A qualquer momento.

Seus olhos se fixam em Emily.

— Mas, falando sério, para onde você está indo? Preciso de uma carona até a casa de Kennedy, já que meu carro está destruído.

Ela revira os olhos, especialmente porque nós duas sabemos que ele está cheio de merda.

— Vamos para a casa da Ava, que é a direção oposta. Peça a um de seus amigos para te levar para a casa do Kennedy quando eles acordarem.

Dylan acena com a cabeça em acordo e se afasta da parede na qual estava encostado.

— Bom saber. Divirtam-se, cadelas.

— Nós vamos — eu grito, enquanto corremos pela porta e para a garagem.

Emily pula no banco do passageiro enquanto subo atrás do volante. O motor ruge à vida quando viro a chave, e nós estamos na estrada em nosso caminho para o interior dentro de minutos.

Quando alcançamos a rodovia, Emily ri e relaxa em seu assento.

— Então me conte. O que você fez para escapar de Gabriel e roubar o carro dele?

Meus lábios se curvam nos cantos.

— Eu simplesmente destruí sua casa e arriei os pneus de todos os carros que ele tinha na garagem. Todos os meninos do Inferno estavam lá, então eles provavelmente estão extremamente putos no momento.

— Ah, merda. Todos eles? Até mesmo os gêmeos e Tanner?

— Aham — eu respondo, sabendo muito bem que se eles me pegarem, eu sou uma mulher morta.

— Garota, nós precisamos te manter escondida pelo resto de sua vida. Tenho certeza de que eu poderia convencer os gêmeos a não matar você, mas ninguém vai ser capaz de convencer Tanner a se acalmar.

Ela está certa sobre isso.

O que ela não percebe é que Gabriel é tão ruim quanto Tanner, se não for pior.

Se ele me encontrar, vai se certificar de que eu me arrependa do que fiz.

Estendendo a mão para ligar o rádio, Emily abaixa a janela dela e me dá um sorriso diabólico.

— Não temos nada com que nos preocupar. Meus pais não usaram a cabana desde que Dylan era bem novinho. Duvido muito que ele se lembre dela.

Rezando para que ela esteja certa, aperto o botão do piloto automático, defino a velocidade e me estabeleço para a longa viagem.

capítulo dezenove

Ivy

Só Gabriel poderia ser a causa de eu me tornar uma fugitiva duas vezes em um mês. Ambas as vezes depois de agir contra *ele*, é claro, porque ninguém mais tem a capacidade insana de me empurrar até esse limite.

Gabriel arrancou de mim todo o espectro de emoções no decorrer de nossas vidas, a maioria das quais está concentrada no lado mais sombrio, mais conhecido como aquele que os psicólogos alertam que as pessoas devem ser evitadas a todo custo.

Preocupação. Raiva. Dor. Ódio. Vingança. Intolerância. Inveja.

Apenas em breves momentos ele me abalou tanto, ao ponto de sentir o lado oposto do espectro.

Admiração. Humor. Alegria. Excitação.

Luxúria...

Se eu estivesse escrevendo uma lista de verdade, colocaria em negrito e sublinharia a última palavra e, em seguida, a riscaria, porque aonde ela leva significa um desastre absoluto.

Isso é o que Gabriel e eu somos e sempre fomos.

Um desastre natural.

Uma calamidade destrutiva.

Uma tempestade tão devastadora que qualquer pessoa pega em seu rastro fica confusa e cambaleante.

Ficar entre nós é se tornar um dano colateral, e é por isso que ninguém ousou intervir para impedir a nossa guerra.

Não que nós permitiríamos.

Vou ser honesta com você, uma coisa que Gabriel nunca será.

Nós gostamos da guerra.

Ansiamos por ela.

Precisamos disso de uma forma que nunca fará sentido para a maioria das pessoas.

Mas só porque ela nos torna *melhores*.

Talvez sejam nossos tipos de personalidade correspondentes. Gabriel e eu precisamos ser desafiados. Frequentemente, precisamos de um alvo, um adversário, uma meta e um destino.

Sem isso, somos preguiçosos. Não temos nada a provar e ninguém que atraia o nosso interesse. Nós murchamos e nos acomodamos atrás de nossas máscaras, sem nenhuma motivação para fazer mais nada.

Nossos anos separados provaram isso.

Sem ele, eu sucumbi a deixar meu pai governar minha vida. E sem mim, ele perdeu a centelha que o torna único.

Ele perdeu sua vantagem e deixou todo mundo acreditar que ele era o cara mais legal do mundo.

Eu menti para você no começo. Eu pediria desculpas por isso, mas não me sinto mal pelo que disse. Era *essencialmente* verdade.

Eu não odeio *inteiramente* o monstro que vejo sob a máscara encantadora de Gabriel, porque vejo a mesma coisa olhando para mim em meu próprio reflexo.

Está tudo bem, no entanto.

Eu gosto desse jeito.

Nós nunca vamos parar de lutar.

Nunca vamos parar de desafiar um ao outro.

E nunca vamos parar os jogos pelos quais somos conhecidos.

Nós nunca vamos parar de melhorar um ao outro até que nós dois sejamos os melhores.

É por isso que fico surpresa quando Emily passa pelas portas francesas abertas, fica ao meu lado e deixa cair seu telefone no corrimão largo onde estou encostada.

— Três dias e você já ganhou. Acho que isso significa que podemos ir para casa agora, já que é seguro.

Meus olhos se afastam do pôr do sol pairando sobre o horizonte distante para olhar para o telefone.

— O que você quer dizer?

Pegando-o, rolo para baixo o artigo que ela abriu, meus olhos ficando mais arregalados a cada novo parágrafo, a desconfiança se desenrolando em mim porque não há nenhuma maneira de que Gabriel tenha feito isso.

— Ele está tramando alguma coisa.

Uma risada suave sacode os ombros dela, seu olhar focado na distância onde as árvores farfalham com a brisa que passa.

— Eu liguei para a Ava. Ela confirmou que eles deram essa informação aos jornais porque Gabriel cansou de mexer com você.

Pegando uma página do manual de Gabriel, eu atribuí a Ava a tarefa de ficar de olho nos caras. Foi pedido a ela para relatar no instante em que eles saíssem da cidade, porque isso significava que descobriram onde eu estou.

Segundo ela, os caras não estavam fazendo nada diferente. Cada um foi trabalhar e fez o que quer que eles faziam. Mas nenhum parecia interessado em me perseguir.

Nem mesmo Gabriel.

— Está impresso bem aqui, Ivy. Eles vazaram para a mídia que você rompeu o noivado.

Ela bufa em uma linha.

— Eles até alegaram que Gabriel está deprimido com isso e não sai da cama por nada além de trabalhar.

Minha sobrancelha arqueia para isso.

Não faz sentido, porra. O noivado falso era o controle de Gabriel sobre mim quando se tratava do meu pai e das minhas finanças. Por que ele desistiria disso?

Examino o artigo novamente. Obviamente ele fez isso. Ninguém mais além dele alimenta as notícias com informações de merda.

Rabiscando cuidadosamente por cada linha em busca de uma mensagem enigmática, não encontro nenhuma e coloco o telefone de volta na mão de Emily.

— Ele está tramando alguma coisa — digo novamente.

Eu conheço Gabriel.

Melhor do que qualquer um.

Ele não faria isso sem um motivo.

Emily balança a cabeça e empurra o comprimento de seu cabelo ruivo por cima do ombro.

— Ou ele está deixando isso passar. Você destruiu a casa dele, Ivy. E roubou seu carro. Talvez ele já esteja velho o suficiente para perceber que isso só vai piorar se os dois continuarem.

Penso sobre isso. Franzo meus lábios. Dou uma olhada ao longe.

— Não. Ele está tramando alguma coisa.

O único problema é que não tenho ideia do quê.

— Eu posso ligar para Ezra ou Damon. Ver o que eles têm a dizer. Nós só ouvimos o lado de Ava, e ela recebe informações limitadas de Mason.

Eu não me incomodo em olhar para ela.

Emily tem estado mais relaxada nos últimos três dias longe dos gêmeos. Só isso já é revelador. Isso me irrita, na verdade. O que diabos aqueles dois estão fazendo com ela que pode deixá-la tão chateada?

Não há como saber com eles. Os gêmeos sempre foram um problema. Sempre. E eu me sinto mal por ter encorajado Emily a se divertir com eles no ensino médio, em vez de avisá-la para não se envolver. Mesmo se eu a tivesse avisado, não tenho certeza de que ela teria ouvido.

Recusando-me a ser a razão pela qual ela estende a mão para eles agora, eu balanço a cabeça em negação.

— Não. Isso é entre mim e Gabe. E deveria continuar desse jeito. Vou ligar para ele pessoalmente. Oferecer minhas condolências pelo noivado fracassado. Sentir o terreno com ele.

Enquanto observo, o sol se põe atrás do horizonte, seu fogo moribundo, uma chama colorida se espalhando por um céu riscado de nuvens. Além da linha das árvores, animais noturnos começam seu coro, e eu estremeço com as memórias que esse som traz à mente.

— Provavelmente é melhor você evitar Gabriel. Eu posso ligar para os…

Meus olhos estalam na direção dela.

— O que está acontecendo com você e os gêmeos? Você tem sido mais parecida consigo mesma nos últimos três dias que nós estivemos aqui do que no mês passado.

Uma pergunta continua gritando na minha cabeça, uma que tenho evitado perguntar, mas que tipo de amiga eu seria se deixasse isso para lá?

— Eles estão fazendo alguma coisa com você?

Nunca vi nenhum sinal físico de que algo ruim está acontecendo. Mas você ainda precisa se preocupar com sua melhor amiga, quando ela está dormindo com homens que as pessoas chamam de Violência e Ira.

Adivinhando aonde eu estou indo com isso, sua expressão cai, e ela solta um suspiro.

— Não com o que você está preocupada. Não.

A suspeita me preenche. Não posso dizer se é porque eu realmente não acredito nela, ou porque estou no limite de tudo com Gabriel.

— Você tem certeza?

É melhor ela ter certeza. Se ela não tiver, eu vou chutar a bunda deles. Como vou conseguir isso, não tenho ideia. Aqueles dois são a imagem que retrata a expressão *assustador pra caralho*, mas vou dar algum jeito.

Ela me dá um sorriso sem entusiasmo.

— Posso tolerar muita coisa das pessoas, mas eu não permitiria isso. Já te disse, é complicado e não estou pronta para falar sobre isso ainda.

— Promete me contar quando estiver pronta?

Emily acena com a cabeça em concordância.

Meus ombros relaxam com isso.

— Tudo bem.

Apoiando seus antebraços no corrimão, ela se inclina para frente e ri.

— Você está protelando.

Com a pele se eriçando ao ouvir a acusação, eu sorrio. Aquele sorriso meloso que é revestido de besteiras para esconder o que estou pensando. Ela vê além disso.

— Não tenho ideia do que você está falando.

— Aham.

Seu cabelo pega a luz da varanda que tremula acima de nossas cabeças, seus olhos turquesa me avaliando.

— O que eu acho interessante é que você não tem medo de Gabriel. Então, por que diabos está enrolando para ligar para ele?

Porque eu sei que ele está tramando alguma coisa. E não tenho ideia do quê.

Afastando-me do corrimão, eu entro em casa com Emily seguindo atrás de mim.

— Talvez eu simplesmente não queira ouvir sua voz irritante.

— Certo. Podemos ir com isso.

— Foda-se.

Ela ri quando pego meu telefone da bolsa e solto um suspiro para me acalmar.

— Nada como o presente — murmuro, enquanto vou até o número dele, aperto o botão e coloco o telefone no ouvido.

Gabriel atende depois de dois toques.

— Obrigado por ligar para a Jaguar. Aqui é Gabriel falando. Como posso ajudá-la hoje?

A julgar por seu tom de voz suave, Engano está na linha.

Atrás dele, posso ouvir o murmúrio suave de ruídos de escritório, um telefone tocando ao longe, uma recepcionista atendendo a ligação e, em seguida, os dedos rápidos de alguém digitando.

— Jaguar?

Ele ri.

— Achei que eu poderia muito bem vender meu carro para você, pelo tempo que você o tem. Vou precisar fazer uma verificação de crédito primeiro, é claro. Suspeito que você não tem dinheiro nem emprego.

Uma porta se fecha em sua extremidade da linha, o barulho baixo de seu escritório silenciado.

— Ah, aquele carro. Não, obrigada. Abandonei-o um tempo atrás, antes de pegar um voo para a Europa. Não tinha todos os recursos que eu queria e a suspensão era uma merda.

— Você fez isso? Acho que vou ter que comprar um novo.

Apertando minha mão sobre o telefone, ando de um lado para o outro pelo chão da sala.

— Eu vi que nós terminamos. Desculpa por destruir seu coração. Sei que você tinha esperanças e sonhos, mas às vezes essas coisas simplesmente não funcionam. É uma pena.

Quase posso ver seu sorriso encantador.

— Sim, bem, estou me enterrando no trabalho para superar o trauma. Tenho certeza de que eventualmente vou encontrar dentro de mim uma maneira para seguir em frente. Vai ser difícil encontrar outra mulher que goste de destruir propriedades e seja uma cadela mentirosa e ladra, mas se eu desejar isso com bastante força para uma estrela cadente, tenho certeza de que um dia isso se tornará realidade.

Eu consigo ouvir o humor em sua voz, o que só confirma que ele está tramando algo.

— Chega de besteira. Por que você fez isso?

Ele faz uma pausa por um segundo, silêncio mortal na linha antes de ele suspirar e explicar:

— Você deixou extremamente claro que não tem intenção de pagar o preço pelo favor de Tanner. Não adianta mais controlar você.

— Então o que você está dizendo?

— Eu acho que você sabe.

Seu tom de voz muda com essas últimas palavras, e não é mais Engano falando. É o monstro por baixo da máscara.

O medo desce pela minha espinha com dedos ásperos, meu sangue gelando. Sei que só há uma coisa que o Inferno faz quando alguém se recusa a pagar, e isso é a última coisa que vou deixar que eles façam comigo.

— Você não faria isso.

Uma risada nervosa escapa da minha garganta porque isso é insano. Nós estamos todos em nossos vinte e tantos anos. Tenho quase certeza de que esses caras cresceram o suficiente para que não façam mais...

— Lamento dizer isso, linda, mas nós faríamos. Não é mais frequente. No entanto, estamos sempre dispostos a fazer uma exceção.

Aparentemente, eles não cresceram tanto assim.

Eu tomei muitas decisões idiotas na minha vida. E uma decisão incrivelmente estúpida que pensei na época que não era tão estúpida quanto estou aprendendo que é agora.

Nunca era para chegar a isso, e estou arrependida de tudo que fiz.

— Boa sorte em me encontrar na Europa, Gabe. Vai ser difícil correr atrás de mim se não tiver ideia de onde estou.

Atrás de mim, ouço o telefone de Emily tocar. Gabriel e eu ficamos quietos quando ela responde. Apenas um minuto se passa antes que ela chame meu nome, sua voz ansiosa e urgente.

— Desligue o telefone, Ivy. Eu preciso falar com você.

Gabe ri baixinho.

— Vejo que Ava espalhou a palavra. O problema com os espiões é que você não deve nos deixar saber que os tem. Eles se tornam repórteres não confiáveis.

Eu rio de volta, um forte latido de som que não faz nada para esconder o pânico que estou sentindo.

— Diz o cara pagando Dylan.

Ele não reage, exceto para dizer:

— Nos vemos em breve, amor. Tente não destruir meu carro em sua tentativa de fuga. Você destruiu o suficiente das minhas coisas e já tem muito a pagar.

Gabriel desliga e eu giro nos calcanhares para encarar Emily, sua expressão está tensa de medo.

— Eles nos encontraram — ela diz. — Ava acabou de ligar e avisou que Mason e os caras estão saindo da cidade.

Porra...

Meu coração dispara enquanto meus pensamentos lutam para sair dessa situação. A pior coisa que posso fazer é entrar em pânico. Respirando fundo algumas vezes, tento e não consigo fazer meu pulso desacelerar enquanto luto para pensar com clareza.

— Ok. Isto é bom. Temos pelo menos duas horas. Gabriel ainda estava em seu escritório quando liguei para ele, então eles ainda não saíram.

Os olhos de Emily encontram os meus.

— Para onde devemos ir?

Não tenho a mínima ideia, mas não estamos totalmente indefesas. Emily tem dinheiro, mesmo eu não tendo. Ainda podemos sair do estado e ir longe o suficiente para que eles não nos encontrem.

— Ouvi dizer que a Europa é adorável nesta época do ano.

Suas sobrancelhas se franzem.

— Mesmo que essa fosse uma opção viável, nenhuma de nós tem nossos passaportes.

Ok. Então nós ficamos no país. Mas onde diabos podemos nos esconder que ele não descobriria eventualmente?

— Vamos descobrir para onde ir no caminho. Por enquanto, vamos empacotar nossas coisas e sair daqui o mais rápido possível. Duas horas é muito tempo para colocar distância entre nós e eles.

Emily e eu corremos escada acima para jogar apressadamente nossas roupas e produtos de higiene pessoal em nossas malas, nossos pés fazendo um barulho estrondoso enquanto corremos escada abaixo para puxar nossa bunda para fora da porta da frente.

A escuridão caiu rapidamente do lado de fora das janelas, o coro noturno ainda mais alto enquanto caminhamos pela casa, apagando as luzes a caminho do hall de entrada.

Praticamente correndo, derrapamos até parar quando Emily destranca a fechadura e abre a porta da frente, permitindo que eu corra na frente dela para a varanda.

Congelo no lugar no segundo que meus pés tocam a madeira.

A frente da casa é iluminada por duas luzes da varanda nas paredes externas e outros dois holofotes que são um brilho amarelo sobre a pequena área de estacionamento. Além disso, é puro preto, o farfalhar das folhas um sussurro suave de som dentro da escuridão.

Meu queixo cai no chão enquanto Emily faz uma parada ao meu lado, sua voz preenchendo o silêncio perturbador com a mesma pergunta que está gritando na minha cabeça.

— Onde está o carro?

Dentro do círculo de luz amarela suave deveria estar um Jaguar personalizado que eu sei que custou mais de cem mil dólares. Deveria ter linhas elegantes e pintura preta com enfeites cromados que só contribuem para o exterior luxuoso.

Em vez disso, tudo que vejo é um lote de terra sem nada estacionado no local onde tenho certeza de que deixei o carro de Gabriel.

Emily me cutuca com o cotovelo.

— Ivy, onde está o carro?

O pânico em sua voz corresponde ao que estou sentindo, embora ela ainda não tenha atingido o ponto de terror para o qual estou pulando enquanto meus olhos passam da luz para a escuridão.

— Eu não tenho ideia — murmuro, meus olhos examinando o perímetro da floresta que fica além.

Não é como se eu pudesse ver nada além do círculo de luz, apenas uma amostra sólida de preto tão espesso quanto uma poça de tinta derramada sobre a paisagem.

À nossa direita, uma faísca chama minha atenção, o pequeno flash de luz se transformando em uma chama que cresce sobre a ponta de uma tocha.

Meu coração pula na minha garganta no instante em que a chama se move e um homem grande entra na luz, seu peito nu e o rosto coberto por uma máscara que reconheço do ensino médio.

— Ai, meu Deus — Emily suspira, sua mão se movendo para agarrar a minha. — Achei que tivéssemos duas horas.

Quase incapaz de registrar o que ela está dizendo enquanto encaro o homem, rapidamente examino suas feições para ver uma grande manga de tatuagem cobrindo seu braço.

Shane, eu penso, enquanto outra faísca à direita dele acende outra tocha. Meus olhos estalam nessa direção para ver outro homem entrar na luz. Como Shane, seu peito está nu, seu rosto tem a mesma máscara, seu ombro tem uma tatuagem que eu reconheço como Ezra ou Damon.

— Aparentemente não — respondo. — Estamos fodidas.

Uma após a outra, tochas se acendem enquanto o Inferno faz sua presença conhecida.

Quando eles completam o semicírculo ao nosso redor, há apenas oito deles, e embora eu possa identificar alguns pelas tatuagens em sua pele, não consigo distinguir entre alguns que não têm nenhuma.

— Quem está faltando? — pergunto a Emily. — Qual deles não está aqui?

Ela balança a cabeça para os lados.

— Não sei. Eu vejo Ezra e Damon, mas...

177

Sua voz some enquanto olhamos para um pesadelo.

Talvez Gabriel tenha ficado para trás para me fazer pensar que eles ainda estavam em casa. Eu claramente ouvi seu escritório do outro lado da linha. Por que ele faria isso, porém, quando a pessoa com o maior problema contra mim é ele?

Ou talvez seja Mason e é por isso que Ava não sabia que eles já tinham partido. Isso faria sentido. Gabriel disse alguma coisa sobre ela ser uma informante não confiável.

Apertando a mão de Emily, tento racionalizar a situação.

— Ok. Escute. Isso tem que ser uma piada. Nós somos mulheres. Eles nunca iriam realmente nos perseguir como fizeram com os caras.

Ela fica quieta por um segundo, então:

— Você se lembra de Sarah Strickland? Ou que tal Ashley Trigs?

Meus olhos se arregalam, outro raio de terror me cortando.

Sarah e Ashley eram duas meninas do ensino médio que não pagaram o preço. Eles correram o desafio e, embora elas não foram carregadas como os rapazes, saíram cambaleando por conta própria com expressões de choque pouco antes de sair da escola e nunca olharem para trás.

— Então eles vão nos perseguir.

Ela acena com a cabeça em concordância e se aproxima de onde estou parada.

Eu nunca deveria ter arrastado Emily para isso. E considerando que sou uma boa amiga, preciso encontrar uma maneira de tirá-la disso.

— Você deveria entrar. Eu vou correr.

Seus olhos se voltam para mim em um estalo, o cabelo ruivo voando sobre seus ombros enquanto sua cabeça vira na minha direção.

— Você está maluca? Nós duas devemos entrar.

Não. Tenho quase certeza de que eles já consideraram esse curso de ação e têm uma maneira de nos aterrorizar, mesmo que consigamos nos esconder em casa. Emily não merece isso.

Isso é o resultado de minhas decisões idiotas e erros. E ela não deveria ter que pagar o preço.

— Faça-me um favor — eu digo, minha voz trêmula e baixa. — Entre na casa e tranque a porta.

— O quê? Você não acabou de me ouvir? Nós duas devemos entrar.

Soltando a mão dela, balanço a cabeça e dou uma olhada lenta em todos os oito caras.

— Eu não posso fazer isso — respondo, meus músculos relaxando enquanto decido meu curso final de ação.

— Ivy, sério, dê a volta e venha comigo.

— Eu não posso fazer isso.

— Por quê?

Porque é melhor eu acabar logo com isso.

Minha cabeça vira com um último olhar para a cena ao meu redor, o terror obstruindo minha garganta enquanto eu luto para falar para todos:

— Porque estou correndo.

Com isso, saio correndo para a minha esquerda e pulo da varanda, minhas pernas bombeando o mais rápido que podem em direção à linha das árvores.

A buzina que eles sempre tocam preenche o silêncio da noite, meus pés se movendo mais rápido ao ouvi-la.

capítulo vinte

Gabriel

É engraçado que Ivy tenha pensado que poderia fugir. Levei apenas algumas horas para localizar exatamente onde ela e Emily tinham ido depois que destruiu minha casa e rasgou nossos pneus, mas em vez de persegui-la imediatamente, decidi deixá-la descansar.

Não porque ela merecesse outras miniférias, mas porque eu queria tomar o meu tempo planejando meu próximo movimento enquanto também permitia que ela se sentisse confortável por ter me evitado.

Tudo foi cronometrado perfeitamente.

Por dois dias, deixei que se sentisse confortável com a crença de que estava fora de alcance. Enquanto isso, eu estava formulando a teia que a enredaria assim que todos os fios fossem amarrados juntos.

Não me surpreendeu que ela ligasse quase imediatamente depois que o artigo anunciou que nós tínhamos terminado. Eu soube assim que saiu que a mídia social iria espalhar isso rapidamente, uma ou ambas as mulheres o veria quando navegassem pelas redes.

Ela ligou e foi levada a acreditar que eu ainda estava a uma boa distância. O que ela não sabia é que nós já estávamos em cima delas.

Ouço Sawyer tocar a trombeta e sei que Ivy está correndo de novo, só que desta vez bem na minha direção e não sabe disso.

Só havia uma trilha que nós pudemos encontrar perto da cabana onde ela e Emily estão hospedadas, e enquanto o resto dos caras se estabeleceu para prendê-las perto da casa, eu fui para dentro da floresta para esperar.

Conheço Ivy bem o suficiente para saber que ela vai decolar. A mulher não consegue evitar quando se trata de escapar e fugir.

Na verdade, estou apenas brincando com ela, uma palmada de amor pelo que ela fez na minha casa antes de roubar meu carro. Esta corrida não vai fazer nada para pagar o preço que ela deve. Isso é simplesmente um pagamento por foder comigo quando escapou da minha casa.

E sou só eu aqui. Nenhum dos outros caras vai correr atrás dela porque, quando se trata de Ivy, ela não é de mais ninguém além de minha.

Encostado em uma árvore ao longo do caminho, escuto atentamente seus passos rápidos.

Onde estou, a trilha se ramifica em três direções. Em linha reta, esquerda e direita, e me pergunto o que ela vai escolher.

Eu sou o diabo na encruzilhada de novo, mas não uso uma máscara e não estou disposto a barganhar.

Um minuto ou dois se passam antes de eu finalmente ouvi-la se aproximando, seus passos batendo na terra enquanto suas pernas roçam nos galhos baixos. Afastando-me da árvore, saio para o caminho, meus braços cruzados sobre o peito e meus pés plantados na largura dos ombros.

Ivy faz uma curva e olha para trás para ver quem está atrás dela, ainda sem perceber que o perigo com o qual ela deveria se preocupar está bem na sua frente.

Quando ela vira a cabeça para olhar para frente, meu sorriso se estende de orelha a orelha, seus pés derrapando até parar enquanto uma nuvem baixa de poeira irrompe ao seu redor.

— Sentiu minha falta? — grito, curtindo este momento um pouco demais.

Sua expressão cai enquanto seu peito bate com a respiração. Com os olhos arregalados, ela me encara silenciosamente por alguns segundos. Muito provavelmente, seus pensamentos estão tentando entender que eu estive esperando por ela o tempo todo.

— Ah, porra — murmura, antes de escolher virar à esquerda em uma direção que só vai levá-la mais fundo na floresta.

Saio correndo atrás dela e tenho que admitir, Ivy deveria se juntar a uma equipe de atletismo, pelo quão rápido pode correr. Ela é ágil também, facilmente se esquivando e pulando por cima dos obstáculos em sua corrida para escapar de mim.

Sabendo que ela vai se manter no caminho, viro à direita para ultrapassá-la e dou a volta pelo lado, minhas pernas se movendo rapidamente enquanto apareço de um grupo de árvores para me esgueirar e agarrá-la antes que me veja.

Nossos corpos colidem enquanto meus braços se envolvem ao redor

181

dela, meu peso facilmente a empurrando para trás até que a tenho presa contra uma árvore.

Grandes olhos azuis se erguem para os meus, o medo dançando por trás deles, mas também um desejo cru e nu. A faísca que sempre salta entre nós está lá novamente. Meu corpo se tensiona em resposta a isso.

Apenas Ivy tem a capacidade de fazer isso comigo.

Ela mal consegue falar com o quão difícil está respirando, seu queixo se inclinando com um desafio adorável enquanto ela se esforça para falar.

— Demorou bastante. Estava me perguntando quanto tempo eu teria que acampar aqui antes que você me encontrasse.

Apoiando um antebraço contra a árvore perto de sua cabeça, eu sorrio para ela, uma risada suave balançando meus ombros porque é típico de Ivy se recusar a admitir a derrota.

— Você estava esperando por mim? — pergunto, minha boca abaixando para o ouvido dela. — Cuidado com isso, posso começar a pensar que você gosta de me ter por perto.

A expressão dela se altera, alguma coisa que não consigo ler ali, e depois desaparece. O calor explode atrás de seus olhos enquanto nossos peitos se tocam.

— Eu não suporto você. Mas se sentir a necessidade de mentir para si mesmo para que possa dormir melhor à noite, fique à vontade.

Meu olhar cai para a sua boca.

— Por que tenho a sensação de que não sou eu quem está mentindo?

Nossos olhos se prendem, e não posso deixar de pegar o que quero. Agarrando sua nuca, arrasto seu rosto para o meu, nossa respiração colidindo enquanto escovo meus lábios contra os dela antes de deslizar minha língua em sua boca e saborear as doces mentiras que ela me conta.

As mãos de Ivy seguram o meu rosto, seus dentes batendo nos meus quando ela me puxa para mais perto, seus seios pressionados no meu peito enquanto ela luta contra mim com sua língua.

Ela é tentadora o suficiente para eu abandonar a corrida e apenas tomá-la aqui e agora, mas a diversão seria perdida muito rapidamente, a emoção que consigo em persegui-la iria embora.

Nós sempre pegamos as pessoas que estamos atrás, mas depois as deixamos ir embora novamente, com a convicção de que podem escapar.

Forçando-me a interromper o beijo, pressiono minha testa na dela.

— Você pode querer começar a correr novamente.

Olhos azuis se fixam nos meus.

— Por quê?

— Porque eu ainda não terminei de te ensinar uma lição por destruir minhas coisas, e nós estamos prestes a ficar incrivelmente, fodidamente sujos.

— O quê?

Sua pergunta ecoa pela floresta enquanto agarro a barra de sua blusa para puxá-la para cima. Seus braços voam para cima com a força disso, sua boca se abrindo quando dou um passo para trás e deixo cair a camisa no chão.

— Melhor ir andando, linda. Eu odiaria que os outros caras vissem você desse jeito.

— Você não faria isso — ela estala.

— Eu faria — minto.

Ninguém vai vê-la desse jeito, só eu. Ela não precisa saber disso, no entanto. É mais divertido deixá-la pensar que nós temos uma audiência.

— Babaca — ela grita, enquanto sai correndo pelo caminho novamente.

Rindo disso, dou a ela uma pequena vantagem antes de começar minha perseguição. Não leva muito tempo para eu cortar pela parte mais densa da floresta e me esgueirar ao lado dela, nossos corpos se juntando novamente quando a agarro do outro lado.

— Droga, Gabriel.

Nós caímos no chão, meu braço em volta das costas dela para evitar que se machuque.

Meu joelho empurra entre as pernas dela para empurrá-las abertas, minha boca reivindicando seus lábios antes que ela tenha a chance de recuperar o fôlego. Estou duro imediatamente, meu pau uma longa linha contra seu estômago enquanto deslizo a mão em sua barriga nua, para rasgar o botão de sua calça.

Quando nossos lábios se separam, ela respira pesadamente, minha boca caindo para morder a ponta de seu seio por cima do sutiã.

— Você não pode realmente me deixar nua para que todo mundo veja.

Curiosamente, ela não me impede. Ou Ivy sabe que eu sou o único correndo atrás dela, ou ela gosta da ideia de outras pessoas nos observando transar.

Eu me ajoelho e arranco suas calças por suas pernas, meus olhos encontrando os dela quando as puxo de seus tornozelos.

— Você já se rende? Eu não achei que fosse desistir tão rápido.

Meus dedos correm para baixo em seu estômago, e ela estremece, aqueles olhos rebeldes se estreitando nos meus.

— Eu nunca vou desistir — ela promete, meus lábios se curvando ao som disso.

Eu também não vou...

Ficando de pé, pego sua mão e a puxo para cima.

— Então é melhor você ir. Da próxima vez que te encontrar, nós podemos ter uma audiência para o que eu pretendo fazer.

Rindo ao vê-la fugir com apenas um sutiã, calcinha e seus sapatos, recupero meu fôlego e tento fazer meu pau amolecer para que correr não seja um pé no saco.

Não é fácil, especialmente sabendo o que vou fazer com ela quando a levar para o lugar que eu a tenho conduzido esse tempo inteiro.

Pelos próximos dez minutos, brinco com a Ivy, assustando-a em uma direção, depois em outra. De vez em quando, eu a deixo parar e recuperar seu fôlego, porque não a quero muito cansada quando chegar ao fim disso.

Não tenho certeza se ela percebeu que eu a tenho em minha mira o tempo todo, mas adoro observar o que ela faz quando pensa que não estou olhando.

Fazendo um barulho que a desperta novamente, corro atrás dela da esquerda para a direita, minha mão batendo em seu ombro quando passo. Ela dá um gritinho, mas depois ri, seu medo se foi porque ela percebeu que eu sou o único aqui brincando com ela.

Quando ela irrompe em uma clareira, dirige-se para o centro dela, seu corpo girando lentamente enquanto examina a linha das árvores em busca de mim.

— Eu sei que você está aí, Gabe. — Seus lábios se curvaram em um sorriso. — Seu fodido bastardo. Não posso acreditar que você está fazendo isso comigo.

Sorrio em resposta. Por mais que tenhamos nos ferrado ao longo dos anos, nós desenvolvemos um respeito saudável pelo desafio deste jogo.

— Você pode aparecer agora.

Seu olhar se dirige para um ruído que eu não fiz, seus ombros arfando com a respiração pesada.

— Não tem como você ter tirado minhas roupas no meio da porra da floresta só para me deixar assim.

Repensando, ela olha ao redor novamente.

— Ou talvez você tenha. Seria bem a sua cara. Juro por Deus, se o vídeo disso aparecer no noticiário, eu vou me vingar.

Rindo disso, dou um passo para fora da floresta atrás dela, meu olhar percorrendo lentamente seu corpo enquanto espero que ela se vire e me veja.

Suas pernas bronzeadas e tonificadas parecem lindas sob o luar, sua bunda em forma de coração em exibição sob uma calcinha de seda que é cortada com o propósito de fazer os homens salivarem.

Quando ela gira e me encontra, seu corpo congela no lugar, aquela boca que pode dizer as coisas mais irritantes se abrindo apenas um pouquinho.

Eu a circulo lentamente, e ela gira para me manter à vista.

— É isso então? Agora que você me fez correr pela floresta, acabei com as besteiras que devo a Tanner?

— Não exatamente.

Suas sobrancelhas se franzem.

— Então o que diabos nós estamos fazendo?

— Preparando nossos impostos. O que você pensou? Gostaria de fazer a dedução padrão este ano ou tem o suficiente para discriminar?

Ivy faz cara feia.

— Estou falando sério, Gabe. O que estamos fazendo aqui?

Eu marcho em sua direção, ligeiramente surpreso por ela não tentar se afastar. Parando a um pé dela, travo meus olhos nos dela.

— Nós não aceitamos favores sexuais como pagamento, amor.

— Ok — ela diz, confusa. — O que isso tem a ver com alguma coisa?

Dando um passo para mais perto, corro a ponta do dedo sobre a curva de seu quadril, meu olhar mergulhando para ver arrepios surgirem sobre a pele dela.

— Você perguntou o que estamos fazendo.

— E isso é?

Deslizando minha mão em volta de sua cintura, puxo-a para mim.

— Estamos transando. Ou você não percebeu isso ainda?

Antes que ela possa responder, eu a faço tropeçar para derrubá-la e mantenho meu corpo firme para que não bata no chão com força ou seja esmagada sob o meu peso.

Nossas bocas colidem enquanto minha mão agarra seu quadril, meu joelho empurrando as pernas delas para se separarem.

Ivy enterra suas mãos no meu cabelo, nenhum de nós dando a mínima por estarmos deitados na terra no meio de uma floresta onde os animais e Deus sabe o que mais podem assistir o que estamos fazendo.

Somos apenas nós, duas pessoas que não se suportam, mas ainda assim precisam do desafio que só nós podemos oferecer.

Seus quadris tentam empurrar para cima para esfregar sua boceta na minha coxa, mas eu a impeço enquanto mordo seu lábio inferior, minha cabeça caindo para correr minha boca em seu pescoço.

— Eu vou acabar com sujeira na minha bunda — ela reclama, uma risada suave em sua voz antes de um suspiro explodir em seus lábios.

Com a boca presa na ponta de seu seio, não me importo nem um pouco para o quão sujos ficaremos, não há nada de limpo sobre o que quero fazer com ela.

Liberando seu mamilo, chego atrás dela para soltar seu sutiã, puxando as alças de seus ombros enquanto meu olhar cai para os seios dela.

— Você tem o corpo mais lindo que eu já vi — admito, antes que minha boca saboreie sua pele, o sal de seu suor pela corrida uma explosão de sabor contra a minha língua.

Os dedos de Ivy agarram meu cabelo, suas costas arqueando enquanto ela implora por mais, seus quadris resistindo quando solto meu agarre para deixá-la esfregar sua boceta contra a minha perna.

Deslizando minha mão para baixo, circulo meu polegar contra seu clitóris inchado, meus dedos puxando de lado a seda molhada de sua calcinha para empurrar dentro dela.

— Ah... — A cabeça dela cai para trás, seus quadris rebolando mais enquanto a fodo com três dedos, enrolando-os apenas o suficiente para que as pontas provoquem seus músculos internos e a deixem louca. — Um dia desses, nós deveríamos tentar foder em uma cama. — Respira.

Sorrindo com isso, levanto minha cabeça.

— Isso seria chato demais.

Nossas bocas colidem novamente, a capacidade de falar perdida enquanto a exploro com meus dedos. Seu corpo treme com a necessidade de gozar, mas minha mão desacelera a cada vez que ela alcança esse limite, um som de reclamação subindo por sua garganta.

— Gabriel, droga. Você está fazendo isso de propósito.

Minha boca se arrasta para seu ouvido.

— Eu vivo para torturar você. Talvez se você pedir com educação, vou te deixar gozar.

Movo a cabeça para olhar para ela.

Ela sorri em desafio.

— Ou talvez eu apenas pegue o que quero.

A confusão enruga a pele entre os meus olhos, a gargalhada explodindo da minha garganta quando ela rapidamente se move de debaixo de mim e me empurra de costas.

Sentada em meu colo, Ivy puxa meu short para baixo até que meu pau esteja livre, sua mão furtiva segurando o eixo enquanto seu polegar circula a ponta.

— Poooorraaaa...

Minha cabeça cai para trás enquanto ela se apoia em seus joelhos e afunda em cima de mim, o movimento lento até que esteja totalmente sentada sobre o meu pau.

Abrindo meus olhos, observo enquanto ela apoia as palmas das mãos no meu peito e sorri.

— Você não aprendeu até agora que não é o único jogando este jogo?

Os cantos dos meus lábios puxam para cima, mas a expressão é perdida quando ela começa a se mover sobre mim e minhas mãos tomam posse de seus quadris cheios.

É típico dessa mulher continuar lutando pelo domínio, mesmo quando não tem nenhuma chance de vencer. Eu morreria de decepção se ela alguma vez desistisse.

Seus quadris começam a se mover, seus seios saltando para provocar minha boca. Empurrando a parte superior do meu corpo para cima, dobro os joelhos para prendê-la no lugar, minhas mãos travando nos seus quadris para empurrá-la mais para baixo enquanto minha boca se fecha sobre um mamilo.

Nossos corpos se movem juntos, minhas mãos a conduzindo para cima e para baixo em meu pau, a cabeça dela caindo para trás enquanto chupo com força um seio antes de passar para o próximo.

Os braços de Ivy caem sobre os meus ombros, seus dedos brincando com a parte de trás do meu cabelo enquanto sua boceta aperta meu pau, os primeiros tremores de um orgasmo rasgando-a.

Observando a doce expressão no rosto dela, espero que os tremores secundários diminuam e seus olhos se abram.

— Você parou de ser teimosa? — pergunto, minha voz um rosnado áspero.

Ela acena com a cabeça em concordância, sua boca se separando enquanto nossos corpos continuam se movendo.

— Por quê?

Ivy já deveria saber a resposta para isso.

— Porque quando eu fodo seu corpo, gosto de ser áspero.

Seus olhos se arregalam enquanto rapidamente a viro sobre suas mãos e joelhos, meu joelho separando suas pernas pouco antes de eu afundar dentro dela.

— Toque seu clitóris, linda. Quero que você grite da próxima vez que gozar.

Ela faz o que eu digo, e o tapa da nossa pele ecoa sobre a clareira, meus dedos correndo pela linha de sua coluna para agarrar sua nuca e puxá-la de volta ao meu peito. Quando meus dentes afundam em seu ombro, ela grita, seu corpo desmoronando novamente enquanto meu nome explode de seus lábios.

Não consigo me conter depois de ouvir isso.

— Porra.

Puxando para fora, eu gozo na parte de trás da perna dela, meu corpo estremecendo enquanto o clímax rola por mim. Nós dois demoramos um minuto para recuperar o fôlego e nos acalmar.

Ivy é a primeira a falar.

— Nós estamos uma bagunça, Gabe. Por favor, me diga que você escondeu toalhas ou alguma coisa para limpar.

Agora que ela mencionou isso, não teria sido uma má ideia.

— Não era minha intenção ir tão longe.

Uma risada suave sacode seu corpo.

— Mentiroso.

Virando-a para me encarar, beijo-a lenta e suavemente, minha mão segurando sua bochecha antes de me afastar.

— Se isso faz você se sentir melhor, também tenho sujeira na minha bunda.

A beleza de seu sorriso é inebriante.

— Me faz sim, na verdade. Mas como diabos vamos voltar? Onde estão as minhas roupas?

Ao longo da trilha. É outra coisa que eu não tinha considerado.

— Vou deixar você vestir minha camisa até que as encontremos.

Ela sorri novamente e balança a cabeça.

— É a porra de um cavalheiro — ela murmura.

— Só por você — sussurro.

capítulo vinte e um

Ivy

Não vou mentir, a caminhada de volta para a cabana com Gabriel é realmente divertida.

Claro, quando o vi pela primeira vez na trilha, fiquei apavorada com o que ele poderia fazer. Nós não temos a melhor história e, tecnicamente, nunca fomos amigos. Gabe não tinha motivo para ser legal quando corri direto para ele na floresta.

Eu tinha saído correndo com a crença muito real de que havia oito homens me perseguindo, aqueles que poderiam me amarrar como um sacrifício humano e me levar para fora da floresta.

Mas a primeira vez que Gabe me pegou e me beijou, eu sabia que era apenas ele. Não me pergunte como. Eu apenas sabia.

Nós falamos a nossa própria língua às vezes, uma que não precisa de palavras e não é algo que pode ser aprendido ou ensinado.

Você tem que conhecer uma pessoa para ter a habilidade de lê-la. É uma inflexão em sua voz, um olhar em seus olhos, a sensação quando a mão dela toca a sua pele.

São todas palavras que não são faladas, frases que não requerem estrutura, um *conhecimento* que se desenvolve entre certas pessoas que nunca pode ser explicado.

Eu *conheço* o Gabriel. Mesmo que nós sempre tenhamos estado um na garganta do outro. Mesmo que tenhamos sido mais cruéis do que gentis. Eu o conheço porque o observei mais de perto do que observei qualquer outra pessoa.

Nós nos vimos crescer. Mesmo quando as nossas circunstâncias eram tão insanamente diferentes.

Então foi assim que eu soube que éramos as únicas duas pessoas lá, meu medo rapidamente se transformando em riso, o terror se transformando em diversão. Correr por aí praticamente nua pela floresta pode parecer estúpido para algumas pessoas, mas quantas delas podem dizer que estão realmente vivas?

Isso é o que Gabriel quis dizer quando me perguntou se eu me sentiria viva sem ele, antes de ele ter me sequestrado na casa de Emily.

Claro, nós éramos inimigos mais frequentemente do que o contrário, mas nós nunca deixamos um ao outro se afogar.

Ele poderia escapar da merda que seu pai estava fazendo, e eu poderia escapar do pedestal onde meu pai insistia que eu ficasse empoleirada porque tínhamos outra coisa em que nos concentrar.

Nós mantivemos um ao outro respirando.

Demos um ao outro um motivo para os nossos corações baterem forte e nossos espíritos brilharem.

Mesmo que fossem apenas pegadinhas cruéis e essa porcaria de guerra, nós continuamos porque nos recusamos a ceder ao desafio.

Acho que a verdade é que, por mais que a princesa mimada e o príncipe quebrado se odiassem, é um simples fato que nós não desistiríamos porque éramos as únicas pessoas que poderiam distrair um ao outro do peso pesado de nossas vidas.

Como agora, por exemplo.

No momento, estou rejeitada por meu pai, e a casa de Gabriel está uma bagunça. E embora nós sejamos culpados por essa situação, ainda estamos andando pela floresta praticamente pelados, rindo do triste fato de que, para nós, isso não importa.

Esses somos nós.

Isso é o que fazemos.

Apesar de ninguém entender.

— Isso não é engraçado, Gabe. Onde diabos estão as minhas roupas?

Lágrimas escapam de seus olhos quando ele se dobra, minha gargalhada combinando com a dele, porque nós caminhamos pelo mesmo maldito caminho uma centena de vezes e ainda assim não encontramos minha camisa ou calça. É como algo saído de *A Bruxa de Blair*, só que sem roupas ou pequenas efígies assustadoras penduradas em galhos de árvores.

— Juro que as deixei bem aqui.

— Aham — respondo. — Então o que você está dizendo agora é que algum animal apareceu e saiu com as minhas roupas para construir um ninho de grife ou algo do tipo? É óbvio que elas não estão bem aqui.

Seus olhos verdes abaixam para encontrar os meus, aquele maldito sorriso me cegando.

Não o sorriso encantador que é uma mentira.

E não aquele maligno, o que significa que ele fez algo fodido.

O verdadeiro, o que raramente vejo.

Esse não é Engano.

E não é o monstro.

É apenas o Gabe.

A pessoa que ele seria se a vida não exigisse que se escondesse.

— Eu as deixei cair onde as tirei.

Seu olhar desce pelo meu corpo.

— Você não fica horrível na minha camisa. Nós devíamos simplesmente voltar do jeito que estamos.

Sorrindo em troca, abro meus braços.

— Eu não posso voltar dessa maneira. Precisamos encontrar minhas roupas.

Na verdade, eu poderia. Realmente não me importo com o que todo mundo pensa. Só estou inventando desculpas para ficar aqui mais tempo porque não quero desistir dele.

Assim que voltarmos, sei que o resto dos caras estará esperando. Isso vai estragar tudo.

Gabe voltará a ser quem ele é no grupo, e eu serei encurralada para pagar o preço que está sendo exigido de mim. Não tenho ilusões de que sua primeira lealdade não seja com o Inferno.

É por isso que estou dando mais importância a isso do que realmente tem. Estou protelando.

É como quando o alarme dispara pela manhã e você continua pressionando a tecla soneca.

Só mais cinco minutos do sonho...

Só mais um pouco de tempo para ser quem nós somos sem as pressões do mundo exterior.

Quando Gabe estende a mão para agarrar a frente de sua camisa para me puxar para ele, eu não luto. Com a ponta do dedo, ele inclina meu rosto para si, sua verdade tão aberta que minha respiração para ao ver isso.

Isso é tudo o que eu sempre quis.

É por isso que me recusei a deixar pra lá.

— Eu não acho que você tem muita escolha. Procuramos por mais de uma hora. Eles vão vir nos procurar eventualmente.

Um pensamento estúpido sussurra na minha cabeça enquanto olhamos um para o outro, um que eu não deveria dizer porque isso só vai mandá-lo correndo. Mas está lá. Na ponta da minha língua, implorando para ser liberado.

— Eu não te odeio quando você está assim.

Ele se fecha no instante em que digo isso, a parede batendo trancada em defesa contra qualquer coisa real.

— Você vai odiar de novo — é tudo o que ele diz com aquele maldito sorriso no rosto antes de me girar para andar pela trilha.

Sua mão bate na minha bunda para me fazer andar na direção da casa, e eu sei que o momento acabou.

Bem desse jeito.

Gabriel está lá e depois se foi.

Eu não deveria ter dito nada. Mas não pude evitar. Cansei de mentir. De fingir. De girar em círculos ridículos porque não importa onde nós acabamos, nós sempre corremos de volta para o início.

Leva apenas alguns minutos para chegar ao início da trilha, a cabana de Emily iluminada por dentro e vários carros estacionados na frente.

O Jaguar de Gabriel está entre eles, e eu percebo que essa corrida pela floresta sempre foi seu plano.

— Como você fez isso?

— Fazer o quê? — ele pergunta. Está bancando o inocente, mas posso ouvir uma pitada de riso em sua voz.

— Como você fez parecer que estava no escritório? Como roubou seu carro da garagem sem que eu percebesse?

Eu giro para encará-lo.

— Há quanto tempo você sabia que estávamos aqui?

Os cantos de sua boca se curvam, seu sorriso é tão conspirador quanto ele.

— Desde que você chegou aqui.

Ok. Isso é surpreendente.

— Você demorou três dias para fazer alguma coisa a respeito? E como você soube?

— Eu tenho um sistema de rastreamento no carro.

Caramba. Rio de mim mesma porque eu deveria ter imaginado isso.

— Você terminou de enrolar? Nós deveríamos entrar.
— Não estou protelando — minto.
Sua sobrancelha arqueia para isso.
— Claro que não.

Virando-me de volta para a casa, subo os degraus da varanda, o nervosismo escorrendo pela minha espinha porque estou prestes a entrar para cumprimentar um grupo de pessoas vestindo apenas uma camiseta que cai até os meus joelhos, enquanto também estou cheirando a uma mistura interessante de sexo, suor e sujeira.

Isso deve ser divertido.

Gabriel passa por mim para abrir a porta, a divisória de madeira se abre para revelar o hall de entrada vazio.

Além daquela pequena sala, posso ouvir várias vozes, masculinas e femininas, o tom de sua conversa amigável como se eles não estivessem todos aqui para me encurralar em busca de informações que eu ainda não admiti saber, muito menos concordei em dar.

Tudo o que posso fazer é continuar bancando a idiota, mas isso não ajuda o nó na minha garganta ou a forma como meu estômago está se contorcendo. Gabriel pode estar bancando o legal no momento, mas como um membro do Inferno, tudo pode acontecer em relação ao que ele fará quando se reunir com seus amigos.

Um suspiro profundo rola pelos meus lábios enquanto dou passos de bebê pelo hall de entrada. Não quero enfrentá-los, e se pudesse me virar e fugir, eu faria isso.

Gabriel deve sentir meus pensamentos, sua mão pressionando minha parte inferior das costas para me manter em movimento.

Sinto-me como uma mulher morta caminhando.

Uma condenada sendo conduzida a um pelotão de fuzilamento.

Assim que entramos na sala, todos se viram em nossa direção e ficam em silêncio. Os olhos de Emily se arregalam para olhar para mim, e o olhar escuro de Tanner atira direto para Gabriel.

— De novo com isso? De novo?

Não sei o que "de novo" se referencia, mas Tanner parece bastante irritado com isso.

Gabriel nunca tira sua mão das minhas costas. Ele também não responde à pergunta.

O olhar escuro de Tanner se arrasta para mim.

— É bom vê-la de novo, Ivy. Você deveria se sentar, porra, para que possamos ter uma conversinha.

Cruzando os braços sobre o peito, olho para ele com raiva. A má atitude de Tanner pode empurrar outras pessoas de joelhos, mas não vai funcionar comigo. Não é como se houvesse muito mais que eu pudesse perder. Meu pai me renegou, não tenho dinheiro em meu nome, nenhum carro e nenhum emprego.

Olho para longe dele para ver todos os garotos Inferno espalhados nos sofás.

Sawyer e Shane estão obviamente chapados, seus sorrisos debochados mal escondidos enquanto reparam no estado que Gabriel e eu parecemos. Ao lado deles em outro sofá, Emily se senta desajeitadamente entre os gêmeos, o choque em seu rosto misturado com preocupação.

Em outro sofá, Taylor está jogado para trás com seus pés apoiados em um pufe. Mason está sentado ao lado dele, ambos olhando para Gabe e eu como se tivesse crescido uma segunda cabeça em cada um de nós.

Apenas Jase parece como se ele não desse a mínima. Ele está sentado em uma cadeira estofada sozinho, seu polegar se movendo enquanto rola a tela de seu telefone.

Quando eu olho de novo para o Tanner, vejo Luca sentada atrás dele, seus olhos fixos em Gabriel, um sorriso secreto esticando seus lábios.

Meus olhos encontram os de Tanner.

— Na verdade, estou subindo para tomar um banho. Então você pode se sentar, porra, e esperar para ver se eu concordo em falar com você quando terminar.

Seus olhos se estreitam enquanto a mão de Gabriel pressiona minhas costas com um pouco mais de força. Mas então um sorriso sarcástico e lento estica os lábios de Tanner, um com o qual eu estou familiarizada, uma vez que é o mesmo olhar que ele dá a cada pessoa que está prestes a destruir.

Inclinando a cabeça, seus olhos piscam entre mim e Gabe, a dança lenta de atenção finalmente se concentrando no meu rosto.

— Você acha que está segura agora com o Gabe? Essa é a besteira mentirosa sussurrando na sua cabeça?

Agora que ele menciona isso, não realmente. Eu confio bem pouco em Gabriel. Sei onde reside sua lealdade, mas também sei que não vou ser empurrada de joelhos pelo babaca que está me encarando.

O que Tanner pode fazer comigo? Não tem mais nada que eles possam tirar. Eu não fiz nada...

— Eu ainda tenho, sabe?

Ele dá um passo na minha direção.

— Eu salvo tudo quando faço um favor a alguém. Já que você decidiu que não quer pagar, e Gabriel não vai nos deixar enfrentar você da maneira que deveria ser feito, talvez eu deva convencê-la de que nos dar as informações que nós queremos é melhor do que a alternativa.

Exceto aquilo.

Um soluço de julgamento em meu passado.

Um *erro* que me empurrou para ele em primeiro lugar.

O medo deve ser óbvio na minha expressão porque sua boca se curva mais, seus olhos disparando para Gabriel antes de pousar em mim novamente.

— Eu também tenho mais informações do que você sabe sobre aquilo. Algo que eu duvido muito...

— Ela vai tomar banho — Gabriel insiste, sua voz alta o suficiente para interromper Tanner.

A sala fica em silêncio. Como um necrotério, na verdade, todo mundo assistindo a conversa com atenção renovada. Até mesmo Jase levanta os olhos de seu telefone, um sorriso de merda em seu rosto porque Gabriel acabou de escolher o meu lado ao invés do de Tanner.

Que porra é essa?

Congelo no lugar, não tendo certeza do que fazer agora que estou presa entre eles dois.

O olhar puto de Tanner passa por mim para o seu melhor amigo. Fico surpresa de novo quando Gabriel me puxa de volta para que ele possa se colocar entre nós.

— O cacete que ela vai, Gabe. Você não se lembra do que aconteceu da última vez que a perdeu de vista? Ela não pode ser confiável por um fodido segundo, e você está agindo como um idiota *de novo* ao pensar que ela pode.

Ok. Eu mereço isso, então não discuto.

Alguma coisa está sendo dita entre os dois homens que eu não estou ciente, alguma discussão silenciosa que não tenho certeza se quero ouvir. É assustador o suficiente apenas ficar parada aqui olhando para a forma como Tanner está olhando com raiva para Gabriel.

A voz de Gabe, no entanto, é estranhamente calma ao falar diretamente com Satanás.

— Ela não vai fazer nada porque vou subir com ela e tomar conta.

— O cacete que você vai. Você não pode ficar lá parado e vê-la tomar banho só porque acha que ela vai fazer alguma coisa.

Todos nós giramos para olhar para Emily enquanto ela se levanta. Eu sorrio ao saber que minha melhor amiga toma conta de mim, mas não é como se Gabriel fosse ver algo que ainda não mostrei a ele.

Alguém poderia pensar que o fato de eu estar parada aqui vestindo a camisa dele seria o primeiro indício disso.

Limpo minha garganta para aliviar o nó que me sufocou nesta conversa insanamente tensa.

— Está tudo bem, Emily.

Ela me encara, sem entender, o resto do Inferno sorrindo porque eles têm uma ideia bastante boa sem que eu diga uma palavra.

Revirando meus olhos quando ela não recua, eu admito com uma voz apressada:

— Gabriel pode precisar de um banho também.

Quer dizer, de que outra forma eu deveria dizer isso sem apenas dizer?

Seus olhos se arregalam, os lábios se separando apenas um pouco para me dizer que ela finalmente entendeu o que realmente aconteceu na floresta fora de sua cabana.

— Oh — ela diz. — Espere, isso significa que…

— Isso significa que eles treparam — Tanner late, sua explosão arrastando meus olhos em sua direção enquanto Emily lentamente se abaixa de volta para o sofá na minha visão periférica.

Acho que essa é uma maneira de dizer isso.

Seu olhar escuro fica preso no meu rosto por dez segundos antes de se voltar para Gabriel.

— Dez minutos. Mais um pouco e vou subir lá para arrastar vocês dois para fora.

Abro a boca para discutir, mas Gabriel agarra minha mão e me puxa em direção à escada.

Sem falar de novo até entrarmos no banheiro, viro-me para encarar Gabriel enquanto ele fecha a porta.

— Você acabou de ficar do meu lado em vez do de Tanner?

Porque… não. Nem mesmo nos meus sonhos mais loucos algo assim alguma vez aconteceria, o que significa que de alguma forma eles me drogaram sem eu saber disso, e ainda estou correndo pela floresta tropeçando em bolas. Provavelmente estou presa em alguma rede pendurada em uma árvore. Ou amarrada a um espeto sendo cozida lentamente em fogo aberto.

Os olhos verdes de Gabriel encontram os meus antes que ele se mova para frente e comece a tirar a camisa do meu corpo.

— Você deve calar a boca agora.

— O quê? Por quê? Responda a minha pergunta.

Estou sendo empurrada para o chuveiro enquanto ele tira a roupa. Ele se inclina para baixo e sua boca reivindica a minha, sua mão torcendo com força a torneira para abrir a água.

Afastando-me dele, grito quando a água fria nos atinge:

— Temos dez minutos, Gabe. E essa não é a hora.

A julgar pela expressão em seus olhos, é sim.

— Dez minutos é bastante tempo. Só não faça barulho e eles nunca vão saber.

Ele me gira e direciona minhas mãos para o azulejo, seu pau deslizando dentro de mim enquanto cobre minha boca para abafar meu gemido.

capítulo vinte e dois

Gabriel

Não demorou dez minutos inteiros para fazê-la gozar. Aquele belo corpo tremia com um orgasmo poucos minutos depois de eu estar dentro dela.

Mais uma vez, eu não pretendia que isso acontecesse, mas era a única maneira de fazê-la parar de questionar minha decisão de ir contra Tanner.

Observando Ivy enquanto ela enrola uma toalha em volta de seu corpo e afasta o cabelo loiro-branco do rosto, estou começando a me preocupar que estou deixando-a chegar perto demais.

Ela ainda é a mesma jogadora que eu. Ainda é a cadela sorrateira que destruiu minha casa e arriou nossos pneus.

Mas eu não consigo evitar.

Mesmo agora, estou olhando para ela como se fosse um jantar de três pratos e eu sou um homem faminto, meu olhar percorrendo seu corpo com a intenção de empurrá-la contra a parede e tomá-la novamente.

Transar com ela... *de novo*... não fez nada para aliviar a raiva que estou sentindo, no entanto. Não que eu esteja bravo com ela, que não fez nada de errado desta vez.

Mas quando eu pegar Tanner sozinho, vou matá-lo.

Ele estava tão perto de admitir uma coisa que Ivy não sabia, e foi ficar entre eles naquele momento ou admitir que o problema atual dela é inteiramente minha culpa.

Não querendo lidar com as perguntas que eu sabia que viriam à tona, escolhi ficar entre eles, o que significa que Tanner quer chutar minha bunda tanto quanto eu quero fazer com ele.

— Então, tenho um pequeno problema.

Olhando para cima de onde estou encostado em uma parede com apenas uma toalha enrolada na minha cintura, encontro seus olhos no espelho.

— Isso é?

— Eu não tenho roupas. Estão todas embaladas nas minhas malas que deixei na varanda.

Minha cabeça cai para trás contra a parede enquanto eu sorrio.

— Você está me pedindo para ser seu garoto de recados de novo?

Ela sorri. É aquele todo doce, tão falso quanto as mentiras que ela conta.

— Vou te dar um aumento de salário e também alguma consideração sobre atualizar o pacote de benefícios.

Ela ainda não caiu de joelhos na minha frente, mas estou começando a descobrir que há muito tempo para isso. Ainda não terminei de extrair o pagamento pelo que ela fez com a minha casa.

Se você tivesse me perguntado dez anos atrás se eu estaria em um banheiro com Ivy discutindo os *benefícios* que ela pode oferecer, eu teria lhe dito para largar as drogas.

No último dia em que a vi com meu carro afundado em uma piscina, olhei para o sorriso malicioso em seu rosto, sabendo que chegaria a hora em que me vingaria. Eu simplesmente não tinha ideia de que isso iria acontecer.

Durante anos, esperei pacientemente que Tanner cobrasse a dívida. Mas agora que chegou a hora, não tenho certeza se quero mais isso.

O que torna Tanner e suas besteiras um problema. Um com o qual eu preciso lidar antes que essa coisa toda explode na minha cara.

— Vou correr lá embaixo e pegá-las.

Saindo do banheiro, desço correndo as escadas e passo correndo pelos caras que estão esperando na sala de estar. As malas de Ivy estão perto da porta da frente, e no segundo que minha mão pousa em uma, uma voz irritada soa atrás de mim.

— Isso é uma piada, certo? Você está fodendo comigo.

Virando-me para a voz de Tanner, travo meus olhos nos dele.

— Na verdade, não. Já fodi o suficiente por esta noite, mas se você me der vinte minutos para me recuperar, posso ser capaz de te encaixar.

Seus lábios se estreitam quando o olhar dele desce para a mala rosa de grife que estou carregando e dispara para cima de volta para o meu rosto.

— Você quer explicar o que está acontecendo? Porque eu sinto que estou lutando de acordo com um plano de batalha, enquanto você mudou para o outro time.

— Sobre isso...

Pego a segunda mala de Ivy e puxo a alça por cima do ombro.

— Parece que me lembro de ter sido você quem quase disparou dizendo o porquê nós temos esse plano de batalha em primeiro lugar.

— Por que diabos você se importa? Você a odeia de qualquer maneira. Não é como se ela ficar puta da vida por você ter armado para ela correr para mim no ensino médio vai fazer muita diferença.

Não digo nada. Não que eu precise quando o olhar no meu rosto diz tudo.

Tanner endireita sua postura, cruza seus braços sobre o peito e solta uma gargalhada.

— A menos que faça diferença.

Franzindo meus lábios, tento esconder meus pensamentos sobre o assunto, mas considerando que estou de pé aqui com uma bagagem rosa e vestindo nada além de uma toalha, acho que é um pouco tarde para afirmar que ainda odeio Ivy tanto quanto eu costumava.

E esse pensamento assusta a merda para fora de mim.

Tanner passa a mão pelo cabelo e ri.

— Puta merda. Não posso acreditar que isso está acontecendo, porra. Você perdeu a merda da cabeça? Ela não é confiável.

— Vou mantê-la à vista.

— Certo — ele diz, outra explosão de risos sacudindo seus ombros. — Assim como você fez na sua casa outro dia? Ou devo esperar que seu corpo seja jogado no meu gramado novamente? Ela está jogando com você, Gabe. Sempre brincou com você. E embora fosse engraçado pra caralho no ensino médio, você tem muito a perder agora.

Ele tem um ponto.

Exceto que Tanner não sabe qual é o motivo de nossa guerra. Nunca contei a ele sobre o primeiro dia em que a conheci, ou sobre o que ela testemunhou fora da minha casa. Esses são segredos que apenas Ivy e eu conhecemos.

— Quanto mais tempo você me mantém aqui embaixo, mais tempo ela tem para se esgueirar pela janela.

— Ela não tem roupas — ele argumenta, com a mão apontando para as sacolas.

Ele não conhece Ivy como eu.

— E você acredita que isso vai impedi-la?

— Maldição. Basta subir lá. Mas nós ainda vamos cercá-la sobre a merda com o pai de Luca. Não vou deixar isso passar.

Acenando com a cabeça em concordância para isso, não discuto.

— Considerando que é Luca, também não vou deixar isso passar. Mas quando se trata do que aconteceu no ensino médio, Ivy não deveria saber de nada.

Eu me movo para passar por ele, que agarra meu braço. Eu me viro para olhar para ele.

O sorriso em seu rosto não faz nada além de me irritar.

— Essa é a parte em que eu digo para você ser honesto com ela, porque ela pode perdoá-lo se souber?

Rindo disso, eu respondo:

— Não. Esse conselho foi uma porcaria, e eu fiz isso para foder com você. Fiquei genuinamente surpreso por você ter seguido com isso.

Seus olhos estreitam no meu rosto e eu encolho os ombros.

— Ao contrário de você, não sou um fodido idiota.

Lanço um sorriso para ele e, em seguida, me apresso. Posso sentir seus olhos queimando buracos na parte de trás da minha cabeça, o resto dos caras me encarando e rindo baixinho enquanto corro pela sala de estar e levo minha bunda escada acima.

Entrando no banheiro, deixo cair as porcarias da Ivy no chão assim que percebo que o banheiro está vazio e a janela está escancarada, cada músculo travando sobre os meus ombros enquanto imagino a quantidade de danos que ela causou agora.

Filha da puta...

Tanner nunca me deixará esquecer isso.

— O que diabos ela fez agora?

Meus dentes estão rangendo enquanto atravesso o quarto em passos largos e apressados, meu pé deslizando em uma poça que me joga contra a parede.

Recuperando-me, olho para fora e vejo uma queda direta no chão e uma toalha branca e fofa largada sobre a sombra escura da grama.

— Cadela louca — murmuro, perguntando-me como diabos ela conseguiu pular sem quebrar as pernas.

Girando de volta para correr do banheiro e perseguir sua bunda louca, meu pé atinge a poça novamente, minha perna voando debaixo de mim enquanto meu corpo cai, e eu desmorono de costas.

Minha cabeça bate no piso enquanto meus dentes batem, e eu abro os olhos para olhar para o teto.

— Eu vou matá-la, porra.

Uma gargalhada irrompe à minha direita e eu rolo a cabeça no chão para ver Ivy parada na porta do banheiro.

— Você deveria ter visto a sua cara — ela diz, mal conseguindo falar entre a risada que praticamente a dobra no meio.

Seu rosto está vermelho brilhante e seus olhos estão lacrimejando, as lágrimas escorrendo pelo seu rosto do tanto que acha isso engraçado.

— Você está bem?

Mais risadas, antes que ela respire fundo na tentativa de parar.

— Você realmente achou que eu tivesse pulado?

A expressão no meu rosto deve ser hilária porque ela explode em gargalhadas novamente.

Enxugando algumas lágrimas, ela aperta a toalha ao redor dela e se aproxima.

— Sinto muito. Eu não queria que você caísse.

— Você não queria? — pergunto, minhas sobrancelhas se levantando enquanto faço uma careta para ela.

Ela balança a cabeça, mas não consegue parar de rir.

Revirando meus olhos, não posso deixar de rir com ela.

— Que seja. — Ergo a mão. — Pelo menos me ajude a levantar.

Ela estende a mão para mim, mas, ao invés de deixá-la me puxar para cima, eu a puxo para baixo.

Ivy dá um gritinho enquanto cai no meu corpo, as palmas das mãos apoiadas no meu peito enquanto as minhas agarram sua bunda.

Nós nos encaramos por alguns segundos, e eu observo as lágrimas restantes escorrendo pelo rosto dela.

— Nós não podemos acontecer — eu finalmente digo, vendo algo nos olhos dela que se assemelha a esperança.

Suas sobrancelhas se franzem.

— Você está falando sobre nós? Estou chocada.

Zombando disso, ela desvia o olhar e volta para mim novamente.

— Você também levou isso a sério, não foi? Eu só mencionei para que você não me seguisse quando eu estava pegando suas chaves e uma faca. Não foi nada sério.

Exceto que foi.

E mesmo que ela não admita para si mesma, eu sei que é verdade.

Sempre foi verdade.

Desde o dia em que nos conhecemos e eu a empurrei para o chão por ser especial.

Nós nos machucamos porque não podemos ter um ao outro... porque essa é a única maneira de aguentarmos.

Estendendo a mão, traço a forma de seus lábios, nossos olhos se prendendo enquanto sua respiração bate nas pontas dos meus dedos.

— Isso seria muito mais fácil se você me odiasse.

Ela pisca, seu rosto inclinado para baixo ao meu toque quando coloco a palma em sua bochecha.

— Eu realmente te odeio — ela mente. — E você me odeia.

O canto da minha boca se curva.

— Eu não acredito em você.

— Sobre?

— Sobre qualquer uma das declarações que você acabou de fazer.

Ivy suspira, o corpo dela relaxando contra o meu.

— Droga, Gabriel. Você não deveria dizer isso.

Enrolando lentamente meus dedos nas mechas de seu cabelo, puxo o rosto dela para o meu. Nossos lábios se tocam, nossa respiração colidindo, nossos olhos dançando juntos enquanto lutamos contra o que sempre foi verdade.

— Ei! Romeu e Cadela Psicótica. Desçam a merda das escadas. Alguns de nós temos que voltar para a estrada logo e não temos tempo para vocês foderem de novo.

Ambas as nossas cabeças se viram para ver Tanner olhando com raiva para nós.

— Vocês dois precisam seriamente arrumar um quarto. Essa porcaria está ficando muito velha e muito rápido, droga. Agora se mexam.

Ele sai marchando e nós ficamos no mesmo lugar até que o som de seus passos em retirada desapareça.

Soltando uma respiração pesada, coloco a parte de trás da minha cabeça contra o chão e olho para uma mulher que não deveria estar deitada em cima de mim.

Essa conversa não vai ser divertida. Mas ainda é muito mais segura do que a que estávamos tendo.

capítulo vinte e três

Ivy

Não me importa o quanto Tanner me intimide. Ele pode gritar e berrar e me ameaçar por horas, mas isso não vai fazer diferença. Nunca admiti saber nada sobre o meu pai, portanto, eles não sabem ao certo que tenho de informações a dar.

Puxando uma camisa pela cabeça, levo meu tempo me vestindo sozinha no banheiro. Gabriel saiu para pegar suas roupas sobressalentes em um dos carros onde ele as havia deixado, o que me deu tempo para voltar ao personagem.

Passei a vida inteira mentindo e jogando. Sou uma maldita especialista quando se trata deles. Isso não é diferente de todos os outros, exceto pelo desastre potencial de um resultado de merda.

Não tenho ideia do que ouvi naquele dia fora do escritório do meu pai. Eu acredito que foi sombrio? Sim. Tenho alguma suspeita de que ele pode se encrencar por causa disso? Também sim.

Mas eu sei disso com certeza?

Não.

Ainda assim, sinto o dever de protegê-lo.

Obviamente, os caras se aproximaram da verdade do que eu sei. A pergunta que Gabriel me fez no carro no outro dia acertou o alvo em cheio. Que ligação meu pai tem com uma empresa de tecnologia na Geórgia?

Não tenho certeza absoluta, para ser honesta. E isso só me ajuda com o teatrinho de bancar a burra que preciso fazer agora. Não será toda a verdade, mas também não será uma mentira completa. Tecnicamente, eu não sei de nada.

Uma batida soa na porta do banheiro um segundo antes de ela se abrir. Gabriel está de pé no corredor parecendo malditamente bem em uma camiseta cinza-ardósia e jeans escuros.

Seu cabelo está mais ondulado do que o normal, uma bagunça desgrenhada que ele não domou desde que saímos do chuveiro. Olho para ele e ignoro a pontada no meu peito.

Desse jeito, ele me lembra da pessoa que conheci no ensino médio. Só que está mais largo nos ombros e no peito, seu corpo totalmente preenchido agora que é um homem adulto.

— O visual casual funciona para você, Gabe. Deveria tentar com mais frequência.

Sorrindo, ele estende a mão para segurar os dedos no batente superior da porta, a postura o torna maior, mais intimidante. Ele preenche cada centímetro desse espaço aberto, possuindo-o e prendendo-me no lugar.

— Você está pronta para descer?

Nunca estarei pronta, mas não vou admitir.

Inclinando o quadril, deito um pouco a cabeça.

— Você é meu carcereiro oficial agora? Nesse caso, eu gostaria de apresentar algumas queixas sobre as condições da minha prisão.

— Nós não aceitamos reclamações de presos que tentam fugir. Você terá que se comportar por pelo menos um mês inteiro antes de ser permitida a ter uma opinião.

Engano.

Eu posso ver a diferença nele imediatamente.

A maioria das pessoas não notaria. É uma mudança sutil em seu comportamento, um tom mais suave em sua voz que esconde qualquer traço de quem ele realmente é.

Dez minutos de distância de mim e ao redor deles. Isso é tudo o que é preciso para Gabriel recuar para a porcaria de persona que ele usa para se esconder.

Provavelmente é o melhor. Especialmente quando eu também tenho que ser uma enganadora.

Aproximando-me dele, corro a palma da mão para baixo pelo plano rígido de seu peito, parando sobre seu abdômen.

Gabriel me encara com uma expressão que não consigo interpretar, uma máscara que disfarça cada pensamento por trás daquele olhar verde-esmeralda.

— Por que sinto que estou sendo levada para a câmara de execução?

Seu olhar cai para meus lábios.

— Confesse e não teremos que apertar o interruptor.

205

Um arrepio percorre a minha espinha com o que o interruptor realmente é. Não fiquei totalmente surpresa ao descobrir que Tanner guardou a evidência do meu erro. Na posição dele, eu teria feito o mesmo. E embora o que fiz pudesse ser facilmente explicado como uma má decisão tomada dez anos atrás, eu ainda traria pesadas consequências para meu pai se isso fosse tornado público.

Eu fiz aquilo. Permiti que aquilo acontecesse ao tomar decisões estúpidas na época. E ainda carrego o peso disso todos os dias.

Mas eu tinha meus motivos.

E agora estou sendo levada escada abaixo para responder por esse crime. Ainda assim, em vez de odiar o carcereiro que marcha atrás de mim, tudo que quero fazer é agarrá-lo e nunca mais soltar.

— Eu não tenho nada a confessar — sussurro.

Seu olhar permanece na minha boca como se ele estivesse memorizando a maneira como se move, ou talvez pensando sobre aquele acréscimo ao pacote de benefícios que solicitou. O pensamento prende o ar em meus pulmões.

— As informações que descobrimos recentemente dizem uma coisa diferente.

Alguns segundos se passam antes de eu perguntar:

— Você sabe o que Tanner tem para usar contra mim?

Quando seus olhos verdes se erguem para se fixar nos meus, ele não consegue esconder o simples fato de que ele sabe. Em vez de admitir, ele puxa os braços para baixo e dá um passo para longe da porta.

— Nós deveríamos ir.

Eu suspiro.

Simples assim, o momento acabou. Se Gabriel é tão bom em qualquer coisa quanto em mentir, é em construir paredes que impedem uma pessoa de ver a verdade sobre o que ele está pensando ou sentindo.

Eu saio na frente dele.

— Eu não sei de nada — minto, enquanto caminhamos pelo corredor a caminho das escadas, meus pés descendo rapidamente os degraus enquanto me preparo para o ataque de Tanner no instante em que me vir.

Não importa. Já enfrentei seu temperamento forte e arrogância descarada antes. Tanner nunca foi o que me assustou quando se trata do Inferno.

Minha fraqueza sempre foi, e sempre será, Gabriel.

É por isso que consigo descer para a sala com a confiança de que eles não vão ser capazes de arrancar nada de mim. Se alguém está sendo agressivo sobre esta situação, é Tanner, e ele pode se foder imediatamente com sua besteira de pavio curto.

Deixe-o gritar. Deixe-o berrar. Deixe-o ameaçar me expor pela enganadora que sou. Não há uma maldita coisa que ele possa fazer para me fazer falar.

— Preciso que você me conte tudo o que há para saber sobre o motivo de seu pai ter estado em contato com a empresa do meu pai.

Meus olhos se levantam para ver Luca parada na minha frente, seus olhos arregalados de expectativa e cheios de lágrimas, seu cabelo castanho-claro caindo macio sobre seus ombros.

— Ele está morto — ela diz. — Você deve saber disso. Alguém o matou e eu não tenho ideia do que pode ser feito a respeito. Então preciso saber tudo, pelo menos para entender por que o último membro da minha família foi tirado de mim.

Exceto aquilo.

O que ela acabou de dizer pode ser exatamente o que me deixa de joelhos para confessar tudo e implorar por perdão. A honestidade na voz dela pode ser exatamente o que me faz falar.

Tanner está parado atrás dela como um buldogue pronto para atacar, o resto dos caras ainda descansando nos sofás por toda a sala.

A pobre Emily ainda está sentada entre os gêmeos, mas seu foco está inteiramente em mim no momento. Ela não tem ideia de nada disso. Eu a mantive propositalmente no escuro.

Vou ter uma tonelada de explicações a dar quando Emily tiver a chance de me encontrar a sós de novo.

— Por favor, Ivy. Eu não fiz nada de errado com você. E tenho o direito de saber.

Olhos deslizando de volta para Luca, meus ombros murcham ao ver a dor em sua expressão. Eu não sei nada sobre a morte do pai dela. E espero que meu pai não tenha nada a ver com isso. Ele pode ser sombrio às vezes, mas nunca se rebaixou o suficiente para matar alguém.

Embora, o que eu sei pode ser tão ruim quanto isso.

Gabriel é uma parede de calor nas minhas costas, sua mão deslizando sobre o meu quadril, as pontas dos dedos se curvando enquanto aperta sua pegada e me mantém no lugar.

Alguém poderia pensar que ele está me impedindo de empurrar Luca para o lado em uma tentativa de correr e escapar. Mas não é esse o sentimento que estou tendo.

Na verdade, ele está me tocando para me emprestar sua força.

Pela primeira vez na vida, o príncipe quebrado está levantando a princesa mimada de onde ela está ajoelhada no chão. Ele está ajudando-a a se levantar, em vez de ser o monstro que faz tudo ao seu alcance para destruí-la.

Eu me inclino contra ele, aceitando cada pequena parte de si mesmo que ele tem para dar.

Antes de dizer uma palavra, preciso confirmar que nós estamos falando da mesma pessoa.

— Qual o nome do seu pai?

— John Bailey — ela responde imediatamente, com um desespero tão aberto em sua voz que me dói ouvir.

Isso também prova que o que ouvi naquele dia foi, na verdade, sobre o pai dela.

— Não sei nada sobre a morte do seu pai — admito.

Tanner dá um passo à frente para ouvir, sua mandíbula se apertando como se ele não acreditasse em mim. Luca levanta a mão para segurá-lo.

— O que você sabe? — pergunta.

— Não tenho certeza absoluta — eu digo finalmente.

Agora encurralada pela súplica óbvia em sua expressão e pelo peso da culpa que está me esmagando, decido confessar para que ela tenha alguma ideia do que deve ter acontecido antes de seu pai morrer.

— Eu só ouvi por acaso dois nomes que têm alguma coisa a ver com o seu pai. Não tenho ideia de quem são eles.

— E esses são?

— Jerry — admito.

Sua postura se endireita com isso, cada pessoa na sala olhando para mim com atenção inabalável.

— E qual é o segundo nome? — ela pergunta suavemente.

Eu respiro fundo, sem entender o que isso significa ou como é importante.

— Everly.

Cada pessoa fica em silêncio mortal. Todo mundo, exceto Jase.

— O que caralhos você acabou de dizer? — Ficando de pé, ele anda como uma tempestade em minha direção.

Gabriel me puxa de volta e dá um passo protetor para evitar que ele se aproxime. Os dois homens se encaram por alguns segundos tensos antes de Jase recuar e seus olhos se voltarem para mim.

— É melhor começar a falar, loirinha. Porque você acabou de dizer o único nome que eu precisava ouvir.

capítulo vinte e quatro

Gabriel

Jase é um homem inteligente por recuar.

Assim que ele avançou, dei a volta ao lado de Ivy, preparado e capaz de chutar sua bunda se ele dissesse a coisa errada ou se sequer tentasse colocar a mão nela.

Foi meu instinto fazer isso. Protegê-la. Reivindicar uma mulher que nenhum outro homem tocará, a menos que queira lidar comigo por isso.

Sem pensar, dei um passo à frente como uma parede que Jase teria que romper para chegar até a pessoa que ele estava atrás.

Ivy é minha.

Sempre foi.

Desde o dia em que nos conhecemos.

Infelizmente para o Inferno, isso significa que há outra mulher capaz de se colocar entre nós.

Outra mulher pela qual vale a pena lutar.

Nós raramente trocamos socos por qualquer uma, não que não os demos por outros motivos. Mas se for por causa de uma mulher, isso significa que ela desnudou um de nós.

Eu não queria mostrar a verdade nisso, mas Jase me deixou sem escolha. E quando olho para Tanner para avaliar sua reação, tudo o que vejo em sua expressão é uma aceitação calma e uma pitada de preocupação.

É surpreendente. Eu admito isso. Mas então, é para isso que servem os melhores amigos. E se alguém entenderia o que estou fazendo bem agora, é ele.

Ele acabou de passar por isso com Luca.

Tanner tem o direito de estar preocupado, no entanto. Afinal, é a Ivy. Se alguma mulher é capaz de me vencer no meu próprio jogo, é ela. Só porque ela sabe demais e teve muita prática ao longo dos anos.

Ivy encara Jase, hesitação em sua expressão porque ela não tem nenhuma ideia do que acabou de nos dizer. A sala está perfeitamente quieta, a tensão é tão densa que estamos nos afogando nela.

Curiosamente, é Ezra quem quebra o silêncio, o som profundo de sua risada cortando-o antes de ele dizer o que tenho certeza de que muitos de nós estamos pensando. O homem de poucas palavras vocaliza perfeitamente a verdade de nossa situação.

— Puta merda. Isso continua ficando cada vez melhor, caralho. O que diabos vai acontecer a seguir? Todos nós descobriremos que Everly tem um gêmeo maligno secreto? Ou não, eu já sei. Que o pai de Luca não está realmente morto?

Luca estremece com isso, e Tanner se vira para enfrentar Ezra com um grunhido subindo por sua garganta.

— Não é engraçado, imbecil. Fecha a sua boca antes que eu feche para você.

Sorrindo em desafio, Ezra está pouco se importando quando se trata da ameaça de violência, seu corpo relaxado e seus braços dobrados enquanto ele descansa as mãos atrás da cabeça, quase desafiando Tanner a tentar alguma coisa.

Aparentemente, Ezra não é o único gostando disso. Sem dizer uma palavra, Shane se levanta do sofá onde está sentado para atravessar a sala a caminho da cozinha. Todos os nossos olhares o seguem enquanto ele desaparece lá dentro e reaparece um segundo depois com um saco de pipoca na mão.

Reviro os olhos quando ele cai de volta no sofá ao lado de Sawyer, abre o saco e pega um punhado.

Ignorando-o, Tanner se volta para nós, seu braço envolvido protetoramente ao redor de Luca.

— Sei que sou a última pessoa com quem você quer falar agora, Ivy, mas acho que você não tenha ideia do que acabou de admitir. Então, vamos precisar que você comece do início do que diabos seja o que você sabe, e nos conte todos os fodidos detalhes.

Satisfeito por Tanner estar sendo minimamente respeitoso com ela, dou um passo para trás e me posiciono atrás de Ivy.

É um pouco surpreendente vê-lo recuar tanto assim, e acho que tem tudo a ver com o seu entendimento de que acabei de arrastar Ivy para a família.

Mesmo que ela não saiba disso.

E mesmo que eu não esteja disposto a admitir abertamente ainda.

Você pode dizer um milhão de coisas sobre Tanner, mas uma vez que alguém é família, você nunca pode dizer que ele não zela por eles.

Ivy se aproxima de mim, suas costas contra o meu peito, o corpo tenso. Eu coloco minhas mãos em seus quadris porque não consigo evitar de reivindicá-los. Tocá-la está se tornando uma segunda natureza, algo tão natural que nem percebo que estou fazendo isso.

Não tenho certeza do que pensar quando seu corpo relaxa ao sentir aquele pequeno contato.

— Não tenho realmente certeza do que ouvi. Foi apenas uma conversa, e eu só ouvi um lado dela. Acontece que eu me lembro desses nomes.

— Alguma coisa fez você se lembrar deles — eu digo. — O que foi?

Ela balança a cabeça para os lados, claramente dividida sobre o que sabe.

— Meu pai não matou ninguém.

Meus dedos apertam seus quadris.

— Nós não estamos dizendo que ele matou. Mas há mais nisso do que sua morte, e você aparentemente sabe algo sobre.

Afastando-se apenas o suficiente para olhar para mim, os olhos azuis de Ivy encontram os meus.

É óbvio que ela está dividida entre sua lealdade ao pai e seu desejo de nos apaziguar. Não consigo entender isso, não consigo simpatizar. Eu não tenho nenhuma lealdade para com a minha família e tenho toda a intenção de destruí-los.

Não tenho certeza de como preencher a lacuna entre o que ela sente por sua família e o que eu sinto pela minha. Mas tenho uma ideia.

Não querendo admitir na frente de todo mundo o que Ivy sabe, suspeito que isso será o empurrão final que ela precisa para nos dar a informação. Então eu faço isso de qualquer maneira.

Travando meu olhar com o dela, minha voz é suave quando admito:

— O que você sabe pode nos ajudar a nos vingar de nossos pais. Nós não estamos atrás do seu pai. Estamos atrás de algo que Jerry tem e que queremos.

Ivy estremece com isso, seus pensamentos, sem dúvida, indo para o que ela viu na noite da festa na minha casa, e para o garotinho com os olhos machucados.

A raiva e o ódio estão claros em seu rosto, não por mim, mas pelos homens que ela testemunhou abusando de mim.

— Isso vai arruinar seus pais?

Eu aceno em concordância, amando como ela cuspiu a última palavra como se fosse sujeira.

Seus lábios se contraem em uma carranca antes de lentamente se transformarem em um sorriso malicioso conspiratório.

— Por que você não me disse isso de início? Isso teria nos salvado de muitos problemas.

Ela se volta para Tanner.

— Ok, então como eu disse, só ouvi parte da conversa. Eu estava andando pelo corredor do lado de fora do escritório dele, que estava conversando com um cara chamado Jerry. No início, eles estavam falando sobre aquela garota, Everly, que eu mencionei. Aparentemente, ela estava em Yale por um motivo específico, mas depois teve que ir embora. Eu não ouvi o motivo, mas pelo que meu pai estava falando, era ruim.

Todos nós olhamos para Jase para ver que sua mandíbula está travada e ele está olhando intensamente para Ivy. E embora eu suponha que todos nesta sala pensem que Jase é a única coisa ruim da qual Everly estava fugindo, acontece que eu também conheço o outro motivo.

Principalmente porque esse motivo fui eu.

Everly foi como eu mandei uma mensagem para o pai de Luca de que sua vida estava ameaçada. Aquela mensagem também incluía o aviso de que ele precisava tirar Luca de Yale imediatamente.

Foi estúpido da minha parte fazer isso, e foi contra a minha lealdade ao que Tanner estava tentando conseguir. Mas eu sempre gostei de Luca e, na época, nós não sabíamos que o que seu pai tinha seria importante para nós.

Nós só sabíamos que os nossos pais a queriam sob controle.

Eu fiz um juízo de valores porque não queria que alguém como a Luca fosse ferida pelas besteiras das nossas famílias. Infelizmente, Tanner encontrou uma maneira de colocá-la sob controle novamente, e quando ele usou isso para ajudar os gêmeos, eu não pude culpá-lo ou fazer nada a respeito.

Tanner pigarreia e ignora o fato de que a cabeça de Jase está prestes a explodir.

— O que havia de tão ruim nisso para você se preocupar em nos contar?

Ivy suspira.

— Eu não cheguei nessa parte ainda.

— Ótimo — Jase rosna. — Qualquer merda de dia agora seria útil.

Ivy atira seu olhar para Jase.

— Você não deveria estar tratando seu herpes ou algo assim, *Luxúria*? Cale a boca, porra, e me deixa chegar nessa parte.

Luto para conter meu sorriso, meus olhos travando nos de Jase quando ele se move como se fosse correr para ela novamente. Felizmente, ele reconsidera quando vê o quão sério eu estou sobre protegê-la.

Os olhos dela retornam para Tanner.

— De qualquer forma, depois que terminaram aquela parte da conversa, meu pai disse a Jerry que precisava destruir o negócio. Papai disse que não se importava se sua esposa estava morrendo ou que isso deixaria John sem nada. Ele também disse: "John Bailey não pode saber por que isso aconteceu". Não tenho certeza do que isso significa, mas é por isso que seu nome é familiar. Eu não queria contar a ninguém porque acho que é errado que meu pai tenha ordenado aquilo. Eu pensei que ele estava usando sua posição como governador para machucar as pessoas.

A expressão de Luca se contorce de tristeza, e ela se vira para enterrar o rosto no peito de Tanner. Sua mão acaricia suavemente seu cabelo enquanto ele prageja baixinho e dispara seu olhar para mim.

— O que você tira disso? Warbucks disse mais alguma coisa sobre quais informações ele deseja sobre o governador Callahan?

— Nenhuma palavra.

Embora agora que sei tudo isso, tenho toda a intenção de cavar mais fundo.

Ivy se vira para mim.

— Que informação vocês todos achavam que meu pai tinha? E por que seu pai iria querer isso?

Felizmente, todos que cresceram conosco sabem que Warbucks é como nós chamamos meu pai, e não preciso perder tempo explicando isso para Ivy.

— Ele disse que tinha algo a ver com uma nova lei financeira que seu pai está pressionando.

Ela sorri.

— Ah, aquilo. Sim, ele está pressionando isso por causa dos pais de vocês. Não posso culpá-lo por querer machucá-los. Os homens que criaram vocês são monstros.

Meu olhar sobe sobre sua cabeça para olhar para Tanner.

Com um braço ainda envolto em Luca, ele passa uma mão pelo cabelo, abertamente irritado com essa nova reviravolta.

— Pelo que posso dizer, nós precisamos de duas coisas. Primeiro, saber exatamente o que Warbucks está procurando. Depois de ouvir isso, acho que não tem nada a ver com a lei sendo empurrada, e ele está apenas usando isso como uma desculpa. E dois, precisamos saber por que o pai de Ivy estava envolvido com Jerry Thornton.

— Três coisas, idiota.

Todos nós nos voltamos para olhar para Jase.

— Precisamos saber onde diabos Everly está, e agora estou muito mais interessado em saber o que significa que ela esteve em Yale por um motivo específico.

Como de costume, Jase está se concentrando apenas em Everly, mas, neste caso, não posso afirmar que sua preocupação seja trivial. Ouvir que pode ter havido algo mais na presença de Everly também me faz questionar.

— Eu preciso de uma bebida — anuncio, os eventos da noite me drenando.

Meu olhar procura Emily, onde ela está sentada entre os gêmeos.

— Tem álcool em algum lugar nesta cabana?

É típico de Emily olhar com desprezo na minha direção. Ivy e eu podemos ter um relacionamento melhor, mas sua companheira ruiva e eu nunca nos demos bem.

Eu meio que espero que ela me diga para ir me foder, mas, em vez disso, ela aponta para os quartos além da escada.

— Há um armário de bebidas no escritório.

— Obrigado — digo, encontrando seus olhos.

Embora Emily e eu nunca seremos melhores amigos, ela ainda é importante para Ivy. Se houver uma chance de que o que está acontecendo entre mim e Ivy possa ser algo mais, uma guerra com sua melhor amiga não vai tornar isso fácil.

Os olhos de Emily vão para Ivy e de volta para mim antes que ela resmungue:

— De nada.

É uma conversa tão civilizada quanto se pode esperar no momento.

Afastando-me de Ivy, saio da sala de estar e vou para o escritório.

Grato pelo breve silêncio, encontro o armário de bebidas e estou servindo uma dose de uísque quando Tanner entra na sala atrás de mim.

Sua voz é cautelosa quando pergunta:

— Você acabou de fazer o que eu acho que acabou de fazer?

Eu rio e tomo um gole da minha bebida, meus olhos fechando enquanto ela faz um caminho suave direto para a minha corrente sanguínea.

— Essa foi provavelmente a declaração mais enigmática que já ouvi. Vou com certeza pedir um prêmio para você por isso — digo, depois de engolir.

Tanner pisca na minha direção.

— Pare de me sacanear, você sabe do que estou falando. Você entrou na frente de Ivy... pela segunda vez, devo acrescentar. A primeira vez eu pensei era para me calar...

— Era.

— É justo, mas a segunda vez?

— O temperamento de Jase estava um pouco quente demais para o meu gosto.

Tanner não acredita na minha resposta nem por um segundo. O que é uma droga para mim, porque eu realmente preciso que ele acredite nisso. Principalmente para que eu mesmo possa acreditar.

— O que está acontecendo, Gabe?

Terminando a bebida, sirvo outra.

— Não sei. Você está perguntando isso para poder reclamar de mim e me avisar sobre ela, ou porque precisa saber como se comportar?

É raro que Tanner e eu tenhamos cuidado um com o outro, e é por isso que me incomoda ainda mais que sua voz seja mais suave do que o normal.

— Ela é da família?

Eu viro a segunda bebida e dou a volta para encará-lo.

— Não sei.

Seus olhos verdes-escuros se fixam nos meus.

— Devo considerá-la assim até que você de fato saiba?

Foda-se minha vida.

Eu não fui feito para essa merda.

Sirvo uma terceira bebida antes de responder a ele.

Vendo isso, Tanner ri.

— Vou tomar isso como um sim. E como diabos você planeja dirigir hoje à noite depois de derrubar metade da garrafa?

— Eu não pretendo — respondo, depois de outro gole saudável. — Vou ficar aqui esta noite e ir embora amanhã.

Apoiado contra a parede, ele cruza os braços sobre o peito.

— Tudo bem. Mas assim que você voltar amanhã, nós precisamos descobrir o que fazer a respeito dessa nova virada nos eventos.

Terminando a terceira bebida, olho a garrafa para uma quarta, mas decido que não.

— Tenho uma ideia sobre como descobrir isso.

Assim que ouço a voz de Ivy, esqueço meu melhor julgamento e pego a garrafa enquanto Tanner olha para onde ela está na porta.

— Sem ofensa, Ivy, mas você não tem ideia do que está acontecendo aqui.

Seus olhos se voltam para ele.

— Isso pode ser verdade, mas eu realmente sei quando vejo um jogo sendo jogado. Alguém está alinhando todas as peças em torno de seu grupo no momento.

Nem todos os jogos, eu penso, minha mente voltando para como ela acabou aqui em primeiro lugar.

Tanner olha para mim pensando a mesma coisa, e eu engulo o que resta da minha quarta bebida.

Como diabos vou explicar isso?

Seu olhar se volta para Ivy como se intuísse meus pensamentos.

— Qual é a sua ideia?

— Nós pedimos a nossos pais mais informações — ela diz, dando de ombros.

Tanner ri suavemente com isso, seus ombros tremendo quando ele vira a cabeça para olhar para mim.

— Isso foi fofo.

— Não. O fato de você não entender o que estou dizendo é *fofo*. Este pode ser um bom momento para você parar de pensar que é o mestre do jogo, Tanner. Também pode fazer algum bem ao seu ego gigantesco perceber que você pode ser manipulado assim como todo mundo.

Minha sobrancelha ergue-se com isso, mas não digo nada.

Com a atenção se voltando para Ivy, Tanner sorri.

— E quem você acha que está jogando comigo?

Uma coisa que eu gosto na Ivy é sua recusa em recuar. Eu só queria que ela fosse um pouco mais seletiva sobre os momentos que escolhe para mostrar esse lado dela.

— Se eu tivesse que adivinhar, diria que são seus pais no presente momento.

— No presente momento? — Tanner pergunta, sua voz incrédula.

Ivy sorri.

— Já jogaram com você no passado. Tenho certeza disso. Mas sua arrogância te impediu de enxergar.

Os ombros de Tanner se ajustam com o desafio em seu comentário.

— Quando diabos eu já fui...

— Ivy — eu digo, interrompendo a discussão que sei que está surgindo entre os dois —, por que você acha que nós podemos simplesmente ir até nossos pais e pedir mais informações?

Seus olhos azuis varrem em minha direção.

— Eu nunca disse que era simples. Mas seus vazamentos de mídia recentes, na verdade, podem ter sido uma boa ideia. Apesar de como eles eram fodidos.

— E a razão disso é?

Ela ri.

— Nós dois sabemos que você não pode enganar um enganador. Mas você pode deixá-los desesperados o suficiente para vazar informações acidentalmente na tentativa de continuarem enganando você.

Tanner ri.

— Você vai precisar trocar o nome naquele prêmio de enigmático, Gabe. Acho que Ivy acabou de me ultrapassar.

Ignorando Tanner, mantenho os olhos fixos nos de Ivy, sua ideia fazendo sentido quanto mais penso sobre isso.

Ela é uma mente tão diabólica, o que só me lembra que ainda preciso cuidar das minhas costas ao redor dela.

— Na realidade. É uma boa ideia — eu digo, olhando para ele.

— Não é sequer uma ideia — Tanner argumenta.

Será necessário um plano mais bem estruturado para que isso funcione, mas Ivy apenas expôs o básico.

— É o melhor que temos. E Ivy e eu sabemos exatamente como conseguir o que nós queremos.

Olhando para mim como se eu fosse um idiota, Tanner pergunta:

— E como é isso?

Falando em uníssono, Ivy e eu o lembramos do único talento que nós dois temos que pode nos ajudar a fazer isso.

— Nós enganamos.

capítulo vinte e cinco

Ivy

Essa situação continua ficando cada vez mais complicada. Parece que cada plano que eu faço para fugir ou evitar Gabriel explode na minha cara.

No início disso, eu não planejava delatar meu pai. Na verdade, eu tinha toda a intenção de manter o que sabia sobre ele para mim. Estava até disposta a mentir e inventar alguma coisa que não poderia ser provado para evitar o preço que Tanner queria de mim.

Mas então eles sacaram sua arma secreta.

Encarar o rosto triste de Luca e as lágrimas quentes e úmidas me empurraram de joelhos. Eu não pude evitar depois disso. Cantei como a porra de um canário, simplesmente piei essa informação para todos os lados porque não aguentava não poder ajudá-la.

Mas não foi só isso. O momento em que Gabriel me disse que a informação que eu tinha poderia potencialmente machucar seus pais foi o mesmo em que me tornei *Team Inferno*, um fato que não me sinto completamente confortável em admitir.

Não tenho ideia de onde tudo isso me deixa, ou o que isso significa para a guerra que sei que ainda está em andamento com Gabriel. Tudo o que sei é que estou disposta a pedir um cessar-fogo se isso significar que posso ajudar a derrubar os cretinos que os criaram.

Tudo o que eu sempre quis foi ver Gabriel libertado. É por isso que eu não parava de brigar enquanto crescíamos. O porquê cavei minhas garras e segurei firme, apesar de quão cruel ele poderia ser.

Isso significa que eu não o odiava pelo que ele fez?

Porra, não.

Eu não podia suportá-lo pela maior parte de nossas vidas.

Mas a coisa sobre o ódio é que ele é facilmente transferível quando se descobre um alvo mais adequado do que aquele que se tinha.

A noite em que vi aqueles homens machucarem Gabriel foi a noite em que decidi que os odiava mais. E tudo o que aconteceu depois daquilo foi simplesmente uma questão de eu terminar a guerra.

Ainda assim, isso não significa que as coisas não estejam estranhas ou tão instáveis quanto um chihuahua tomando metanfetamina. Não há um terreno estável para eu pisar no momento, mas, em vez de fugir, decidi apertar o cinto e ficar.

Tanner e a maior parte do Inferno partiram uma hora depois que derramei minhas entranhas como uma represa quebrada sobre a conversa que ouvi perto do escritório do meu pai.

E enquanto eu não estava chateada por vê-los ir — especialmente porque Tanner e eu estávamos dançando em torno um do outro em alguma trégua estranha que não era realmente uma trégua — eu estava definitivamente incomodada pelo fato de que Gabriel e os gêmeos escolheram ficar.

Principalmente, porque eu não gostava que os gêmeos estivessem aqui, e é por isso que inventei alguma desculpa de não confiar em Gabriel para convencer Emily a dormir no meu quarto, comigo.

Felizmente, ela caiu nessa, e eu não perdi o alívio em sua expressão ao aceitar a oferta.

Os gêmeos acabaram ocupando os outros dois quartos, e Gabe desabou no sofá no andar de baixo, o que foi muito bom para mim. Não tenho certeza se posso fechar meus olhos ao redor dele, ou se ele se sentiria seguro fechando os olhos ao meu redor.

Ver o alívio no rosto de Emily por dormir comigo só me fez confiar ainda menos nos gêmeos.

Alguma coisa está acontecendo, mas, apesar das minhas repetidas tentativas de fazer Emily se abrir sobre isso, ela se recusou.

Agora, é a manhã seguinte, e estou sentada na sala de estar olhando para a varanda lateral onde Emily está em uma conversa acalorada com Ezra. Ou talvez seja Damon.

Honestamente, não consigo diferenciá-los, mas independentemente de quem seja, eu não gosto disso.

— Nós precisamos conversar sobre os nossos arranjos de vida antes de voltar para a cidade.

Tirando meus olhos da conversa que ocorre fora das portas francesas,

219

viro-me para ver Gabriel descendo as escadas em apenas um par de jeans.

Seu cabelo despenteado está pingando nas pontas, uma vez que ele acabou de sair do chuveiro, as gotas de água caindo para escorrerem sobre seus ombros e seu peito nu.

É injusto o quão bonito ele é. Não posso deixar de encarar enquanto ele se aproxima de mim, seus lábios inclinados em um sorriso conhecedor quando eu finalmente forço meus olhos de volta para seu rosto.

— Vê algo que você gosta?

É um hábito para mim negar.

— Não, eu só estava pensando que você realmente se deixou levar ultimamente. Não tem nem trinta anos e você já passou do seu auge. Isso é uma vergonha.

Ele sorri para mim, a ondulação de seu sorriso me chamando pela mentirosa que sou.

— Eu vou ter certeza de chorar sobre isso na próxima vez que você estiver montando meu pau e rezando a Deus.

— Eu nunca rezei — argumento.

— Claro que não, mas isso não é o que é importante no momento. Nós deveríamos discutir nossos arranjos de vida.

Ele cai no sofá ao meu lado, e eu empurro seu peito para trás para que não obstrua minha visão da varanda.

— Que tipo de arranjo de vida?

Meus olhos travam no rosto de Emily para ver que suas bochechas estão vermelhas. Sobre o que diabos eles estão discutindo?

A voz de Gabriel recupera minha atenção.

— Eu acho que, já que estamos desesperadamente apaixonados, você vai querer ficar na minha casa para que possamos explorar sua nova convicção religiosa.

Meus olhos estalam de volta para ele.

— Primeiro, você realmente me deixaria ficar na sua casa de novo? Isso seria burrice. Em segundo lugar, nós não estamos apaixonados, apenas interpretamos um casal de verdade na TV e, terceiro, eu não rezo.

— Vou gravar na próxima vez para ter prova.

— Você não vai. Além disso, eu nunca disse que haveria uma próxima vez — argumento, pouco antes de ouvir Emily gritando alguma coisa lá fora, e meus olhos disparam de novo em sua direção. — O que está acontecendo com eles?

Gabriel olha para a varanda, depois de volta para mim, obviamente não tão preocupado com a discussão entre Emily e um dos gêmeos.

— Haverá uma próxima vez. Especialmente considerando que vou ter que amarrar a sua bunda para evitar que cause mais danos à minha casa, e seria uma pena desperdiçar a oportunidade.

Levando minha mão à sua boca, eu o calo.

— Shh, estou tentando ouvir.

Gabriel afasta minha mão antes que seus dedos toquem meu queixo e direcionem meu rosto de volta para ele.

— Você está me ouvindo no momento.

— *Sabe o que? Vocês dois podem ir se foder se pensam que é isso que estou fazendo! Estou de saco cheio disso!*

Minha cabeça vira na direção de Emily, uma veia de raiva desabrochando em mim ao ver as lágrimas em seus olhos que ela enxuga com raiva segundos antes de se virar para descer correndo as escadas que conduzem à varanda.

Ah, INFERNO, não...

Estou de pé um segundo depois, a sala e tudo nela desaparecendo de vista quando abro as portas francesas e fico na frente de... quem quer que seja... para impedi-lo de persegui-la.

— O que você acabou de fazer com ela?

Olhos âmbar se estreitam no meu rosto, suas narinas dilatadas enquanto ele tenta me contornar em busca da minha melhor amiga.

Desculpe, parceiro, mas essa é a última coisa que vou deixar acontecer, mesmo que signifique que eu morra por isso.

Batendo minhas mãos contra seu peito (que, devo mencionar, é tão duro quanto uma fodida parede de tijolos), eu empurro o mais forte que posso e só consigo me empurrar para trás.

Tudo bem, no entanto. Pelo menos, ele não está mais perseguindo ela e agora está direcionando todos os seus olhares de raiva e morte para mim.

Apontando um dedo para o rosto dele, percebo que não tenho ideia de quem ele é, mas dou um palpite para iniciar esta conversa.

— Escuta, Damon...

Ele rosna para mim.

Não é o tipo de rosnado bom também. Você conhece o tipo. Aquele que faz suas coxas se contraírem e sua pele ficar um pouco suada. Não. Este é um rosnado que significa que ele está prestes a arrancar meu rosto e usá-lo como uma máscara de Halloween.

— Eu sou Ezra — ele diz, em uma voz tão profunda e afiada como uma navalha que está gravando o nome diretamente na minha pele.

Ainda assim, não vou recuar. Estou protegendo minha amiga. Ele pode parar com sua merda de agressivo, macho alfa e valentão se quiser chegar perto dela novamente.

Com meu doce sorriso no lugar, inclino a cabeça.

— Ah, você vai ter que me desculpar por não ser capaz de dizer. Mas então, é provavelmente porque vocês dois gostam de trocar um pelo outro ao seduzir todas as mulheres, não é?

Ele sabe exatamente de qual mulher estou me referindo e, se ele souber o que é bom para ele, vai dar o fora, maldição.

Infelizmente, ele não faz isso, mas eu continuo de qualquer maneira.

— Você vai me dizer o que diabos está acontecendo com você e Emily. E quando terminar de fazer isso, vai me explicar o que planeja fazer para colocar um sorriso de volta no rosto dela para que eu não chute sua bunda pessoalmente.

Ezra ri disso, mas não do jeito engraçado haha, mais do jeito *você está prestes a morrer*, que faria uma pessoa normal mijar nas calças.

Gosto de pensar que estou confiante de que ele não vai me agarrar e me jogar de cabeça para fora da varanda nesse momento, mas o sorriso maligno que se estende em seus lábios diz algo diferente.

— O que realmente vai acontecer aqui é que você vai sair do meu caminho no próximo segundo ou eu vou movê-la.

Uma pessoa inteligente se moveria.

Infelizmente, não sou essa pessoa.

Cruzo os braços sobre o peito e fico firme em vez disso.

Foda-se ele. Eu me recuso a ser intimidada por um homem louco.

— De volta ao que eu estava dizendo.

Ezra estende a mão como se fosse me empurrar para o lado, e eu tenho um daqueles momentos de fração de segundo em que minha vida passa diante dos meus olhos. Infelizmente, a memória que mais se destaca é de um menino de nove anos com olhos machucados e um lábio arrebentado, a imagem me assombrando como se estivesse queimada em minhas retinas.

Minha respiração fica presa em meus pulmões, esperando ser tirada do caminho, mas antes que ele possa fazer contato, outra mão trava sobre o braço de Ezra, impedindo-o de colocar sequer um dedo em mim.

Ambas as nossas cabeças se viram para ver Gabriel parado ao nosso lado, sua expressão tão letal quanto a de Ezra.

Dou um pequeno passo para trás, a surpresa arregalando meus olhos que Gabriel... *de novo*... se colocou entre mim e um dos membros do Inferno.

Algo não dito se passa entre os dois homens antes de Gabriel soltar o braço de Ezra para agarrar o meu. Meus pés tropeçam enquanto ele me arrasta pela sala de estar, passando pelas escadas e até uma pequena biblioteca nos fundos.

Ele não se incomoda em acender a luz antes de virar minhas costas para a parede e me prender contra ela, seus olhos verdes me encarando com uma mistura estranha de raiva e diversão.

— Quantos dos meus amigos você vai me fazer lutar para impedir que eles matem você?

Faço uma contagem mental. Até agora, estamos em três. Não é tão ruim. Nem mesmo a metade, na verdade. E eu tinha todo o direito de gritar na cara de Ezra.

— Ele está fazendo alguma coisa com a Emily.

Gabriel abaixa seu rosto para o meu, as palmas das mãos apoiadas na parede de cada lado da minha cabeça. Ficar de pé assim só o faz parecer insanamente grande, como se ele fosse Golias e eu fosse Davi, armada com nada mais do que uma pena.

— Isso não é da sua conta.
— O inferno que não é.

Inclino um queixo em desafio, meus braços cruzados sobre o meu peito.

Lentamente, os cantos de sua boca se separam, apenas uma leve inclinação nos cantos.

— Você não tem ideia do que faz comigo quando age assim.

A julgar pelo calor por trás de seus olhos, posso dar um palpite. Um arrepio me percorre, a reação só fica pior quando ele segura meu queixo entre os dedos e mantém meu rosto imóvel.

Os lábios de Gabriel se separam ligeiramente enquanto seu olhar mergulha na minha boca. Sua voz é sedutoramente suave quando ele explica:

— Eu amo a luta em você. Tanto, na verdade, que isso sempre me fez pensar em como seria divertido te foder até arrancá-la de você. — Seus olhos se erguem para os meus. — Sempre me senti assim. Mesmo quando eu não conseguia te suportar.

Minha respiração fica presa com suas palavras, um nó se formando na minha garganta que eu luto para engolir. Não funciona. Minha voz ainda falha quando eu falo.

— Então qual é o problema?

Ele procura meus olhos por alguns segundos antes de responder:

— Os outros caras não pensam da mesma maneira. Então, vou precisar que você diminua um nível. Se um deles te deixar puta e você sentir necessidade de lutar, traga isso para mim. Ficarei mais do que feliz em tirar a briga de você.

Não vou negar que o pensamento parece divertido, mas isso não resolve o problema com Emily.

— Eles estão fazendo alguma coisa com ela — eu o lembro, minha voz muito mais suave do que eu pretendia.

A compreensão suaviza as linhas de seu rosto.

— Não importa.

Quando abro minha boca para discutir, ele pressiona um dedo contra os meus lábios.

— Pelo menos por agora, não importa. Nós estamos saindo para ir para casa em alguns minutos, e ela estará longe deles na casa dela.

Isso me apazigua um pouco, especialmente porque tenho toda a intenção de voltar para a casa dela com ela.

Relaxando contra a parede, eu olho para ele.

— Tudo bem. Vou apenas perguntar a ela o que está acontecendo quando eu voltar para a casa dela.

Aquele maldito sorriso retorna, aquele charmoso que esconde tudo o que ele está pensando.

— Você vai voltar para casa comigo. Temos um show para fazer.

Rindo disso, eu reviro meus olhos.

— Nós não precisamos ficar no mesmo lugar para fingir que estamos realmente noivos.

Seu sorriso se alarga.

— Tudo bem. Então você virá comigo porque ainda tem muito trabalho a fazer para me pagar pelo que fez com a minha casa.

Meus olhos se estreitam em recusa. Em parte por causa da maneira como ele está olhando para mim, mas principalmente porque não há uma gota de humor na maneira como disse isso.

— Você está me dizendo que ainda sou uma prisioneira? Eu pensei que tinha escapado da minha prisão quando entrei para o *Team Inferno*.

Inclinando sua cabeça, as sobrancelhas dele se franzem.

— *Team Inferno?*

— Sim, eu ia mandar fazer camisetas.

Gabe ri disso, sua testa abaixando para descansar contra a minha, seus olhos me prendendo no lugar.

— Você está vindo comigo porque não posso te perder de vista.

— E por que isso? — pergunto.

Está me matando que ele esteja tão perto, nossa respiração se misturando, nossas bocas a uma polegada tentadora de distância.

— *Você* confiaria em si mesma solta por aí?

Não posso evitar meu sorriso.

— Não.

Tocando suavemente minha boca com a sua, Gabe sussurra:

— É por isso.

Gabriel

A viagem de volta à cidade foi passada em silêncio. Insisti que Ivy se sentasse na frente comigo — principalmente para que eu pudesse agarrá-la se ela tentasse pular para fora em um sinal de trânsito e fugir — enquanto Emily se sentava entre os gêmeos no banco de trás.

O carro parecia um ensopado de negatividade, uma película pegajosa cobrindo minha pele feita com as lágrimas que Emily estava tentando esconder, os olhares irritados de Damon e Ezra e o desprezo escrito na expressão de Ivy porque eu a proibi de confrontá-los por todo o caminho para casa.

Isso estava me incomodando pra caralho, e eu brevemente considerei me lançar em uma alta velocidade apenas para acabar com a miséria.

Felizmente, fui capaz de deixar Emily na casa dela e os gêmeos na casa deles, o que deixou apenas Ivy e eu enquanto íamos em direção ao meu escritório.

Tanner deveria ir esta manhã, e eu estava com muito medo de verificar meus e-mails. Não há como saber no que entrarei quando chegarmos lá, mas suspeito que serão homens adultos chorando e uma assistente jurídica seriamente irritada exigindo outro aumento de salário.

Nós chegamos a um sinal vermelho e quando paramos lentamente, meu corpo fica tenso esperando que Ivy faça algo evasivo. Eu estive de olho nela o tempo todo, a pequena quantidade de confiança que estabelecemos ainda se equilibrava em um precipício fino como uma navalha.

Ela olha para mim enquanto esperamos o semáforo ficar verde, seus olhos se estreitando na lateral da minha cabeça por um breve segundo antes de:

— Como você fez isso?

— Há uma coisa chamada pedal de freio à esquerda do acelerador. Se você o pressionar com seu pé com força suficiente, o carro para.

Seus olhos se estreitam mais.

— Não isso, idiota. Como você fez parecer que estava no escritório quando na verdade você estava do lado de fora da cabana? Você não me respondeu ontem à noite.

Sorrindo, coloco a cabeça para trás contra o assento, meus olhos fixos na luz vermelha que está demorando muito.

— Você demorou tanto para perceber isso? Sinto muito, mas sua pergunta expirou e não sou mais obrigado a te dar uma resposta.

— As perguntas não têm data de validade.

— Elas têm agora.

— Apenas responda à pergunta e pare de fugir.

O sinal fica verde e eu aperto o acelerador com força. Ivy agarra a maçaneta da porta, seu olhar ainda preso no meu rosto.

— Não importa o quão rápido você dirige, Gabe. Você não pode escapar disso. Ainda estou aqui esperando uma resposta.

Meus lábios se curvam.

— E se eu abrir sua porta e te empurrar para fora?

Ela revira os olhos e se vira para olhar pelo para-brisa dianteiro.

Um minuto se passa antes que ela afunde em seu assento e ponha os pés no painel.

Inclinando-me para o lado, bato em suas pernas.

— Você se importa? Não quero seus pés sujos em todo o meu painel.

Suas sobrancelhas se erguem.

— Ah? Isso te incomoda?

— Sim — eu lato e bato em suas pernas novamente.

Porra. Eu não deveria ter dito isso a ela. Os lábios de Ivy se contraem em um sorriso malicioso.

— Você se incomodaria se eu os esfregasse por todo o couro e tinta cromada caros?

Deslizando a sola do pé em metade de sua parte do painel, ela me observa de perto. Meus olhos tremem em resposta, meus lábios puxando em uma linha fina.

Seu pé para.

— Posso estar disposta a colocá-los para baixo se você me contar como me fez pensar que estava no escritório.

Lanço um olhar para ela.

— Esse é o seu jogo?

Ivy balança a cabeça confirmando, seu pé deslizando mais alto no painel.

— Que seja. Eu não estou jogando.

Sorrindo com a minha recusa, Ivy estica seu corpo.

— É bom saber. Porque eu simplesmente não consigo ficar confortável e preciso de mais espaço. Seria uma pena se eu pressionasse um dos meus pés sujos contra o para-brisa...

— Tudo bem — eu rosno, enquanto minha mão aperta seu joelho. — Abra o porta-luvas.

Tirando rapidamente seus pés do painel, Ivy puxa a alavanca para abri-la.

Não guardo muito lá, então não é difícil para ela encontrar o pequeno gravador digital. Ela endireita a postura e aperta o botão ao lado, os sons gerais do escritório que eu gravei na preparação para surpreendê-la na cabine soando alto.

Virando à esquerda, o carro afunda enquanto dirijo para a garagem subterrânea do meu escritório.

— Eu já tinha roubado meu carro de volta quando você ligou. Estava sentado nele enquanto falava com você, com aquilo tocando ao fundo.

Eu me direciono para o meu lugar reservado e estaciono o carro na vaga, seus olhos encontrando os meus. Ivy tem um sorriso engraçado no rosto, sua cabeça balançando levemente em descrença.

— Você planejou a coisa toda.

— Claro, que eu planejei.

Jogando o gravador de volta no porta-luvas, ela dá de ombros.

— No que diz respeito às pegadinhas, isso foi fraco. Eu esperava mais de você.

— Você não estava dizendo isso quando estava correndo sua bunda pela floresta indo na minha direção.

Outro leve sorriso debochado e encolher de ombros. Seus olhos examinam a garagem, como se percebessem pela primeira vez que não estamos mais na estrada.

— Onde estamos?

— Meu escritório. Espero que você se comporte como uma adulta enquanto estivermos aqui.

Estou desafivelando meu cinto de segurança quando ela pergunta:

— Por que estamos aqui?

— Tenho que verificar algumas coisas.

— Como?

Um gemido sobe pela minha garganta.

— Por exemplo, se Tanner está se comportando como um adulto.

Rapidamente, saio do carro e dou a volta pela frente para abrir a porta de Ivy para ela. Assim que ofereço a mão para ajudá-la, seus olhos se erguem para os meus. Aquela faísca salta no segundo em que ela aceita minha mão, a mesma que está lá desde que éramos crianças.

Eu me pergunto agora se interpretei mal isso ao longo dos anos. Se a faísca tivesse se transformado em fogo e eu tivesse escolhido ver a destruição em vez do que ela realmente é.

Esse é o problema com o fogo, penso. É uma duplicidade. E embora seja violento o suficiente para arrasar o mundo ao seu redor, com raiva o suficiente para queimar tudo o que você conhece até o chão, também é necessário para limpar o que é inútil e morto para que algo belo e novo possa nascer entre as cinzas.

Eu vi o mundo queimando, mas nunca reconheci o que ganhou vida depois que a luz das chamas se apagou e as cinzas esfriaram.

Vendo isso agora, meus dedos se curvam sobre a mão de Ivy, e eu a puxo para ficar de pé. Um sopro sai de seus lábios quando a trago contra o meu corpo, fecho sua porta e, em seguida, prendo-a na lateral do carro.

Ivy ri, sua voz um sussurro áspero.

— É melhor você ter cuidado, Gabriel. O mundo não nos quer juntos. Um movimento errado e o prédio desabará sobre nossas cabeças.

Vejo seus lábios se moverem, minha voz tão áspera quanto a dela.

— Por que você acha que é assim?

Quando olho em seus olhos, tudo que vejo é a verdade.

— Talvez porque nós somos duas forças opostas. Podemos ter um cessar-fogo agora, mas isso vai durar?

Eu espero que sim, porra...

E, ao mesmo tempo, que não. Ninguém nunca me desafiou tanto quanto Ivy.

Dando um passo para longe dela, solto sua mão e caminho até o elevador privativo que leva diretamente para o andar onde estão nossos escritórios pessoais.

Grato por isso, só porque significa que não terei que levar Ivy pelo saguão, toco no botão e digito meu código. O motor começa a zumbir.

Ivy quebra o silêncio rígido.

— Meu preço para Tanner está pago agora? Eu estou livre?

— Não — respondo, muito rapidamente. Não é uma mentira. Mesmo que ela devesse estar. Não estou disposto a deixar isso passar ainda.

— Por que não? Eu contei a você o que sei sobre o meu pai.

Deslizando minhas mãos nos bolsos, encaro as portas de metal, esperando que elas se abram.

— O que você nos disse não é algo que possamos usar contra ele. Então isso não conta.

Ela fica em silêncio, as portas se abrem um segundo depois. Depois que entramos e o elevador sobe, Ivy quebra o silêncio com outra pergunta irritante.

— Você sabe o que Tanner tem sobre mim? O que eu fiz que me deixou sem nenhuma escolha a não ser pedir um favor a ele?

Claro que sei. Fui eu quem armou tudo. O final do nosso último ano estava se aproximando rapidamente, e meu ódio por ela estava dirigindo tudo o que eu fazia. Eu precisava de um último tapa, um último foda-se que se tornaria um longo jogo que eu poderia usar para finalmente vencer esta guerra.

Foi o jogo perfeito, um que ela não viu chegando e nem sabia que tinha acontecido até depois que a armadilha se fechou para pegá-la.

Por dez anos, esperei pelo dia em que o preço do favor seria cobrado. Tanner era a única pessoa que sabia disso.

Eu sabia que chegaria o dia em que poderia olhá-la nos olhos e explicar como fiz isso com ela. Que eu joguei um jogo longo que era melhor do que todas as pegadinhas estúpidas e cruéis que fizemos quando crianças.

E agora que o nosso relacionamento mudou para se tornar alguma coisa além do ódio que sempre foi, não tenho ideia de como admitir o que fiz.

— Não tenho ideia — respondo casualmente, meus olhos fixos nos números ao lado da porta, minhas mãos deslizando nos meus bolsos novamente enquanto nos aproximamos do meu andar.

— Nenhuma mesmo? Acho isso difícil de acreditar.

Olhando para ela por apenas um segundo, eu sorrio.

— Você não era exatamente importante o suficiente para que o Tanner e eu conversássemos a respeito nos últimos dez anos.

Posso sentir que ela está me encarando, e é difícil evitar de olhar de volta.

O elevador para, as portas se abrindo suavemente. Estendendo a mão, eu as mantenho abertas enquanto espero Ivy andar à frente.

Esbarro em suas costas quando ela para de repente, meus olhos levantando sobre sua cabeça para ver o que a fez parar.

Warbucks se aproxima para ficar na nossa frente com o Querido Papai e Tanner atrás dele. Meu olhar corta para Tanner, perguntando por que diabos ele não ligou para me avisar que eles estavam aqui.

Meu olhar retorna para os nossos pais. Como de costume, eles estão vestidos com esmero, suas bocas mantidas em linhas de desaprovação enquanto olham com raiva na minha direção.

Minha mão agarra o pulso de Ivy para puxá-la atrás de mim enquanto dou um passo à frente, a raiva cortando minha espinha com a forma como Warbucks desliza seus olhos na direção dela.

Esses dois cretinos veem as mulheres como nada mais do que uma boceta para foder ou um rosto bonito para fazê-los parecer bem, e eu vou cortar suas gargantas se eles sequer pensarem em tocar em Ivy.

— Estou surpreso em vê-los aqui.

Minha voz é suave como manteiga, minha falsa persona batendo tão forte que posso senti-la chacoalhar aos meus pés.

Os olhos de Warbucks se voltam para mim, do mesmo verde que os meus.

— Sim, bem, não ouvi respostas suas desde que ficou noivo. Infelizmente, também vi que o noivado não deu certo. Imagine a minha surpresa ao descobrir esses detalhes sobre o meu filho por meio do noticiário e não de sua boca especificamente.

— Eu estive ocupado.

Ele sorri, a expressão cortante.

— Vim para ter certeza de que você está bem, já que o artigo que li mencionou como você está pateticamente triste por ter terminado com sua noiva.

Ele olha de volta para Ivy, e eu tenho que suprimir um rosnado.

— Aparentemente, vocês dois se reconciliaram. — Olhos de volta para mim. — Que interessante.

Em vez de jogar seu jogo de acordo com suas regras, retribuo o sorriso de merda que ele está me dando.

— Foi tudo muito dramático e triste, mas...

Ivy passa por mim antes que eu perceba que ela está se movendo, sua mão estendida para apertar a de Warbucks antes que eu possa terminar de falar sobre a porcaria que estava prestes a cuspir. Com a voz morrendo no meio da frase, resisto ao desejo de agarrá-la e arrastá-la bem para trás de mim.

A voz de Ivy é tão doce que faz meus dentes doerem.

— Senhor Dane, acho que não nos vimos desde a festa de noivado de Emily e Mason. Você está mais elegante do que nunca.

Eu quase tinha esquecido o quão bem versada Ivy é nas conversas falsas do nosso círculo social. O que é estúpido da minha parte. Obviamente, ela sabe exatamente o que dizer.

No entanto, quando ela de repente muda para o ato de princesa mimada que usou em mim no nosso primeiro *encontro*, minha sobrancelha se levanta ao reconhecê-lo.

— E o senhor Caine. É bom vê-lo também.

Ivy solta uma risadinha que faz meus ouvidos sangrarem, um som estúpido que você esperaria de uma pré-adolescente mais do que de uma mulher.

— Sabe, eu nunca percebi como seus nomes rimam. Dane e Caine. Isso é engraçado. Vocês não acham? Alguém deveria escrever um poema ou uma música sobre os dois.

Todos nós ficamos congelados enquanto ela inclina a cabeça e enrola uma mecha de cabelo, seus olhos azuis piscando na direção de Warbucks.

— De qualquer forma, sinto muito que Gabriel não tenha entrado em contato. Eu disse a ele para deixar você saber. É que tudo foi tão repentino, e seu filho é tão romântico. Ele herdou isso de você?

Mordendo minha bochecha para não rir, relaxo ao ver que a atuação que ela está encenando está fazendo a pressão arterial de Warbucks subir rapidamente. Suas bochechas avermelhadas escurecem, seus olhos verdes olhando com raiva para o que ele supõe ser a mulher mais burra do mundo.

Acho que é revelador que Warbucks nunca apertou a mão dela, apesar de ela ter estendido a mão para ele, e não disse uma palavra a ela em resposta.

Isso não impede Ivy de avançar com sua conversa unilateral.

— Gabriel e eu estamos acabando de voltar do escritório do meu pai. — Ela revira os olhos. — Papai insiste que eu trabalhe lá algumas horas por semana ajudando a atualizar seus arquivos, mas eu acho isso ridículo. As mulheres não deveriam trabalhar, e isso realmente prejudica meus compromissos de cabelo e unhas. Então, como Gabriel é um homem incrível, ele se ofereceu para me ajudar a dar sentido a todas essas informações importantes. Normalmente, todas essas coisas passam pela minha cabeça. Ele até se ofereceu para continuar me ajudando, já que não consigo entender coisa nenhuma do que estou vendo. Você não acha que é gentil da parte dele?

O olhar de Warbucks sobe acima de sua cabeça para olhar para mim.

— Odeio abreviar esta visita, mas nós precisamos ir embora. Espero que você me ligue esta noite.

Ambos os nossos pais contornam Ivy como se ela não existisse, seus passos suaves deslizando por mim a caminho do elevador.

Eu não digo nada quando as portas se abrem e eles entram, um último olhar disparado na minha direção antes que as portas se fechassem e eles fossem embora.

— Puta merda. Esses caras são dois dos maiores babacas que eu já conheci na minha vida. Deve ser de onde você e Tanner herdaram isso.

Tanner e eu nos viramos para olhar para ela.

— Que porra foi essa? — Tanner late. — Você está maluca?

Ivy sorri, algo não dito por trás do brilho em seus olhos enquanto ela olha entre nós dois como se fôssemos idiotas.

— De que outra forma eu poderia insinuar que Gabriel tem acesso aos arquivos do meu pai? Eu dei a vocês dois a oportunidade perfeita. Agora ele pode cavar em busca do que seu pai deseja especificamente, já que precisa saber o que procurar.

Maldição.

Ela é brilhante.

Uma risada suave sacode meus ombros ao perceber isso.

Os olhos de Tanner se movem na minha direção.

— Ok. Talvez isso faça sentido...

É o melhor elogio que ela vai receber dele.

— ... mas esse não é o único problema que nós temos.

Sem vontade de ouvir o que mais aconteceu, pergunto mesmo assim:

— E qual é o nosso outro problema?

Tanner sorri.

— Lacey está arrumando sua mesa, então foi bom você ter vindo. Acho que ela está planejando se demitir.

Os músculos dos meus ombros se contraem e eu olho com raiva para ele.

— O que diabos você fez?

— Nada — ele mente. — Mas você pode querer ir falar com ela. Provavelmente agora seria melhor.

Fodido inferno...

Apressando-me para consertar aquela merda, deixo Ivy e Tanner para trás, sem lembrar que os dois nunca deveriam estar sozinhos.

Ivy

— Você é insana, sabia disso? Tem alguma ideia do que nossos pais são capazes?

O olhar escuro de Tanner perfura o meu, sua boca curvada no canto em um sorriso zombeteiro.

— Quando se trata deles, deixe eu e Gabe cuidarmos disso. Eu tendo a acreditar no seu papel de garota estúpida. É mais adequado ao que sei sobre você.

Irritada com a acusação e sua recusa em ver que o que eu fiz apenas os ajudou no que estão tentando realizar, rolo meus ombros e estalo de volta.

— Você está me dizendo que ninguém além de vocês dois jamais se levantou contra aqueles cretinos? Isso é patético. E você pode ir se foder se pensa que sou estúpida.

Tanner dá um passo para trás e me olha, o escárnio se transformando em um sorriso.

— Não. Outra pessoa repreendeu o Warbucks uma vez.

— Quem? Porque eu gostaria de apertar a mão dessa pessoa.

— Luca — ele diz, com uma risada. Mas o humor está lá apenas por um segundo, o amor filtrando por trás de seus olhos ao dizer o nome dela.

Ver isso me choca.

Tanner não ama nada, exceto o Inferno e a si mesmo.

Tão rapidamente quanto estava lá, ele se foi, e ele está de volta ao seu idiota de sempre.

— Mas você ainda é uma idiota. — Ele agarra meu cotovelo e começa a me levar mais para dentro do escritório.

Infelizmente, seu aperto é muito forte e não consigo me afastar. Meus pés estão praticamente tropeçando para acompanhar seu ritmo alucinante.

— Como assim?

Tanner ri, o som nem um pouco amigável.

— Se você fosse uma garotinha esperta como finge ser, não teria fodido tanto no ensino médio a ponto de precisar de um favor.

Eu sorrio com isso. Não que ele possa ver a expressão enquanto me empurra para um escritório de canto.

Girando para encará-lo, tiro o cabelo do rosto.

— Faz diferença que eu ache que você também é um idiota?

Ele sorri debochado.

— De jeito nenhum. Aproveite a fantasia, já que você está a quilômetros da verdade. Mas então isso só prova meu ponto de que você é uma idiota.

Tanner se vira para olhar para a esquerda enquanto apunhala o dedo na minha direção.

— Fique de olho nela. Ela não é confiável. Tenho que ajudar Gabe a lidar com essa coisa da Lacey.

Uma risada feminina atrai minha atenção para um sofá de couro preto posicionado contra a parede. O sorriso gentil de Luca me cumprimenta. Eu nem percebi que ela estava sentada lá.

— Vou ter a certeza de ficar de olho — ela responde a ele com um aceno de cabeça.

Tanner me encara, mas seu olhar se suaviza enquanto olha de volta para Luca.

— Estou falando sério. Ataque ela, se necessário. Ou grite muito, e nós viremos correndo. Ela não deve tocar em nada.

Saudando-o, Luca concorda.

— Tenho certeza de que ficaremos bem.

Atirando em mim um último olhar suspeito, Tanner gira sobre os calcanhares para ir embora. Meus olhos deslizam para Luca, onde ela se senta em silêncio, rindo.

— Vejo que vocês dois se dão tão bem quanto na cabana.

A risada explode dos meus lábios.

— Nós temos história.

— Você parece ter história com todo o grupo — comenta Luca, sua voz curiosa. — Um dia desses, vou precisar que você se sente e me conte todos os segredos sujos deles.

Ela é tão doce. Essa é a primeira coisa que você nota sobre ela. Além disso, parece inteligente, um pouco tímida e quieta talvez, mas ela não é como as groupies idiotas de Tanner do ensino médio.

— Como você consegue aguentar ficar com o Tanner?

A pergunta voa antes que eu possa pensar melhor. Mas não faz sentido que alguém tão legal quanto Luca fosse ficar com o maior babaca do planeta.

Seus ombros tremem com uma risada suave.

— Demoramos um pouco para chegar aqui. Eu disse a você o que ele fez comigo no início.

Assentindo, cruzo meus braços sobre o peito e olho ao redor do escritório.

É uma sala linda. Muito grande e espaçosa. As paredes são pintadas de um cinza suave, e uma parede inteira é composta por janelas do chão ao teto com vista para a cidade. Não é excessivamente decorada, exceto por alguns toques de detalhes em uma mesa lateral e na mesa de Tanner, isso e a coleção de diplomas e prêmios na parede.

Ao todo, o currículo de Tanner deve ser impressionante. Mas eu realmente não acho que ele seja estúpido. Pelo contrário, ele é inteligente demais para o bem de qualquer pessoa. Mas eu nunca vou fazer o elogio a ele. Isso apenas aumentaria seu ego para proporções astronômicas.

— Ele também está de mau humor hoje — Luca fala, puxando minha atenção de volta para ela.

Ela se acomoda no sofá.

— Ele irritou a Lacey, e isso nunca é uma coisa boa. É impossível substituí-la.

A curiosidade toma conta novamente.

— Quem é Lacey?

— A secretária dele. Aquela pobre mulher trabalhou para ele nos últimos dois anos e meio e, honestamente, não tenho ideia de como faz isso. Ela precisa ser declarada santa quando morrer.

Interessante. Enquanto ela me conta sobre a maneira como Tanner trata sua assistente, eu lentamente me movo, minha atenção saltando entre as quinquilharias espalhadas por todo o escritório e Luca.

Em uma mesa lateral, está um jarro de água, e eu me sirvo de um copo, tomando um gole enquanto caminho até a mesa de Tanner e me sento em sua cadeira executiva de couro.

Luca sorri do outro lado da sala para mim.

— De qualquer maneira, hoje ele estava com raiva porque um dos advogados associados não apresentou um documento a tempo, e ele descontou em Lacey como se isso fosse de alguma forma culpa dela. Juro que ele espera que a pobre mulher policie este lugar na sua ausência.

Pelo que ela está me dizendo, Tanner não mudou nada desde o ensino médio. Ele ainda é um idiota que precisa de uma lição ensinada a ele.

Felizmente para Lacey, eu estou aqui e sou a garota certa para isso.

Fico olhando para Luca e sorrio, meus dedos dos pés empurrando no chão para balançar a cadeira de Tanner para frente e para trás.

— Então — eu digo, precisando dela para iniciar uma conversa arrastada —, me conta sobre a Everly. Eu sei que ela é importante, e Jase parece querer matá-la, mas ninguém me disse o porquê.

Rindo disso, Luca coloca os pés sobre a mesa de centro em frente ao sofá e começa a história no início de seu segundo ano em Yale, quando uma mudança surpresa nas atribuições do dormitório a levou a ser companheira de quarto de Everly.

Algo sobre o que ela diz desperta meu sentido aranha para algo estranho, mas eu ignoro isso para continuar com o meu plano de ferrar com Tanner.

Não há muito em sua mesa que eu possa mexer, mas enquanto Luca fala, corro os dedos pelo teclado de seu computador e olho para o monitor.

Um pensamento vem à mente e, muito lentamente, para que ela não perceba o que está acontecendo na tela dele, eu abro o painel das configurações. Examinando minhas opções, eu sorrio e decido alterar o idioma de exibição.

Uma centena de opções diferentes aparece, e eu sei que preciso escolher algo fora do comum. Como parte de nossa educação escolar preparatória, aprendemos espanhol, francês e italiano o suficiente para ter uma compreensão rudimentar. A escolha de um desses tornaria a troca do computador de volta ao inicial muito fácil.

Meus olhos pousam em suaíli e rapidamente clico nele, mordendo minha bochecha para não rir quando tudo em sua tela se torna uma confusão de escrita indecifrável que ele nunca vai entender.

Feito isso, olho para Luca novamente, sorrio e continuo ouvindo enquanto ela continua sobre como Everly foi a pessoa que a arrastou para a primeira festa onde ela conheceu Tanner.

Dou outra olhada ao redor, balanço na cadeira um pouco mais, e então tenho um estalo de uma ideia que com certeza fará a pressão arterial de Tanner disparar a níveis perigosos.

Jogando intencionalmente um copo de canetas da mesa no chão, eu digo:

— Ops. Droga, eu sou uma desastrada. Continue falando enquanto eu abaixo para pegar.

237

A voz animada de Luca continua enquanto me abaixo no chão e rapidamente solto todas as alavancas e parafusos que prendem a cadeira, deixando-os apenas presos o suficiente para evitar que desmorone.

Quem quer que se sente na cadeira depois disso vai cair pesadamente no chão, e eu sorrio só de pensar.

Não há nenhuma maneira de a cadeira suportar qualquer peso, então ao invés de me sentar nela, eu me levanto e me afasto da mesa, lentamente fazendo meu caminho de volta para a frente da sala onde Tanner me deixou.

Cinco minutos se passam enquanto Luca termina sua história, minha mente voltando ao início para me concentrar no único detalhe que achei estranho.

— Você já descobriu por que de repente eles mudaram as atribuições do dormitório? Foi em todo o edifício ou…

A cabeça de Luca se inclina.

— Na verdade, não. Foi apenas o meu quarto e o de Everly. Nós duas nos perguntamos sobre isso, mas nunca realmente descobrimos o que aconteceu.

Aceno com a cabeça.

— Parece estranho depois do que meu pai disse sobre ela estar lá por um motivo específico.

Uma lâmpada poderia ter disparado sobre sua cabeça e não teria sido mais revelador do que sua expressão que eu acabei de tocar em um fato que ela não havia considerado.

— Ai, meu Deus. Você tem razão.

Claro que tenho razão. Ao contrário deles, ainda não estou presa neste jogo, então tenho uma visão mais clara dos jogadores e de como as peças estão sendo embaralhadas.

Só então, Tanner e Gabriel caminham até a porta, meus olhos imediatamente procurando o lindo verde-esmeralda que sempre associarei apenas com Gabe.

Ele dá um passo ao meu lado.

— Pronta para ir?

Pego sua mão e começo a levá-lo em direção ao elevador.

— Foi bom ver você de novo, Luca.

Voltando-me para Tanner, eu o olho de cima a baixo, mas não digo nada. Ele não parece incomodado com isso.

Gabriel percebe que estou com uma pressa louca para ir embora, seus olhos deslizando na minha direção com suspeita por trás deles enquanto se inclina para apertar o botão do elevador.

O motor zumbe enquanto ele sobe até o nosso andar. Meus olhos ficam grudados nos números vermelhos perto da porta, desejando que ele suba mais rápido. Felizmente, o elevador estava apenas alguns andares abaixo de nós.

— Existe alguma razão em particular para estarmos praticamente correndo para fora daqui?

— Nenhuma — minto, recusando-me a encontrar seu olhar curioso. Meu pé está batendo a mil por hora, o alívio tomando conta quando está perto.

— *O que diabos aconteceu com o meu computador?*

A voz de Tanner explode pelo escritório, e meus olhos se arregalam. Gabriel se vira ao som da voz e imediatamente volta para mim.

— Devo me preocupar com isso?

— Nem um pouco — minto de novo, uma respiração pesada saindo de mim quando as portas do elevador se abrem.

Agarrando a mão de Gabriel, eu o puxo para me seguir, nós dois parados do lado de dentro quando um estrondo é seguido por:

— *Quem fodeu com a minha maldita cadeira?*

Gabriel aperta minha mão, seus lábios uma linha fina.

Antes que as portas se fechem, Tanner sai correndo de seu escritório, seus passos rápidos e raivosos em nossa direção.

— Segure a porra do elevador.

Gabriel olha para mim e se inclina para sussurrar:

— Ele não ficaria puto com você por algum motivo, não é?

Sacudo minha cabeça e balanço meus dedos para Tanner assim que as portas se fecham em seu rosto.

Virando-me para Gabe, pisco olhos inocentes.

— Quem? Eu? Por que ele estaria com raiva de mim?

A gargalhada de Gabriel é como a primavera, apenas porque é a verdadeira que eu raramente ouço.

— Existe uma razão para que você *não* tenha acabado de ferrar com ele?

Ele diz como se não acreditasse que eu não tivesse nada a ver com isso.

Chegamos ao andar inferior e as portas do elevador se abrem para revelar o estacionamento. Gabe estende um braço para me permitir dar um passo à frente, mas uma vez fora, ele agarra minha mão e puxa minhas costas contra seu peito.

Abaixando sua cabeça, ele sussurra em meu ouvido:

— Pelo menos me deixe saber por que meu melhor amigo vai estar atrás da sua cabeça.

Sorrindo, não posso deixar de aproveitar o calor de seu corpo contra o meu.

— Quando você tiver uma chance, ligue para aquela mulher Lacey e envie meus cumprimentos.

Sua voz é perigosamente áspera quando ele pergunta:

— Devo dizer mais alguma coisa a ela?

Aceno minha cabeça em concordância.

— Sim. Deixe-a saber que da próxima vez que o Tanner a irritar, para ela me avisar. Vou ficar feliz em dar a ela ideias para se vingar.

Gabriel ri de novo, e eu silenciosamente desejo poder ouvir aquele som pelo resto da minha vida.

Realmente mexe comigo nos raros momentos em que seu verdadeiro eu brilha.

Gabriel

Tudo em que consigo pensar é em meu pai enquanto ziguezagueamos pela cidade de volta à minha casa.

A cidade desaparece em minha janela traseira, os gramados bem cuidados dos bairros suburbanos caros sangrando enquanto coloco distância entre mim e uma vida que tenho que viver porque é o que esperam.

Um dos motivos pelos quais escolhi uma casa bem isolada foi porque gosto de trocar a pele quando o dia acaba e estar em um lugar que nunca tive permissão para conhecer quando criança.

Eu quero ser eu.

Quero expulsar a pessoa interior que está sempre gritando.

Quero libertar o príncipe quebrado que usa uma máscara de piadas e mentiras quando sabe que as pessoas estão assistindo.

Só que, com Warbucks nos meus pensamentos e Ivy sentada ao meu lado, não posso tirar a máscara desta vez enquanto os quilômetros passam rapidamente sob meus pneus.

Não demora muito para que estejamos entrando na minha garagem, árvores como uma parede nos envolvendo de forma que não há nada mais no mundo além deste pedaço de terra. A casa foi construída de acordo com as minhas especificações para não destruir o pequeno círculo de floresta que a rodeia, mas, em vez disso, aumentar a sua beleza.

Lá dentro, a casa ainda está em ruínas e tive que trocar o quarto de hóspedes maior que eu originalmente dei a Ivy por um menor no lado oposto do corredor.

Lançando o carro no estacionamento e desligando o motor, recosto-me no assento e viro o suficiente para mantê-la à vista.

— A julgar pelo seu comportamento no escritório, você ainda não está mansa o suficiente para ser confiável.

Ela ri disso, e o som puxa os cantos da minha boca até que estou sorrindo ao ouvi-lo.

— Eu nunca vou ser mansa — ela admite. Seus olhos deslizam na minha direção e ela diz algo que me lembra muito de mim mesmo: — Ser mansa é entediante.

Eu concordo, mas não digo isso a ela.

Em vez disso, procuro seu rosto, fazendo nota das mudanças que ocorreram ao longo dos dez anos em que estivemos separados.

A última imagem que tenho de Ivy adolescente é sobreposta a olhos azuis brilhantes que tinham amadurecido e a um sorriso torto que é mais bonito do que eu me lembrava.

Ela olhou para mim naquela noite, desafiando-me a persegui-la pelo que fez ao meu carro.

Sob meus pés, minha Mercedes estava no fundo da piscina de Kyle, e acima da minha cabeça estava Ivy em uma varanda do segundo andar.

Centenas de adolescentes estavam ao nosso redor, suas vozes elevando-se na noite, algumas gargalhando, outras sussurrando sobre como eu destruiria Ivy quando tivesse a chance.

Apesar deles, tudo o que eu vi foi ela. Tudo o que me importava era que eu já a tinha prendido em um jogo que jogaria novamente quando a faculdade acabasse, e nós voltássemos para a cidade como adultos.

Nossos olhos se encontraram naquela noite. Mas agora, enquanto me lembro do que vi em seu rosto, não era um desafio transbordando por trás de seu olhar, era arrependimento e tristeza.

Ivy usava uma máscara assim como a minha.

Exceto que eu nunca tive tempo para entender o que estava por trás da dela.

O momento presente retorna para abolir a memória, e eu estendo a mão para passar a ponta do polegar ao longo da linha de sua mandíbula. Ela estremece com o contato, o silêncio no carro ensurdecedor.

Ivy havia mudado nos anos entre aquela noite e quando a encontrei novamente na festa de noivado. E o que descobri, eu não gostei.

— Seu pai te amansou.

Rindo baixinho, Ivy pressiona sua bochecha contra a palma da minha mão aberta, aceitando o pequeno contato.

— Ele pode ter desbotado minhas cores, mas apenas porque eu estava sentindo falta de uma coisa.

— O que era?

Não diga isso, eu silenciosamente imploro.

Ela pisca, uma queda lenta de suas pálpebras enquanto sua bochecha se aninha na palma da minha mão. Quando seus olhos se abrem novamente, cílios dourados se erguem para revelar os olhos da cor do Mar do Caribe.

— Meu oponente.

Droga... não é isso que você deveria dizer.

— Nós nos odiávamos — eu a lembro.

Uma pequena sacudida de sua cabeça.

— Não. Nós desafiávamos um ao outro. E cada vez que um de nós se apresentava para aceitar o desafio, nossas cores ficavam mais brilhantes. Mais ricas. Somos ousados quando temos algo que nos faz sentir vivos, mas desbotados quando a vida se torna...

— Entediante — respondo por ela.

Ivy balança a cabeça em concordância, como se o cessar-fogo entre nós fosse durar. Só eu entendo a verdade de que o jogo longo continua sendo jogado, mesmo que eu esteja cansado dele, mesmo que ninguém saiba que eu sempre tive toda a intenção de vencê-lo.

Você acredita em mim?

Pensa que eu mudei?

Mesmo depois de ter sido avisada?

Isso é muito nobre da sua parte.

É uma pena que terei que partir seu coração.

Minha boca se estende para o sorriso pelo qual sou conhecido, usando a máscara que ninguém vê por baixo quando estou contando piadas e bancando o amigo em quem todos podem confiar.

O que a maioria não entende é que o meu passado é uma doença para a qual não há cura e um veneno que não tem antídoto.

O tempo apenas melhorou a máscara, fazendo com que até Ivy não pudesse ver por trás dela.

Com outra varredura do meu polegar contra sua mandíbula, deixo meu olhar dançar com o dela.

O jogo continua... assim como sempre.

— Vamos entrar. Temos muito o que discutir.

Seus olhos brilham.

— Como o quê?

Bato meu polegar contra seu queixo.

— Tipo, como você vai me pagar pelo que fez com a minha casa.

Ivy ri, o som enchendo o carro enquanto saio e dou a volta na frente para abrir sua porta.

Ela ficou tão acostumada com as minhas maneiras educadas que não se mexe até que eu ofereça a mão para ajudá-la. Ela espera o *cavalheiro*, então é isso que eu sempre dou a ela.

Puxando Ivy de pé, recuso-me a liberá-la do meu olhar. A porta se fecha silenciosamente antes que eu pressione seu corpo contra o carro e mergulhe minha cabeça para encostar meus lábios sobre sua boca.

Ela treme e passa as mãos pelos meus ombros.

— O que você está aceitando como pagamento?

É uma questão tão abertamente sexual disfarçada de inocência. Meus dentes mordem seu lábio inferior, meus olhos se abrindo para prender os dela. Ela permite. Não se move. Recusa-se a se afastar.

Liberando-o, passo a língua sobre a picada, deslizando-a em sua boca enquanto meus dedos agarram seu cabelo para puxá-la para mais perto. Ela geme quando meu joelho empurra entre suas pernas, minha coxa empurrada até que ela está na ponta dos pés, sua boceta esfregando contra ela.

Agarro o seu quadril, as pontas dos dedos pressionando hematomas na carne sensível. Arrastando a boca em seu ouvido, minha voz é um sussurro suave, meus músculos tensos com restrição.

— É assim que você planeja me pagar?

Ela sorri contra a minha bochecha, mas outro gemido escapa de seus lábios quando meus dedos apertam seu quadril com mais força e a obriga a esfregar com mais veemência contra a minha coxa.

E foda-se se essa mulher não vai me destruir eventualmente. Cada barulho que ela produz, faz meu coração bater mais rápido, deixa meu pau duro com a necessidade de empurrar dentro do calor úmido de seu corpo.

Sacudindo o lóbulo macio de sua orelha com a minha língua, eu o prendo entre os dentes, a pressão como um aviso. Isso só a faz estremecer novamente, gemidos suaves subindo por sua garganta.

— Esses sons são meus. Cada um deles. Eu te possuí desde o dia em que nos conhecemos.

Ela não discute, em vez disso, arqueia as costas para que seus seios pressionem contra o meu peito, seu corpo se contorcendo.

Depois de passar minha língua sobre meu lábio inferior, beijo-a mais uma vez antes de chegar para trás, meu olhar travando no dela para ver o puro calor por trás do azul líquido.

— Vamos entrar — digo, pegando a mão dela para puxá-la ao meu lado.

Ivy tem que dar três passos para cada um dos meus. Ela está praticamente correndo, porque me recuso a desacelerar.

Uma vez lá dentro, Ivy tenta virar à direita para a sala de estar, mas eu a puxo de volta e a direciono escada acima.

— Onde estamos indo? — Ela ri, o som rouco e sem fôlego.

— Onde você acha? — Eu bato em sua bunda e sorrio. — Leve essa bela bunda lá para cima e pare de fazer perguntas estúpidas.

Observando seu corpo se mover enquanto corre para cima à minha frente, eu a pego pela cintura quando ela tenta virar na direção do meu quarto.

Ivy dá um gritinho quando a pego para carregá-la na direção dos quartos de hóspedes, minha mão batendo contra a porta do quarto menor para abri-la.

Assim que eu entro, abaixo seus pés no chão e giro-a para me encarar, minha mão pegando sua mandíbula e forçando sua boca a abrir enquanto me inclino para beijá-la novamente.

Seus joelhos enfraquecem e envolvo meu braço ao redor do corpo dela para segurá-la, meus passos lentos e constantes, direcionando-a contra uma parede.

Tudo dentro de mim está gritando para levantar a saia de seu vestido e tomá-la agora, mas não é assim que este jogo está sendo jogado.

Agarrando seus dois pulsos, eu os levanto acima de sua cabeça, prendendo-os na parede com a mão.

Ela se afasta do beijo, sua respiração batendo quente contra meus lábios.

— É este o pagamento?

Eu sorrio, perguntando-me como ela não vê que é Engano olhando para ela.

No instante em que o metal clica, uma algema e depois duas, os olhos de Ivy se arregalam, sua cabeça se inclinando para cima para ver que eu a prendi no lugar.

Minha boca pressiona em seu ouvido.

— Este é o começo dele.

Rindo enquanto me afasto, espero que ela perceba o que estou fazendo. Não demora muito, seus braços sacudindo as correntes finas, seus olhos se arregalando mais.

— O que você está fazendo?

ENGANO

— Jogando o jogo — respondo suavemente. Minha cabeça se inclina ligeiramente. — Ou você achou que eu tinha acabado?

A raiva corre para substituir o calor sensual em seus olhos.

— Você está de sacanagem.

— Veremos — rebato, enquanto giro no meu calcanhar para sair do quarto.

— Onde você está indo? — ela exige.

— Fazer um telefonema, amor. Aguente firme e vou estar de volta eventualmente.

— Que diabos? Você não pode me deixar assim.

As correntes batem contra a parede para enfatizar suas palavras. Eu as instalei durante os dois dias que esperei para buscá-la na cabana. Me diverte ela pensar que o jogo que eu tinha armado começou e terminou com ela na floresta.

Passando pela porta, eu me viro e olho para ela no quarto. Suas bochechas estão rosadas com raiva, seu corpo esticado e tenso.

Com os braços acima da cabeça, a bainha de sua saia fica logo abaixo de sua boceta. Meus olhos percorrem suas coxas expostas, meu pau estremecendo com a necessidade de empurrar a peça mais para cima para explorar.

Mas isso fica para depois.

— Parece que estou deixando você assim. Mas não se preocupe. Eu voltarei. Além disso, este é apenas mais um desafio. Na sua opinião, isso a torna ousada. Só estou te fazendo um favor.

Lançando um sorriso e uma piscadinha para ela, coloco as mãos nos bolsos e caminho pelo corredor, rindo enquanto sua voz rasga a casa.

— Maldição, Gabriel. Seu filho da puta! Eu vou te fazer pagar de volta por isso.

— Vai ser meio difícil quando se está algemada — grito em resposta.

Ela rosna assim que me viro para descer correndo, confiante de que uma mulher em quem não se pode confiar está contida por enquanto. Mas ela vai estar completamente irritada quando eu voltar para lá.

Estou ansioso para isso.

Virando à direita assim que meus pés atingem o primeiro andar, eu atravesso o hall de entrada para o meu escritório em casa, fecho a porta atrás de mim para garantir que as ameaças gritadas de Ivy não me perturbem e deixo cair meu peso na cadeira para levantar meus pés para a escrivaninha.

De frente para o monitor na parede, cerro os dentes e respiro fundo antes de discar um número que trará Warbucks à tela. O feed de vídeo ganha vida quando ele atende.

Meu humor piora assim que vejo o seu rosto. Como de costume, sua pele está avermelhada, seu queixo flácido por tantos anos vivendo em excesso.

Warbucks está sem o paletó e a gravata que estava usando no meu escritório, sua camisa desabotoada na parte superior. Atrás dele, uma lareira de gás está acesa sobre troncos falsos, a porcaria de um ambiente suave.

— Já era hora, Gabriel. Eu estava começando a pensar que você estava me evitando intencionalmente.

Ele puxa um charuto de uma pequena caixa para charutos na mesa ao lado dele, corta a ponta e acende, fumaça rolando sobre a tela que obscurece seu rosto.

Minha máscara está firmemente no lugar enquanto me inclino para trás na cadeira e sorrio para ele.

— É como eu disse: tenho andado ocupado.

— Eu li — ele late, mal conseguindo esconder a raiva de não ser mantido no circuito. — Me conte o que você está fazendo para conseguir as informações que eu preciso.

Felizmente, Ivy estava certa quando ela acreditou que tinha me armado para esta conversa. Uso isso a meu favor.

— Ivy está apaixonada — eu respondo, meus dedos tamborilando contra o braço da minha cadeira. — E enquanto ela está ocupada planejando um casamento que nunca vai acontecer, estou pegando o que preciso.

Ele levanta uma sobrancelha para isso, e gemo ao perceber que herdei a expressão dele.

Mas as mentiras eu desenvolvi sozinho.

— Não estou surpreso. Você sempre foi destinado a se casar com ela. Pelo menos até o pai dela entrar na política e decidir esconder o fato de que ele é tão sujo quanto nós.

Arrancando meus pés da mesa, sento-me em linha reta, minha cadeira rangendo com o movimento repentino.

— O que isso significa?

Warbucks dá algumas tragadas em seu charuto antes de bater na ponta para despejar as poucas cinzas em um cinzeiro de cristal ao lado dele.

— Exatamente o que eu disse — ele responde, sua voz rouca.

Mais uma vez, eu silenciosamente rezo para que esse som indique câncer na garganta, mas acho que esse bastardo de alguma forma sobreviveria até a isso.

Seus olhos verdes encontram os meus.

— Thomas Callahan e eu fizemos o acordo no mesmo dia em que você empurrou aquela vadia burra no chão quando eram crianças. Não que isso importe agora. Ele cancelou para parecer polido, apesar de estar sujo.

Eu deveria me casar com Ivy? O pensamento não faz sentido. Warbucks é o homem mais poderoso da cidade. Ele não precisava amarrar seu filho a outra família como os pais de Emily fizeram.

Tudo o que quero fazer é pressionar mais sobre o assunto, mas penso melhor. Relaxando no meu assento, fico olhando para ele em vez disso.

— Sim, bem, eu sou grato por ele ter feito isso. Ivy não é exatamente a lâmpada mais brilhante do pacote.

— Nenhuma mulher é — Warbucks resmunga.

Exceto que Ivy, na verdade, é uma das pessoas mais inteligentes que eu já conheci. Ela combina facilmente comigo e Tanner, e me manteve na ponta dos pés por toda a vida.

Mesmo que ela ainda esteja presa na armadilha que armei em torno dela anos atrás.

— Que informação você quer? Tenho acesso aos arquivos do pai dela e posso obter o que precisar. Não tenho certeza de quanto mais tempo esse acesso vai durar, se o pai dela nos odiar tanto quanto você afirma que odeia.

Outra nuvem de fumaça sopra pelos seus lábios.

— Esqueça o que eu pedi no início disso. As coisas mudaram desde então, porque Tanner fodeu majestosamente com Luca Bailey. Mas, novamente, nós sempre soubemos que ele acabaria cedendo e tudo sobraria para você. Ao contrário de Tanner, você sabe como seguir ordens.

É preciso esforço para conter o meu sorriso. Esses gordos de merda não fazem ideia.

Engano está em plena exibição, quando cruzo um tornozelo sobre o joelho e coloco meus dedos em meu queixo.

— Claro. Eu o avisei a não fazer o que ele fez. Como de costume, ele não ouviu.

Warbucks joga outra cinza.

— Consiga-me tudo o que puder encontrar sobre Jerry Thornton. Ele recentemente desapareceu de vista e nós temos uma suspeita do motivo.

Eles ainda estão atrás dos servidores, percebo, o que significa que estamos certos em querê-los também.

Curioso, eu minto como se não fizesse ideia de quem é e pergunto:

— Quem é Jerry Thornton? Que relação ele tem com o governador Callahan?

Olhos verdes me fixam no lugar.

— Isso não é importante. O que é importante é que você me dê tudo o que conseguir encontrar. Faça isso acontecer, Gabriel. O tempo está se esgotando com essa merda.

É a segunda vez que os nossos pais mencionam uma linha do tempo específica. William Cross avisou a Tanner quando ele disse tique-taque e agora Warbucks também fez alusão a isso.

— Por que o tempo está se esgotando? — pergunto, mas o vídeo se encerra, deixando-me sentado com as minhas diretrizes como o bom filho que faz o que ele manda.

Meu queixo range com o pensamento disso, meus dedos tamborilando novamente quando percebo que ainda preciso de Ivy para obter informações do pai dela.

Infelizmente, ela só concordou em perguntar ao pai o que ele sabe. Mas, além disso, ela não nos dará mais nada. Ela se recusará a fazer qualquer coisa que possa machucá-lo.

O jogo tem que mudar de novo, aparentemente, e com o tempo se esgotando — seja lá o que isso signifique — eu tenho que estar disposto a jogar o mais sujo possível.

O cessar-fogo pode terminar mais cedo do que Ivy espera.

Corro as mãos pelo cabelo, odiando que sei o que tenho que fazer. Odiando que não importa o que *Gabriel* sinta por ela, *Engano* tem que intervir para acabar com isso.

Com esse pensamento em mente, levanto-me e saio do meu escritório para verificar a pequena prisioneira.

capítulo vinte e nove

Ivy

Gabriel é um homem morto.

Ah, claro, ele saiu sorrindo e rindo sobre o que tinha feito. E tenho certeza de que está confiante em seu pensamento de que está ganhando esta guerra que eu não sabia que ele ainda estava jogando.

Mas agora sei disso e estou disposta a jogar tanto quanto ele.

Aparentemente, é verdade que quando você pensa no diabo, ele aparece. Engano desliza pela porta, com sua suave postura de pavão, enquanto meus olhos se levantam para encará-lo.

Suas mãos estão enfiadas casualmente em seus bolsos enquanto ele se inclina contra a parede oposta a mim, seu olhar verde-esmeralda deslizando pelo meu corpo abaixo e subindo novamente porque gosta do que vê.

— Você parece bem desse jeito. Embora eu tenho a certeza de que seria uma imagem mais bonita sem nenhuma roupa.

Seu olhar aquecido se eleva para o meu.

— Eu me rendo — minto.

Ele ri.

— E eu acredito nisso quase tanto quanto acredito que você não foi a pessoa que incendiou o pavilhão memorial que seu pai tinha acabado de dedicar à cidade naquela tarde.

Congelando com o que ele disse, meus pensamentos correm de volta para o erro que cometi no ensino médio. O mesmo que me enviou correndo para Tanner consertar o que eu tinha feito.

Gabriel sorri ao ver a expressão no meu rosto. Ele é Engano quando fala comigo em seguida, sua voz suave como seda e macia como cetim.

— Qual seria a reação do seu pai ao descobrir que o símbolo que ele plantou no meio da cidade para comemorar sua luta contra o crime foi queimado até o chão por sua própria filha?

Sorrindo com o meu silêncio, ele pergunta:

— Por que você fez isso mesmo? Eu esqueci os detalhes.

Não estou surpresa que Gabriel saiba o que eu fiz. O que me surpreende é que ele finalmente admitiu.

Eu me recuso a suar por isso, no entanto. Não entro em pânico até que seja necessário.

— Provavelmente porque foi armado para mim — eu respondo, com a minha voz melosa.

— Por quem?

— Isso, eu não sei. — Sorrindo de volta para ele, pergunto: — Foi você?

— Eu gostaria que fosse, mas não posso levar o crédito por isso.

— Mentiroso.

A verdade está escrita por toda a linha torta do sorriso dele.

Em nosso último ano do ensino médio, meu pai ganhou sua candidatura para prefeito. Foi um avanço para a família, mas principalmente a entrada oficial do meu pai no mundo da política. Em comemoração, ele prometeu conter o crime que acontecia na cidade e gastou vários milhões de dólares em um grande pavilhão para servir de símbolo de sua promessa.

O único problema com isso é que quase todas as famílias do nosso círculo social estavam envolvidas no crime que ele jurou expor. Fui condenada ao ostracismo na escola por uma semana após a construção do pavilhão, um boato espalhando que eu era uma dedo-duro assim como o meu pai. Tornei-me uma pária, e as únicas pessoas que não me trataram de maneira diferente foram Ava e Emily.

Não importa o quanto elas cavassem, não conseguiram encontrar a fonte dos rumores que arruinaram a minha vida.

À medida que nos aproximamos do dia de sua comemoração oficial, os rumores pioraram, mas pairava sobre os demais que, se eu destruísse o que meu pai construía, eu seria aceita novamente no grupo e os rumores acabariam.

Foi estúpido da minha parte continuar com isso.

Eu sei.

Mas eu era jovem e ainda estava presa à crença de que a minha vida social era todo o meu mundo.

Além disso, eu tinha sido desafiada, praticamente chamada de covarde por não seguir adiante.

Queimei o lugar oito horas depois da cerimônia de comemoração do meu pai.

Foi na manhã seguinte que recebi a prova em vídeo do que havia feito.

Preocupada que isso vazasse antes que eu tivesse a chance de dar o próximo passo, corri para Tanner. Implorei a ele para que Taylor rastreasse a origem daquele vídeo e o fizesse desaparecer. Nada nunca apareceu sobre aquilo, e fui para a faculdade sem me preocupar com meu pai descobrir o que eu tinha feito.

A única questão que restava era o preço que eu devia a Tanner pelo favor que ele fez por mim.

Eu sabia que tinham armado para mim. E agora a pessoa que fez isso está sorrindo para mim do outro lado do pequeno quarto, seus olhos verdes brilhando de triunfo por armar aquela armadilha.

Sorrindo de volta para ele, recuso-me a deixar isso me afetar.

Mudando minha postura para relaxar o máximo possível com a posição que estou, deixo escapar um suspiro.

— Aquilo foi um grande esforço de sua parte para me prender, Gabe. Eu realmente signifiquei tanto assim que você fez tudo isso apenas para que eu devesse algo ao Inferno?

Ele parece tão orgulhoso de si mesmo. E deveria. No que diz respeito aos jogos, esse era do nível de um especialista. Posso ter afundado seu carro depois, no último dia em que o vi, mas o Inferno me controlou e ele sabia disso.

E a julgar pela expressão em seu rosto agora, ele tem toda a intenção de jogar até o amargo fim.

— Como eu disse antes, este é apenas o começo.

Sacudo minhas correntes.

— É isso mesmo?

Ele se afasta da parede para marchar na minha direção, sua arrogância poderosa tão insanamente sexy que me tira a capacidade de ficar brava com ele.

Mas então, eu nunca estive brava.

Apenas desafiada.

Apenas ousada.

Apenas viva.

Exatamente como ele fica quando eu revido.

Nós somos duas forças opostas, fortes o suficiente quando estamos juntos para que um raio parta os céus imaculados e a terra trema sob os nossos pés.

Nós somos destrutivos.

Desastrosos.

O caos cegante de uma tempestade.

E nós nos enfrentamos agora. Ele com seu sorriso debochado característico e eu com meus olhos semicerrados na promessa de que isso pode ser o começo, mas eu vou ser aquela que terminará com isso.

Gabe para a um fio de cabelo de mim, seus olhos inclinados para baixo para me lembrar quem é mais alto.

— Eu vou te fazer pagar por isso também — prometo a ele.

Ele aperta meu queixo entre os dedos, seus olhos se fixando nos meus com desafio.

— Você gostaria de discutir as novas regras do jogo que estamos jogando?

Lambo os lábios e seu olhar cai para eles, a fome queimando por trás do verde.

— Claro. Não é como se eu pudesse fugir. — Sacudo as correntes novamente.

Os dedos de Gabriel se apertam no meu queixo, sua cabeça abaixando de modo que sua boca toca a minha quando fala:

— Você vai se comportar. Para mim e para todos os outros. Sem mais pegadinhas. Sem mais rebater. Sem começar mais guerras. Você vai verdadeiramente se render.

Nossos olhos dançam juntos, confusão me inundando. Por que ele iria querer isso? A única coisa que nos mantém seguindo são as batalhas que nós travamos.

— Por quê?

— Porque é assim que eu quero você de agora em diante.

Desbotada, eu penso. Minhas cores desbotando.

Meu coração se parte um pouco mais.

— Isso é tudo? — estalo, o fio da navalha da pergunta puxando sua boca para cima nos cantos.

— Não exatamente. Também quero que você converse com o seu pai sobre o relacionamento dele com Jerry Thornton.

Com as sobrancelhas franzidas, inclino meu queixo.

— Já concordei em fazer isso.

— Sim — ele diz, seu polegar passando pelo meu lábio inferior —, mas eu também preciso que você me leve para dentro do escritório do seu pai, para que eu possa pesquisar pelos seus registros e ter certeza de que ele é honesto.

Meu coração bate dolorosamente, a tensão percorrendo os músculos dos meus ombros e pescoço.

— Eu nunca concordei com isso.

Não vou dar provas a ele. Não para usar contra o meu pai. Palavras são uma coisa, apenas segredos sussurrados. Mas prova física? Não. Isso só machucaria meu pai.

Como ele ousa? Depois de tudo o que aconteceu. Como ele se atreve a exigir isso, porra?

— Eu disse que iria te ajudar da única maneira que eu poderia.

Aquela lábia dele finalmente diz a verdade. Eu deveria ter pensado melhor antes de confiar nele.

— E estou te dizendo que, a menos que você nos dê o que queremos, um certo vídeo de alguma maneira vazará online. Você me perguntou se o preço havia sido pago quando estávamos em meu escritório, e eu disse que não.

Ele faz uma pausa, procura meu rosto, alguma coisa ilegível por trás do jeito que olha para mim.

— Este é o preço — ele diz suavemente. — Pago na íntegra.

Eu vejo isso. A imagem inteira. O jogo que ele está jogando desde que vimos o artigo na cabana e eu liguei para ele.

Prender-nos lá.

Levar-me pela floresta.

Fingir que se importava.

Tudo tinha sido uma cortina de fumaça para encobrir o que ele realmente planejava fazer.

Ele me queria desbotada.

Subjugada.

Sem graça, em vez de vibrante.

Se eu fosse uma garotinha neste momento, eu seria jogada no chão novamente, meus olhos encarando o príncipe quebrado que me quer de joelhos.

Tudo bem.

Se é isso que ele quer, é o que vou dar a ele.

— Combinado — digo. — Agora me deixe sair dessas correntes.

Suas sobrancelhas se franzem, a suspeita surgindo em seu rosto.

— Não pode ser tão fácil assim.

— É — respondo, minha voz tremendo com as emoções que estou

lutando para segurar. — Meu pai não pode saber que fui eu. Esse vídeo não pode vir à tona.

Ele me encara em silêncio por alguns segundos.

— Você vai se comportar? Não vai mais tentar de fugir? Não vai mais destruir a minha casa? Nada disso?

— Vou me comportar — concordo, cuspindo a frase porque ela queima minha língua como bile ácida.

Quase parece que ele está desapontado.

— Assim que tivermos os documentos, você estará livre para ir. Pode ir falar com seu pai amanhã para fazer a bola rolar.

— Tudo bem.

Outra contração de sua sobrancelha, mas ele puxa uma chave do bolso e remove as algemas. Puxo as mãos para baixo e esfrego meus pulsos. Eles realmente não doem, mas a maneira como ele observa o que estou fazendo me mostra a culpa que sente.

Gabriel dá um passo para trás para colocar espaço entre nós, suas mãos deslizando nos bolsos enquanto eu afundo no chão. Minhas pernas estão cansadas de ficar em pé, meu coração se despedaçando porque sempre achei que ele sentia o mesmo pelos nossos jogos que eu.

— Isso é estranho — ele fala, atraindo meus olhos para ele.

— O que é?

— Finalmente vencer esta guerra com você. Achei que haveria mais do que isso.

— O que? Você queria que eu disparasse fogos de artifício e organizasse um desfile?

Seus lábios se contraem.

— Não é uma má ideia.

— Vou me certificar de fazer isso. Assim que esquecer o quanto te odeio novamente.

Piscando para isso, sua voz é suave quando ele admite:

— Não é nada que você não tenha sentido antes.

Ele não tem ideia.

— Este é o seu quarto enquanto estiver aqui. Eu ofereceria a você o maior do outro lado do corredor, mas tem alguns pequenos danos estruturais.

— Você deveria cuidar melhor da sua propriedade, Gabe.

— Eu deveria. — Ele ri, não como se achasse o que eu disse engraçado, porém mais como se estivesse magoado que minha destruição nunca acontecerá novamente.

255

Sacudindo-se disso, ele explica:

— Os caras virão hoje à noite. Nós precisamos discutir minha conversa com o Warbucks e a melhor maneira de prosseguir. Se você for uma boa garotinha, terminaremos com isso no final da semana.

— Excelente.

Ele sorri.

— E você vai se lembrar de se comportar. Sem irritá-los?

— Sim.

É uma loucura como fui reduzida a respostas de uma palavra. Gabriel me surpreendeu com isso, aquela pessoa que sei que existe por trás da máscara estava lá há um minuto e depois desapareceu. Quando ele me acorrentou, era a pessoa que eu sei que ele pode ser. Depois de falar com o pai, ele voltou com os olhos machucados e o lábio arrebentado, e tudo que vi foi Engano.

Aproximando-se de mim, Gabriel oferece sua mão para me ajudar a ficar de pé. Sempre o fodido cavalheiro.

Não digo nada enquanto agarro sua palma, aquela faísca que está sempre entre nós ainda está lá, apesar da forma como o meu coração parece esmagado debaixo das costelas. Mal consigo respirar para olhar para ele.

Em vez de soltar minha mão, Gabriel me puxa para ele, seus dedos prendendo minha mandíbula, seu polegar correndo ao longo do meu lábio inferior enquanto ele olha para minha boca.

— Você realmente promete se comportar? — sussurra.

Meus olhos encontram os dele, mas identifico alguma coisa que ele não quer que eu veja sombreando a cor. Não estou surpresa com isso. Mesmo que ele não saiba que está lá.

— É isso que você quer?

As sombras se aprofundam quando ele responde:

— Sim.

Não tenho certeza para onde ir a partir daqui. Ou o que vai acontecer.

Mas, a julgar pela expressão no rosto dele, eu sei de uma coisa com certeza.

Gabriel Dane é um mentiroso tão bom que ele nem sabe quando está mentindo para si mesmo.

Gabriel

— Você fez o quê? Por favor, me diga que você não acha que isso vai realmente funcionar.

A risada de Tanner preenche meu escritório enquanto ele se acomoda em uma cadeira no lado oposto da minha mesa. Já nos sentamos assim mais vezes do que posso contar. Em nosso escritório de advocacia. Em nossas casas. Quando estávamos em Yale.

Não faz muito tempo que me sentei em frente a ele vendo-o se autodestruir depois de confessar a Luca o que tinha feito com ela, só que desta vez fui eu quem confessou meu crime, mas de uma maneira diferente e com um resultado completamente diferente.

— Você realmente não vazaria a fita — ele assume corretamente. — Não agora, de qualquer maneira. Um mês atrás? Talvez. Mas não agora e você sabe disso.

— Não — admito —, eu não vazaria. Mas Ivy não sabe disso.

Um mês atrás... merda, pelos últimos dez anos... tudo o que eu queria era destruir Ivy Callahan. Mas o tempo que passei com ela rapidamente dissolveu essa ideia, o ódio que eu abrigava se derreteu para revelar o que existia sob ele o tempo inteiro.

É algo que nunca pude ver quando éramos jovens, e ainda estou lutando para admitir isso agora.

O sorriso de Tanner desaparece.

— Eu vim aqui com a intenção de fazer uma confusão pelo que ela fez no meu escritório.

— Sei disso, o que é parte da razão pela qual eu a amansei.

Ele gargalha disso.

— Amansou a minha bunda. É da Ivy que estamos falando. Você pode ter lançado as regras, mas ela encontrará uma maneira de contorná-las.

Do lado de fora da porta do meu escritório, o resto do Inferno espera pela reunião de família que eu convoquei. Luca, Ava e Ivy estão com eles, e não posso deixar de me perguntar se Tanner está certo.

Até agora, Ivy tem se comportado, o que, honestamente, eu não suporto.

Gosto mais quando ela está pintada com cores fortes.

Gosto da maneira como ela me pinta nelas também.

Ela não estava errada sobre isso.

Mas então, só se passaram duas horas. Por quanto tempo ela continuará seu bom comportamento?

— Por que você realmente fez isso?

Um sorriso surge no meu rosto.

— Para ter acesso aos registros do pai dela...

— Isso é besteira, e nós dois sabemos disso. Não minta para mim, idiota. Eu vejo a verdade nessa merda.

— Tudo bem. Meu segredo foi revelado. Ela sabe que eu armei para ela com o pavilhão.

A confusão junta suas sobrancelhas, e eu me ajusto mais na cadeira, esperando que ele me alcance. Leva apenas alguns segundos, o canto de sua boca se esticando em um sorriso malicioso.

— E ela não acabou com a sua raça por isso?

— Não. Não quando eu admiti isso enquanto estabelecia as novas regras.

— Seu filho da puta inteligente. Você apenas enfiou aquilo lá com algo que a irritou ainda mais, para que você não tivesse que enfrentar a ira como eu fiz com a Luca.

Outra ligeira subida dos meus lábios.

— Como eu disse, não sou um imbecil como você.

Tanner estreita os olhos, seus dedos brincando com uma caneta.

Não tenho ideia de como ele sempre consegue pegar alguma coisa para brincar. Uma caneta. Um elástico. Um clipe de papel. Não importa. Suas mãos estão sempre se movendo quando ele está pensando.

— O que eu disse a Luca foi ideia sua...

— E você foi o idiota que seguiu em frente com isso, mas não é o que estamos aqui para discutir.

Minha boca se curva mais conforme a caneta vira mais rápido. Irritar Tanner é sempre divertido.

— Eu realmente preciso de acesso ao escritório do pai dela — digo, mudando de assunto antes que ele lance aquela caneta na minha cara. — Eu duvido muito que ela vá ser capaz de arrancar a verdade dele. A lealdade de Ivy para com sua família é um problema.

A caneta em sua mão para de se mover enquanto suas narinas dilatam e sua cabeça gira apenas uma fração. Ele sorri e bate com a caneta no braço da cadeira.

— Você realmente acha que ela vai se comportar?

— Ela tem se comportado até agora.

Seu sorriso se levanta mais, algo cintilando por trás de seus olhos.

— Tem certeza disso?

Dando de ombros, eu o encaro com suspeita.

— Ela acha que vou vazar o vídeo.

Você pode dizer que Tanner está tentando não rir. Seus olhos se prendem nos meus.

— Lembra que eu disse que ela não tinha permissão para entrar na minha casa?

— Sim, por quê?

Sua expressão aperta com o controle que está custando a ele para não rir.

O leve cheiro de fumaça me atinge um pouco antes de a porta do meu escritório se abrir e Sawyer enfiar sua cabeça para dentro.

— Hm, só queria que você soubesse que a cozinha está pegando fogo.

Que porra?

Meus olhos se arregalam e disparam para Tanner.

— É por isso. — Ele gargalha, enquanto me coloco de pé e corro para fora do escritório. — Como você não sentiu o cheiro?

Duas horas, porra. Isso foi tudo que ela precisou para atacar.

Entro na sala de estar e vejo as chamas, meus olhos se arregalando ainda mais, apesar da fumaça.

Um alarme dispara acima da minha cabeça, todos os caras se reuniram na cozinha tentando apagar o pequeno incêndio enquanto Ivy, Luca e Ava assistem da sala de estar.

Minha cabeça vira na direção dela, que me encara com uma expressão vazia.

— Nós estávamos tentando fazer o jantar — ela diz inocentemente, seus olhos se enchendo de preocupação.

Ao lado dela, Ava e Luca cobrem a boca e o nariz como se estivessem tentando não respirar a fumaça, mas eu suspeito que os sorrisos se estendem por trás das mãos delas.

259

Olhando todas as três com desconfiança, percebo que Ivy conseguiu garantir reforços. Como eu não vi isso chegando?

Quando meu olhar se fixa no de Ivy, faço uma promessa silenciosa de que haverá uma dívida a se pagar por isso, mas não tenho tempo para lidar com isso no momento.

Correndo para a cozinha, abro a porta da despensa e grito:

— Afastem-se.

Os caras se espalham e giro com um extintor de incêndio na mão, a substância branca rapidamente apagando as chamas.

Sussurros chamam a minha atenção para a direita, três mulheres falando baixinho umas com as outras com todos os olhos em mim.

Então, este é o novo jogo que ela quer jogar...

Ela foi longe demais.

Viro-me para avaliar o dano, um grunhido subindo pelo meu peito ao ouvir quatro dos caras perderem a luta contra o riso.

Soltando o extintor de incêndio no chão, marcho na direção de Ivy, seu sorriso debochado me chamando como uma maldita sereia.

Ela não diz nada enquanto minha mão envolve seu bíceps, e eu a arrasto da sala de estar, a cabeça dela se voltando para Ava e Luca.

— Foi um acidente — elas gritam para mim em uníssono, mas não acredito nelas. Não que eu ache que Luca e Ava estejam mentindo, elas simplesmente não conhecem Ivy como eu.

Depois de levá-la para o escritório do outro lado da escada, eu a giro e a pressiono contra uma estante, nossos olhos se travando em batalha com o choque metálico das espadas.

— Exatamente como colocar fogo na minha cozinha é se comportar?

Olhos inocentes me encaram, a auréola dessa mulher sustentada pelos seus chifres.

Raspo os dentes sobre meu lábio inferior, meu corpo se inclinando para o dela sem querer. Não posso evitar, no entanto.

Ela é como um ímã que me atrai para si. Uma oponente que de alguma forma amarrou seus fios aos meus, nosso ódio sempre manchado com algo muito mais perigoso.

— Eu estava fazendo amigos — ela explica —, exatamente como você exigiu de mim. A gordura respingou da panela.

Eu sorrio, o corte desse sorriso tudo menos amigável.

Ivy é tão cheia de merda que seus olhos deveriam ser castanhos.

Tão puto com essa porra que não consigo nem ver direito, eu respiro, me afasto do precipício afiado como uma navalha e procuro seu rosto. A inocência nunca vacila, mas esta é Ivy. Ela tem muita prática.

— Você colocou fogo na minha casa. Pegadinhas são uma coisa, mas isso vai além de inofensivo.

A mágoa rola por trás de seus olhos, negação dançando por eles.

— Eu não fiz isso de propósito.

A voz caindo para um rosnado áspero, eu argumento:

— Sério? Porque você parece ter uma queda por fogo. Ou você de repente esqueceu o pavilhão e minha outra casa...

— Eu não fiz aquilo!

Meus olhos se estreitam sobre ela.

— Quero dizer sua casa. Você e eu sabemos que não fui eu que comecei aquele incêndio. E o pavilhão? Você vai mesmo trazer isso à tona quando foi você quem armou para que eu fizesse aquilo?

As mãos dela empurram contra o meu peito, mas sou muito grande para ela mover. Isso não a impede, porém. O rosto de Ivy se contorce de raiva, suas palmas batendo no meu peito sem parar.

— Você está seriamente fodido. Sabe disso, Gabe? Durante toda a sua maldita vida, esteve usando uma máscara e descontou sua merda em mim como se eu tivesse alguma coisa a ver com isso. Está tão ocupado mentindo para as pessoas e fazendo-as acreditar na fraude que você é, que não consegue ver nada real nos outros. O que acabou de acontecer na sua cozinha foi um acidente. Eu não colocaria fogo na sua maldita casa.

Agarro seu queixo na mão, meus dedos um aperto contundente em sua mandíbula. A raiva me atravessa, não apenas sobre o incêndio, mas sobre tudo isso.

A minha vida inteira.

Sua parte nisso.

Qualquer outra pessoa se calaria, recuaria conforme a máscara cai e elas veem o que está escondido embaixo dela, mas Ivy não.

Ela simplesmente continua lutando.

Como sempre fez.

Como sei que sempre fará quando confrontada com a verdade de quem eu sou.

Isso só me faz acreditar que ela, de alguma forma, me viu durante toda a nossa vida, independentemente de quem eu fingia ser.

E a triste verdade é que eu não sei se devo odiá-la por isso ou se devo amar que ela conheça a verdade e nunca desista, independentemente de quão cruel eu possa ser.

— Por que você não pode simplesmente ser real? Hein? Tem medo do que as pessoas vão pensar? Honestamente acredita que alguém irá julgá-lo por algo que não foi sua culpa? Você era uma criança, Gabe. Uma criança! A maioria dos adultos não tem chance contra suas famílias, então que chance uma criança tem de lutar contra eles? E toda essa raiva, toda essa dor, você empurra para baixo e me ataca porque não tem outro alvo. Sempre foi assim.

Meu rosto se abaixa para o dela.

— Você não tem ideia do que está falando.

Ela sorri, mas a expressão é rígida.

— Ok, Engano. Continue mentindo. Eu não vou acreditar em você. Nunca acreditei. Você pode ser capaz de enganar todo o resto, mas nunca me enganou. E é por isso que está lutando tanto comigo. Por isso que se recusa a acreditar em mim agora. Você era real na cabana. Eu vi você, não uma falsificação que finge ser quando o mundo fica pesado demais para os seus malditos ombros. Você era real! Mas assim que viu seu pai de novo, a máscara foi colocada de volta. Você fez a mesma coisa que sempre faz. Engoliu sua raiva e tentou me atacar por isso. Então tudo bem. Você me quer desbotada? Quer que eu me comporte? Tudo bem! Eu vou te dar o que você quer pelo menos uma vez, apenas para que possa ver o quanto realmente não quer isso.

Não importa que meu rosto esteja a centímetros do dela, Ivy está praticamente gritando.

Eu me empurro para longe dela, nossos olhos trancados enquanto dou um passo para trás e olho para a mulher que tem me deixado louco desde o dia em que nos conhecemos.

Lágrimas brilham em seus olhos azuis, não de tristeza, mas de raiva. A única coisa é que eu não acho que a raiva seja dirigida para mim.

Eu acho que ela é *por* mim.

Comigo.

Ela está com raiva pelo que foi feito a mim, mais do que pelo que eu fiz a ela.

Um pedaço da máscara se quebra com isso, meus olhos procurando seu rosto, afinal, por que diabos ela se importaria?

Depois de tudo que eu fiz com ela?

Depois de tudo que continuo a fazer.

Ela não está errada, no entanto.

Ela *nunca* está errada.

Tudo o que bastou foi falar com meu pai, e eu corri direto para as besteiras falsas que sempre usava para me esconder.

E é isso que mais a irrita.

Como é possível que a única pessoa que eu odiava tanto seja a única que ousou me ver como eu realmente sou?

O silêncio cai entre nós enquanto ela enxuga as lágrimas com força, seus ombros tremendo com a raiva que ela mal é capaz de conter.

Como passamos do incêndio para isso, eu não tenho a menor ideia. Mas aqui estamos, independentemente.

Ela pisca rapidamente para expelir mais lágrimas, mas então estreita seu olhar no meu.

— Você não tem nada a dizer? Nem uma palavra? Porque senão, eu vou marchar feliz de volta para a sua sala de estar e me sentar lá como a boa garotinha que você mente e diz que quer.

Isso não é...

Caralho. Eu não posso nem mesmo admitir isso silenciosamente para mim mesmo. Eu vivi a mentira por tanto tempo que acreditei nela.

Ivy dá um passo em minha direção, seu olhar desafiando o meu enquanto fica parada a poucos centímetros de mim.

Inclinando aquele queixo rebelde dela enquanto a encaro, ela cruza os braços sobre o peito em desafio.

— Há tanto que você não sabe. Tanto que você não perdeu tempo em ver quando se tratava de nós.

Ela faz uma pausa, seus olhos procurando nos meus por qualquer sinal de que estou ouvindo o que ela está dizendo.

— Aqui está sua chance, *Engano*. Me diga o que quer. Quer que eu me comporte? Quer que eu acredite nas mentiras? Ou quer ser honesto *consigo mesmo* pela primeira vez na vida e admitir que nunca deixei você se afogar? Que nunca deixei suas cores desbotarem. Que o mantive se sentindo vivo porque sou a única pessoa no seu mundo que nunca aceitou suas besteiras mentirosas. Que sou a única pessoa que sempre lutou para arrancar essa maldita máscara que você usa.

Meus dedos se enrolam em minhas palmas, cada músculo do meu corpo tenso. Posso sentir mais a rachadura da máscara, posso sentir a terra tremer porque é isso que acontece quando nos reunimos.

Somos destruição e devastação.

Forças opostas que provocam tempestades.

É possível que a natureza não estivesse tentando nos separar esse tempo todo, mas que, em vez disso, estava tentando destruir as mentiras que usávamos para continuar a nos odiar?

Afastando outra lágrima, os olhos azuis de Ivy dançam com os meus, sua voz abaixando para um sussurro:

— Apenas me diga o que você quer.

O silêncio se estende enquanto a indecisão me mantém no lugar. Quando não respondo, Ivy se vira para ir embora.

— Tudo bem. Eu vou me comportar — ela fala. — Só porque você não vai parar de mentir para si mesmo que quer me destruir.

Sem dizer nada enquanto ela sai da sala, cruzo os braços sobre meu peito e me pergunto se ela é capaz de se comportar.

Ou se isso é realmente o que eu quero.

Quem é que sabe, porra?

Mas, por enquanto, com o que Warbucks me disse e essa maldita linha do tempo indescritível que parecemos estar correndo contra o tempo, manter Ivy sob controle tem que ser o melhor para todos nós.

Não é?

Eu a sigo para a sala de estar acreditando que ela vai falhar. Não tenho certeza se Ivy é capaz de não ser ela mesma. Não consigo entender por que torço para que ela falhe, mas o pensamento está no fundo da minha mente.

O que caralhos há de errado comigo?

Não há como ela fazer o que está sendo exigido dela. Acho que Tanner está certo sobre isso.

Independentemente do que eu exijo.

capítulo trinta e um

Gabriel

Coloco alguns cubos de gelo no meu copo, despejo quatro dedos de uísque e levanto meus olhos para ver Tanner olhando para mim do outro lado da sala.

Levantando minha bebida em um brinde fingido, eu engulo, meus lábios se curvando em um sorriso porque ele parece cerca de dez segundos longe de andar até aqui para me arrastar de volta para uma sala e exigir respostas.

Depois de sair do escritório, fui direto para a cozinha para servir uma bebida. Pelo que todo mundo pode dizer, sou meu eu normal, o *Engano* que Ivy continua jogando na minha cara.

Mas Tanner pode me ler melhor do que a maioria. E a julgar pela expressão em seu rosto, ele não está feliz com o que vê.

Frustração.

Aborrecimento.

Algum outro maldito sentimento que não consigo decifrar.

É uma besteira total, e eu viro a bebida enquanto Tanner me encara.

Ivy está sentada com Luca e Ava, sua expressão em branco e aquela boca inteligente dela em silêncio. Minha mandíbula se aperta ao ver isso.

Sirvo uma segunda bebida e viro também.

O olhar de Tanner se estreita em meu rosto, mas eu o ignoro.

Sirvo uma terceira bebida e coloco o copo no balcão, lentamente o girando sobre o granito. Nós precisamos terminar essa reunião de família antes de eu acabar com a garrafa.

Olhando para cima, eu mais uma vez ignoro a preocupação que vejo na expressão de Tanner.

— Vou começar isso, já que fui eu que falei com o Warbucks. O babaca finalmente admitiu que está procurando especificamente por informações sobre Jerry Thornton. Embora ele não tenha dito o porquê, é claro.

Tanner cruza seus braços e se inclina contra a parede. É óbvio que ele ainda não está feliz com o que vê em mim, mas ele está deixando para lá por enquanto.

— Estou surpreso que ele tenha te contado tanta coisa. Por que a repentina mudança de atitude?

Franzindo a testa para isso, eu admito:

— De acordo com ele, você fodeu regiamente com Luca, e uma mudança ocorreu por causa disso. Ele também mencionou que você não é mais o filho favorito, e estou recebendo tudo no final disso.

Com os lábios se curvando em um sorriso, Tanner fixa seus olhos nos meus.

— Qual é a sensação de ser a criança de ouro?

— Estou emocionado pra caralho — digo. — É uma conquista que tenho almejado por toda a minha vida. Eu posso ir para a Disneylândia em seguida. Talvez seja candidato a presidente.

A voz de Luca chama nossa atenção para ela.

— Ele disse alguma coisa sobre a Everly?

Confuso com a pergunta, levanto uma sobrancelha.

— Por que ele faria isso, amor?

Com o que eu sei sobre a Everly entregando meu aviso ao pai de Luca, ela é a última pessoa que quero discutir. Infelizmente, não há como deixá-la fora dessa equação. Especialmente com Jase constantemente em nossas bundas por causa disso.

Luca balança a cabeça para os lados, suas sobrancelhas franzidas em pensamento.

— Estou apenas tentando entender uma coisa que Ivy disse.

Seus olhos azuis se voltam para cima na minha direção.

— E se não fosse coincidência que ela foi designada para ser minha colega de quarto? Eu morei com outra pessoa no primeiro ano em Yale, mas uma mudança ocorreu durante o verão, e as únicas duas pessoas que trocaram foram Everly e eu.

É uma boa observação, e não estou surpreso que Ivy foi quem percebeu isso. Ela tem uma visão diferente da imagem inteira, apenas porque ainda não está completamente envolvida.

Ela também é incrivelmente inteligente e atenciosa. Embora você não soubesse disso agora, olhando para ela.

Meu olhar desliza para ela, mas ao invés de adicionar à conversa, ela encara suas mãos no colo, seu cabelo loiro caindo como uma cortina para esconder a maior parte de seu rosto. Um músculo em minha mandíbula salta e meus dedos apertam minha bebida.

Olho de volta para Luca, lutando contra a vontade de gritar com Ivy por estar apenas *sentada* lá.

— Warbucks não teria sido capaz de fazer algo assim. Não sem o Taylor.

Todos nós nos viramos para ele.

Ele encolhe os ombros e passa uma mão pelo cabelo.

— O quê? Não olhem para mim. Eu não fiz isso.

— Meu pai poderia ter feito — Luca diz suavemente. — Ou o Jerry.

Com os pensamentos voltando para Yale, lembro que Everly nunca me perguntou como ela poderia entrar em contato com o pai de Luca. Ela simplesmente concordou quando pedi para ela fazer isso. Seria porque ela já sabia exatamente como entrar em contato com ele?

Mantenho essa pergunta para mim. Mas pretendo descobrir o que puder sobre isso.

— Quando Ivy apontou isso?

Tanner está olhando diretamente para Ivy, mesmo que a pergunta seja dirigida a Luca. Eu posso ver as engrenagens girando em sua cabeça. Ele ainda tem toda a intenção de confrontar Ivy, o que significa que o ato dela de estar se comportando vai desmoronar. Estou quase grato por ele fazer isso, embora eu não devesse estar. É por isso que preciso impedi-lo, mesmo que tudo o que eu queira seja que ele continue.

— No seu trabalho.

— Oh, você quer dizer quando Ivy fodeu com o meu...

— Tanner, pare com isso — eu advirto.

Ele não para.

— Você não tem nada a dizer sobre isso, Ivy?

Todos os olhos estão sobre ela, alguns dos caras sorrindo maliciosamente, porque eles estão esperando que ela ataque.

A verdade é que eu também estou esperando.

— Sinto muito por aquilo — ela murmura, enquanto examina as unhas como se fossem a coisa mais interessante na sala. — Não vai acontecer de novo.

Todos nós olhamos para ela, a sobrancelha de Tanner se arqueando enquanto o resto dos caras parece desapontado.

Curiosamente, Luca e Ava são as únicas que não reagem abertamente, mas ainda posso ver a linha tensa de suas bocas.

Luca finalmente levanta os olhos e diz:

— Acontece que achei o que aconteceu no escritório engraçado.

Tanner a encara bravo.

— E bem-merecido. — Ela encolhe os ombros, dando-lhe um sorriso doce.

Toda a cena é desconfortável e errada. Mas é o que exigi de Ivy e, aparentemente, é o que ela está nos entregando. Então, por que diabos meu estômago está se contorcendo ao ver isso?

Tanner passa a junta de seu dedo sobre os lábios, as engrenagens em sua cabeça girando novamente. Antes que possa dizer mais alguma coisa para Ivy, eu nos conduzo de volta à conversa.

— Warbucks também disse que estamos em uma contagem agora. — Meus olhos encontram os de Tanner em um lembrete. — Tique-taque.

Ele faz uma careta, mas deixa pra lá o comportamento de Ivy e volta ao assunto pelo qual estamos aqui.

Infelizmente, não consigo me concentrar em tudo o que ele está dizendo, porque os meus olhos continuam voltando para Ivy, estreitando-se com a maneira como ela se senta recatadamente em seu lugar, cutucando as unhas ou olhando pela janela.

— Ok, então obviamente Warbucks e Querido Papai devem saber que os servidores estão sumidos e pelo menos ter uma suspeita de quem os levou. O comentário deles de que eu falhei com Luca é revelador.

Assentindo com a cabeça, eu tomo um gole da minha bebida, o comportamento de Ivy me deixando louco pra caralho.

Olhando para o copo enquanto Tanner continua silenciosamente trabalhando nos detalhes do que precisa ser feito, eu brevemente me pergunto por que bebo tanto. Meu olhar se eleva para Ivy, meus pensamentos vagando de volta para o que ela disse para mim no escritório.

Não acho que ela estava errada ao dizer o que disse, e se eu tivesse que adivinhar, diria que beber é apenas outra máscara, outra maneira de entorpecer a porcaria da minha vida.

Sawyer é pior, obviamente, mas ele tende a ser mais aberto sobre isso. Mesmo agora, ele fuma um baseado enquanto espera pelo que Tanner vai dizer.

Todos nós temos os nossos vícios, eu acho. E sabendo disso, pego a bebida e tomo o resto em alguns goles. Não faz nada para aliviar o aborrecimento em mim. Para silenciar a pergunta sussurrando na minha cabeça sobre por que a Ivy obediente está me agitando tanto.

— Mas como eles saberiam? — Tanner pergunta, arrancando minha atenção para longe de uma linda loira que está fazendo *exatamente* o que mandaram ela fazer.

Meus olhos se levantam para ele em resposta à pergunta.

— Nós contamos a ele que os servidores sumiram. Foi assim que os tiramos da bunda de Luca.

— Sim, mas nós nunca mencionamos Jerry.

Ivy limpa a garganta, seus olhos azuis se levantando para Tanner.

— Parece que eles deram um palpite de sorte.

Tanner zomba.

— Se você não pode contribuir com algo construtivo para isso, apenas sente-se bem bonitinha aí.

Ele está fodendo com ela de propósito, percebo. Intencionalmente a cutucando com a esperança de que ela estale com ele de volta.

Estranhamente, estou esperando a mesma coisa.

Ivy suspira.

— Tudo bem.

Os lábios de Luca se estreitam, seus olhos dançando entre Ivy e Tanner.

— O que você estava dizendo, Ivy? Você pode ter tido um bom ponto.

— Nada. Está tudo bem. O que eu saberia? — Ela balança a cabeça e sorri fracamente com a resposta antes de voltar a olhar pela janela.

A dor desce pela minha mandíbula com a força que meus dentes cerram. Falando perto deles, luto para manter o foco na conversa em vez dela.

— Ivy já concordou em falar com o pai dela e me dar acesso aos registros dele. Então, seu pai está controlado, mas o que estamos fazendo sobre os outros tópicos?

Tanner afasta seu olhar confuso de Ivy e se vira para Taylor.

— Onde estamos em encontrar Jerry? Alguma coisa nova?

Quando olho para Taylor, vejo que ele está de olho em Ivy também, suas sobrancelhas franzidas antes de se livrar do que quer que estava pensando e responder:

— Jerry ainda está cobrindo seus rastros, mas estive checando sua filha, Brinley. Ela é uma leitora ávida como Luca, porém mais social. Eu tenho alguns dos nomes de seus amigos.

Ivy se vira para olhar para Taylor com a menção da filha de Jerry. Uma expressão estranha cruza seu rosto, mas então ela olha para mim, franze a testa e se vira para olhar pela janela novamente.

Interrompendo o que Taylor está dizendo, tomo um gole da minha bebida.

— Algo chamou sua atenção, Ivy?

Os olhos dela escorregam de volta para mim.

— Não. Eu não sei de nada. Só estou sentada aqui *bem bonitinha*.

— Ok, o que diabos está acontecendo? — Sawyer pergunta, fumaça rolando pelos seus lábios. — Quem assassinou a verdadeira Ivy e a substituiu por uma criança nova?

— Sawyer — eu advirto.

— O quê? — Ele apaga seu baseado em um cinzeiro e gargalha. — Sinto que estou assistindo *Invasores de Corpos*[2] ou alguma merda assim. Isso é patético e um pouco assustador.

Na verdade, é enlouquecedor.

Deprimente.

Meu estômago se revira mais, mas luto para não fazer nada a respeito, porque ela está fazendo exatamente o que pedi a ela.

Então, por que diabos isso está me incomodando tanto?

— Dê essa informação para Shane — Tanner fala, tirando a minha atenção de Ivy. — Shane, quero que você veja se consegue chegar perto de Brinley.

Os olhos de Shane se voltam para Tanner.

— Por que eu? Por que não Taylor ou um dos gêmeos?

— Porque os gêmeos estão ocupados com Emily — respondo, meu olhar fixo em Ivy, esperando que ela reaja.

Não sei por que estou a cutucando agora, mas quando ela nem mesmo estremece com a menção do problema entre os gêmeos e sua melhor amiga — uma situação que eu sei como que a incomoda loucamente —, meu intestino se torce mais e meus ombros ficam tensos.

Shane começa a questionar Tanner novamente, mas tudo que posso focar é em Ivy.

É como se ela nem sequer estivesse ali. Fisicamente, sim, ela está sentada recatadamente em seu assento e não está causando problemas, mas mentalmente, ela está em outro lugar.

Eu quero saber onde ela está.

Saber o que está pensando.

Mas agora que ela está *desbotada* como eu exigi, Sawyer não está errado em dizer que ela é outra pessoa.

---

2 Filme americano de terror e ficção científica de 1978.

Forçando-me a deixar isso pra lá *de novo*, volto para a conversa enquanto Shane concorda em ver o quão perto ele consegue chegar de Brinley, e Tanner dá a Taylor outra ordem.

— Comece a procurar pela Everly novamente...

— Nós já tentamos isso — Taylor argumenta.

— Eu sei, mas veja por outro ângulo. Ela está conectada ao pai de Ivy e Jerry de alguma maneira. Cave mais fundo no passado dela, especialmente os poucos anos antes de ela começar em Yale e seu primeiro ano lá. Esse pode ser o período em que ela teve contato com eles.

Ivy abre a boca como se fosse dizer alguma coisa, mas então balança a cabeça e se recusa. Não tenho certeza se alguém mais notou, mas eu sim. E só porque eu não consigo tirar meus olhos dela.

— O que você ia dizer, Ivy?

Ela me atira um olhar bravo que dura menos de um segundo.

— Nada.

— Isso é besteira. Você está pensando em alguma coisa, e eu quero saber o que é.

— Não é nada — ela murmura. — Não tenho nada a acrescentar.

Sawyer fala novamente:

— Alguém pode, por favor, trazer a verdadeira Ivy de volta? Essa garota está me assustando.

Está me assustando também, e sua explosão é o único gatilho que preciso para andar como uma tempestade em sua direção, agarrar seu braço para puxá-la do sofá e arrastá-la de volta na direção da sala.

— O que você está fazendo? — Ela sibila ao mesmo tempo que Tanner grita para perguntar para onde nós estamos indo.

— Me dê um minuto — grito para ele, antes de empurrar Ivy para o escritório e fechar a porta atrás de mim.

Ela cruza os braços sobre seu peito e se recusa a olhar para mim, o que só me incomoda ainda mais.

— Que diabos você está fazendo?

— Me comportando — ela responde, sem qualquer inflexão em sua voz. É como falar com um paciente mental drogado.

Dou alguns passos em sua direção e cerro os dentes quando ela se afasta. Meus dedos se enrolam em minhas palmas, mas fico parado no lugar olhando para ela.

— Isso não é se comportar. Você está agindo como uma concha oca.

Seus ombros tremem com uma gargalhada, seus olhos azuis se voltando para travar com os meus.

— Não era isso que você queria? Você não quer que eu seja eu. Quer que eu obedeça. Então esta sou eu sem as minhas cores. Se não posso ser eu mesma, é isso o que você ganha. Não entendo o problema.

Dou outro passo em direção a ela, mas me contenho.

— Eu queria que você parasse de fazer suas merdas habituais, não que ficasse sentada lá com a personalidade entediante de uma boneca inflável murcha.

Sua cabeça estala na minha direção, fogo mais uma vez por trás de seus olhos que eu percebo que *prefiro* ver. Tão rapidamente quanto está lá, ela pisca para longe e volta a ser uma mulher que eu não conheço.

— Vou te dar o que você quer, Gabriel, para que não vaze a fita. Amanhã, falarei com meu pai. Vou encontrar uma maneira de você acessar o escritório dele. E quando você terminar de fazer isso, meu preço estará pago e então eu vou ter a certeza de nunca mais vê-lo novamente. Terminaremos. O que é exatamente o que você quer, então qual é o seu problema?

Que não é isso o que eu quero.

Que eu não suporto a visão dela agindo dessa forma.

Que estou puto comigo mesmo por ameaçá-la com algo que não tenho intenção de fazer para transformá-la nessa versão similar patética de si mesma.

Essa é a porra do problema.

Então, por que não posso simplesmente dizer isso?

Ivy descruza os braços e dá um passo em volta de mim para sair da sala. Fazendo uma pausa, ela não se incomoda em olhar na minha direção quando fala:

— Você queria isso. Estou dando a você. Você ganha. E quando meu preço for pago, eu vou embora.

Quando ela dá mais outro passo, envolvo minha mão em torno de seu bíceps sem pensar, seus olhos deslizando para encontrar os meus.

Nós encaramos um ao outro por vários segundos tensos, minha mente correndo com um milhão de pensamentos que não consigo entender enquanto ela olha para a minha mão e de volta para cima.

— Você se importa? Eu gostaria de voltar para lá e fazer o que me mandam.

Meu maxilar fica com um tique nervoso, a frustração me corroendo porque eu não quero isso, porra.

Em vez de dizer qualquer coisa, solto o braço dela e vejo-a caminhar até a porta.

Ela me olha por cima do ombro.

— Eu não sei por que você me arrastou de volta aqui, Gabe. Estou me comportando exatamente como pediu. Você deveria estar sorrindo porque estou te dando tudo o que você quer.

Exceto que eu não quero isso.

Eu certamente não gosto disso, caralho.

E se eu não parar de ser um maldito idiota, a mulher que não consigo admitir que sempre quis irá embora para sempre.

Depois de dezoito anos, Ivy está finalmente desistindo.

Uma garota que sempre luta.

Uma mulher que nunca desmorona.

Ela está indo embora.

E essa é a última coisa fodida que eu quero.

Ivy

Não sei o que aconteceu comigo antes. Eu não tinha a intenção de criticar Gabriel em tudo. Não tinha a intenção de perder a cabeça e praticamente gritar na cara dele.

Mas era como se tudo tivesse fervido e eu não conseguisse mais segurar. Anos de me sentir desse jeito infeccionaram até chegar à superfície.

Odiá-lo.

Lutar contra ele.

Persegui-lo.

E, de alguma forma estranha, amá-lo.

Tudo isso disparou para o topo em um borrão de memórias e emoções, as palavras que sempre quis dizer correndo para fora antes que pudesse enfiá-las de volta.

O tempo todo, Gabriel me encarou como se eu fosse uma estranha. Alguém que ele não conhece ou que sequer se importa.

Ele só queria que eu me comportasse.

Que eu fosse dominada.

Que eu fosse alguém que não sou.

Você sabe como isso é frustrante? Lá estava eu, implorando para que ele fosse a pessoa real que eu sei que ele é, e sua resposta foi me pedir para usar uma máscara igual a ele. Para fingir. Para me esconder.

Isso doeu mais, eu acho.

Dei a ele a chance de finalmente se mostrar de propósito. Deixei cair as minhas paredes e fui honesta pela primeira vez quando joguei tudo na cara dele. E tudo o que ele pôde fazer foi ficar em silêncio enquanto eu praticamente implorava para ele ver a verdade sobre quem nós somos e sempre fomos.

Tudo que estou pedindo é por *ele*.
E sua única resposta foi *me* rejeitar.
Ele verdadeiramente não tem a menor ideia.
Mas eu não podia mais aguentar o silêncio.
Virei-me para ir embora, meus ombros pesados com o fracasso, minhas lágrimas ainda lutando para cair.
E ele me deixou.
Ele não se importou.
Ele ficou *feliz* por eu ter concordado em ser alguém que não sou.
Então eu dei a ele o que ele queria. Eu me sentei lá. Deixei Tanner me dizer para ficar bem bonitinha. Eu não disse uma maldita palavra que não estivesse contribuindo de alguma maneira para o que Gabriel queria.
Mas nem isso o deixa feliz.
A única escolha que tenho é ir embora.
Tudo o que fiz.
Tudo o que arrisquei.
Foi tudo por nada.
Já fiz muitas coisas estúpidas na vida. Tomei muitas decisões estúpidas. Mas o pior erro que já cometi foi acreditar que Gabriel poderia mudar. Meu pior erro foi me prender a ele com a esperança de que ele um dia deixasse a máscara cair.
Estou indo embora de novo e quase na porta quando ele finalmente fala e diz a última coisa que espero que ele admita:
— Não é isso que eu quero.
A voz de Gabriel está tão baixa que nem tenho certeza se o ouvi direito.
Meus pés param, meus dedos deslizam sobre a maçaneta da porta.
Balanço a cabeça para os lados e penso que imaginei isso, então me movo novamente para abrir a porta.
Gabriel corre para colocar a mão na madeira e fechá-la.
Sinto o calor dele contra as minhas costas, tremo quando ele abaixa a cabeça para falar perto do meu ouvido.
— Você me escutou?
Há tanta raiva na voz dele. Frustração. Dor. *Dói* pra caralho para ele admitir a verdade de seus pensamentos. Me machuca ouvir isso.
Soltando um suspiro trêmulo, eu digo:
— Achei que estava imaginando.
O silêncio passa entre nós, mas ele não se move e nem eu.

— Droga, Ivy. Você sabe o que eu disse.

Recusando-me a olhar para ele, fecho meus olhos e vacilo entre gritar com ele novamente ou deixá-lo falar.

Nós estamos congelados no lugar, hesitantes em enfrentar o problema que está brilhando como um holofote em nossos rostos.

O que nós queremos?

O que podemos dar?

É possível cruzar as linhas inimigas que sempre traçamos para ser o que sempre deveríamos ter sido?

— O que você não quer? — pergunto, minha voz um sussurro trêmulo.

A boca de Gabriel roça minha orelha, o hálito quente contra a minha pele.

— Eu não quero que você se comporte. Não suporto quando você finge ser alguém que não é.

Meus lábios se curvam ao ouvir isso enquanto a tristeza encharca meu coração.

— Isso é engraçado. Eu sempre pensei o mesmo sobre você.

A mão de Gabriel agarra meu quadril, seus dedos se fechando com tanta força que eu ofego.

Minha testa cai contra a porta enquanto ele puxa minha bunda contra seu corpo. Quando ele corre seus lábios pela linha central do meu pescoço, eu estremeço com o quão macios eles são.

É como ter um barril de pólvora atrás de mim, a ameaça de violência prestes a explodir. Posso sentir a hesitação no aperto de sua mão, posso sentir a tensão de sua contenção.

Basta cruzar a linha, eu penso, mas não digo nada.

Se Gabriel vai alguma vez se soltar, ele precisa ser aquele que decide isso.

Eventualmente, sua boca se move para a minha nuca, os lábios pressionados contra a pele.

Por um momento, acho que ele vai me soltar e ir embora, que vai colocar a máscara de volta, porque isso é o que ele sempre faz. Que ele vai exigir que eu me comporte.

Mas então o barril de pólvora explode, a linha finalmente é cruzada quando ele me gira para encará-lo, e sua boca colide com a minha.

Nós nos tornamos a tempestade naquele momento, uma confusão de dentes e línguas, de ódio e necessidade, de violência que gira com tudo o que sentimos um pelo outro, mas fomos teimosos demais para admitir.

Nós estamos explodindo e implodindo, tudo ao mesmo tempo. Tirando as nossas máscaras. Largando as nossas armas. Apagando a linha da areia que sempre foi o nosso campo de batalha.

A mão de Gabriel desliza para a minha bunda para me levantar, minhas pernas envolvendo sua cintura enquanto meus dedos mergulham em seu cabelo, e eu o puxo com mais força para o beijo.

Respirar não é necessário porque ele sempre foi meu ar. A influência que me dá vida. O homem que pintou todas as minhas cores e me mostrou quem eu sou.

Mesmo que ele nunca soubesse disso.

Mesmo que eu nunca tenha admitido a verdade sobre o que eu sentia.

Os bíceps de Gabriel se contraem quando me puxa da porta e me carrega para o grande sofá no centro da sala, minhas costas pressionadas contra o couro macio enquanto seus quadris abrem minhas pernas, sua mão deslizando pela parte de trás da minha coxa.

As pontas dos dedos arrastam trilhas vermelhas pela minha pele, e eu me contorço com o desespero que sinto nele. Não me importo com as marcas. Ele pode gravar seu maldito nome na minha pele se é isso o que ele quer.

Pegue tudo, eu penso. *Sempre esteve lá para você agarrar...*

Interrompendo nosso beijo, ele pressiona sua testa na minha, olhos verdes me prendendo no lugar tão cheio de calor que eles estão líquidos.

— Como você faz isso comigo? — Ele rosna, e eu tremo sob o tom áspero de sua voz.

Pisco para ele, a respiração pesada batendo rapidamente em meus lábios.

— Faço o quê?

— Tira meu controle? Você sempre fez isso.

Seus dedos apertam minha perna com mais força, meus olhos se fecham porque não sei o que dizer, não sei o que sentir.

Tudo o que sei é que preciso que ele erga a mão mais alto e me mostre o que faço com ele.

— Mostre-me — eu expiro. — Apenas se mostre para mim por uma vez.

O último fio de hesitação se rompe, e Gabriel me dá tudo.

Sua boca reivindica a minha novamente, e ele empurra minha saia para cima até os meus quadris com uma mão enquanto tira a fina alça do meu vestido do meu ombro com a outra.

Os dentes de Gabriel afundam no meu lábio inferior, sua mão ainda puxando o topo do meu vestido para baixo até que ele seja uma pilha de tecido cobrindo meu abdômen, uma barreira fina perdida enquanto ele pega tudo que eu sempre estive disposta a dar a ele.

Um som masculino sacode seu peito enquanto a mão dele se trava sobre o meu seio, seu polegar circulando o mamilo antes que ele mergulhe a cabeça para sugá-lo em sua boca com tanta força que minha cabeça cai para trás e a eletricidade dispara como uma linha até o meu núcleo.

Estou lutando para arrancar sua camisa de seu corpo, e ele está empurrando minha calcinha pelas minhas pernas.

Fazemos um esforço coordenado, lutando para remover todas as barreiras entre nós, frenéticos para finalmente ficarmos juntos de uma forma que nos deixe nus e despojados.

Não apenas nossos corpos, no entanto.

Nós queremos ver tudo.

Experimentar.

Morder.

Sangrar um pelo outro, se necessário, porra.

Liberando meu seio para arrancar a camisa por cima de sua cabeça, a boca dele pousa no meu pescoço, sua língua varrendo meu pulso enquanto minhas mãos lutam para desabotoar sua calça.

Meus dedos perdem o controle quando ele enfia três dedos dentro de mim, separando-os até que seu nome saia dos meus lábios.

— Porra, Gabriel...

Eu posso sentir seu sorriso contra a minha pele.

Aquele real.

Mas se foi enquanto um gemido sobe pela garganta dele, os sons molhados de sua mão movendo-se entre as minhas pernas apenas me excitando mais.

Com a boca no meu ouvido, ele me provoca:

— É hora de você rezar novamente. Eu não vou parar até que você esteja gritando.

Minha voz está tremendo quando eu argumento:

— Eu não rezo. Ah! Deus...

Ele ri.

— Aí está.

Sua mão empurra com mais força, e eu sou levada mais para cima no sofá, minhas costas se arqueando enquanto os lábios dele se fecham sobre o meu mamilo, seus dentes me provocando antes que se mova para a carne macia e morda para marcar a pele.

Com os dedos torcendo em seu cabelo, perco a batalha contra o primeiro orgasmo que me assalta, seu polegar circulando meu clitóris enquanto meus músculos internos se contraem em torno de seus dedos.

— Você me vê agora? — Ele respira em meu ouvido.

Acenando com a cabeça em concordância, não consigo falar com as ondas de prazer passando por mim, não consigo ver além das estrelas explodindo atrás dos meus olhos.

Meu corpo inteiro fica tenso, e eu apenas o monto, me perco no que sua mão está fazendo comigo, estremeço sob a forma como os lábios dele percorrem meu pescoço até que seus dentes se afundam no ponto fraco que me deixa selvagem.

Recuperando o fôlego, pisco meus olhos abertos.

— Eu quero ver tudo de você.

Nossos olhares se encontram por um segundo silencioso, e eu realmente o vejo.

Vejo o Gabriel sem a máscara que ele sempre usa.

Alcançando entre nós, eu arranco o botão de sua calça, abrindo-a, seus quadris levantando enquanto a empurro para baixo de seus quadris.

Gabriel fica de joelhos para me ajudar, e eu olho para um corpo que é perfeitamente esculpido.

Deslizando a palma das minhas mãos pelo peito dele e sobre seus ombros, eu puxo sua boca para a minha enquanto ele se mexe para chutar suas calças para fora de suas pernas. Seu pau marcando minha boceta, a cabeça afundando lentamente quando um punho bate contra a porta.

— Pessoal! Andem logo, porra, estamos no meio de uma reunião.

Gabriel rosna ao som da voz de Tanner.

— Nos dê um minuto!

Por alguns segundos, fazemos uma pausa, meu corpo se contorcendo porque eu preciso dele dentro de mim.

— Você está brincando comigo, caralho? — Tanner grita. — De novo?

— Vá embora — eu grito, o riso em minha voz até que os olhos de Gabriel encontram os meus e seu pau afunda lentamente dentro de mim.

O som que rola pelos meus lábios é carnal, meus olhos se fechando quando sua boca cai no meu ouvido novamente para me lembrar:

— Esses sons são meus, Ivy. Esta boceta perfeita é minha também.

Quando seus quadris se movem com cada impulso forte, não posso discutir.

Ele me possui de maneiras que nunca permiti a outra pessoa. Me traz à vida até eu que estou nadando nas amplas pinceladas de cor que pintamos um para o outro.

Somos uma tempestade de novo, só que, quando é assim, estou dançando com a violência em vez de correr para sobreviver a ela.

Não demora muito para que ele conduza outro orgasmo explosivo através de mim, meu corpo ficando tenso enquanto meus músculos internos apertam, cada impulso me empurrando tanto além da borda que minhas unhas se afundam em suas costas, marcando-o tanto quanto sua boca me marca.

— Reze — ele sussurra no meu ouvido, mas é apenas o nome dele que sai dos meus lábios.

Seus dentes beliscam o lóbulo da minha orelha.

— Acho que gosto do meu nome nos seus lábios mais que tudo.

Gabriel afunda mais fundo dentro de mim, preenche cada centímetro, me estica até que não sinto nada além dele. Mas mesmo ele não consegue evitar de ser empurrado por essa borda, sua boca encontrando a minha enquanto puxa para fora a tempo de gozar na parte interna da minha coxa.

A bagunça que nós fazemos de alguma forma parece certa.

Nós sempre fomos bagunceiros.

Nenhum de nós se contenta em ficar dentro de linhas bem traçadas.

Nós dois nos separamos do beijo, nossas testas pressionando juntas enquanto ele olha para mim.

— O que eu vou fazer com você?

Sorrindo com isso, estou sem fôlego quando respondo:

— A coisa que você deveria ter feito o tempo todo.

Ele consegue levantar uma sobrancelha.

— E isso é?

— Peça-me para te ajudar em vez de sempre lutar contra mim.

Algo não dito rola por trás de seus olhos. Ele pisca, e quando levanta as pálpebras, minha respiração fica presa ao vê-lo tão aberto.

— Você vai me ajudar?

Meu sorriso se alarga.

— Já era hora de você perguntar. Claro que eu vou.

— Mesmo que isso signifique ir contra seu pai?

Eu pressiono minha palma em sua bochecha.

— Acho que nós podemos fazer isso sem machucá-lo no processo. E se você tivesse apenas me dado a chance de dizer isso sem me intimidar, eu poderia ter explicado.

Olhando para mim como se fosse a primeira vez que ele realmente me vê, Gabriel sorri.

— Me desculpe por isso. Talvez um dia eu tente fazer as pazes com você.

— Ah, você vai tentar? — Eu rio. — Apenas me faça um favor de agora em diante, e isso é tudo o que será necessário.

Ele não precisa pedir para eu dizer isso.

— Sempre me mostre o verdadeiro Gabriel de agora em diante. Não mais o Engano. Sem essas besteiras falsas. Eu não me importo com o que você mostra às outras pessoas, mas é melhor ser sincero comigo. Pode fazer isso?

Seus lábios franzem em consideração.

— Aham.

Meu coração se enche de alegria por nós finalmente estarmos aqui. Neste ponto. Do outro lado da linha divisória.

— Bom. Agora vamos nos limpar e dar o fora daqui antes que Tanner tenha um ataque cardíaco.

Rindo, Gabriel se levanta em seus braços, mas ainda está olhando para mim.

— Ele pode tentar matar você pela coisa da cadeira.

Reviro os olhos.

— Não estou preocupada com isso. Eu enfrentei caras tão grandes e malvados quanto ele. Depois de lutar com você por anos, não há nada neste mundo que me assuste. Especialmente ele.

— Que bom que eu pude ajudar — ele diz, com humor na voz.

Ele sorri de novo e eu vejo a verdade ali.

É como se o sol finalmente rompesse as nuvens escuras.

Eu não digo isso, mas apenas um pensamento sussurra na minha mente: *Obrigada por me desafiar. E obrigada por sempre me fazer sentir viva.*

capítulo trinta e três

Gabriel

Quando deixamos o escritório, Ivy sai na minha frente, seus longos cabelos uma bagunça caindo por suas costas e seus olhos examinando a sala de estar enquanto entramos.

O olhar de Tanner dispara para mim imediatamente, e eu sorrio como se não tivesse acabado de desperdiçar uma hora de seu tempo.

Embora Ivy tivesse se limpado e estivesse pronta para sair, eu a prendi contra a porta para a segunda rodada.

Nós também não ficamos quietos sobre isso.

Apoiando um ombro contra a parede, assisto Ivy retomar seu lugar ao lado de Luca e Ava.

— Estamos todos bem agora? — Tanner me pergunta. — Você resolveu essa situação... *de novo*?

Um sorriso estica meus lábios.

— Sim. Nós tínhamos apenas alguns problemas para discutir.

Os outros caras sorriem maliciosamente e riem baixinho, alguns se acotovelando enquanto Tanner me encara com descrença.

— Pareceu uma discussão dos infernos. Tem certeza de que está pronto para voltar ao porquê de estarmos todos aqui?

— Eu posso ir mais uma vez se vocês quiserem me dar mais meia hora. — Dou de ombros e passo a mão pelo cabelo. — Vou fazer rapidinho, apenas para que você não se sinta mal consigo mesmo.

O olhar de Tanner se estreita em meu rosto.

— O que diabos isso quer dizer?

Outro encolher de ombros.

— Nada. Era exatamente o tipo de discussão que leva tempo. Mas se você acha que pode ser realizado em menos de cinco minutos...

Eu deixo a dúvida pairar entre nós enquanto seus olhos se arregalam.

— Tanto faz, babaca. Não vou ficar aqui e discutir sobre a minha resistência.

Conheço Tanner muito bem. Ele não vai ignorar o golpe. É muito arrogante para deixar passar.

— Vou deixar Luca dizer a você em vez disso. — Ele se vira para ela. — Baby, diga a ele.

— Você está louco? — Seu rosto fica vermelho enquanto a cabeça gira para olhar brava para o Tanner. — Basta terminar a reunião e calar a porra da boca.

O resto dos caras explode em gargalhadas, e meus olhos deslizam na direção de Ivy para ver suas bochechas ficarem rosadas.

É estranho vê-la como parte do grupo. Mas talvez seja isso que o destino sempre pretendeu. Não posso dizer que estou surpreso, no entanto. De muitas maneiras, nossos caminhos sempre levaram na mesma direção.

Pensando no que meu pai disse, pergunto-me novamente sobre o acordo que ele tinha com o pai de Ivy.

Por que eles iriam querer que nós nos casássemos? Parece que cada vez que nos aproximamos de uma resposta, mais um milhão de perguntas surgem para substituí-la.

— Não posso terminar a reunião porque estou muito ocupado me perguntando por que esse babaca acha que ele pode ter *discussões* enquanto estamos todos parados esperando por ele.

— Gabriel — Luca diz —, venha cá.

Lançando um sorriso malicioso para Tanner, eu me afasto da parede e me sento no chão. Apoiando-me no sofá entre as pernas de Luca e Ivy, deixo minha cabeça cair para trás e meus olhos se fixam nos de Luca. Ela sorri e estende a mão para bagunçar meu cabelo.

— Tanner está sendo malvado com você?

— Sim. Acho que você deve recusar todas as discussões com ele pelos próximos trinta dias até que ele aprenda a ser legal.

Ela ri quando uma mão envolve meu pulso para me puxar do chão e me empurrar para baixo novamente entre as pernas de Ivy.

— Cale a porra da boca, babaca. Deixe minha garota em paz e se preocupe com a sua.

Não se preocupe com isso.

Corro minhas mãos por cima por suas pernas e rio quando ela as agarra antes que possam subir muito alto.

— Que caralho — Tanner reclama, enquanto passa a mão pelo cabelo e se afasta.

Ele olha para Ivy e para mim.

— De volta à discussão *real* e não ao que diabos vocês dois estavam fazendo.

Eu sorrio.

— Se você não tem certeza, existem muitos vídeos on-line que fornecem instruções adequadas.

— Oh! Eu tenho sugestões para alguns bons — Sawyer grita.

Damon fala a seguir:

— Falando nisso, vocês viram o vídeo mais recente enviado por...

— Todos vocês, calem a boca! — Tanner estala.

A sala fica em silêncio, exceto por algumas risadas bufantes, todos menos Tanner lutando para esconder nossos sorrisos.

Ele olha com raiva para todos nós lentamente, um após o outro, e isso só faz Shane e Mason rirem ainda mais.

— De volta ao que estávamos *falando*. — Seu olhar escuro atira para mim. — Assim está melhor ou você tem mais alguma coisa que queira dizer?

Meu sorriso desaparece e aperto as mãos de Ivy.

— Eu não tenho nada. Você não se abriu com aquilo.

— Bom saber. — Ele me encara por mais um momento. — Acho que eu gostava mais de você quando estava de mau humor.

Tanner deveria ter largado o assunto.

— O que posso dizer? Foi uma boa discussão. Sinto muito se você não sabe nada sobre isso. — Dou uma cotovelada de leve na perna de Luca e olho para ela. — Eu sinto mais por você, no entanto.

Ela ri tanto que seu rosto fica vermelho, o resto da sala caindo na gargalhada novamente.

Tanner franze a testa e aponta para mim.

— Eu vou lidar com você mais tarde. De volta ao plano de jogo. — Fazendo uma pausa, suas sobrancelhas se juntam. — Porra, onde nós estávamos?

Soltando um suspiro, eu o lembro:

— Ivy e eu vamos lidar com o pai dela amanhã. Taylor está investigando Everly. Shane está tentando se aproximar de Brinley e...

O nome de Brinley me lembra de algo. Eu me viro para olhar para Ivy.

— Você realmente parecia que tinha algo a dizer sobre isso antes. O que era?

Seus olhos se arregalam:

— Oh. Nada, exceto que eu acho que conheço Brinley.

— Espere o que? — Tanner pergunta. — E você não ia dizer nada?

— Desculpe, eu estava me comportando. — Ela dá a ele o mesmo sorriso meloso que me faz querer dobrá-la sobre uma maldita mesa toda vez que o vejo.

Apertando sua mão, puxo sua atenção para mim e provoco:

— Comporte-se.

Ivy pisca para mim e olha para Tanner.

— Eu não coloquei dois e dois juntos com ela e Jerry, mas ela tem um primeiro nome incomum, então isso me fez lembrar. Brinley costumava vir à casa do meu pai quando era mais nova com sua família. Já se passaram anos desde que falei com ela, mas se alguém tiver uma foto dela, provavelmente posso reconhecê-la.

— Quanto mais nova? — Tanner pergunta.

— Antes de ir para a faculdade.

Seu olhar cai para o meu, e ele não precisa apontar o óbvio. Alguma coisa está acontecendo há muito tempo. Aparentemente, desde antes de sairmos do ensino médio.

Mais uma vez, outra pergunta é respondida, gerando mais uma centena.

Depois de alguns segundos, o olhar de Tanner dança entre eu e Ivy.

— Tentem saber mais sobre isso quando vocês dois conversarem com o governador Callahan amanhã. Não tenho certeza de onde ir com isso até que tenhamos mais informações.

Taylor se levanta de seu assento e atravessa a sala para mostrar seu telefone a Ivy.

Seus dedos se enredam nos meus ao mesmo tempo em que ela diz:

— Sim, essa é a Brinley. Eu reconheceria aquele rosto em qualquer lugar. Se bem que...

Ela se inclina para frente para olhar mais de perto o que quer que Taylor esteja mostrando a ela. Batendo na tela com o dedo, vozes são filtradas pelo alto-falante, uma mistura de risos e música.

— Ela está no Myth?

Minha sobrancelha dispara para cima com isso.

O Myth é um clube clandestino que poucas pessoas conhecem. Apenas aqueles nos círculos sociais certos sabem como encontrá-lo. Ele tem esse nome exatamente por esse motivo. Se você não faz parte do grupo correto, ele não existe de verdade.

— Aham — Tanner responde —, é por isso que designei Shane para ela. Ele tem uma reputação de ir lá.

Lançando um rápido olhar para Shane, vejo o canto de seu lábio se levantar.

— Você poderia ter mencionado isso antes.

— Fico feliz em saber que você está mais feliz em nos ajudar agora.

Shane mostra o dedo do meio a Tanner e cutuca Jase com o ombro.

— Vou levar esse idiota comigo. Talvez possamos encontrar alguém para fazê-lo superar a Everly.

— Vá se foder — Jase estala. — Mas sim, eu vou.

— Então terminamos aqui — Tanner fala em uma respiração exalada. — Obrigado, porra, porque eu quero ir para casa.

Ele olha bravo para Ivy.

— Alguma coisa que você quer me dizer antes de eu sair?

Ela bate os cílios, aquela maldita auréola no lugar novamente.

— O que eu teria a dizer?

Sorrindo debochado para ela, a arrogância de Tanner está em plena exibição.

— Estou apenas verificando se meus pneus ainda estão cheios e meu carro não vai desmoronar assim que eu abrir a porta. As coisas têm uma tendência de se danificarem ao seu redor.

Alguns caras riem, e eu atiro um olhar para eles para calá-los.

— Eu não sei, Tanner. Você foi um cretino irracional com alguém nas últimas horas?

— Não.

— Então você deve ficar bem.

Levanto a mão para esconder meu sorriso.

— É bom ouvir isso — ele resmunga. Estendendo o braço para oferecer a Luca e ajudá-la a se levantar, Tanner diz: — Vamos.

Permitindo que ele a colocasse de pé, Luca olha ao redor.

— Porcaria. Deixei minha bolsa na cozinha. Vá em frente e te encontro no carro.

— Tudo bem. — Seus olhos disparam para mim. — Mal posso esperar para chegar em casa porque temos algumas coisas para *discutir*.

É preciso esforço para não rir.

— Vou ver todo mundo mais tarde — Tanner diz, com um aceno enquanto se dirige para a porta da frente.

Ficando de pé, olho para todos quando eles começam a explodir em gargalhadas.

Ivy me olha com desconfiança.

— O que está acontecendo?

— Lembra como você estava chateada sobre a Lacey?

— Sim — ela responde, seus olhos brilhando.

— Eu também estava.

A porta da frente se abre naquele segundo, o som de água gelada caindo do balde que armei antes, seguido por:

— *Que porra é essa? Quem diabos? Alguém vai morrer!*

Os caras explodem em risos e Luca dá um tapinha no meu ombro.

— É melhor você correr, Gabe.

Eu saio correndo em direção à escada de trás, Tanner virando a esquina para a sala de estar e me vendo meter o pé.

Ele está rápido nos meus calcanhares todo o caminho até as escadas, seus dedos em punho na parte de trás da minha camisa. Um puxão forte me deixa de joelhos, meu corpo deslizando três degraus antes de conseguir me contorcer para fora da camisa para escapar.

Alcanço o topo das escadas antes que ele consiga agarrar minhas pernas, e eu me tranco em um banheiro assim que ele bate contra a porta. Meu corpo desliza pela porta enquanto eu rio até não aguentar mais com a expressão que vi no seu rosto.

A porta treme quando ele bate com o punho contra ela.

— Você vai morrer por isso, Gabe! Eu vou me vingar.

Isso só me faz rir mais.

— Filho da puta. O que diabos há de errado com as pessoas? — murmura, enquanto seus passos saem como uma tempestade, o baque pesado audível todo o caminho dele descendo as escadas.

Enxugando as lágrimas dos meus olhos, tento pensar na última vez em que ri tanto.

É triste pensar que já se passaram mais de treze anos.

Ivy

Parando no portão da casa dos meus pais, lanço um sorriso para o guarda de segurança, meus dedos agarrando o volante enquanto ele pressiona um botão para me deixar passar.

Meus olhos ficam presos no portão de ferro que se abre, uma voz suave passando pelos alto-falantes do carro de um homem com a língua mergulhada em mel.

— Estou surpreso em ver que você realmente foi direto para lá. E eu pensei que você tentaria se livrar do carro e correr novamente.

Rindo com o pensamento, sigo ao longo da estrada sinuosa, passando pelos gramados bem cuidados e jardins de flores coloridas. Este lugar está longe de ser tão pacífico quanto a terra que cerca a casa de Gabriel.

— O que te faz pensar que não estou abandonando o carro aqui? Só me dê mais algumas horas para correr enquanto você pensa que estou me comportando.

— Eu vou te perseguir.

— Boa sorte em me pegar.

Gabriel ri.

— Acho que já provei o quanto sou adepto de correr atrás de você.

Ele provou. Mesmo assim, não vou admitir.

— Vou ficar em público. Assim eu posso gritar quando você me alcançar.

Mais risadas suaves, o som escuro e aquecido.

— Vai ser difícil gritar com meu pau em sua boca, mas se gosta de mentir para si mesma, eu vou permitir.

Estremeço com a promessa.

— Tudo bem. Eu não vou correr.

— Isso é uma pena. Caçar você sempre foi muito divertido.

Virando uma esquina, a mansão dos meus pais aparece no final do caminho, as janelas de três andares refletindo o céu azul acima da minha cabeça.

— Estou chegando em casa agora. Tenho certeza de que, quando eu disser ao meu pai que vi meus erros e decidi me casar com o homem mais irritante do planeta, ele vai me expulsar imediatamente. Devo estar voltando em quinze minutos ou menos.

Há humor na voz de Gabe.

— A entrega expressa é sempre preferível. Especialmente quando temos tanto a discutir.

Eu reviro meus olhos.

— Você está no trabalho. Não podemos discutir nada lá, agora que Tanner me baniu oficialmente.

— Você está banida apenas do escritório dele. Minha porta ainda está bastante aberta. Venha para cá quando sair da casa do seu pai.

— Vou fazer isso.

Gabriel desliga enquanto estaciono atrás de outro carro na frente, uma respiração escapando de meus pulmões preenchidos com o pavor que sinto.

A última coisa que quero fazer é chatear meu pai, e também não quero descobrir que ele tem sido tão horrível quanto o pai de Gabriel. Mas depois de saber que ele praticamente me casou quando eu era uma criança, depois de descobrir como ele uma vez esteve ligado às famílias Inferno, não sei o que esperar quando entro lá hoje para conversar.

Abro minha porta e silenciosamente desejo que Gabriel estivesse comigo. Nós decidimos ontem à noite que seria melhor se eu estivesse sozinha, que meu pai teria mais probabilidade de admitir a verdade se Gabe não estivesse na sala.

A luz do sol reflete no anel de noivado em meu dedo quando fecho a porta do carro. Eu rio pensando que apenas Gabriel compraria um diamante de dois quilates de verdade para usar como um adereço para me sequestrar em Miami. O homem nunca economiza e está disposto a fazer qualquer coisa se isso significar que ele consegue o que deseja.

Estou me aproximando da porta da frente quando ela é aberta. Olhando para cima, espero ver Harrison em seu uniforme de mordomo bem passado. Em vez disso, olho para o meu antigo motorista.

— Scott?

Seu olhar corta para o meu, algo não dito rolando por trás dele. Ele não me reconhece enquanto passa correndo, mas eu giro e agarro seu braço para detê-lo.

— Pensei que você tinha se demitido. Por que está aqui?

Sua cabeça é raspada rente, um corte estilo militar que faz sentido para ele, considerando que ele já foi um.

— Só estou pegando meu último pagamento — responde, facilmente puxando seu braço para longe do meu alcance.

Exceto que isso é engraçado, porque minha família só paga seus funcionários em depósito direto. Minhas sobrancelhas se juntam com a mentira, mas não digo nada.

Quando Scott chega em seu carro e está subindo no banco do motorista, uma voz familiar diz meu nome:

— Senhorita Callahan. É um prazer vê-la novamente.

Eu me viro para Harrison e sorrio.

— Espero que meu pai esteja em casa. Ele não está me esperando.

Olhos castanhos bondosos brilham para mim, seu olhar caindo para minha mão.

— Você tem o hábito de ser inesperada.

É óbvio que Harrison já está animado para testemunhar qualquer caos que eu deixar em meu rastro desta vez. Mas então, eu sempre fui seu entretenimento favorito.

Ele abre mais a porta para me deixar passar.

— Seu pai está em seu escritório.

— Qual é o humor dele hoje? Zona verde ou vermelha?

— Vamos com o amarelo. Ele ficou feliz em ver que você rompeu seu noivado com o senhor Dane, mas tenho certeza de que sua felicidade não durará.

Harrison olha diretamente para o anel e sorri.

Virando-me para ele, coloco um dedo em seu peito.

— Você fica feliz demais por eu ser um desastre.

— Isso mantém as coisas divertidas.

Suspirando, viro-me para as escadas e murmuro:

— É melhor acabar logo com isso.

Minha saia balança em torno das pernas enquanto corro escada acima para o segundo andar. Marchando em direção ao escritório do papai, meus saltos são um clique constante contra o chão de mármore, meu coração caindo no estômago quando suas portas duplas aparecem.

Pressiono meu ouvido na porta para ver se ele está no telefone. Não ouvindo nada, bato e espero por sua voz profunda.

— Entre.

Lentamente girando a maçaneta, espero que as dobradiças ranjam da maneira usual de uma casa mal-assombrada, mas elas estão em silêncio. Meu pai ergue os olhos assim que coloco a cabeça para dentro, o sorriso que dou a ele não é retornado.

Sempre adorei o escritório do meu pai. Apesar de ser grande, é o recanto de leitura perfeito que carrega o cheiro de livros antigos.

Estantes de carvalho escuro revestem todas as paredes, exceto aquela onde a janela do chão ao teto dá para os jardins, e a outra com uma lareira a gás que está sempre acesa.

A grande mesa de papai ocupa a maior parte do espaço, situada no centro da sala, com duas poltronas confortáveis de frente para ela.

Infelizmente, a vibração relaxante é perdida quando o olhar sombrio do meu pai se fixa no meu, sua boca já apertada com desaprovação.

Ele se recosta na cadeira e me avalia como um advogado prestes a interrogar uma testemunha-chave.

— Sente-se, Ivy.

Segurando a mão contra minha saia, faço o meu melhor para esconder o anel. Essa conversa será mais fácil se eu não começar com a notícia de que vou me casar com Gabriel. Então, novamente, esta é a abertura perfeita para perguntar por que diabos fui prometida a ele quando tinha nove anos.

Não somos a realeza do século XVII. Os dias em que se casavam sua filha como uma tentativa de unir poder e dinheiro já se foram, e não estou muito feliz em saber que meu pai sequer considerou tal coisa.

Papai passa a mão por seu cabelo escuro, o olhar dele me prendendo no lugar.

— Eu vi que você fez notícia de novo. Achei revelador que minha própria filha não poderia pelo menos ligar para me avisar. Especialmente considerando que esta é a segunda vez que isso acontece.

Cruzando minhas mãos no colo, mantenho o anel coberto e pego emprestada a mesma desculpa que Gabriel usou com seu pai.

— Eu estive ocupada. Uma garota precisa encontrar um emprego quando ela, de repente, é cortada de suas contas bancárias e é expulsa de casa.

Ok, talvez eu tenha adicionado à desculpa, mas tenho justificativa. Papai deve ter acreditado que eu voltaria rastejando, implorando para ele cuidar de mim novamente.

É uma pena para ele que isso não vai acontecer.

Ele ignora o comentário.

— Por que você está aqui?

Para mentir como se não houvesse amanhã...

Acomodando-me em meu assento, dou a ele meu melhor sorriso.

— Para que você saiba que encontrei uma colega de quarto. Felizmente, ela está me deixando ficar de graça até que eu possa encontrar um emprego.

Claramente não impressionado, ele levanta uma pilha de papéis para bater nas bordas da mesa, o couro de sua cadeira rangendo. A maioria pensaria que meu pai está apenas arrumando as coisas, mas eu sei que ele está ocupando suas mãos enquanto formula sua próxima pergunta.

— Quem é a colega de quarto?

— Você não a conhece.

— Quem? — exige, suas mãos parando.

— Luca Hughes.

Largando os papéis com um pouco de cuidado demais, ele se recosta na cadeira. Acho que isso significa que ele a conhece. Mas por que ele não iria conhecê-la? Sua mão estava envolvida em afundar o negócio do pai dela.

— A nora do senador Hughes?

Sorrindo novamente, encontro seu olhar.

— Ex-nora. Ela se divorciou do marido. Na verdade, acredito que ela voltou ao nome de solteira, Luca *Bailey*.

Enfatizando seu sobrenome, estudo o rosto do meu pai em busca de qualquer pequena contração que indique desconforto. Não estou surpresa por não encontrar nada. Afinal de contas, ele é um político e, antes disso, era um advogado duvidoso. Se alguém pode esconder seus pensamentos, é ele.

De certa forma, ele me lembra Gabriel. Aquela maldita máscara sempre em exibição total.

Papai cruza os dedos, batendo seus polegares juntos.

— Você precisa voltar para a sua própria casa, Ivy. Vou providenciar para que tenha um motorista de novo e vou repor suas finanças.

Caramba. Algo sobre o pai de Luca deve ser ruim, porque meu pai não é do tipo que desiste tão facilmente.

Posso pensar que meu pai é um completo babaca de nariz empinado. E nós podemos ter batido de frente mais vezes do que posso contar pelas merdas estúpidas que fiz quando era mais jovem. E também pode ser verdade que ele tentou me manter sob controle e dominada. Mas ele sempre me protegeu. Me amou. Cuidou de mim.

Isso o tornava um herói aos meus olhos.

Meu coração está despedaçado ao pensar que ele pode ser um herói para mim, mas, quando a máscara é retirada, ele é o vilão de outra pessoa.

Recuso-me a mostrar o que sinto. A mentira deve continuar, e isso inclui a recusa de se curvar diante dele.

— Na verdade, estou realmente feliz onde estou. Acho que isso é bom para mim, pai. Já é hora de aprender a me manter com os meus próprios pés. Tem sido muito legal. Estou voltando para lá, e... — Estalo os dedos como se tivesse acabado de me lembrar de algo. — Adivinha quem eu encontrei no outro dia?

Com os lábios puxando em uma linha fina, papai relaxa em seu assento.

— Quem?

— Brinley.

Há o menor salto no músculo acima de seu olho, mas, além disso, nenhuma reação óbvia.

— Você se lembra dela, certo? Ela costumava vir aqui antes de eu ir para a faculdade.

Se meu pai não fosse um ator tão bom, ele estaria suando frio agora.

— Eu lembro. Não sabia que ela estava na cidade.

— Sim, eu também não. Quem eram seus pais mesmo? Nós não tivemos muito tempo para conversar, mas depois de pensar sobre isso, não consegui identificar exatamente como as nossas famílias se conheciam.

Ele não responde. Em vez disso, sua mandíbula se aperta, seus olhos se estreitando apenas o suficiente para que eu estivesse me cagando nas calças se fosse mais jovem. Esse é o olhar que ele dava pouco antes de acabar com o meu mundo como um castigo.

Ficando de pé, meu pai coloca as palmas das mãos na mesa e se inclina na minha direção.

— Você precisa voltar para a sua casa, Ivy. Não vou te dizer de novo.

Interessante...

Meu pai quer que eu me contorça, e talvez um mês atrás, eu teria me contorcido. Mas agora? Não há nenhuma maneira de sentar e me *comportar* por homem nenhum. Nem mesmo o meu pai.

Eu me levanto e bato as palmas das mãos no lado oposto da mesa e imito a postura dele.

— Por quê?

Seus olhos se estreitam mais, mas depois deslizam para a minha mão, onde um grande diamante o encara. Aquele olhar sombrio estala de volta para o meu rosto, a raiva afinando a linha de seus lábios.

— O que está acontecendo com você? Primeiro me diz que o artigo alegando que está noiva é falso. Então eu leio que se separou. E agora você tem uma pedra na sua mão.

Meus lábios se curvam nos cantos.

— Acontece que eu realmente gosto de Gabriel Dane.

Sua expressão muda para combinar com a minha.

— Gostar não é igual a casamento. Existe outra palavra para isso. Acho interessante que você falhou em usá-la.

Amor.

É isso que ele quer que eu diga.

Infelizmente, ele não deu a mínima para isso quando eu tinha nove anos.

— Desculpa, pai. Não achei que isso fosse grande coisa para você, considerando que praticamente me entregou a ele quando eu era criança. O que aconteceu com fazer eu me casar por interesse? O que mudou sua mente?

Ele recua com isso e fica de pé em toda a sua altura. Infelizmente, quando me levanto também, ele ainda se eleva sobre mim. Se não fosse pela mesa entre nós, eu estaria inclinando meu pescoço para cima para olhar para ele.

— Vou presumir que o pai de Gabriel te contou isso.

— É verdade?

Ele se afasta da mesa e atravessa a sala para puxar uma pintura da parede, um cofre secreto escondido atrás dela.

Meus olhos ficam presos no teclado enquanto ele digita o código, os números sendo guardados na memória quando ele abre a porta e procura lá dentro.

Voltando-se para mim, ele responde:

— Sim, é verdade. Mas quando eu descobri a profundidade do comportamento criminoso daquela família, retirei a oferta. Não vou deixar minha filha ser envolvida nisso.

Ele dá um passo na minha direção, seus passos largos devorando a distância entre nós. Colocando um cartão de crédito preto na mesa perto da minha mão, ele fixa seus olhos nos meus.

— Você não pode se casar com Gabriel Dane. E depois de devolver o anel para ele, não terá mais contato. Vai voltar para a sua casa e eu vou designar um novo motorista para você. Este cartão vai te ajudar com o que quer que você precisar até lá, enquanto consigo arrumar outros novos para você. Não vou discutir com você sobre isso.

— Me diga o porquê.

— Eu não te devo explicação — ele rebate, o vermelho manchando suas bochechas de raiva. — Pelo contrário, você me deve por todas as vezes que tirei sua bunda do fogo por causa do Gabriel. Perdeu a cabeça?

Estremecendo com o estalo de sua voz, mantenho minha posição. Isso tudo faz parte da atuação, porém, as lágrimas escorrendo dos meus olhos tão falsas quanto meu lábio trêmulo.

— Mas eu o amo.

Ele desliza o cartão para mais perto da minha mão.

— Quero que você faça o que eu digo imediatamente. Essa família não é nossa amiga. Eles deixaram isso claro quando incendiaram o pavilhão depois que foi construído.

A surpresa me invade. Ele acha que Gabriel fez aquilo? Ou a família de Gabriel, pelo menos.

— Como você chegou aqui?

As lágrimas escorrem pelas minhas bochechas, mas ele não dá a mínima para isso. Se eu não estivesse fingindo, sua falta de preocupação doeria.

— Eu dirigi o carro de Gabriel.

— Leve de volta para ele e depois me ligue. Terei um novo motorista atribuído a você que irá te buscar.

O que me lembra...

— Por que o Scott estava aqui?

Ele pisca com isso.

— Para pegar as coisas dele.

— Que coisas?

Papai se afasta de mim, deixando o cartão na minha mão.

— Não importa. Ele não será seu motorista se for isso o que você pensa.

Largando seu peso de volta no assento, meu pai me dispensa.

— Certifique-se de ligar quando devolver o anel e o carro a Gabriel. — Seus olhos cortam em minha direção. — Não me surpreende que, mais uma vez, eu precise ajudar a limpar a bagunça que você fez.

— Que bagunça é essa, exatamente?

Ele desvia o olhar de mim, seu olhar fixo em seu computador enquanto clica em um e-mail.

— Apenas faça o que eu disse o mais rápido possível.

Sei que este é o fim da discussão. Se isso não fosse uma atuação, eu teria pegado o cartão e o jogado na cara dele. Teria exigido respostas. Mas

Gabriel me alertou contra isso.

Nós precisamos que meu pai pense ele que ainda tem o poder de me controlar.

— Sim, senhor — eu sussurro, enquanto deslizo o cartão da mesa e me viro para sair da sala. Ele não grita para me impedir antes de eu fechar a porta.

As lágrimas secam quando eu chego ao hall de entrada, e sorrio para Harrison ao sair.

— Em que humor ele está agora, senhorita Callahan?

— Vermelho brilhante, Harrison. Eu o evitaria nas próximas horas.

— Obrigado pelo aviso. — Ele ri enquanto abre a porta para mim. — Por favor, dirija com cuidado, senhorita Callahan.

Concordando com a cabeça em sua direção, atravesso a varanda e desço as escadas correndo. Sinto-me um fracasso total por não arrancar informações do meu pai, mas esse nunca foi o plano. Gabriel sabia que era possível que ele não me contasse.

Tudo o que tenho que fazer agora é soar um alarme na cabeça do meu pai, um que pode fazer com que ele faça ligações e mova jogadores.

Conseguir o código do cofre dele também é um benefício adicional. Se houver algum registro que ele não queira que as pessoas vejam, estará lá.

A viagem até o escritório de Gabriel não demora muito. Felizmente, o tráfego está calmo e entro na garagem subterrânea em menos de meia hora. Em vez de ligar para avisar que estou aqui, uso o código que ele me deu para o elevador privativo na esperança de surpreendê-lo.

Eu deveria saber que seria impossível. Ele está esperando por mim do lado de fora das portas assim que chego em seu andar.

— Me rastreando de novo?

Ele sorri, a onda em sua boca cheia de charme travesso.

— Você torna isso tão fácil. Embora eu adoraria ter uma coleira especial feita para você com um chip de rastreamento. Talvez um sino também, para que as pessoas saibam quando está se esgueirando e aprontando alguma coisa errada.

Gabriel me oferece a mão para me ajudar a sair do elevador. Quando me puxa para ele e sua boca cobre a minha, eu momentaneamente perco a capacidade de respirar.

Puro calor sai de sua boca e língua, seus dentes pegando meu lábio inferior em uma provocação.

— Ele te disse alguma coisa? — Gabe pergunta, quando se afasta.

Levando um segundo para minha frequência cardíaca voltar ao normal, balanço a cabeça em negação.

— Não. Ele acabou de me entregar um novo cartão de crédito e exigiu que eu voltasse para casa.

Plantando outro beijo suave na minha boca, seus olhos verdes são calor líquido.

— Tarde demais para isso. Agora que tenho você, não vou te deixar ir embora.

— Boa sorte em dizer isso a ele.

— Esse é o plano, amor.

Gabriel dá uma piscadinha e me puxa junto com ele para o interior do escritório. A primeira porta pela qual passamos é a de Tanner, e eu espreito para vê-lo sentado em sua mesa brandindo ordens para alguém no telefone.

— Espere, Jake. Há um problema no escritório que preciso resolver.

Tanner deixa cair o telefone em sua mesa, se levanta e marcha na minha direção. Seus olhos encontram os meus antes que ele bata a porta na minha cara.

Rindo disso, eu me viro para Gabe.

— Nunca me senti tão mal-recebida.

Ele sorri.

— Permita-me consertar isso para você.

Guiando-me por uma esquina, a mão de Gabriel aperta a minha quando os aplausos começam, todos os funcionários do escritório parados de pé na nossa frente com seus olhos em mim. Eles saem do caminho quando nos aproximamos, minhas bochechas se aquecendo de vergonha.

— O que diabos é isso?

— Agradecimento pelo que você fez ao Tanner.

A risada borbulha em meus lábios, bem na hora que uma voz arrogante ressoa na direção do escritório de Tanner.

— *É melhor que isso não seja o que eu penso que é! De volta ao trabalho!*

Todo mundo bate palmas um pouco mais baixo quando ouvimos sua porta se fechando em uma batida forte.

Passando por um escritório com paredes de vidro, Gabriel levanta minha mão e me gira como uma dança, em seguida, me empurra de costas para dentro do seu antes de fechar a porta.

— Qual delas era a Lacey?

Meus joelhos ficam fracos quando ele puxa meu cabelo de lado e beija meu pescoço.

— Ela está de férias, é por isso que Tanner está tão irritado. Faz parte do novo pacote de benefícios dela.

Seus dentes beliscam meu ombro e, se não fosse por seu braço em volta da minha cintura, eu teria derretido no chão.

— Pacote de benefícios, hein?

Ele acena com a cabeça e me leva de volta para sua mesa. Sem me soltar, aperta um botão nela e as janelas ficam opacas.

— Sim, na verdade, eu estive pensando em uma nova adição que vou precisar adicionar ao meu.

A voz de Gabriel tem um tom áspero que sussurra entre a parte interna das minhas coxas. Ele me guia para ficar de frente para ele, minha bunda contra sua mesa, seus dedos agarrando meus quadris para me levantar e me sentar na superfície.

— O que você está fazendo?

— Renegociando meu contrato de trabalho — ele fala, enquanto se senta em sua cadeira e agarra minhas coxas para abrir minhas pernas, suas mãos deslizando para cima na minha saia para que ele possa deslizar seus polegares por baixo das laterais da minha calcinha.

Olho por cima do ombro para a porta.

— Alguém pode entrar.

— Eles não vão. — Ele puxa minha calcinha para baixo tão rápido que levanto minha bunda sem pensar.

Olhos verdes capturam os meus, um sorriso malicioso arrogante inclinando seus lábios enquanto ele a desliza para baixo por minhas pernas e meus calcanhares.

Guardando a calcinha em seu bolso, ele direciona meus pés para os apoios de braço e puxa sua cadeira para mais perto enquanto agarra meus quadris para me puxar para a borda da mesa.

Mão espalmada sobre o meu abdômen, ele me direciona para me deitar, meus olhos se fechando assim que ele se inclina para frente para respirar entre as minhas pernas.

— Oh, Deus...

Ele ri.

— Lá vai você rezando de novo.

Minhas costas arqueiam quando a ponta de sua língua desliza pela minha fenda, seus lábios se fechando sobre o meu clitóris para sugar com força.

Dedos se enrolando ao lado da mesa para aguentar firme, perco a cabeça quando os dentes dele mordiscam o ponto sensível, sua língua deslizando para mergulhar dentro de mim com um ritmo tão lento que está me deixando louca.

O tempo todo, Gabriel mantém o controle dos meus quadris, as pontas de seus dedos punindo a carne macia toda vez que tento resistir contra seu rosto por mais.

Dando um tapinha de brincadeira na lateral da minha bunda, ele exige:
— Fique quieta. Isso é para o meu pacote de benefícios, não o seu.
Removendo minha mão do lado de sua mesa, ele a coloca em seu cabelo.
— Puxe tão forte quanto precisar.

Eu sorrio com isso, mas depois faço exatamente o que ele diz quando sua boca mergulha entre as minhas pernas novamente, meus lábios se partindo em um gemido audível enquanto Gabriel praticamente me fode com a língua.

Mordendo meu lábio para evitar de fazer barulho, perco a capacidade quando ele desliza dois dedos dentro de mim, seus lábios prendendo meu clitóris novamente enquanto ele empurra para arrastar as pontas de seus dedos sobre a parede interna.

— Porra, você tem um gosto bom — ele fala em um sopro, sua boca e mão me possuindo, um orgasmo já surgindo de como ele trabalha os dois juntos.

Quando me atinge, meus olhos se fecham com força, meu corpo arqueando enquanto sua língua quente bate na pele, seus dedos empurrando mais rápido para manter as ondas de prazer quebrando uma e outra vez.

Minha respiração está presa em meus pulmões, estrelas explodindo atrás dos meus olhos quando o orgasmo atinge o pico antes de finalmente ir embora.

— Bom pra caralho — ele rosna enquanto se levanta de sua cadeira, me agarra por trás do pescoço e me levanta para bater sua boca contra a minha.

Posso me sentir em sua língua, minhas mãos se movendo para segurar seu rosto, porque ele está dando cada parte de si mesmo para mim desde a nossa última briga em sua casa.

Isso é tudo o que eu sempre quis dele.

Tudo o que eu precisava.

Mas ainda há uma vozinha dentro de mim que sussurra um último segredo que não contei a ele.

capítulo trinta e cinco

Gabriel

Não tenho certeza do que aconteceu comigo nas últimas vinte e quatro horas, mas não consigo ficar perto dessa mulher sem querer arrancar todas as suas roupas.

Com as mãos ainda agarrando seus quadris, inclino minha boca contra a dela, minha língua passando por seus lábios com o mesmo ritmo de punição que fez com sua boceta.

É uma loucura, essa necessidade repentina, mas estou cedendo porque estou de saco cheio de lutar contra o que eu quero.

As mãos de Ivy são suaves contra as minhas bochechas, suas palmas deslizando para cima enquanto seus dedos mergulham em meu cabelo. Ela puxa, e um grunhido sobe pelo meu peito, meus dedos apertando seus quadris com mais força.

Afastando-se do beijo, ela pisca e abre os olhos.

— Nós não deveríamos estar planejando o que fazer quando nós dois formos para a casa do meu pai?

— Mais tarde — digo, exigindo sua boca novamente, mas ela achata uma palma da mão contra o meu peito e afasta sua cabeça para trás.

— Não me lembro de adicionar isso ao pacote de benefícios.

Outro rosnado, minha mão liberando seu quadril para envolver em seu cabelo.

— Não me negue, mulher, porra.

Arrasto sua boca para a minha, mas ela aperta seus dentes no meu lábio, seus olhos azuis deslizando para cima para me provocar.

Sorrindo, eu falo contra a boca dela:

— *Comporte-se.*

Ela ri e abre a boca, minha língua deslizando contra a dela enquanto as mãos de Ivy mergulham entre nós para tirar minha camisa de dentro da calça.

Meu maldito telefone vibra ao nosso lado.

— Gabe — Tanner resmunga pelo interfone —, nós temos um problema. Preciso ligar para a Lacey.

Aborrecimento rola por mim.

— Ela está de férias — eu estalo. — Você não pode ligar para ela.

Ivy solta o meu cinto e desabotoa minhas calças, sua mão escorregando para baixo para agarrar meu pau.

Porra...

— Eu preciso ligar para ela, Gabe. Uma ligação não vai ferrar a porcaria das férias dela.

Quando o polegar de Ivy passa sobre a cabeça do meu pau, minha cabeça cai para trás, minha voz fica estrangulada.

— Você não pode ligar para ela e eu tenho que desligar.

— Mas...

— Maldição, Tanner. Não posso foder pelo menos uma vez sem você me interromper? Estarei aí daqui a pouco.

— *De novo?*

Aperto o botão para encerrar a ligação e arrasto Ivy até a borda da mesa. Ela deixa o meu pau livre e o guia para a sua boceta, meus quadris empurrando para frente enquanto nossas bocas se chocam.

Arrastando minha boca para a orelha dela, eu expiro:

— Nós temos que fazer isso rápido. Ele vai ligar para ela só para me irritar.

Ivy envolve as pernas em volta da minha cintura e seus braços sobre os meus ombros, nossos corpos se unindo como se tivéssemos sido feitos um para o outro.

Minha palma bate na superfície da mesa enquanto a outra mão segura seu quadril no lugar. A mesa balança sob sua bunda, mas eu não desacelero. Essa coisa do caralho pode desmoronar embaixo de nós, e eu não me importaria, porque minha sede por essa mulher nunca pode ser saciada.

Erguendo minha mão, agarro o longo comprimento de seu cabelo loiro e puxo sua cabeça para trás para expor o pescoço dela, minha boca percorrendo a linha dele, lambendo e beijando, meus dentes travando nos pontos sensíveis enquanto luto contra o desejo de marcá-la.

E porra, eu me encaixo dentro dela tão perfeitamente, sua boceta moldando meu pau, seus músculos me agarrando enquanto outro orgasmo ruge através dela.

Engolindo os gemidos que rastejam pela garganta dela, perco a capacidade de lutar contra a liberação quando Ivy envolve minha gravata em sua mão, puxando-me para mais perto, exigindo mais enquanto as nossas línguas deslizam juntas e seu corpo agarra o meu.

Puxando para fora, eu gozo na minha mão e agradeço pra caralho pelo banheiro anexo em meu escritório.

Depois de beijar Ivy mais uma vez, minha voz é áspera contra seu ouvido:

— Vamos compensar a pressa mais tarde.

Ela ri, o som é suave e sensual, e é uma luta deixá-la ir, mas eu consigo e vou para o banheiro me limpar, meu cabelo uma bagunça desgrenhada quando me olho no espelho.

Ivy dá um passo atrás de mim, seus olhos encontrando os meus no espelho enquanto ajeita o vestido.

— Posso ter minha calcinha de volta?

Os lábios dela estão vermelhos e inchados pelo beijo, seus olhos azuis encobertos e satisfeitos.

— Não. Acho que vou guardá-la. Eu não estava brincando sobre compensar a pressa.

— Cretino — ela fala com um sorriso, seu olhar estudando o meu reflexo. — Lembra quando eu te disse que o look casual fica bem em você?

Olhando para ela por cima do ombro, levanto uma sobrancelha em questão.

— Eu não estava errada em dizer isso. Mas esse visual se encaixa melhor em você. Homens ficam bem em ternos, Gabe, mas você leva isso para o próximo nível.

Meus lábios se curvam em um sorriso debochado arrogante e dou uma piscadinha para ela.

— Por que você acha que eu os uso o tempo todo?

Inclinando um ombro contra o batente da porta, Ivy silenciosamente me observa enfiar a camisa para dentro e abotoar minha calça. Sua voz está baixa quando ela fala novamente.

— Eu preciso te contar uma coisa.

Preocupado com seu tom, viro-me enquanto estou afivelando meu cinto e vou até ela para apoiar um braço no batente da porta acima de sua cabeça.

— Algo errado?

Meus dedos se enredam suavemente nas pontas de seu cabelo enquanto Ivy abre a boca para responder, mas a porra do meu telefone vibra novamente, a voz alta de Tanner explodindo no intercomunicador.

— Guarde o seu pau, babaca, e desça aqui. Estou ligando para a Lacey.

Eu vou *realmente* matá-lo um dia desses. Tanner pode ser meu melhor amigo, mas ele também é o maior pé no saco conhecido pelo homem.

A dor desce pelo meu queixo com a força que cerro os dentes.

— Eu preciso lidar com isso.

— Vai lá. Isso pode esperar.

Prendo seu queixo com a mão e inclino o rosto dela para cima.

— Tem certeza?

Ivy balança a cabeça concordando e sai do caminho para que eu passe, suas mãos cruzando sobre o abdômen enquanto ela se vira para me ver sair do escritório.

Olhando para trás para ela mais uma vez, faço uma pausa antes de abrir a porta. Ela me dá um sorriso suave, seus olhos encontrando os meus enquanto acena para eu ir lidar com Tanner.

Algo a está incomodando, no entanto, e me preocupa ver isso.

— Isso vai levar apenas um segundo.

— Vai lá — ela insiste.

— Eu vou matar Tanner rapidinho e então volto já, já — digo, antes de abrir a porta com força suficiente para ela bater contra a parede.

Vários pares de olhos me olham com surpresa quando me viro para irromper pelo corredor que leva ao escritório de Tanner, meu passo irritado avisando as pessoas para se moverem para fora do caminho.

Batendo a mão na maçaneta da porta de Tanner, eu a abro para vê-lo olhando para mim, seus pés apoiados para cima sobre a mesa, sua cadeira inclinada para trás e as mãos cruzadas atrás da cabeça.

— É melhor que seja importante — digo, andando para frente —, porque se for alguma besteira do tipo que você não consegue encontrar um clipe de papel, eu vou chutar a porra do seu...

Meu pé escorrega de debaixo de mim de repente, o chão escorregadio como merda quando eu caio com um baque duro nas minhas costas e deslizo de lado para o aparador de Tanner. A coisa toda se sacode com tanta força que um jarro balança em sua base e inclina na minha direção, seu conteúdo se espalhando pela lateral da mobília e espirrando em cima de mim.

Meus dentes batem juntos e levanto as mãos para notar que em vez de água, a jarra estava cheia de um líquido vermelho, meu terno agora estragado pra caralho enquanto a merda vermelha encharca o tecido.

Com a cabeça rolando no chão, eu olho para cima para o babaca que não se moveu um centímetro, exceto pela leve inclinação no canto da boca.

— Você está bem? — pergunta, sua voz ausente de preocupação real. — Espero que esse terno não seja caro.

— Não há emergência nenhuma, não é? — pergunto, com os dentes cerrados.

— Não — responde, seus lábios estalando na palavra.

— Eu vou te matar, porra.

Tanner sorri e joga uma caneta na superfície de sua mesa antes de puxar seus pés para baixo para se levantar da cadeira. Agarrando a alça de sua bolsa, ele mantém seus olhos treinados em mim enquanto a coloca sobre o ombro.

— Eu peguei uma página do livro de estratégias da sua garota. Lubrificante sexual é escorregadio como a merda, não é? Você realmente deveria prestar atenção para onde está indo. Pode se machucar um dia desses.

A gargalhada sacode seus ombros e ele sorri como se tivesse ganhado a guerra. Caminhando na minha direção, Tanner passa por cima de mim ao invés de oferecer a mão para me ajudar a levantar, seu pé deslizando um pouco no lubrificante enquanto ele sai de seu escritório.

— A vingança é uma cadela, Gabe. Lembre-se disso da próxima vez que quiser foder comigo.

Ele faz uma pausa.

— Ah, e aquilo foi tinta que eu adicionei à água que derramou. Também um toque de purpurina, já que me lembro o quanto você adorava isso no ensino médio. Boa sorte para esfregar isso da sua pele.

Rindo novamente, ele deixa seu escritório enquanto a parte de trás da minha cabeça desce para o chão. O som do elevador abrindo é fraco alguns segundos depois.

Fechando meus olhos, passo minha língua contra meus dentes superiores e silenciosamente juro ensinar a Tanner uma lição valiosa nos próximos dias.

Minha mão aperta o volante com a risada suave vinda do banco do passageiro.

Lançando um olhar bravo para ela, tenho que morder o interior da minha bochecha para não sorrir com a forma como Ivy luta contra a vontade de rir mais, seu olhar espreita minhas mãos enquanto ela rola os lábios em uma linha apertada.

— Nem mesmo diga isso — eu alerto, mal escondendo a falta de humor na minha voz.

— Sinto muito. — Respira, suas palavras tensas. A risada escorre por seus lábios, o som que lembra o de um balão vazando. — Parece que você fodeu um unicórnio com seu punho.

Seu rosto está vermelho de lutar contra a porra das risadas.

Não importava que eu tivesse esfregado minha pele por mais de uma hora, a tinta vermelha e a porcaria da purpurina grudaram.

Depois de fazer isso, o vermelho enfraqueceu para um rosa, a purpurina pegando luz toda vez que movo a mão de certa maneira. Isso só faz com que a mancha pareça pior.

— Tanner é um homem morto assim que terminarmos com o seu pai. O filho da puta declarou uma guerra, eu me recuso a deixá-lo vencer.

Ivy enxuga uma lágrima de seu olho.

— Tecnicamente, eu comecei isso.

— Sim, bem, agora eu sou seu aliado, então nós estamos lutando no mesmo time pela primeira vez.

Seus olhos disparam na minha direção.

— Você tem certeza?

Sim, eu penso, *eu tenho certeza.*

Demorei apenas dezoito anos para tirar a minha cabeça da bunda e descobrir que por trás do ódio que eu sentia por Ivy — por baixo da necessidade que eu tinha de destrui-la —, ela realmente era a única pessoa que podia me distrair da besteira na minha vida.

Isso não apenas conta para *alguma coisa*, de várias maneiras, mas também conta para *tudo*.

Estendendo a mão, entrelaço meus dedos nos dela.

— Nós mantemos um ao outro respirando, certo?

A expressão dela se suaviza, as risadas se vão e são substituídas por choque.

— Cuidado com isso. O céu pode se abrir e nos atingir com outra tempestade por unirmos forças.

— Nós somos a tempestade, amor. Não há muito que o mundo possa fazer com a gente agora — digo, enquanto viro o volante para nos tirar da rodovia principal a caminho da casa de seu pai.

Alguns segundos de silêncio se passam antes que ela suspire e olhe pela janela lateral.

— Talvez nós devêssemos adiar a visita ao meu pai. Quer dizer, número um, não é bom que você esteja entrando lá parecendo que acabou de estrangular uma vila inteira de marshmallows rosa…

Meus lábios se curvam com isso.

— … mas eu também me preocupo que haja mais coisas acontecendo que nós não entendemos.

— Você está preocupada com o seu pai, eu suponho.

— Aham. — Sua cabeça vira na minha direção, os gramados bem cuidados do bairro rico se misturando enquanto passamos pelas casas caras. — Eu sei que você não tem um bom relacionamento com o Warbucks, mas meu pai nunca fez nada comigo. Eu não quero machucá-lo.

Mantendo a minha voz intencionalmente suave, passo meu polegar sobre o dela e pergunto:

— Mesmo que ele esteja machucando outras pessoas?

Os olhos de Ivy encontram os meus, o silêncio caindo enquanto a pergunta permanece sem resposta entre nós.

— Droga, Gabe — ela sussurra, voltando sua atenção para a janela lateral enquanto volto a minha para a estrada. — Ele não faria isso.

Tenho minhas dúvidas, especialmente depois do que ela nos contou, mas convencer Ivy disso vai ser quase impossível. Não, a menos que seu pai se revele e prove que é um bastardo.

Nada mais é dito enquanto dirigimos o resto do caminho, meu carro parando lentamente assim que alcançamos os portões da propriedade do pai dela.

O guarda me olha com desconfiança, mas então suas sobrancelhas se atiram para cima ao ver Ivy ao meu lado. Ele não parece satisfeito em apertar o botão para abrir o portão, seus olhos permanecem fixos no meu rosto até que eu acelere para seguir para frente.

Os dedos de Ivy se apertam nos meus enquanto avançamos ao longo da longa estrada, seu olhar fixo nos jardins que se estendem, as plantas pintadas em cores vibrantes pelo sol poente.

Chegando à casa, eu estaciono na frente, minha mandíbula tensa. Saio do carro e dou a volta na frente para abrir a porta de Ivy e ajudá-la a sair.

Assim que ela se levanta, inclina o queixo para olhar para mim, hesitação óbvia em seus olhos.

— Sempre um cavalheiro — ela sussurra, as palavras agora uma piada interna entre nós.

Ela não está dizendo isso para me provocar desta vez, porém, é mais para uma conexão que ela possa segurar enquanto caminha em uma situação que pode quebrar seu coração.

Ivy está procurando força em um vínculo que, embora seja novo na forma que assume agora, sempre existiu entre nós.

Levanto sua mão e beijo o topo, feliz em dar a ela tudo o que ela precisa.

— Só por você.

Suspirando de novo, ela acena com a cabeça e gira os ombros.

— Vamos acabar com isso.

Mantendo sua mão presa na minha, conduzo-a pelos grandes degraus da varanda, meu polegar passando sobre o anel de noivado no dedo dela que eu brevemente considero que pode ter mais significado do que qualquer um de nós pretendia.

Ivy pressiona a campainha, seu corpo tenso ao lado do meu quando o mordomo responde, os sorrisos que ele dá a ela desaparecem assim que seus olhos se voltam na minha direção.

Depois de me dar um olhar cortante, ele volta sua atenção para Ivy.

— Nós pensamos que você voltaria para casa muito mais cedo, senhorita Callahan. E também assumimos que seria sem companhia.

— Não me diga que você concorda com papai, Harrison. Tenho todo o direito de escolher o que fazer. Eu sou uma mulher adulta agora.

Harrison dá um passo para trás para nos deixar entrar.

— Vou dizer ao seu pai que você está aqui. Será melhor se esperar por ele na sala de estar.

— Obrigada — ela resmunga, seu tom me lembrando de uma criança que foi repreendida.

Quando entramos na sala de estar adjacente ao hall de entrada, Ivy olha para mim.

— Isso já está indo mal. Eu nunca tenho que esperar por ele aqui.

Aperto a mão dela.

— Deixe-me lidar com isso.

O governador Callahan entra na sala segundos depois, seu rosto contorcido em desaprovação, suas roupas e cabelos escuros uma mancha contra o esquema de cores branco e creme que nos rodeia.

307

Depois de lançar um olhar superficial para sua filha, seus olhos deslizam na minha direção, a raiva óbvia, apesar de sua tentativa de não a demonstrar.

Ele ainda está me encarando enquanto fala com Ivy.

— Achei que já tivéssemos discutido isso. — Seu olhar corta na direção dela. — Que porra ele está fazendo aqui?

Ivy tenta puxar sua mão do meu aperto, mas recuso-me a soltá-la. Recuso-me categoricamente a deixar ir. Fiz isso uma vez, quando fui para a faculdade. E quando eu voltei, ela era apenas uma casca de si mesma. Não vou cometer o mesmo erro novamente.

A máscara que uso escorrega no lugar, minha voz rolando suavemente sobre a minha lábia.

— É bom vê-lo novamente, governador. Minha noiva me disse que você tem um problema com o nosso noivado. Estou aqui para resolver.

Abrindo um lado do terno, seu pai desliza a mão no bolso e me prende no lugar com um olhar de raiva tão fervente que a maioria dos homens iria se curvar sob ele.

É uma pena para ele que fui criado por homens muito mais aterrorizantes do que esse.

— Você não faz parte disso, Gabriel...

— Na verdade, é exatamente aí que você está errado.

Suas sobrancelhas se juntam por ser interrompido, meu sorriso se esticando no lugar em resposta.

— Eu não aprecio ninguém dizendo a Ivy o que fazer. E eu, especialmente, não aprecio ninguém tentando se colocar entre nós.

A reação dele não me surpreende. Na verdade, é exatamente o que eu queria para encurralá-lo com o que sabemos sobre o pai da Luca.

Toda essa farsa é para deixá-lo puto e desequilibrá-lo, para forçá-lo a escorregar e dizer a coisa errada. Ou isso, ou forçá-lo a acreditar no meu relacionamento com sua filha, para que ele explique ou confesse o que sabe sobre a situação em que estamos.

A maioria dos pais avisaria a filha sobre problemas em potencial. A maioria dos que verdadeiramente ama seus filhos explicaria os motivos exatos pelos quais eles precisam evitar o desastre.

Aparentemente, o governador Callahan não é um deles.

Esse fato é especialmente claro dada a maneira como ele me encara agora com uma inclinação arrogante de sua boca.

Esse pai tem outros planos.

— Não sei o que você espera conseguir aparecendo na minha casa e me acusando de ser um problema. — Ele faz uma pausa, seus olhos escuros procurando os meus enquanto meus dedos se apertam mais com os de Ivy. — Mas eu tenho um lugar para estar e não tenho tempo para brincar com você. — Cortando seu olhar para Ivy, sua voz é fria como gelo. — Eu te dei uma ordem. Você optou por não ouvir.

Dando um passo à frente, puxo seu braço para trazê-la para mais perto de mim, minhas defesas em alerta máximo porque não vou aceitar a maneira como ele está falando com ela.

— Por que você simplesmente não nos diz qual é o problema, governador? — Recusando-me a ceder um centímetro da máscara calma que uso, travo meus olhos com os dele. — Talvez se nós entendermos o que tanto o preocupa, possamos chegar a um acordo.

Mais uma vez, estou tentando enganá-lo para que ele nos dê algo — porra, *qualquer coisa* — que nós possamos usar contra a minha família ou qualquer outra pessoa.

Ele se recusa; ao invés disso, lança um olhar na minha direção antes de atravessar a sala para pegar um pequeno controle remoto.

— Deixe-me mostrar por que isso é um problema. E quando eu terminar com isso, você vai entender que ninguém entra em minha casa e faz exigências para mim ou questiona as minhas decisões.

Seu polegar bate em um botão para ligar uma televisão que está pendurada em uma parede distante, a tela ganhando vida quando pressiona outro botão para reproduzir um vídeo que me faz recuar um passo ao reconhecer o que é.

Ivy ofega quando reconhece a cena granulada, nossos olhos fixos em um vídeo de vigilância feito há dez anos no meio da cidade.

É na calada da noite, a imagem verde como se tivesse sido tirada com lentes de capacidade de visão noturna e, embora a imagem não seja perfeitamente nítida, é óbvio não apenas o que estamos vendo, mas quem é pega no filme.

O registro de tempo abaixo é executado rapidamente, uma versão mais jovem de Ivy movendo-se pelo pavilhão de seu pai com uma lata de gás nas mãos.

— Papai? O quê? Como? Por que você me disse que Gabriel fez aquilo se você tem isso? Há quanto tempo você sabe?

Enquanto ela divaga uma pergunta após a outra, eu fico paralisado, encarando a imagem.

Como caralhos ele conseguiu isso? Não consigo entender por que ele está nos mostrando ou o que planeja fazer com isso, mas o pavor é um nó no estômago ao descobrir.

O governador Callahan pausa a gravação e olha para sua filha.

— Ao contrário de você, eu não revelo todas as minhas cartas até que seja necessário — ele fala friamente —, mas agora que fui levado a este ponto, deixe-me explicar como isso vai funcionar. — Seus olhos cortam para mim. — Se você acha que eu não sei como você opera, Gabriel, tem muito que aprender. Acho que você está se esquecendo de que trabalhei com seu pai por *anos* antes de parar com essa merda. Eu sei como o seu grupo inteiro foi treinado para agir.

Meus olhos se estreitam sobre ele com raiva, e ele sorri.

— Aqui está o que estou oferecendo. Você deixa minha filha, vai embora agora, porra, e nada acontece com ela.

— Pai? Que diabos? — Ivy estala.

— Cale a boca, Ivy, e deixe os homens falarem.

A explosão dela não significa nada para ele, seu olhar nunca deixa o meu rosto enquanto ele late para ela ficar em seu lugar.

Deixe os homens falarem?

Seu pedaço de merda nojento.

É exatamente neste momento que eu finalmente enxergo o que deveria ter sabido o tempo todo. Este homem não tem nenhum respeito por ela. Nem um maldito grama disso. E o pedestal em que ele a manteve tem sido mais para mantê-la fora do chão do que por ser um fodido *pai* e mostrar a ela como andar sozinha.

Isso só me irrita mais. Ainda assim, eu não digo nada, minha mandíbula cerrada, meus olhos fixos nos dele enquanto espero para ver o quão baixo este filho da puta irá.

— Se você ainda quiser continuar com essa porcaria de noivado, vou vazar a fita.

Minha mandíbula aperta mais forte, mas forço um sorriso que não mostra nada do que estou pensando.

— Isso não iria apenas machucar você? Sua própria filha cometendo um crime sob a sua supervisão.

Seu sorriso corresponde ao meu.

— Você ainda tem muito que aprender, Gabriel, sobre como aqueles mais velhos que você trabalham. E quando eu puder provar que acabei de receber isso e decidi prender *minha própria maldita filha*, porque sou duro com o crime, ninguém virá atrás de mim por isso. Mas o que isso fará com ela?

— Você não faria isso — eu fervo.

Seu sorriso viscoso se estende ainda mais.

— Me teste. Eu estive jogando este jogo há muito mais tempo. Você não tem nenhuma ideia do que vou sacrificar para proteger meus interesses.

Ao meu lado, Ivy começa a gritar com seu pai e, embora eu possa ouvir sua voz, meu cérebro não está entendendo as palavras. Estou muito ocupado encarando esse babaca, minha mente lutando para descobrir uma maneira de contornar o que ele está fazendo.

Esta é a porra da última coisa que eu esperava que ele fizesse. Destruir sua própria filha? Que tipo de monstro ele é?

Aparentemente, um pai assim como o meu.

E agora que eu sei disso, o jogo precisa mudar novamente.

Ivy está chorando a essa altura, mas nenhum de nós olha para ela. Nós estamos muito ocupados olhando com raiva um para o outro.

Meu polegar varre o anel de noivado mais uma vez, uma promessa silenciosa gritando na minha cabeça que vou consertar essa situação, já que fui o imbecil que causou isso ao armar para ela em primeiro lugar.

Porra, isso vai machucá-la. Vai me matar no processo, mas eu preciso de tempo para descobrir o que fazer.

— Tudo bem — eu rosno. — Eu vou deixá-la ir. Mas só porque eu realmente me importo com ela, ao contrário de você.

— O quê? — Ivy se vira para mim, seus olhos selvagens na minha visão periférica.

Não consigo me virar para olhar para ela, não consigo desviar meu olhar do monstro parado na minha frente.

— Gabriel, não.

Seus olhos disparam de volta para seu pai.

— Isso é insano. Você não faria isso comigo.

Ela pode ter dificuldade em acreditar nisso, mas eu não. O governador Callahan acabou de arrancar sua própria máscara e me mostrou que tudo o que ele está envolvido é importante o suficiente para jogar sua própria filha debaixo do ônibus para protegê-lo.

Isso é muito maior do que qualquer um de nós imagina.

Solto a minha mão da de Ivy, meus olhos finalmente deslizando em seu caminho, implorando para ela ver a verdade de como eu me sinto, *implorando*, porra, para ela ver por baixo da minha máscara como ela empre fez.

Ela sempre soube quando eu estava mentindo. Mas, a julgar pelas lágrimas em seus olhos agora, temo que ela não saiba que estou mentindo dessa vez.

— O noivado está cancelado. Não me ligue de novo. Não venha à minha casa ou apareça no meu escritório. Nós terminamos.

Sua expressão cai, lágrimas escorrendo de seus olhos enquanto ela procura meu rosto.

— Não. Eu vou com você. Ele não vai realmente fazer isso.

Ela corre em minha direção, e eu agarro seu braço e a forço a atravessar a sala em direção a seu pai.

Ivy tropeça em seus próprios pés caminhando para trás, seu lábio inferior tremendo quando seu pai envolve um braço em volta dela para mantê-la parada.

Fico olhando para ela por alguns segundos silenciosos, intimamente prometendo que vou encontrar uma maneira de consertar isso, mas até então ela precisa ver através de Engano e lembrar que Gabriel a encara.

Meus olhos se erguem para o pai dela.

— Você ganhou.

Sua expressão nem mesmo estremece em resposta ao me ouvir dizer o que ele está pensando.

Olho para Ivy uma última vez antes de girar no meu calcanhar para ir embora como uma tempestade, sua voz um grito agudo quando me chama para voltar.

— Gabriel! Maldição! Eu não vou ficar aqui. Gabriel, pare!

Com os ombros tensos, saio da sala e marcho pelo saguão, seu mordomo abrindo a porta para mim assim que me aproximo.

Sua voz é um sussurro quando passo por ele.

— Por favor, dirija com cuidado ao sair, senhor Dane. E se você quiser o melhor para a senhorita Callahan, sugiro que esqueça que a conhece.

Virando-me para prendê-lo no meu olhar, observo enquanto ele bate a porta na minha cara, o músculo da minha mandíbula pulando uma vez antes de eu atravessar a varanda e descer as escadas.

Talvez eu não seja a maior fraude neste estado. O pai de Ivy acabou de provar ser pior do que eu.

capítulo trinta e seis

Ivy

Meu pai me solta assim que a porta da frente bate e Harrison aparece na entrada da sala de estar.

— Devo preparar o quarto dela, senhor?

— Meu quarto? — Eu giro para encarar meu pai. — Você está de sacanagem comigo, porra? Eu não vou ficar aqui. Sou uma mulher adulta. Você não pode...

Os lábios do meu pai se contraem em um sorriso malicioso, seus olhos escuros me apunhalando.

— Você vai fazer o que diabos eu mandar fazer. E eu acabei de mostrar o porquê. Não estou brincando com isso, Ivy.

Ele olha acima da minha cabeça para Harrison.

— Prepare o quarto e, em seguida, avise a Sra. Callahan que estou pronto para ir.

Harrison acena com a cabeça e se afasta, trinco os dentes com tanta força que a dor desce pela minha mandíbula.

— Você nunca vazaria aquela fita. Como sequer conseguiu isso? E por que eu só estou descobrindo isso agora?

Com a voz de um estrondo de som que ricocheteia nas paredes, meu pai grita:

— Eu tenho isso desde a noite depois que você incendiou o meu pavilhão. Foi apenas mais outra das bagunças que tive que limpar para você, e é o principal motivo pelo qual você foi enviada para uma faculdade só para mulheres. Você é muito estúpida para o seu próprio bem. Mesmo agora, continua tomando decisões que podem arruinar esta família, e eu não vou mais defender isso. Você tem alguma ideia do que tive que fazer para enterrar aquela fita?

— Isso foi há dez anos — eu argumento, lágrimas escorrendo dos meus olhos que são reais desta vez.

— Estou bem ciente de quando você decidiu tentar afundar minha carreira — ele berra, saliva voando de sua boca, as sobrancelhas franzidas com tanta força que seu rosto é uma máscara de raiva.

— A única coisa que eu não sei é o porquê você fez isso. Embora eu não ache que preciso perguntar. *Tudo* o que você fez naquela época tinha alguma coisa a ver com Gabriel Dane. Eu senti que era seguro assumir que aquela cena era igual a todas as outras. Afastar você dele foi a melhor coisa que fiz como seu pai. E agora você acha que pode valsar na minha casa e anunciar que vai se casar com ele? Pense novamente, Ivy. Ele está te usando para chegar até mim. Ele praticamente provou isso indo embora agora mesmo.

— Ele se afastou para me proteger — eu grito de volta, porque essa é a única coisa que herdei do meu pai. Seu pavio curto. Um temperamento que, quando disparado, pode aterrorizar uma pessoa normal. — Você não deu a ele nenhuma escolha ao me ameaçar. Se alguém está me usando agora, é você. Como pode não enxergar isso?

Eu odeio que as lágrimas escorrendo pelo meu rosto sejam reais. Tanto de raiva do meu pai quanto medo de que o que Gabriel me disse fosse verdade e não apenas mais uma de suas mentiras.

No caminho para cá, as palavras que ele usou me quebraram e me reconstruíram. Elas foram tão inesperadas quanto sinceras. Não há nenhuma maneira de Gabriel estar me usando, e meu pai alegar isso é uma faca em meu estômago.

Sim, o noivado é falso, mas, por alguma fodida razão, ele parece real. E eu me recuso a deixar meu pai ficar aqui e me dizer que estou sendo usada.

— Estou indo embora…

Ele estende a mão para agarrar meu rosto, as pontas dos dedos cravando em minhas bochechas com tanta força que sei que vão ficar com hematomas. Abaixando seu rosto para o meu, ele me olha com desprezo.

— Você fará o que for mandado se souber o que é bom para você. Não vou dizer o motivo, porque isso não é da sua conta, porra. Mas o que você deve saber é que estou limpando outro de seus desastres *antes* que você tenha a chance de arruinar a vida de todo mundo por causa disso. Tentei uma abordagem diferente com você, tirando tudo. Eu te dei a chance de consertar isso e perceber o quão horrível aquele garoto é. Mas o que você fez? Correu direto para ele. Sua vida inteira, Ivy. Isso é quanto tempo você tem perseguido Gabriel, e se acha que ninguém sabe disso, está delirando. Ele nunca foi bom para você. E o fato triste que você aparentemente nunca verá é que você não é nada além de um divertimento para ele. Algo para ser jogado de lado quando ele se cansar de seus jogos. Não sei ao certo o que ele está procurando agora, mas se é o que eu suspeito, então você precisa ficar longe disso, porra.

Quando me solta, tenho que dar alguns passos para trás para não cair. Os olhos de papai me encaram com raiva, desgosto rolando atrás deles pelas lágrimas escorrendo em minhas bochechas.

Endireitando seu paletó, meu pai puxa os punhos no lugar e me olha com seu olhar sombrio.

— Deixar vazar aquela fita não é o pior que eu posso fazer com você. E definitivamente não é o pior que posso fazer com Gabriel. Não me tente, Ivy. Este é meu último aviso. Se você me desobedecer novamente, haverá repercussões.

Nossos olhos se encontram, o meu na recusa de fazer o que me foi dito e o dele na promessa de destruir todo mundo que o desafia. Isso apenas cimenta a ideia na minha cabeça de que as mãos de meu pai estão enterradas em algo terrível, que ele está envolvido em algo tão malditamente errado que está disposto a destruir sua própria filha para manter isso em segredo.

Meu pai, o homem que sempre foi meu herói, é tão sujo quanto o resto deles. Exceto que ele se esconde atrás do sorriso fingido de um político, seus segredos enterrados sob negociações secundárias sombrias e mentiras eloquentes.

A lealdade que uma vez eu tive por ele se foi. Queimada. Despedaçada pra caralho, porque percebo que sou apenas mais um peão. Uma maldita bugiganga que ele usa para fingir ser um bom homem.

Atrás de mim, a voz suave da minha mãe flutua na sala.

— Querido, Harrison me disse que você está pronto. Oh! Ivy, querida, não sabia que você estava aqui.

Eu me viro para travar os olhos com a mamãe. Ela está linda em um vestido azul pastel, seu cabelo loiro preso em um coque elegante, diamantes cintilando em suas orelhas e ao redor de seu pescoço.

Outra bugiganga, eu percebo. Aquela que está perfeitamente feliz em fazer o seu papel.

— Está tudo bem?

Ela dá um passo na minha direção, mas meu pai me empurra de lado para encontrá-la antes que ela possa me alcançar.

— Estamos atrasados, Allison. Nós devemos ir.

— O que está acontecendo? — pergunta, seus olhos azuis correndo para mim novamente.

— Vamos discutir isso no carro. — Papai arrasta mamãe antes que eu possa responder.

Olhando para mim por cima do ombro enquanto saem da sala, mamãe esquece o assunto, mas então, ela sempre foi uma socialite feliz em fazer o que mandam.

É exatamente o que meu pai quer que eu me torne.

Foda-se isso.

E foda-se ele.

Essa garota não se *comporta* por ninguém.

Estou enxugando as lágrimas do rosto quando Harrison aparece na porta novamente, sua expressão estoica como sempre. Embora, isso não seja nada novo. Meu pai e eu brigamos mais vezes do que posso contar. Harrison tem muita prática em controlar suas reações.

Papai estava certo sobre uma coisa, no entanto. Cada vez que brigamos, tinha alguma coisa a ver com Gabriel. Algum aspecto da nossa guerra que foi longe demais e meu pai teve que limpar.

Só que, desta vez, Gabriel está do meu lado tanto quanto estou do lado dele. Recuso-me a acreditar que ele desistiu.

— Vai ser bom tê-la em casa por um tempo, senhorita Callahan. Você fez falta. Precisa de alguma coisa antes de eu lhe mostrar o seu quarto?

Ele se refere ao meu antigo quarto. Aquele com a fechadura conveniente do lado de fora. Meu pai tinha instalado aquilo quando eu estava no ensino médio. Foi apenas mais uma de suas tentativas de me controlar.

Sabendo que não devo discutir, forço-me a sorrir docemente.

— De jeito nenhum. Acho que devo correr lá para cima e me preparar para dormir.

Seus lábios se curvam nos cantos.

— Eu acho isso sábio. Seu pai insistiu que ficasse quieta até que ele voltasse para casa do jantar beneficente.

Passando por ele, meus saltos clicam no piso de mármore.

— Eu não posso acreditar que você está do lado dele, Harrison. Até você sabe que isso é errado.

Ele é uma presença silenciosa nas minhas costas enquanto subimos as escadas, sua voz finalmente invadindo meus pensamentos quando chegamos à minha porta.

— Se isso te mantém segura, senhorita Callahan.

Contornando-me para abrir a porta, seus olhos castanhos encontram os meus.

— Nós dois sabemos que seu pai só quer o melhor para você.

Melhor para mim. Aham.

Entro no quarto e escuto a porta fechar silenciosamente nas minhas costas, a fechadura clicando no lugar um segundo depois. Com um revirar dos meus olhos, deixo escapar um suspiro e atravesso o quarto para me sentar na cama.

É uma pena para Harrison e meu pai que eu descobri como escapar deste quarto há muito tempo, então, em vez de ter um ataque, tiro meu telefone da bolsa e ligo para a minha cúmplice de toda a vida.

Emily atende após o primeiro toque.

— Como está a vida sendo a futura senhora Gabriel Dane? — provoca, obviamente ciente de tudo o que está acontecendo porque ela ainda está falando com os gêmeos.

— Não tão boa. Eu preciso ser resgatada.

Ela ri.

— Da casa de Gabe ou de Tanner?

Do lado dela da linha, ouço uma voz profunda e percebo que interrompi algo.

— Merda. É o Ezra?

Um suspiro profundo sopra contra o telefone.

— Sim, mas ele pode ser o músculo se você precisar. Não é como se ele não tivesse ajudado antes.

O riso borbulha pelos meus lábios, e eu me deito na cama, meus olhos encarando o teto.

— Eu preciso de um resgate da casa do meu pai.

— O quê?

Sua voz explode na linha e tenho que afastar o telefone do ouvido para não ficar surda.

— O que diabos aconteceu?

— Longa história. Você pode estar no nosso local de costume em uma hora?

— Vejo você lá.

Depois de desligar, deixo o telefone cair na cama e luto contra o ataque de pânico que se aproxima de mim. Ele permanece como um maldito perseguidor, apenas fora de alcance enquanto o meu pulso se acelera e minha garganta se fecha.

Tudo o que posso ver toda vez que pisco meus olhos é Gabriel se afastando. Como se eu não importasse. Como se eu desse a mínima ao que meu pai faria.

Minhas lágrimas não eram pelo que meu pai estava fazendo comigo, eram por um homem que apenas uma hora atrás me disse que estava do meu lado. Eu não acho que ele sabia o quanto aquelas palavras significavam para mim.

Ele não tem ideia de quanto tempo esperei para ouvi-las.

Mas então, ao primeiro sinal de problema, ele sai correndo como se não pudesse escapar rápido o suficiente.

Ele não poderia estar falando sério sobre nunca mais entrar em contato com ele. Não agora. Não depois do que nós passamos no mês passado. Eu sei disso. Mas ainda resta a dúvida persistente de que ele estava falando sério. Que meu pai estava certo em dizer que estou sendo usada.

É difícil não lembrar que a única razão pela qual estou sentada aqui agora é o preço que Tanner exigiu primeiro de mim. É possível que tudo isso seja apenas parte de um esquema elaborado para conseguir o que eles queriam?

Tenho que respirar e me acalmar para lembrar com quem estou lidando.

Gabriel.

O mentiroso.

Engano.

Ele me prometeu que não usaria mais aquela máscara. Mas *apenas* para mim. Quando se trata de todo o resto, Gabriel não mudou.

Saber disso é o que me impede de perder a cabeça no momento, a vozinha na minha cabeça que sussurra que ele devia estar mentindo.

Ele recuou muito rápido.

E não é nada como o garoto que eu conhecia que nunca foge de uma luta.

Gabriel nunca recua.

Ele apenas se reagrupa e tenta novamente.

Esse pensamento é o que me empurra da cama e me coloca de pé. É o que me manda em direção ao meu antigo armário para trocar meu vestido e os saltos.

Felizmente, eu ainda caibo em todas as roupas velhas que não levei comigo quando voltei da faculdade e me mudei para a outra casa.

Uma vez no traje apropriado para me esgueirar, respiro profundamente e prometo a mim mesma que Gabriel Dane não tinha apenas deixado meu pai vencer.

Ele só nos deu mais tempo para resolver isso. O que significa que preciso fazer algo que prometi a mim mesma que não faria.

Decisão tomada, abro a janela e rastejo para fora. Mas em vez de seguir o caminho normal que me leva para baixo pela lateral da casa e para longe da mansão, eu cuidadosamente faço meu caminho para a parte de trás da casa e encontro um caminho para descer.

Silenciosamente agradecendo a minha mãe por todas as treliças úteis que escalam as laterais, uso uma porta de serviço para me esgueirar de volta para dentro de casa.

Meu pai começou uma guerra que ele não vai ganhar quando ameaçou a minha vida. E é uma droga para ele que não perceba que nuvens escuras surgiram quando ele não estava as esperando, uma tempestade pairando no horizonte, repleta de trovões e a ameaça mortal de um raio.

Meu pai está acostumado aos problemas que eu posso causar quando estou sozinha, mas ele não tem a menor noção do que está enfrentando agora que juntei forças com meu oponente de toda a vida.

Gabriel

O olhar de Tanner passa por mim quando ele finalmente atende sua maldita porta, a suspeita rolando enquanto ele olha para cima, para baixo, para a esquerda e depois para a direita. Não sei o que porra ele está procurando, mas isso só me deixa puto.

Já estou parado aqui há dez minutos batendo na madeira, exigindo que ele pare o que quer que esteja fazendo para me deixar entrar.

Com muita raiva para lidar com suas besteiras no momento, bato minha palma contra seu peito e o empurro para dentro.

— Que diabos, Gabe? Qual é o seu problema?

Passando por ele, vou direto para o bar. Uma bebida é provavelmente a última coisa de que preciso agora, mas essa também é a única coisa que pode me acalmar.

Tanner segue em meus calcanhares, sua expressão tensa com confusão. Ele acena com a mão para Luca quando ela se levanta do sofá para falar comigo, silenciosamente dizendo para me deixar resolver isso com algumas doses de uísque antes de começarmos esta conversa.

Três drinques virados depois, e eu me viro para encontrar os dois olhando para mim em silêncio.

— Ligue para os caras — eu digo, minha voz cuidadosa, apesar da raiva fervendo em minhas veias. — Reunião de família, porra, bem agora.

Felizmente, Tanner não faz perguntas. Ele puxa seu telefone do bolso e envia uma mensagem de texto. Terminando isso, joga o telefone na mesa de café ao lado dele e encontra meu olhar.

— Você vai me dizer o que está acontecendo antes de terminar essa garrafa?

Olho para ela e volto para ele. Mas, em vez de entorná-la na minha boca, sirvo outra bebida e coloco a garrafa e o copo na mesa.

— O governador Callahan tem uma gravação de Ivy incendiando o pavilhão.

— Que porra? — Os olhos de Tanner se arregalam, seus ombros ficam tensos. — Por quanto tempo e como ele conseguiu isso?

Girando lentamente a bebida que ainda não toquei no balcão de seu bar, balanço a cabeça para os lados.

— Nenhuma pista. Infelizmente, quando peguei meu violão para cantar Kumbaya com o cara e contarmos um ao outro todos os nossos segredos, ele não gostou. Você, de verdade, acha que ele me contou tudo isso, porra?

Tanner balança a cabeça em negação e se levanta do sofá. Andando na minha direção, ele passa a mão pelo cabelo.

— Então, o que diabos ele contou a você?

— Que se eu não fosse embora daquela merda e deixasse Ivy lá, ele vazaria a fita e, em seguida, prenderia sua própria filha para proteger seus interesses.

Seu passo para, seus olhos presos nos meus.

— Você está de sacanagem.

— Sim, é o novo roteiro do meu *stand-up comedy*. Estou cansado de ganhar milhões como advogado e decidi pegar a estrada para uma turnê mundial.

Ignorando minha besteira, Tanner continua andando enquanto a voz de Luca preenche o espaço.

— Por que Ivy queimou um pavilhão?

— Porque Gabriel armou para ela fazer isso no ensino médio, a fim de enganá-la para me pedir um favor. Eu cobrei o preço na festa de noivado.

Os olhos de Luca se fixam em mim.

— Sério? Novamente, eu esperaria isso de Tanner porque ele já provou que vai descer tão baixo assim, mas você?

Pobre coisinha. Eu amo Luca. Ela é linda por dentro e por fora, mas está se iludindo ao pensar que faço parte desse grupo apenas no nome.

— Não me chamam de Engano por nada, amor. Levei você a acreditar que não sou como eles, assim como levo todos a acreditarem que sou alguém que não sou. Não é minha culpa você ter caído.

Seu queixo cai e eu sorrio.

— Mas você sempre foi tão fofa por confiar em mim.

Quando dou uma piscadinha, suas bochechas ficam vermelhas, a reação de alguma forma me empurrando para longe de uma borda violenta

ENGANO 321

para que eu pudesse pensar com mais clareza.

— Ok, qual é a lei para incêndios criminosos? Cinco anos?

Tanner já está pulando nisso, seu conhecimento jurídico e mente astuta correndo para encontrar respostas enquanto eu pego minha bebida e engulo um terço dela.

— Cinco anos, talvez — respondo. — Além disso, ela era tecnicamente menor de idade quando o incidente aconteceu.

Tanner para.

— Então ele não tem nada.

— Exceto pela habilidade de arruinar a reputação dela — eu o lembro. — Quem diabos vai contratar a mulher que queimou o pavilhão de seu pai? Ou, por falar nisso, aceitá-la em nossos círculos?

— Nossos círculos criminosos? — ele pergunta, sua sobrancelha arqueando.

— Você sabe o que quero dizer, Tanner. Isso não pode vazar e, se acontecer, eu sou o responsável.

E essa é a parte que mais me deixa puto. Sim, eu originalmente fiz isso com a intenção de destruí-la, mas foi quando eu não entendia como me sentia por Ivy. Se isso a destrói agora, ainda está em minhas mãos, independentemente de eu querer ou não.

Engulo o resto da minha bebida e bato o copo no balcão.

— Nós temos que encontrar uma maneira de consertar isso. Eu fiz isso com ela. E depois que terminarmos de consertar, eu tenho que…

Porra…

O que mais há para fazer além de me afastar dela? Não importa o que eu tente fazer quando se trata de Ivy, acabo a machucando.

— Eu preciso ficar longe dela, porra, então não acabo destruindo-a de alguma outra forma.

Derramando outra bebida, meu maxilar treme porque me afastar é a última coisa que eu quero.

— Ela sabe que você fez isso com ela? — Luca pergunta, sua voz suave.

Dando de ombros, eu explico:

— Eu admiti para ela outro dia.

— E ela não arrancou seus olhos?

— Não enquanto eu a estava irritando com outra coisa ao mesmo tempo. Por quê?

Uma gargalhada estremece seus ombros.

— Deixe-me te dar uma dica, Gabe. As mulheres podem ficar loucas por coisas diferentes, tudo ao mesmo tempo. É um talento especial. Então, por que ela não estava brava por você ter armado para ela?

— O que isso importa? — Tanner explode. — O problema que estamos enfrentando agora é que nós acabamos de perder toda a vantagem para arrancar informações do pai dela.

— Claro, isso é tudo com o que você está preocupado — Luca rebate.

Tanner sorri, mas a expressão se derruba em seu próximo pensamento.

— Ele é tão sujo quanto as nossas famílias.

Quando seu olhar encontra o meu, aceno em concordância.

— Todo esse tempo, eu pensei que ela fosse a princesa mimada. Nunca imaginei que estivesse tão presa quanto nós.

Eu a tratei como uma merda o tempo todo também. É apenas mais um pensamento que aperta meu punho, endurece minha mandíbula e me faz querer voltar no tempo para ver o que estava parado na minha frente o tempo inteiro.

A porta da frente se abre, vários pares de passos vindo em nossa direção. Viro-me para ver a maioria dos caras entrando. É conveniente que todos nós vivamos tão perto um do outro. Torna momentos como este possíveis.

Depois que todos se sentam ao redor da sala, noto que um está faltando.

— Onde está Ezra?

O olhar âmbar de Damon atira em minha direção, a raiva brilhando em seus olhos.

— Aqui não. Vamos acabar logo com isso para que eu possa voltar ao que estava fazendo.

Alguma coisa está afetando os gêmeos nas últimas semanas, e não sou o único que notou.

Mantivemos os ouvidos atentos para garantir que o pai deles se absteve de ligar para eles, mas, com a promessa de manter Luca sob controle, nossa influência sobre William também acabou.

— O que se passa com você? — Tanner pergunta, seu olhar cuidadoso prendendo Damon no lugar.

Damon se recosta em sua cadeira e passa a mão sobre a cabeça, as pernas esticadas na frente dele. Apesar da postura relaxada, é óbvio para todos que ele está nervoso.

— Vamos parar de se preocupar comigo e descobrir o motivo pelo qual você disse a todo mundo para vir.

Minha sobrancelha se levanta ao ouvir o fio da navalha em sua voz.

O problema com os gêmeos é que eles são granadas vivas que devem ser manuseadas de maneira adequada. A julgar pelo ar ao redor de Damon agora, é apenas uma questão de tempo antes que ele exploda.

Tanner sente isso também, seu corpo ficando imóvel enquanto observa Damon com preocupação.

A única maneira de difundir isso agora é redirecionar a atenção de Damon.

— O pai de Ivy tem um vídeo dela incendiando seu pavilhão há dez anos. Ele me disse que se não recuarmos, ele vazará a fita e a prenderá.

— E esse é o nosso problema, por quê?

Meus olhos cortam para Jase, onde ele se inclina contra uma parede, com seus braços cruzados sobre o peito. Infelizmente, se não envolver Everly, ele não dá a mínima. Então eu vou por esse caminho.

— O pai dela tem um link com a sua garota. Você pode querer que esse seja o seu problema se espera encontrá-la novamente.

Apesar de nossa troca, Tanner ainda está de olho em Damon. Ele apenas se afasta do olhar fixo quando o silêncio cai na sala.

Olhos verdes-escuros encontram os meus.

— Nós precisamos de alguma coisa contra o governador para prendê-lo no lugar.

— Posso ser capaz de ajudar com isso.

Meu olhar passa por Tanner para assistir Ivy, Emily e Ezra entrarem na sala, uma mistura de raiva, culpa e preocupação manchando meu sangue enquanto seus olhos azuis encontram os meus.

Ela sorri, a expressão dela é aquela doce que tem me deixado louco por anos.

— Você parece surpreso em me ver. Realmente achou que meu pai poderia me manter trancada em uma gaiola?

Não. Mas uma vez eu cometi o erro de acreditar que você estava feliz por estar presa em um pedestal.

É tanto um alívio quanto enlouquecedor vê-la. Até que saibamos como impedir que seu pai cumpra sua ameaça, ela precisa ficar longe de nós e fazer o que for preciso para mantê-lo feliz.

Irritado que ela se arriscaria, começo a irromper em sua direção para dizer isso a ela.

Antes de eu chegar ao meio da sala, Damon salta de sua cadeira e ataca Ezra, os dois irmãos trocando socos, seus corpos batendo contra a parede pelo tempo em que qualquer um de nós tem a chance de reagir.

— Que porra é essa? — Shane grita, enquanto se lança para frente, suas mãos agarrando os ombros de Damon para puxá-lo de volta enquanto Tanner se move para agarrar Ezra.

É uma merda quando os gêmeos ficam assim. Eles estão tão perdidos e vendo vermelho que leva todos nós para intervir e separá-los. No momento em que três de nós estamos em Damon e os outros quatro em Ezra, o sangue corre por seus rostos, seus olhos fixos na batalha.

Do hall de entrada, posso ouvir Emily chorando. Nem Luca nem Ava estão na sala, então elas devem ter corrido atrás dela.

— Alguém vai me dizer agora, porra, o que diabos está acontecendo com vocês dois! — Tanner exige.

Isso não tira os gêmeos do olhar de morte em que trancaram um no outro, e eu rosno porque essa merda não está ajudando.

A porta da frente abre e fecha antes de Ivy e Luca reaparecerem. Ivy se vira para encarar os gêmeos com raiva, seus lábios são uma linha fina, o que significa que ela está a cerca de cinco segundos de piorar as coisas.

— Foda-se isso — eu estalo. — Shane, Jase e Sawyer, levem Damon para a cozinha. Taylor e Mason, levem Ezra lá para cima para um banheiro. Limpem esses imbecis e, em seguida, os mantenham separados até que nós possamos lidar com o problema.

Eu irrompo em torno deles para agarrar o braço de Ivy e arrastá-la através do hall de entrada até a porta da frente antes que ela consiga pular para entrar na cara dos gêmeos. A tensão que sinto saindo dela significa que ela tem toda a intenção de fazer exatamente isso.

Tirando seu braço do meu aperto assim que estamos na varanda, ela se vira para me encarar. E estando tão perto, finalmente, eu vejo outra coisa que bate meus dentes, pura raiva rastejando pela minha espinha.

Fecho a distância entre nós com um longo passo e estendo a mão para deslizar meu polegar sobre sua bochecha.

— Seu pai fez isso?

Três hematomas leves marcam a pele dela, a descoloração não totalmente perceptível, a menos que você tenha passado horas memorizando seu rosto como eu passei.

Ela se afasta do meu toque, levantando a mão até sua bochecha.

— Está tudo bem.

— Não está tudo bem — eu rosno, de repente reconsiderando a ideia de que ela precisa voltar para casa até resolvermos tudo.

Agora, depois de ver isso, não vou deixá-la fora da minha vista.

— Eu vou matá-lo, porra.

Seus olhos se voltam para os meus, uma tempestade de pensamentos caindo por trás deles. Curiosamente, ela capta a acusação exata sussurrando na minha cabeça, sua expressão se suavizando.

— Você não causou isso, Gabe. Não é sua culpa.

Eu quase rio porque, *é claro*, Ivy sabe exatamente o que estou pensando. Ela sempre teve a capacidade irritante de ver por trás da máscara.

Mas talvez seja isso que acontece quando você se liga a uma pessoa tanto no amor quanto no ódio. Ambas as emoções são tão profundas e insanas que você não pode deixar de estudar a pessoa que as extrai de si mesmo.

Ela me conhece tão bem quanto eu a conheço.

Mesmo que eu nunca acreditasse que a queria.

— É minha culpa — eu digo, andando de um lado para o outro. — Se eu não tivesse armado para você fazer o que fez...

— Acha que eu não sabia que era você?

— Claro que você sabe que fui eu, eu te contei.

Ela ri, o som é uma explosão rápida antes de ela balançar a cabeça para os lados.

— Eu sabia antes disso.

Minha cabeça estala em sua direção.

— Eu não estou entendendo. Você soube depois de pedir o favor?

Ela balança a cabeça em negação e envolve os braços sobre si mesma.

— Isso é o que eu estava tentando dizer a você hoje mais cedo.

A suspeita me apaga, e não gosto do jeito que Ivy está olhando para mim como se ela tivesse algo a esconder.

— Me dizer o quê, exatamente?

Seus olhos dançam para longe, seus lábios se juntando antes que ela arraste aquele olhar culpado de volta para mim.

— Eu armei para você, Gabriel. A única razão pela qual nós estamos aqui agora é por minha causa.

Ivy pisca os olhos, mas quando eles se abrem novamente, seus lábios se separam ligeiramente, uma respiração escapando sobre eles antes que ela admita:

— Você não é o único enganador aqui. Tenho sido uma desde o dia em que nos conhecemos.

capítulo trinta e oito

Ivy

Já mencionei o quanto minha relação com Gabriel tem sido um completo desastre?

Desde o começo, realmente. Em um dia claro de verão no meio do jardim da minha mãe. Nós estávamos rodeados de luz do sol e flores. Eu estava com o meu vestido favorito. E quando ele se aproximou de mim e vi seu rosto, eu soube que tinha encontrado o meu príncipe.

Mesmo que ele estivesse sangrando.

Mesmo que estivesse machucado.

Mesmo que já estivesse quebrado sob o peso de sua família horrível.

Lá estava ele, o menino que eu nunca esqueceria. Nunca pararia de perseguir. Nunca desistiria.

Mas em vez de o nosso conto de fadas começar com *Era uma vez*, foi mergulhado na miséria e envolvido com mentiras.

Um príncipe quebrado.

A princesa mimada.

E uma guerra onde os jogadores tinham dois objetivos diferentes.

Ele se escondeu atrás da máscara de nunca se machucar. E me escondi atrás de uma que fingia odiá-lo.

Quando chegou a hora de deixá-lo ir, quando nosso último ano estava quase terminando e eu sabia que ele iria embora, fiz a única coisa que pude para me agarrar a Gabriel.

Foi a minha maior mentira.

E uma que me recuso a lamentar agora que acabamos aqui.

A coluna vertebral de Gabriel se endireita com o que eu disse, a máscara deslizando para o lugar não porque ele pode se esconder de mim, mas porque se sente ameaçado.

— O que você quer dizer com você armou para mim?

Há algo na voz dele que corta uma linha tênue na areia. É um tom defensivo enquanto ele mergulha de novo no personagem. Seus lábios já estão se enrolando no sorriso malicioso arrogante que me deixou louca durante anos. Seus olhos verdes estão afiados, avaliando, sua postura é tão mais alta que ele me encara de cima à espera da minha resposta.

Abrindo minha boca para responder, não consigo encontrar o ar em meus pulmões para fazer as palavras saírem. Meu coração está batendo na garganta, meus dedos se enrolando nas palmas das mãos.

Não é nem um grande negócio. No entanto, ainda é um jogo que usei para enganá-lo, porque sabia que isso iria arrastá-lo de volta.

É apenas mais uma mentira que paira entre nós, pesada, inchada e apodrecida.

— Pare de imitar um peixe, amor. Você fica fofa com sua boca abrindo e fechando assim, mas não responde à minha pergunta.

Gabriel se aproxima de mim e tenho que inclinar meu pescoço para cima para olhar para ele. Desse jeito, ele é uma presença ameaçadora, uma tensão que pode estalar a qualquer momento e despedaçar o meu mundo.

— O que você fez? — A voz dele é suave demais para ser reconfortante.

Puxando uma respiração profunda, fecho os olhos e invoco a coragem de admitir o quanto eu estava disposta a me arriscar para garantir que o veria novamente.

Uma voz nas minhas costas rouba a nossa atenção antes que eu consiga fazer a primeira palavra sair, os olhos de Gabriel cortando por cima da minha cabeça enquanto me viro para ver Emily correndo até mim.

— Eles estão bem? — Ela encontra meu olhar antes de se voltar para Gabriel. — Vocês pararam a luta?

Os olhos dele rastejam de volta para mim quando me viro para enfrentá-lo. Eles procuram meu rosto até fixar meu olhar com a raiva reprimida rolando atrás deles.

Sem olhar para longe de mim, ele fala:

— Emily, vou pedir uma vez que você se afaste.

— Eu preciso saber — ela implora.

Sua mandíbula se aperta, seus olhos finalmente disparam de volta para ela, mas eu me viro antes que ele possa dizer qualquer coisa.

— Eles estão bem — respondo por ele. — Os caras foram capazes de separá-los. Você disse que estava indo embora. Por que ainda está aqui?

Seus olhos azul-turquesa voam para a casa e voltam para mim.

— Eu só tinha que ter certeza. É minha culpa.

— Vocês duas parecem ter culpa por muitas coisas ultimamente.

O sussurro profundo da voz de Gabriel atrai minha atenção de volta para ele. Há uma pergunta e um aviso nessas palavras, uma acusação no tom dele.

Sabendo que tenho que terminar esta conversa para que ele possa ver que o que eu fiz não é tão ruim quanto pensa, olho de volta para Emily e lhe ofereço um sorriso fraco.

— Os gêmeos estão bem. Eu prometo. Apenas vá embora e eu te ligo mais tarde.

Ela acena com a cabeça em concordância, seus olhos voltados para a casa mais uma vez antes de se virar com as chaves na mão para caminhar para o carro dela.

Fico olhando atrás dela até que sua sombra seja indistinguível do resto à distância, um sopro se derramando sobre meus lábios enquanto me viro de volta para a presença pairando nas minhas costas.

Os dedos de Gabriel tocam gentilmente a minha mandíbula, olhos verdes encontrando os meus com uma ameaça claramente escrita neles. A voz dele é tão suave que é arrepiante.

— O que você fez?

Seu polegar varre a linha da minha mandíbula e eu tremo com o contato, minha garganta secando. E, na verdade, é uma besteira. Foi ele que quis o que aconteceu, eu só usei isso para o meu proveito.

Mesmo que eu não soubesse, tudo teria acabado da mesma maneira. E daí se a minha decisão tinha sido baseada no meu objetivo em vez do dele? Nós teríamos acabado aqui independentemente.

Encolhendo um ombro, cuspo a verdade. Arrastar isso por aí é ridículo.

— Eu sabia que você armou para eu incendiar o pavilhão.

Gabriel pisca, seu maldito polegar tão malditamente macio contra o meu rosto, a almofada dele passando pelos hematomas tênues que meu pai deixou.

— Nós resolvemos isso. Tenho certeza de que você descobriu depois que recebeu a gravação na manhã seguinte.

— Não, Gabe. Não é isso que eu quero dizer.

Afastando-me de seu toque porque ele está apenas me distraindo e embaralhando meus pensamentos, eu confesso:

— Eu sabia antes de ter queimado o pavilhão. Sabia que você tinha começado os rumores. Sabia que tinha armado o desafio. Sabia que você queria que eu pedisse um favor. Eu *sabia* de tudo antes de seguir em frente com isso.

Seus olhos se arregalam apenas uma pequena fração. Não o suficiente para que qualquer outra pessoa notasse sua reação pelo que é. Mas eu o conheço melhor do que a maioria.

Dando um passo para trás, Gabriel enfia as mãos nos bolsos, Engano firmemente no lugar, sua postura um quadro em branco que não diz nada.

— Por que você faria algo tão estúpido?

Sua voz mal é um sussurro, tão malditamente macia, mas o trovão ressoa por baixo dela. Levanto os olhos para testemunhar a pitada de raiva em seu olhar fixo. Somente o canto da boca de Gabriel se levanta, o começo de um sorriso zombeteiro que ele usa sempre que está prestes a arrasar o mundo ao redor de quem quer que o desafie.

Essa é a derradeira verdade que uma pessoa tem que se lembrar com ele: Gabriel fica mais perigoso quando sorri.

Ele dá um passo para frente, e dou um para trás por instinto. Quando sua cabeça se inclina levemente e seus olhos estudam meu rosto, luto para engolir o nó na minha garganta.

Eu não fiz nada de errado, não realmente, mas você não saberia ao olhar para ele.

— Diga-me — ele exige, sua voz tão irritantemente terna que meu coração martela sob minhas costelas. — Por que você faria algo tão insanamente estúpido?

Minhas costas batem em uma coluna da varanda, e eu fico presa no lugar enquanto ele fecha a pouca distância que resta entre nós. Inclinando meu pescoço, olho para cima para ele, meus olhos se estreitando na curva de sua boca.

— Para me prender a você — eu admito, minha voz tremendo com a resposta.

Uma confusão momentânea passa por sua expressão, está lá e então desaparece novamente, substituída pelo sorriso lento e sinuoso que me aterroriza agora, mesmo que eu só tenha visto isso antes como um desafio.

E por que isso?

Por que meu pulso está tão rápido que parece como se eu fosse desmaiar? Por que não consigo respirar ou formular um pensamento claro e conciso? Por que cada músculo está travando minha coluna agora, quando eu nunca tinha temido Gabriel antes?

É porque eu já provei como é quando ele me quer? Quando mostra que ele se importa? Quando finalmente admite que nós podemos estar do mesmo lado, em vez de estarmos um na garganta do outro?

É porque eu sei como é, e estou apavorada de perder isso?

Deve ser. E a julgar pela maneira calma com que Gabriel fala, pela quietude completa de seu corpo, pelo olhar sonolento em seus olhos enquanto me olha fixamente agora, eu estou perdendo.

— Para se prender a mim — ele repete, não tanto em questão, mas mais como se ele estivesse rolando a verdade dessas palavras sobre sua lábia de fala mansa.

O sorriso se estende mais, porém não faz nada para esconder a raiva que vejo em seus olhos esmeralda.

— Você deveria me explicar isso um pouquinho melhor, porque o que estou ouvindo é que você foi uma idiota absoluta por fazer algo imprudente pra caralho. Você sabia? E mesmo assim fez aquilo de qualquer maneira? Você sabia e ainda assim armou para você mesma ser pega?

Sua voz gentil desaparece quando ele fala a seguir, o estrondo do som me fazendo estremecer onde estou.

— Você tem alguma ideia de como eu poderia ter te destruído, porra? O que quer dizer com você fez isso para se prender a mim?

Lágrimas surgem nos meus olhos, quentes e salgadas, a queimação perdurando enquanto tento afastá-las. Há um mísero centímetro entre nós agora, o calor de seu corpo contra o meu, seu antebraço batendo contra o pilar acima de mim enquanto sua cabeça abaixa para me prender no lugar.

Agarrando meu queixo com sua mão, ele inclina meu rosto para o dele quando tento desviar o olhar.

— Responda.

Bufando, puxo uma respiração profunda, minhas narinas dilatam como se isso fosse ajudar a expandir meus pulmões.

— Era o fim do nosso último ano. Eu sabia que se te deixasse ir embora sem alguma coisa que nos prendesse, eu nunca te veria novamente.

— E daí? — ele pergunta, seu olhar procurando o meu. — Por que isso importava, porra?

— Porque eu nunca te odiei — eu grito, a verdade voando da minha garganta com lágrimas de frustração atrás dela. — Não te odiei quando você me empurrou para o chão quando éramos crianças, nem quando me torturou durante toda a escola, nem quando me beijou no meio de uma tempestade depois de me dizer o quanto me odiava. Nenhuma vez eu senti o mesmo por você. Eu revidava porque era a única maneira de você me notar, era a única maneira de eu poder arrancar sua maldita máscara. E quando chegou a hora em que eu sabia que você iria embora, aceitei aquele último desafio que você me lançou, porra, e o usei ao meu favor para que pudesse prender uma corrente em você. Sabia que você estaria de volta, porque nenhum dos Inferno faz favores sem eventualmente exigir algo por isso. E quando o preço é pedido, não é apenas um de vocês que o cobra. Todos vocês aparecem. Eu ateei aquele fogo e depois corri para Tanner porque sabia que isso significava que *você* iria aparecer de novo.

Gabriel não diz nada, então eu continuo, porque, caramba, isto precisa ser dito:

— Eu te conheci quando você estava no seu pior momento, e nunca deixei pra lá. Eu aguentei. Resisti. Distraí você. Desafiei você. Foda-se, fiz você me ver toda vez que estava perdido em qualquer merda que sua família estivesse fazendo. E eu fiz isso porque te vi. Não a máscara. Não o Engano. Não o mentiroso. *Você*. Então sim. Eu sabia que você poderia me destruir. Sabia que o que eu estava fazendo era a coisa mais estúpida que alguém poderia fazer. Mas fiz isso de qualquer maneira porque me recusei a desistir. E ainda me recuso. Fique tão louco quanto quiser sobre isso. Eu não me importo. Mas veja a verdade, Gabriel. Você pode ter tido Tanner e o resto dos caras do seu lado a vida inteira, mas você me teve também. E essa é a minha mentira. Eu nunca te odiei. Eu te *amei*, porra, desde o segundo em que vi aqueles olhos machucados e aquele lábio arrebentado. Eu te amei e menti fingindo que não te amava.

O silêncio passa entre nós, os olhos dele ainda fixos aos meus, os dedos dele ainda agarrando meu queixo. Ele bate o polegar contra o meu queixo uma vez antes que o sorriso esteja novamente no lugar, sua voz é suave pra caramba quando responde, o que envia mil dedos gelados passando pela minha espinha abaixo.

— Essa foi a decisão errada, amor. Porque eu ainda ganho. Você acha que entrou naquela armadilha por mim? — Ele ri baixinho. — Você fez isso *por minha causa*.

Eu balanço a cabeça para discutir, mas ele pressiona um dedo contra os meus lábios antes que eu possa falar.

— Ouça o que estou te dizendo por uma vez. Independentemente do que você sentiu, e do seu raciocínio, ou se acredita que poderia me prender me dando o que eu queria, o resultado final é que eu ainda ganho. Vou conseguir o que quero enquanto sua vida cai na merda. Você ainda está destruída, independentemente de como isso aconteceu. Seu pequeno discurso era para me surpreender? Ou você simplesmente admitiu algo que eu sabia?

Sua cabeça abaixa mais, nossa respiração colidindo.

— Eu ainda consigo o que quero, quando a triste verdade é que tenho usado você o tempo todo. Você não pode ir para casa. Seu próprio pai quer te prender. A única coisa que você pode fazer agora é nos dar o que queremos com a esperança de que no final nós te ajudaremos o suficiente para que não seja completamente destruída. E você me deu isso de bom grado. Mas não se iluda pensando que era *por* mim. Foi *por minha causa*.

Meu coração afunda no estômago com a falta de emoção em sua voz, o ar preso em meus pulmões gelado.

— Não — eu imploro —, isso não é verdade. Você não faria isso.

As lágrimas finalmente escorrem dos meus olhos, e o olhar de Gabriel segue um rastro antes de apanhá-la com um dedo e a afastar.

— Eu faria isso. E eu fiz. E a única escolha que você tem agora é aceitar isso.

Tudo o que eu sinto neste momento é dor. Ela me aperta o peito e bloqueia a minha garganta. Rasga meus músculos e prende suas mãos de aço sobre os meus ossos.

Dor.

Pura.

Porra, tão crua que estou me afogando nela.

Ele não faria isso.

Apesar da recusa sussurrando na minha cabeça de que ele não faria isso, é a dúvida que agora ouço gritando que ele faria.

A porta se abre atrás de nós, e a voz de Tanner quebra o silêncio.

— Vocês dois estão prontos? Ou estão planejando ter uma *discussão* de uma hora na minha varanda da frente, que, a propósito, eu vou filmar e carregar em algum site pornô on-line, porque eu poderia muito bem ganhar dinheiro com o gigantesco desperdício do meu fodido tempo.

Os olhos de Gabriel não saem dos meus quando ele se afasta e responde a Tanner.

— Não se preocupe. Ivy e eu terminamos aqui.

Ele faz várias declarações diferentes com essas últimas palavras.

Nós terminamos aqui.

Terminamos de fingir.

Terminamos de estar do mesmo lado.

Terminamos de nos mover na direção um do outro, em vez de sermos os adversários que nós sempre fomos.

A guerra terminou.

E o príncipe quebrado venceu.

Dando um passo para trás, Gabriel estende uma mão para mim para que eu caminhe para dentro na frente dele. Não importa que meu coração esteja esmagado e partido aos seus pés. E não importa que ele praticamente rasgou minha alma ao meio com palavras que nunca acreditei que ele iria dizer.

Ele apenas me encara e espera silenciosamente que eu passe por ele enquanto aceito o que fez.

Quando não me mexo, ele me dá um lembrete gentil:

— Você não tem mais nada. Não piore as coisas para si mesma.

Fico olhando para ele por vários segundos, esperando que a máscara rache e me deixe ver além dela. Exceto que não há nada para ver. Esta é a verdade sobre ele, percebo. E o peso disso me quebra.

— Tudo bem — eu sibilo, enquanto me afasto do pilar e caminho em direção à porta da frente.

Tanner voltou para dentro, e eu hesito na soleira, sem saber se devo caminhar para a minha execução ou fugir dela.

O calor de Gabriel atinge as minhas costas enquanto fico parada, sua boca caindo no meu ouvido em um sussurro:

— Primeiro as damas.

Uma lágrima escorre pela minha bochecha para deslizar pela minha mandíbula.

— Sempre um cavalheiro — digo, meus olhos se fechando.

— Só por você — ele me lembra, destruindo o que tinha restado do meu coração.

Gabriel

Tinha que ser feito. Ninguém pode me culpar pelo que aconteceu e me recuso a desistir agora.

Caminhando atrás de Ivy, mantenho meus olhos treinados para frente, meus dedos enrolando em minhas palmas enquanto viramos a esquina para ver todos os caras sentados à espera.

O olhar de Tanner me encontra primeiro, sua sobrancelha arqueada em dúvida quando direciono Ivy a se sentar ao lado de Luca para o interrogatório que precisamos completar.

Em vez de ficar perto dela, atravesso a sala para ficar no meu lugar de costume, gelo tilintando no copo antes de servir outra bebida. Levo a borda aos lábios e engulo a besteira líquida que preciso ingerir para terminar este jogo e acabar logo com isso.

Meus olhos se fecham por um breve segundo, e tudo que posso pensar é que ela sabia. Porra, ela *sabia* o que eu estava fazendo com ela, e ainda assim se jogou como um maldito sacrifício com a esperança de quê?

De que eu não a destruiria?

De que eu não iria me esconder atrás da máscara quando tudo estivesse dito e feito?

De que porra ela estava pensando?

A raiva rola por mim com o estrondo de um trovão, a dor atingindo com uma faísca elétrica. Mas, no final das contas, a verdade é que fui eu quem a arruinou, e o melhor para Ivy é fugir.

É hora de um de nós enfrentar a dura realidade de que a guerra não é boa para nós, e se eu tiver que dar o último tiro, farei o que for necessário para acabar com a guerra.

Independentemente do que isso faça comigo por protegê-la.

Tanner me lança outro olhar rápido, uma pergunta escrita em sua expressão. Em vez de explicar meu comportamento subitamente reservado, levanto meu copo para dizer a ele para continuar.

Quanto mais cedo isso acabar, melhor.

Olhando rapidamente na direção de Ivy, vejo lágrimas silenciosas escorrendo por seu rosto que não podem importar. Luca a observa com preocupação, aquele olhar azul deslizando na minha direção com acusação por trás dele.

Não pode importar.

Eu sou quem sempre fui.

Foi estúpido da minha parte pensar que poderia mudar por alguém.

Felizmente, Tanner não atrasa mais o inevitável, sua mente voltando ao assunto em questão, o problema que precisa ser resolvido para que todo mundo possa seguir em frente com suas vidas e lidar com isso.

— Você disse que tem algo que pode nos ajudar, Ivy. Ou, mais importante neste ponto, te ajudar com o que aconteceu.

Afastando uma lágrima com raiva, Ivy range os dentes, um músculo saltando em sua mandíbula antes que ela acene com a cabeça em concordância e silenciosamente remexa em sua bolsa para puxar uma pilha de papelada e um envelope de papel manilha não lacrado.

— Eu encontrei isso — ela diz fracamente, mas ao invés de explicar o que isso é, ela entrega para Tanner.

A confusão puxa suas sobrancelhas juntas com o comportamento dela, seus olhos cortando na minha direção novamente.

Eu não digo nada, apenas engulo mais da minha bebida e espero para ver o que ela deu a ele.

Dando um passo para trás, ele se inclina contra uma parede oposta onde todos se sentam e leem a etiqueta no envelope.

— Onde diabos você conseguiu isso? Você viu o que é?

Outro aceno de cabeça.

— É exatamente por isso que eu o peguei do cofre do meu pai em seu escritório. Assim que eu vi o nome, percebi que vocês vão precisar disso. E se for o suficiente para impedir meu pai do que quer que ele planeje fazer comigo, melhor ainda.

Tanner enfia os papéis debaixo do braço, mas segura o envelope cuidadosamente. Seus olhos vão para Luca e depois para baixo, a mandíbula tensa antes de dizer:

— Não sou eu que devo abrir isto.

Intrigado com isso, eu o vejo atravessar a sala e entregar o envelope para Luca. Seus olhos se erguem para ele, confusão óbvia em sua expressão.

Lentamente, ela estende a mão para pegar e, quando olha para o rótulo, a dor crua arregala seus olhos enquanto sua mão voa para cobrir a boca.

Sem dizer uma palavra, Luca se levanta e sai da sala, com lágrimas escorrendo por suas bochechas.

Tanner segue atrás dela, sua voz soando perigosamente quando ele diz:

— Dê-nos um minuto.

Eu imediatamente olho para Ivy, mas sua cabeça está abaixada, seu cabelo loiro uma cortina protegendo seu rosto. Me deixa louco pra caralho vê-la desse jeito, mas eu luto contra o desejo de caminhar até ela e arrancá-la do sofá para que eu possa gritar pelo que ela fez.

Tudo o que posso ver na minha cabeça são os malditos hematomas em suas bochechas, o dano que meu papel em sua vida causou. Por que diabos ela ainda me quer por perto quando tudo o que fiz foi abusar dela?

Assim como fui abusado.

Peguei a princesa mimada e quebrei-a com a mesma eficiência que meu pai me quebrou.

A única diferença é que ela *escolheu* me deixar fazer isso.

Que porra tem de errado com ela?

Minhas narinas dilatam com uma respiração pesada, e deslizo meu olhar para onde Damon e Ezra estão sentados separadamente. Entre eles, Sawyer, Mason e Jase estão nervosos, todos percebendo como os gêmeos continuam se encarando.

Que porra. Talvez a única maneira de consertar tudo isso seja expulsar Ivy e Emily de nossas vidas para que não nos autodestruamos.

O fundo do meu copo bate suavemente contra o bar molhado, e estou quase terminando a garrafa quando Tanner e Luca voltam. Os olhos dela estão inchados e vermelhos, e Tanner parece que está prestes a matar alguém.

Sinto-me como Brad Pitt no filme *Se7en: Os Sete Crimes Capitais*[3], esperando naquele maldito campo que Morgan Freeman me diga como estou fodido. Mas fico quieto porque tenho certeza de que eles vão acabar descobrindo e nos contando o que havia no envelope.

Tirando um pen drive de dentro, Tanner o joga para Taylor.

---

3 Filme americano de suspense do ano de 1995 estrelado por Brad Pitt e Morgan Freeman.

— Dê uma olhada no que está aí. — Ele se vira para Ivy. — Você tem ideia de como seu pai acabou com isso?

Ivy balança a cabeça em negação, mas tudo o que posso ver é o cabelo dela. Minha mão aperta mais o meu copo, minha mandíbula pressionando com seu silêncio, mas não digo nada.

Isso é o melhor para ela.

Todos os olhos estão em Taylor enquanto ele puxa o computador de sua bolsa para abri-lo em seu colo, seus olhos examinando o logotipo escrito no pen drive, um assobio baixo soprando em seus lábios.

Depois de pressionar algumas teclas, Taylor clica na lateral de seu computador, a tela se iluminando para refletir contra seus óculos.

— Está criptografado — ele finalmente explica, seus olhos se arregalando de empolgação. — Puta merda, isso é impressionante.

Apertando mais algumas teclas, as sobrancelhas de Taylor se franzem, outro clique puxando algo que o preocupa.

— Todos menos um arquivo, pelo menos.

— Qual é o arquivo?

— Uma carta — Taylor responde, sua voz cautelosa.

Ok. Eu não aguento mais isso.

— O que há na porra do envelope? — pergunto, imitando o filme, um sorriso puxando meus lábios quando Tanner me lança um olhar que quase me promete um soco na cara se eu não calar a boca.

Jogando o envelope para mim, ele pega o computador para olhar a carta enquanto olho para a etiqueta do endereço, o choque me deixando em silêncio por alguns segundos.

Tanner estava certo ao perguntar como o governador Callahan acabou com um envelope de John Bailey, da JJB Tech, Ltd., que é endereçado a sua filha, Luca.

O carimbo do correio é datado do dia em que o pai de Luca morreu, então como caralhos ele foi roubado?

— Vou imprimir isso e, em seguida, devolver o computador para que você possa começar a trabalhar com a descriptografia do resto.

Tanner sai da sala como uma tempestade. Seus passos pesados sobem as escadas a caminho de seu escritório em casa. Em vez de ficar parado esperando para ver o que diz, coloco minha bebida na mesa e corro atrás dele.

Olhos verdes-escuros se levantam para os meus assim que ponho os pés na sala.

— Primeiro, você vai me dizer o que está acontecendo entre você e Ivy e, quando terminar de fazer isso, vou te dizer o que esta carta diz.
Ele está no modo de batalha, indo direto ao ponto.
— Vou desistir dela — respondo, largando meu peso na cadeira em frente a ele. — O que a carta diz?
Rindo disso, Tanner balança a cabeça para os lados.
— Se você acha que vou aceitar isso como uma explicação real, você é um idiota.
Ele pega uma caneta para girar entre os dedos, a impressora funcionando silenciosamente ao seu lado.
— O que aconteceu?
— Ela sabia que eu armei para ela no ensino médio.
Suas sobrancelhas se levantam, um gesto silencioso para que eu diga algo que ele não sabe.
— Você disse isso a ela. E daí?
Suspiro.
— Ela sabia antes de colocar o fogo e correr para você por um favor.
Com as sobrancelhas ainda mais erguidas, ele se recosta na cadeira, aquela maldita caneta girando mais rápido.
— Que porra? Por que ela faria algo tão estúpido?
Rindo dele fazendo exatamente a mesma pergunta que passou pela minha cabeça, conto a ele:
— Porque ela sabia que isso significava que nós iríamos ressurgir eventualmente, e ela estava tentando se prender a mim. Ivy admitiu que nunca me odiou no ensino médio. Que ela...
Eu nem consigo dizer isso, porra. Olho para longe de Tanner, para a janela atrás dele, minha mandíbula apertada porque a verdade é muito enfurecedora.
— Então qual é o problema? Você também nunca a odiou.
Meus olhos disparam para os dele, que ri.
— O quê? Todo mundo sabia disso. Você não teria perdido uma hora do dia se a odiasse. Então eu vou perguntar de novo: qual é a porra do problema?
Recusando-me a ouvir o que ele está dizendo, e também me recusando a considerar a verdade disso, cruzo o tornozelo sobre o joelho e aponto meu queixo na direção da impressora.
— Eu te contei o que você queria saber. O que tem na carta?

— Acho que você está sendo um idiota — ele diz, seu olhar fixo no meu antes de pegar os papéis da impressora e admitir: — É uma carta para Luca, do pai dela. Aparentemente, não foram apenas os nossos pais tentando matá-lo.

Filho da puta.

— Quem mais?

— Eu suspeito do governador Callahan — Tanner rosna —, mas a carta não especifica. Apenas diz a ela para sair do estado.

— Georgia?

— Daqui — diz ele, a caneta quase estalando em sua mão. Jogando-a na mesa, ele pega um elástico e o enrola entre os dedos.

— E ela ainda não viu a carta — eu digo, pensando em voz alta mais do que fazendo uma pergunta.

— Depois de decidirmos o plano de jogo, todos vocês precisarão ir embora. Ela não vai querer companhia enquanto lê isto.

— Eu concordo. — Levantando-me para descer as escadas, sou parado quando ele diz o meu nome.

O olhar de Tanner está preso em meu rosto.

— Você não pode se afastar de Ivy. Ela é família agora. Você mesmo disse isso.

Tudo o que consigo pensar é nas marcas no rosto dela. Se não fosse por mim, elas não estariam lá. Agora ela não está melhor do que eu no dia em que nos conhecemos, e eu sou a única pessoa que pode ser culpada.

Obviamente, seu pai já sabia sobre o incêndio, mas se não fosse por mim, ela não teria o desafiado com o nosso falso noivado e se colocado em uma posição em que ele usaria isso contra ela, ou ficaria com raiva o suficiente para machucar seu rosto.

Dada a quantidade de besteira que causei na vida de Ivy, ir embora é o maior favor que posso fazer por ela.

— Eu tomei minha decisão. E, sendo meu melhor amigo, você vai apoiar isso.

Ele sorri.

— Você tem certeza disso?

Eu sorrio de volta.

— Sim, na verdade. Eu tenho.

Um silêncio tenso se instala entre nós antes que ele diga:

— Foda-se, Gabe. Tudo bem. Mas não venha chorar como uma cadelinha quando perceber que fez algo estúpido.

Nós dois saímos do escritório e descemos as escadas correndo quando outra pergunta me ocorre.

— Quais foram os outros papéis que Ivy te deu?

Chegamos ao andar de baixo antes que ele responda:

— Eram faturas de trabalhos concluídos.

— Eram importantes? — pergunto, pressionando por mais detalhes.

— Não tenho certeza — ele fala, enquanto nós viramos a esquina para a sala de estar —, mas presumo que sim, visto que duas das pessoas que encomendaram os serviços foram Warbucks e Querido Papai.

Porra...

capítulo quarenta

Ivy

Não consigo nem olhar para Gabriel quando ele volta para a sala ao lado de Tanner. Ainda estou em estado de choque, lutando contra as lágrimas que ardem nas bordas dos meus olhos.

Contei tudo a ele. Como me sinto. O que fiz. Há quanto tempo cuido dele. E ele arrancou meu coração com um sorriso no rosto.

Acho que foi estúpido da minha parte acreditar que eu podia ver além da máscara. Enquanto estava me protegendo contra um disfarce, me apaixonei por outro que nunca esperava.

Resistindo ao desejo de esfregar minha palma sobre o peito porque meu coração *dói* pra caralho ao estar em qualquer lugar perto dele, permaneço imóvel, meu cabelo comprido caindo para cobrir meu rosto, uma cortina que me separa da visão de Gabe quando ele caminha para ficar de pé perto do bar novamente.

Agora que ele está fora de vista, atrevo-me a espiar para ver Tanner entregar o laptop de volta para Taylor, seus olhos verdes deslizando em minha direção com algo não dito por trás deles.

O mesmo olhar se volta para Gabriel por apenas um segundo antes de retornar para mim, cruzando os braços sobre o peito enquanto se inclina contra uma parede.

— Seu pai vai saber que você pegou tudo isso?

Eu me encolho com o quão suave sua voz é. Tanner é sempre um idiota, não importam as circunstâncias, então para ele ser legal comigo, deve significar que essa coisa com Gabe é pior do que eu imagino.

Que seja. É o que é, e não vou desabar e chorar como entretenimento para o resto deles.

— Provavelmente. Deixei a porta do cofre aberta como uma mensagem para ele.

O canto da boca de Tanner se contrai.

— Você tem coragem. Tenho que assumir.

Ok. Alguém pode me dizer quando entrei em *Além da Imaginação*?

Tanner Caine não elogia ninguém, especialmente não eu.

Olhando ao redor, estou procurando Rod Serling[4] aparecer antes que a música assustadora comece a tocar.

Isto é ruim.

Ruim pra caralho.

Seus olhos finalmente se afastam de mim e olham ao redor da sala.

— Isso é o que nós temos. O governador Callahan tem uma gravação de Ivy incendiando o pavilhão no ensino médio e ameaçou vazar a fita e prendê-la para proteger seus interesses.

Sawyer ri.

— Bem, maldição. E pensamos que os nossos pais eram ruins. É uma droga ser você, Ivy.

Tanner arqueia uma sobrancelha para isso, mas continua:

— Temos os registros telefônicos da JJB Tech que mostram que o governador havia entrado em contato com a empresa durante o período, antes de Jerry afundar a empresa.

Meus olhos voam para cima com isso, e Tanner olha para mim.

— Eles estavam em caixas de coisas que Luca ainda não tinha examinado. Depois que nós os encontramos, foi assim que soubemos que deveríamos ir atrás de você na cabana.

Pelo menos essa pergunta foi finalmente respondida. Eu me perguntei como eles descobriram isso.

— Então é isso que fazemos. Taylor, você já deve saber que seu único trabalho é descobrir como descriptografar os arquivos nesse pen drive. Mason, quero que você vá ao escritório amanhã e prepare os documentos que vão contra qualquer acusação que o governador Callahan possa exigir contra Ivy pelo incêndio. Jase e Sawyer, quero que falem com o promotor estadual que nos deve um favor para garantir que ele esteja a bordo e recuse a ação contra Ivy se o governador exigir. E Ezra e Damon…

Ele faz uma pausa, olha para os dois e repensa seu plano de jogo.

— Vocês dois estão fora de serviço neste caso, já que seus rostos parecem uma fodida merda.

---

4 Roteirista americano criador da série Twilight Zone, conhecida como Além da Imaginação, no Brasil.

Os gêmeos sorriem, então voltam a se encarar com raiva.

— E Shane, você continua a procurar por Brinley e se aproximar dela.

Tanner passa a mão pelo cabelo.

— Amanhã, Gabe e eu vamos trabalhar em um processo judicial contra o governador Callahan em nome de Luca. Apenas a fraude por correspondência, por ter aquele envelope, vai fazer a bola rolar, e vamos descobrir o que mais acrescentar a isso com as informações que temos.

Seus olhos se voltam para mim.

— Até colocarmos tudo no lugar, você precisa ficar em algum lugar seguro. Seu pai não pode te prender se ele não puder te encontrar, então sugiro que você fique na casa de Gabe…

— Não — eu digo, interrompendo-o. — Isso não vai acontecer. Vou ficar na casa de Emily.

— Ele vai procurar por você lá. — Tanner olha para Gabriel. — Leve-a para casa com você…

— Eu não vou com ele — eu estalo. — Vou ficar na merda das ruas antes de ir para qualquer lugar perto dele.

— Pare de ser estúpida — Gabriel diz, de onde está perto do bar. — Acho que você fez coisas idiotas o suficiente para nos levar onde estamos.

Rangendo os dentes, recuso-me a olhar para ele.

Meus olhos se fixam em Tanner.

— Não vou ficar com ele.

— Ela pode ficar comigo.

Todas as nossas cabeças se viram na direção de Ezra. Ele ri e encolhe os ombros.

— O que? Ela não pode ir para a casa de Emily, e Gabe é um babaca, então eu não posso culpá-la por querer ficar longe dele. Ela pode muito bem vir para a nossa casa, já que ninguém vai passar por nós para chegar até ela.

Ele tem razão. Se for necessário músculo para me proteger, eu apostaria dinheiro que os gêmeos são a melhor escolha.

Tanner os encara, olha para mim e de volta para eles.

— Sim, mas Ivy tem o hábito de irritar as pessoas. Se isso acontecer, quem pode passar por vocês para salvá-la?

Também é um bom ponto.

— Absolutamente não, porra.

Todo mundo se vira para olhar para Gabe, até eu desta vez, porque tenho que admitir que estou gostando da raiva fervilhando por trás de seus olhos enquanto ele encara Ezra.

Sua mandíbula pulsa com um tique uma vez enquanto seus dedos empalidecem sobre o copo que ele está segurando como se sua fodida vida dependesse disso.

Foda-se ele.

— Vou ficar com Ezra — eu anuncio, meu doce sorriso no lugar quando o olhar de Gabe desliza na minha direção com desaprovação rolando por trás dele.

Tanner suspira.

— Tanto faz, porra. Eu não me importo. Ivy fica com Ezra e Damon. Agora todo mundo precisa dar o fora da minha casa. Estou cansado e irritado, e não quero mais lidar com isso esta noite.

Funciona para mim, penso. Estou cansada e irritada também.

Ficando de pé, começo a andar na direção de Ezra apenas para ter uma mão travada no meu braço.

— Me solte. — Tento arrancar meu braço do punho de Gabriel, mas ele apenas me olha carrancudo antes de me arrastar de volta para a cozinha.

Uma vez lá dentro, ele chuta a porta para fechá-la e me pressiona contra a parede com as palmas das mãos plantadas em cada lado da minha cabeça. Seus furiosos olhos verdes cravam adagas nos meus.

Meu queixo se inclina em desafio porque a última coisa que vou fazer é deixar esse cretino me intimidar.

— Você não vai com o Ezra.

Rindo disso, cruzo meus braços sobre o peito.

— Não tenho certeza de como você planeja me impedir, Gabriel, ou por que sequer se importa. Você deixou perfeitamente claro pra caralho que tudo isso é um grande jogo para você e que você ganhou. Bem, meus parabéns, porra. Devo gravar seu nome no troféu ou devo colocar Engano? Além disso, você gostaria de strippers na celebração, ou palhaços e animais de balão são suficientes?

Seus lábios se abrem em um sorriso, e estou a cerca de cinco segundos de estapeá-lo para tirá-lo de lá.

— Você vai fazer o que eu mandar...

— Ah, estamos aqui de novo? Você espera que eu me *comporte*? Odeio te decepcionar com isso, mas você não pode dizer que está me usando e depois se virar e fazer exigências de mim. Então me dê uma boa razão para eu não ir com Ezra? Tanner está de boa com isso. Estou ficando com uma babá até que todos vocês consigam o que desejam.

Eu não posso evitar neste ponto. Minha voz sai em um grito.

— Então qual é a porra do problema?

Ele não vacila em resposta a mim gritando na cara dele. Gabriel apenas fica lá parado olhando para mim, o sorriso escorregando apenas porque ele se curva para baixo em uma cara de desprezo.

Graças a Deus por Ezra. Ele entra e impede que isso vá mais longe.

— Você está pronta?

Meus olhos ficam presos nos de Gabriel, minhas palavras imitando sua porcaria de declaração de antes.

— Sim. Gabriel e eu *terminamos aqui.*

Batendo minhas palmas contra seu peito, eu o empurro para longe. Surpreendentemente, ele me permite, seus olhos queimando buracos nas minhas costas enquanto me afasto com Ezra.

Ouço um rosnado fraco atrás de nós quando ele envolve um braço em volta dos meus ombros.

Quando me viro para olhar para ele, Ezra dá uma piscadinha e sorri antes de lançar um olhar por cima do ombro. Quase posso sentir o olhar de raiva que Gabriel deve estar dando a Ezra, e é preciso esforço para não rir.

Bom.

Deixe que ele fique puto.

Ele merece, porra.

Nenhum de nós dizemos nada enquanto saímos e subimos no carro de Shane para ele nos levar até a casa de Ezra.

A viagem é feita essencialmente em silêncio porque nenhum desses caras fala muito. Por mim está ótimo. Não estou com vontade de falar, e é bom estar perto de pessoas que sentem o mesmo.

Neste ponto, tudo o que quero fazer é dormir. Apenas fechar meus olhos e esquecer que esse dia alguma vez aconteceu.

Nós estacionamos na casa dos gêmeos dez minutos depois e não estou surpresa de ver que a casa deles é tão chique quanto a de Tanner.

Fica a apenas alguns bairros de distância e tem os mesmos gramados bem cuidados e jardins com pouca iluminação, a mansão de dois andares mais moderna com uma fachada de aço e vidro que imita a cidade.

Agradeço a Shane quando saímos do carro e dou um passo para seguir Damon e Ezra para dentro. Damon corre escada acima assim que entramos, deixando Ezra e eu parados desajeitadamente no hall de entrada.

— Você quer ir para o quarto de hóspedes, ou...

Sua voz some enquanto seus olhos âmbar se voltam para mim.

Franzindo meus lábios, estreito meu olhar sobre ele e percebo que seu convite para vir aqui pode ter sido destinado a algo mais do que apenas me afastar de Gabriel.

— Você tem cerveja? — pergunto.

Ele sorri, e não posso negar que a expressão fica malditamente boa nele. É raro para qualquer um deles mostrar alguma emoção, e ainda mais raro que seja essa.

— Sim — ele responde, parecendo aliviado enquanto se vira para me levar para a cozinha.

Ok. Esta noite está ficando cada vez mais estranha, mas eu sigo com isso. Pelo contrário, isso finalmente me dá a chance de descobrir qual é o problema com a Emily.

Mesmo enquanto os gêmeos estavam lutando, ela se recusou a me dar detalhes. Tudo o que ela disse foi que a culpa é dela e que não deveria ter estado com Ezra esta noite.

Ele tira duas cervejas da geladeira, abre a tampa de ambas e caminha até uma pequena copa no canto da cozinha.

Seguindo Ezra, eu me sento na cadeira em frente a ele para começar nosso concurso de olhares.

A primeira coisa que noto é que esse filho da puta é absolutamente lindo, mesmo com os hematomas e cortes da briga com o irmão.

Não é que eu não tenha percebido antes, mas os gêmeos não são exatamente pessoas para quem você olha por muito tempo sem se preocupar em ter sua cabeça arrancada. Eles são mais do tipo que você admira de passagem, olhares rápidos antes de encontrar algo mais interessante, como uma mancha no seu sapato ou no teto.

Mas agora, olhando para ele enquanto me encara de volta, é a primeira vez que noto as manchas verdes em seus olhos âmbar e a altura de suas maçãs do rosto que apenas definem melhor sua mandíbula quadrada. A linha perfeita de seu nariz leva a lábios carnudos, suas bochechas polvilhadas com uma barba por fazer que combina com seu cabelo castanho-escuro.

Também noto uma cicatriz tênue acima de sua sobrancelha direita e outra que corre ao longo da linha esquerda de sua mandíbula. Imaginando brevemente se é assim que Emily os diferencia, eu me recosto na cadeira e tomo um gole da minha cerveja.

Ezra me estuda com a mesma atenção, suas sobrancelhas franzidas em hesitação enquanto ele pega um baralho de cartas.

— Você joga pôquer?

Infelizmente, esta é provavelmente a segunda vez que nós já tivemos uma conversa civilizada.

— Não. Eu sei jogar Go Fish[5].

O canto de seus lábios se curva, e eu quase derreto ao ver isso. Por que esses caras sempre agem como bandidos quando têm um sorriso tão legal quanto esse?

Ezra começa a distribuir as cartas e vira metade de sua cerveja de uma só vez. Depois de pegar sua pilha, ele move algumas cartas e pergunta:

— Tem um três?

É impossível não rir.

— Você não me trouxe aqui para jogar Go Fish.

Ele dá de ombros, seus olhos se erguendo para os meus.

— Você parecia que precisava ficar longe de Gabe. Quer me contar o porquê?

— Ele é um mentiroso, um enganador e um completo babaca.

Seu sorriso aumenta ainda mais.

— Justo. Eu estava falando sério sobre aquele três.

— Ah. — Pego minhas cartas e as examino. — Sim, aqui.

Pegando-a da mesa, ele a enfia em sua pilha.

— Ele não parecia feliz que você concordou em vir comigo. Devo presumir que ele apareça aqui mais tarde?

— Você vai bater nele se ele fizer isso?

Seus ombros largos tremem com uma risada silenciosa.

— Não seria a primeira vez.

Sei que deveria rir disso, mas só dói ouvir. É claro que meus pensamentos correm de volta para aqueles dois olhos machucados e seu lábio arrebentado.

Maldição, Gabe.

— Eu não quero falar sobre ele. Por que você não me conta o que está acontecendo com a Emily? E se você tem um nove também.

— Go Fish. Nada está acontecendo com ela.

— Pare de mentir. Você não é muito bom nisso.

Outro sorriso inclina seus lábios, mas a expressão se perde enquanto

---

5   Jogo de cartas muito comum nos EUA onde os jogadores precisam completar um conjunto de quatro das mesmas cartas numéricas.

seus olhos ganham sombras.

— Nós dois estamos apaixonados por ela.

Uau. Isso foi inesperado. Eu quase escorrego da minha cadeira, mas tento esconder meu choque pegando minha cerveja para tomar um gole.

Acho que meus olhos me delatam, porque ele levanta uma sobrancelha e bebe sua cerveja também. Quando ele pousa a garrafa de novo na mesa, ele adivinha corretamente:

— Não estava esperando por isso, não é?

— Hã... não. Nem um pouco, na verdade.

— Nem ela — ele resmunga. — Tem um rei?

Colocando todas as minhas cartas para baixo, apoio meus antebraços na mesa e inclino-me na direção a ele.

— Estou certa em supor que vocês dois não querem mais compartilhá-la?

Um músculo salta acima de seu olho.

— Eu não quero. E não, acho que Damon também não quer. Mas essa é a porra do problema. Ela não quer machucá-lo e não quer me machucar, então ela deixou nós dois. Só estou tendo problemas para ficar longe.

Puta merda.

— E foi isso que causou a luta esta noite?

Acenando com a cabeça em concordância, ele termina sua cerveja.

— Ele não ficou muito feliz em me ver com ela, aparentemente.

Frustrado, Ezra larga suas cartas para baixo e me encara do outro lado da mesa.

— Não consigo ficar longe dela — ele confessa, a expressão em seu rosto fazendo meu coração derreter e, ao mesmo tempo, se quebrar. — Então o que diabos eu deveria fazer?

Alguns segundos de silêncio se passam antes de eu responder:

— Você deve estar realmente mal por estar conversando comigo sobre isso. Tenho certeza de que existem zero momentos na nossa história em que nos demos bem por qualquer período de tempo.

— Sim, bem, houve uma outra vez — ele me lembra, seus olhos âmbar brilhando sob as pequenas luzes pendentes acima de nossa cabeça. — Que tal você me ajudar com a Emily, e eu te ajudar com o Gabriel?

Meu peito se contrai ao pensar em Gabe. Não consigo me lembrar do que ele me disse na varanda de Tanner — a absoluta falta de emoção em sua voz — sem acreditar que ele realmente estava brincando comigo o tempo todo.

— Eu não acho que você pode me ajudar com ele. Ele não me quer.

Ele disse isso.

A sobrancelha de Ezra se levanta como se fosse dizer que o que eu disse era besteira.

— E aqui eu pensando que você o conhecesse melhor do que isso. O que você fez para irritá-lo?

— Admiti que eu sabia que ele armou para mim para começar o incêndio e que fiz aquilo mesmo assim.

Não tenho certeza do que eu estava esperando, mas não é a gargalhada que explode em seu peito.

— Eu sempre me perguntei sobre isso. E você é insana pra caralho por admitir isso. Mas sempre soubemos disso. Foram anos de entretenimento assistindo você foder com ele. Mas só isso já deveria te dizer que qualquer coisa que ele disse esta noite foi um monte de merda.

Confusa, encontro seu olhar.

— Eu não estou acompanhando.

— Se Gabriel não estivesse a fim de você, ele nunca teria se dado ao trabalho de lutar com você. Ele teria feito um enterro rápido e esquecido seu nome depois disso. O que vocês dois estavam fazendo no ensino médio era um monte de tapinhas de amor. Todos nós sabíamos disso. Gabriel é o único que não sabia.

— Então o que você está dizendo é…

— Eu vou te ajudar a bater na cabeça dele para colocá-la no lugar, se você me ajudar com a Emily.

Embora a oferta pareça legal, tenho que lembrar que estou lidando com um cara que as pessoas chamam de Violência. Ele pode estar falando sério sobre bater na cabeça de Gabriel.

— Podemos fazer isso sem realmente machucá-lo?

Aquele maldito sorriso reaparece, e estou começando a entender por que Emily está tendo tanto problema em negar esses caras. Um já é ruim o suficiente, mas dois deles?

Ela é uma cadela de sorte.

E também a mulher mais azarada do planeta por ter que escolher.

— Nós podemos.

Intrigada, tomo mais um gole da minha cerveja e fico olhando para esse novo aliado.

— Ok, Ezra. Eu vou morder a isca. O que é, exatamente, que você está sugerindo?

capítulo quarenta e um

Gabriel

— Acorda, Gabe. Estamos quase na maldita casa.

Um cotovelo bate em mim, me sacudindo e acordando.

Filho da puta, parece que não durmo há dias, embora só tenham se passado 24 horas. Eu estava bem durante a maior parte do dia, mas então um certo babaca decidiu que seria melhor levar seu carro para a mansão do governador depois de deixar o meu na minha casa.

A longa viagem me fez dormir.

Abrindo meus olhos, viro a cabeça para fazer uma carranca para Tanner.

— Talvez se nós tivéssemos dirigido direto do escritório como eu sugeri, não estaria tão malditamente cansado.

— Talvez se você tivesse dormido ontem à noite, não estaria tão cansado. E não é minha culpa. Isso é tudo culpa sua por ser um idiota.

Minha carranca se aprofunda e viro a cabeça para olhar pela janela lateral. O sol está se pondo no horizonte, faixas vermelhas, laranja e rosa pintando o céu. Por alguma razão, Bob Ross vem à mente, mas no humor em que estou, sinto vontade de arrancar todas as pequenas árvores felizes do chão antes de colocar fogo no mundo com pequenas chamas felizes.

— Ela está melhor longe de nós, e você sabe disso — eu argumento, incomodado como a merda que ele não vai deixar esse assunto morrer.

Durante toda a porra do dia, Tanner esteve me assediando por causa de Ivy. Várias vezes eu fantasiei grampear sua boca ou arrancar seus olhos com um lápis do outro lado da mesa.

— Isso é besteira — ele fala, enquanto faz uma curva fechada na rampa de acesso à rodovia.

Minha mandíbula tremula com um tique.

351

— Por que você não deixa isso pra lá?

— Porque você não desistiu comigo e com a Luca. E estou feliz que você não desistiu. Estou apenas retribuindo o favor.

— Você pode ficar com ele.

Ele ri.

— Diz o cara que não dormiu noite passada porque Ivy estava na casa dos gêmeos. Mas você está certo. Eu deveria calar a boca. Tenho certeza de que depois que os dois fizeram um time com ela, aquela mulher se esqueceu completamente de você.

Rangendo os dentes, deslizo meu olhar em sua direção com a intenção de arrancar sua cabeça.

— É como se você quisesse os gêmeos mortos.

— Dane-se, Gabe. Embora tenha sido divertido assistir você e Ivy brigarem nos últimos dezoito anos, é hora de você admitir o que o resto de nós sabia todo esse tempo.

— Pare de roubar minhas falas, idiota. Sei que você está desesperado para ser como eu, mas vai ter que escrever seu próprio material.

Ele sorri com isso. Foi a mesma coisa que eu disse a ele quando estava lutando uma batalha contra Luca.

Enquanto todo mundo podia ver que ele a queria, Tanner estava se iludindo em acreditar que seu único foco era conseguir os servidores.

Só me irrita mais que ele esteja absolutamente correto sobre os meus sentimentos por Ivy. Mas esse não é o problema.

— Se elas se aplicam, vou jogá-las de volta para você.

— Eu não afirmei que não a quero. Meu problema é o fato de que cada coisa de merda que está acontecendo com ela agora é por minha causa.

Ele não reage. Em vez disso, mantém os olhos na estrada e tamborila um polegar contra o volante.

— Muitas coisas de merda aconteceram com a Luca por minha causa. Tudo deu certo no final.

— Luca não apareceu em sua casa com hematomas no rosto dela.

Seus olhos cortam na minha direção por uma fração de segundo antes de voltar para a estrada.

— É disso que se trata? Chutaram a sua bunda várias vezes quando era criança, Gabe. Todos nós sabemos disso, e alguns de nós...

Ele me lança um olhar penetrante.

— ... estávamos lá para testemunhar. Incluindo a Ivy. Mas isso não significa que ela está passando pela mesma merda por sua causa. O pai dela é um babaca. Assim como os nossos. Descarregue sua raiva nele e deixe-a fora disso.

— Ela não estaria nessa posição...

— Sim, ela ainda estaria presa em uma vida onde ela não é nada mais do que uma socialite sem cérebro, feita para parecer bonita e nada mais — argumenta, interrompendo-me. — Se você me perguntar, vocês dois fizeram mais favores um ao outro do que estão dispostos a admitir.

— Não perguntei a você.

— Que pena, eu te disse de qualquer maneira.

O carro passa por duas pistas para que Tanner possa pegar a saída que leva aos subúrbios ricos. Felizmente, o tráfego está calmo, e sua direção imprudente não mata nós dois.

Nada mais é dito enquanto ele navega em seu caminho para a mansão do governador, nossa chegada inesperada e sem aviso prévio.

Paramos no portão principal, o guarda nos olhando de lado antes de interfonar para alertar o governador de nossa presença. Tenho 50% de certeza de que o guarda receberá uma ordem para chamar a polícia. Isso ou, pelo menos, nos mandar embora, mas a surpresa levanta minhas sobrancelhas quando o portão se abre.

Tanner me atira um sorriso, porque ele nunca duvidou que o pai de Ivy iria querer nos ver. A raiva faz isso com uma pessoa, faz com que ela dê as boas-vindas ao seu oponente quando o tabuleiro do jogo mudou e as peças foram reorganizadas.

Neste momento, nós temos a vantagem e tenho certeza de que isso é tão desconfortável para Thomas Callahan quanto andar por aí com uma bengala firmemente enfiada na bunda.

Meus dedos batem no braço da porta enquanto o carro segue pela longa estrada, meus olhos examinando o gramado bem cuidado e os jardins esporádicos.

Foi apenas ontem que Ivy e eu tínhamos percorrido esse caminho, minha promessa de estar no mesmo time que ela agora soando vazia até mesmo na minha própria cabeça.

Eu não tinha mentido para ela sobre como me sentia, mas também me recuso a continuar arrastando-a para a minha merda, onde ela pode se machucar.

Thomas terá sorte se eu sair desta casa sem apresentar meu punho para a cara dele. O idiota merece por tocar em Ivy.

— Sem violência até conseguirmos o que queremos — Tanner avisa, enquanto paramos na frente da casa, seu olhar escuro deslizando em meu caminho. Sua boca se inclina em um sorriso malicioso e conhecedor.

— É tão óbvio assim?

Ele não responde. Em vez disso, Tanner pega a papelada que redigimos contra o governador e sai do carro. Ele está no meio da escada quando eu saio, meus passos devorando o chão facilmente para alcançá-lo antes que chegue à porta.

Não precisamos bater. O mordomo abre a porta antes que tenhamos chance, raiva escrita na linha de sua boca.

— Senhor Caine — ele diz, antes de seus olhos deslizarem na minha direção. — E senhor Dane.

— Me poupe, Jeeves[6] — Tanner diz, enquanto entra na casa comigo atrás dele.

— Meu nome é Harrison.

— Você diz isso como se eu me importasse. Onde está o governador Callahan?

A pergunta mal saiu da boca de Tanner no momento em que Thomas está descendo a grande escada no centro da sala como uma tempestade, seus olhos escuros fixos diretamente em mim.

— Harrison, eu cuidarei de nossos convidados. Você está dispensado.

— Sim, senhor.

Quando Thomas chega ao andar de baixo, seu passo fechando a distância e as laterais de seu paletó voando com a rapidez de seus passos, ele lança um olhar de desprezo para Tanner antes de exigir:

— Vocês dois deveriam me dizer exatamente agora por que eu não deveria chamar a polícia e mandar prendê-los por conspiração para cometer roubo.

— Provavelmente porque enquanto eles estiverem aqui, nós explicaremos seu envolvimento em fraude postal, extorsão e assassinato.

O governador Callahan para no lugar, seu olhar fixo no meu. Para ser honesto, não tenho ideia se ele estava envolvido em dois desses crimes. Eu apenas os joguei porque parecia bom. A julgar pela expressão em seu rosto, não estou muito longe da verdade.

A voz de Tanner desliza para o silêncio tenso.

— Também podemos explicar como estamos aqui para pessoalmente

---

[6] Aqui ele faz alusão à Reginald Jeeves, um mordomo/assistente pessoal de Bertram Wooster, um inglês rico que vive em Londres nas histórias de P. G. Wodehouse.

entregar a você os papéis da ação que está sendo movida contra você em nome de Luca Bailey.

O olhar dele se volta para Tanner novamente, mas minha voz chama sua atenção de volta para mim.

— E nós definitivamente explicaremos como há uma mulher lá fora com hematomas no rosto por causa de sua mão abusiva.

Lançando-me um sorriso zombeteiro, ele descarta a ideia disso.

— Ivy mereceu aquilo por sair da linha. Ela conhece o seu lugar.

A raiva corre pela minha espinha, meu corpo se lançando para frente, apenas para ser interrompido quando Tanner estende o braço para me bloquear.

Ele me encara em advertência antes de treinar sua expressão para olhar de volta para Thomas.

— Você pode querer nos convidar para algum lugar privado para o resto desta conversa.

— Não há ninguém na minha casa que vá falar. Isso é o mais privado possível.

— É bom saber que sua equipe é tão suja quanto você — Tanner praticamente rosna. — Então você não se importará de explicar seu envolvimento com a JJB Tech.

Ele ri disso, seu comportamento arrogante é tão nojento quanto o de nossos pais.

— O que te faz pensar que eu devo a vocês uma explicação para alguma coisa? Vocês dois ainda têm muito que aprender sobre como as coisas funcionam por aqui.

Infelizmente para ele, que está prestes a aprender o quanto nós já aprendemos.

— Você pode se foder com a besteira do discurso sobre ser superior. Eu ouvi ontem e estava tão entediado quanto estou agora.

Seu sorriso me condena pela mentira.

— No entanto, você não poderia fugir rápido o suficiente para deixar Ivy com seu pai *abusivo*. Suas palavras, não minhas.

Enfatizando a palavra, ele praticamente joga a acusação de volta na minha cara. É uma pena para ele que eu não reaja, não com a minha máscara no lugar, não com o sorriso zombeteiro que permito esticar meus lábios.

Quando não respondo, ele enfia a mão no bolso, uma mecha de seu cabelo escuro escorregando para fora do lugar. As olheiras permeiam a pele sob seus olhos, e percebo que alguma coisa manteve esse filho da puta acordado ontem à noite, assim como eu.

O que quer que Ivy tenha roubado, está acabando com ele, e estou mais do que interessado em ver o que são esses arquivos depois que Taylor terminar de descriptografá-los.

— Você sempre foi um problema para ela. Cada grama de problema em que Ivy esteve durante a vida tinha o seu nome de alguma maneira ligado a ele. Não fiquei surpreso ao vê-lo fugir e deixá-la enfrentar o que você ajudou a causar.

Eu teria respondido se não fosse por Tanner voltar para a conversa e redirecioná-la para onde deveria estar.

— JJB Tech, governador. Se você não quiser que eu arquive esses papéis completos com provas de seu envolvimento com eles, bem como provas de que conseguiu colocar as mãos em uma carta pessoal destinada a Luca do dia em que o pai dela foi assassinado, você vai parar de reclamar sobre a vida amorosa de sua filha e começar a cantar uma melodia diferente.

— Você não pode provar nada — ele responde suavemente, seu foco dançando para Tanner.

— Me teste.

Eu rio com isso e adiciono meus próprios pensamentos.

— Infelizmente, apenas a acusação será suficiente para causar uma tempestade na mídia. E você sabe como está a imprensa hoje em dia. Eles precisam de um bom escândalo, e você é o alvo favorito deles. Vai ser uma droga, quando se está ocupado enfrentando esse problema enquanto as fotos saem mostrando o dano que você infligiu no rosto de sua filha. Eu já tenho o comunicado de imprensa pronto. Aquele que afirma que você estava com tanta raiva do noivado dela que perdeu a paciência e tentou colocá-la *em seu lugar*.

Puxando um gravador de voz do meu bolso, eu sorrio e zombo dele.

— Suas palavras, governador. Não minhas.

Estreitando seu olhar sobre mim, ele consegue esconder sua reação além disso.

— Gravar a voz de uma pessoa sem sua permissão é ilegal...

— Você acha que os abutres se importam? Eles vão transmitir para todos os lugares sem se preocupar com essa lei em particular.

Infelizmente, estou falando besteira no momento e não tinha realmente gravado o que ele disse. O que é uma droga, porque teria sido muito útil. Mas ele não sabe disso, então finjo que minha raiva não me impediu de pensar no futuro. O único motivo pelo qual o gravador está no meu bolso é para que eu possa ditar os documentos que nós redigimos anteriormente para serem transcritos por meu assistente.

— Desligue essa porra ou essa conversa acaba.

Fingindo parar a gravação, coloco o dispositivo de volta no bolso.

— Conte-nos o que queremos saber.

Seu olhar dança entre nós novamente, seus ombros rígidos sob sua camisa branca.

— Não há nada para contar, infelizmente. Eu estava perseguindo uma suspeita quando vocês dois, arrogantes de merda, se envolveram e perderam os servidores.

Surpreso com isso, eu olho para Tanner e de volta para o governador.

— Você estava trabalhando com Jerry Thornton.

— Até que algo o assustou — ele rebate. — Provavelmente teve alguma coisa a ver com seus pais matando o parceiro dele. Não sei o que infernos John estava pensando ao trabalhar com as famílias de vocês, mas o que diabos ele tinha os interessou por algum tempo.

— Espere — Tanner interrompe, seus olhos fixos em Thomas —, você está dizendo que sabe que Jerry tem os servidores? E se você ainda não está em contato com ele, como?

Thomas ri.

— Como eu disse, vocês dois têm muito que aprender. Eu mantenho meus inimigos por perto. De que outra forma posso observar e manter o controle? Enquanto isso, seu grupo está correndo por aí como fantoches em cordas que vocês não sabem que estão lá. Meu conselho é que cortem a porra dos cordões e *abram seus malditos olhos pelo menos uma vez!*

Sua voz é uma explosão de som nas últimas palavras, o eco delas reverberando contra os tetos arquitetônicos e as paredes de gesso.

— Eu fiz Jerry afundar o negócio de John porque precisava do que quer que fosse a espionagem que ele estava fazendo para que seus pais parassem. Depois disso, a esposa de John morreu e ele estava muito distraído para perceber que Jerry estava tentando acessar os registros, mas então ele tentou trazer o negócio de volta e Jerry teve que desistir de seus esforços. Eu quero o que está naqueles servidores.

A voz de Tanner é um sussurro frio:

— O que diabos está dentro deles?

— Eu não sei — Thomas solta. — Tudo está criptografado. Mas seja o que for, seus pais querem isso, o que significa que eu também quero.

Nisso posso concordar com ele.

— Eu não sou a pessoa que assassinou John Bailey. Acho que todos nós sabemos quem fez isso. Mas depois que ele morreu, Jerry concordou em continuar tentando acessar os registros, pelo menos até que Luca ligasse e o assustasse. Agora eu não tenho ideia de onde ele está, e os registros estão perdidos. Tenho certeza de que devo agradecer a vocês dois por isso.

Um pensamento me ocorre.

— Por que você tem aquele pen drive? Como diabos conseguiu aquilo?

— Jerry pegou. Ele o encontrou enquanto empacotava o que restava do escritório. Aparentemente, John o jogou em uma pilha de correspondência para ser enviada, mas ninguém nunca pegou. Ele me enviou com a esperança de que, por meio das minhas conexões, eu pudesse encontrar alguém para descriptografá-lo. Assim que obtivéssemos a senha, ele teria acesso ao resto, mas ninguém foi capaz de fazer isso.

— Então tudo isso foi você tentando afundar nossos pais?

Seu olhar se volta para Tanner.

— Eu não me importaria de derrubar todos vocês. Tenho certeza de que seja lá o que vocês estão fazendo em seu escritório não é legal.

Com o olhar voltado para mim, ele dá um passo à frente.

— É por isso que você precisa ficar longe da minha filha antes de matá-la, porra. Eu finalmente a controlei até que você apareceu novamente. Você não é bom para ela, e eu recuso...

Eu avanço para frente, nem mesmo Tanner rápido o suficiente para me parar. A raiva está revestindo minha espinha como aço, infectando meu sangue como uma droga.

Com meu antebraço contra a garganta do governador, eu o jogo contra uma parede, as pontas de nossos narizes se juntando quando seus lábios se abrem para respirar.

Tanner agarra meu ombro, e vejo o movimento de segurança na periferia, mas o governador os afasta fracamente quando nossos olhos se fixam.

Não estou cortando sua capacidade de respirar, mas a ameaça está lá. Além dessa merda com nossos pais, eu odeio esse homem pelo dano que ele infligiu a uma pessoa que eu amo.

Meu sorriso desliza no lugar, sinuoso e psicótico, um aviso saindo da minha língua tão suave quanto uma promessa de seda.

— Não vou te ferir agora por machucá-la, só porque Ivy ainda te ama. Mas a lealdade dela a você acabou. Sua subserviência a você acabou. Por toda a vida dela, tudo o que você fez foi vesti-la como uma bugiganga bonita, algo que você pode manter em uma porra de pedestal em vez de deixá-la ser ela mesma. Você a controlou. E o que perdeu ao rejeitá-la como uma mulher que precisa estar em seu lugar é que ela está tão acima de você que você pode muito bem estar enterrado.

Nossa respiração colide, raiva pintando seu rosto de vermelho enquanto eu ainda uso uma máscara de indiferença casual. A única mudança no jogo é que não estou mentindo pra caralho dessa vez.

Nunca fui mais honesto antes na minha vida.

— Não me diga para ficar longe da mulher que tem estado na minha vida desde o começo. Ao contrário de você, nunca a danifiquei. Ao contrário de você, nunca duvidei dela e, ao contrário de você, a desafiei a ser o que sei que ela pode ser. Eu a vejo como uma igual, como uma ameaça e como uma oponente digna, enquanto você a via como nada mais do que uma boneca a ser vestida e uma voz a ser silenciada. Então não. Eu não vou ficar longe de Ivy. De agora em diante, vou ser a pessoa ao lado dela, a força seguindo atrás dela, a pessoa a erguendo pra caralho, para que ela não seja vítima de babacas como você nunca mais. Portanto, tome isso como um aviso, porque se você colocar sequer um dedo nela novamente, eu serei a pessoa a quem você responderá por isso. Não posso prometer que não vou te machucar.

Meu antebraço aperta contra a garganta dele e eu o jogo contra a parede mais uma vez antes de soltá-lo e me afastar.

Ele dá um passo à frente para recuperar o equilíbrio, sua mão se movendo para correr na pele de seu pescoço.

— Saiam da minha casa. Vocês dois. E eu teria cuidado depois disso. Não é uma jogada inteligente me irritar.

O aperto de Tanner em meu ombro aumenta, não que ele tenha que me arrastar para longe. Estou mais do que feliz por sair deste lugar e nunca olhar para trás, especialmente agora que sabemos que ele perdeu Jerry de vista.

Saindo para a varanda, nem Tanner nem eu dizemos nada, nossos passos em um ritmo rápido até que entramos no carro e estamos nos afastando.

Tanner fala com os dentes cerrados, obviamente irritado:

— O que aconteceu com nenhuma violência até depois de obtermos as informações de que precisamos?

— Nós as conseguimos. Ele não sabe onde Jerry está.

Em silêncio por um segundo, Tanner suspira.

— Não perguntamos sobre a Everly.

Porra.

Jase vai perder a cabeça.

Não é até que pegamos a saída que leva à minha casa, que Tanner limpa sua garganta, seus ombros tremendo com uma risada silenciosa que só faz meus dentes cerrarem.

— Não diga nada, porra.

— O quê? Não tenho nada a dizer.

Mentiroso.

— Eu só acho que é engraçado, só isso.

— Nada é engraçado.

Ele ri baixinho de novo, um som sufocado como se não conseguisse se conter.

— Foi um discurso muito bonito o que você fez.

Minha voz é um rosnado de advertência.

— Vá se foder, Tanner.

Outra risada.

— Sério, eu fiquei inspirado.

— Juro por Deus, se você não calar a porra da sua boca…

— Você o quê? Vai ficar louco e admitir mais da verdade sobre o quanto você ama a Ivy? Estou apavorado — ele não fala. — Por favor, pare de me ameaçar antes que eu me cague.

Minha cabeça se vira em sua direção.

— Eu não admiti nada.

Zombando de mim, ele fala em falsete:

— *Então não. Eu não vou ficar longe de Ivy. De agora em diante, vou ser a pessoa que está ao lado dela, a força seguindo atrás dela, a pessoa a erguendo pra caralho, para que ela não seja vítima de babacas como você nunca mais…*

Eu não posso evitar meu sorriso, apesar do quão irritado estou.

— Você memorizou?

— Como eu disse, foi inspirador. Sério, estátuas devem ser erguidas em sua homenagem. Uma com uma placa gigante gravada abaixo, chamando você de o mentiroso mais patético do mundo.

Sua risada enche o carro.

— Você vai desistir dela, minha bunda. Você é um enganador tão fodido, que acreditou em si mesmo.

Nós viramos na minha garagem assim que o crepúsculo engole os céus. Parando atrás do meu carro, ele desliga o motor e se inclina para trás em seu assento, sua cabeça girando em minha direção.

— Bem, merda. Agora que sei que você realmente a ama, quase me sinto mal.

A suspeita me encharca.

— Pelo quê?

Se ele me disser que um dos gêmeos a tocou, não haverá um canto no planeta para onde eles serão capazes de correr sem que eu os encontre e os enterre em uma cova rasa.

— Por dar a Ivy a chave da sua casa.

Porra...

Isso é ainda pior.

Estou fora do carro e correndo em direção à minha casa antes que Tanner possa dizer outra palavra, meus pés param rapidamente quando vejo algo branco no chão, uma nuvem de poeira levantando-se da terra enquanto me inclino para pegá-la.

Não.

Ela não faria isso, porra.

Não essa merda de novo.

Meus olhos disparam para a casa, meus dentes batendo juntos enquanto esmago a pena nos meus dedos e corro escada acima para a varanda.

Jogando a porta aberta com tanta força que bate contra a parede e sacode as janelas, meu coração cai no meu estômago, a raiva apertando cada músculo do meu corpo ao ver pilhas de penas cobrindo o chão, várias delas voando para cima e caindo suavemente com a brisa da porta aberta.

Silêncio absoluto preenche a casa, meus nervos à flor da pele, minha cabeça inclinada para o lado quando ouço um único *cacarejo* abafado vindo do andar de cima.

Atrás de mim, passos altos param subitamente, as gargalhadas fazendo meus dentes se fecharem com mais força antes de Tanner dizer:

— Ah, caralho. Ela fez isso de novo.

Ivy é uma mulher morta.

Ela e as fodidas galinhas.

Levando minha bunda escada acima, ouço outro cacarejo vindo da direção dos quartos de hóspedes, uma trilha de penas voando ao redor dos meus pés enquanto corro naquela direção e viro à direita para abrir a porta com força. Meus olhos travam com o sorriso malicioso de Ivy, minha mão fechando em um punho enquanto dou alguns passos para frente.

Estou quase do outro lado do quarto e em cima dela quando sou atingido por trás por dois corpos pesados, o meu é girado e meus braços levantados acima da minha cabeça, enquanto sou empurrado contra uma parede.

Só quando ouço o clique metálico é que me lembro das algemas que instalei, e quando olho para baixo de onde agora estou preso, vejo Tanner, Ivy e Ezra sorrindo para mim.

— Todos vocês. Mortos. Não importa o que custar. Facas. Armas. Ogivas nucleares. A porra de um leão que eu rapte do Saara que vou alimentar com vocês depois de cortá-los em pedaços minúsculos. Todos vocês vão morrer quando eu sair dessa.

Eles me olham em silêncio, seus rostos vermelhos de tentar não rir, seus lábios uma linha fina. Não é até que a porra de uma galinha solitária no quarto cacareje de novo que eles perdem a cabeça e não consigam mais segurar.

À minha direita, a filha da puta de penas caminha ao redor com um pequeno aceno de cabeça como se estivesse dançando no lugar, meus dedos apertando as algemas enquanto um sorriso falso estica minhas bochechas.

Com a voz mais suave que consigo, travo os olhos em Ivy.

— De onde você continua conseguindo as galinhas, amor? Você nunca me disse.

Lágrimas estão escorrendo de seus olhos, Tanner e Ezra não estão melhor onde estão, um de cada lado dela.

Eles se uniram contra mim, eu percebo, e haverá um inferno a pagar.

Dando um tapinha no ombro de Ivy, Ezra se vira para sair do quarto, Tanner sai atrás dele, deixando-me com uma linda loira prestes a ser morta e uma porra de uma única galinha.

— Por quê?

— Por que o quê? — ela pergunta, enquanto enxuga uma lágrima da bochecha.

— Por que galinhas?

Ela olha para a esquerda e começa a rir novamente.

— Ah, isso foi ideia do Tanner.

Sua morte será a pior de todas.

Agito meus braços para sacudir as correntes.

— E isso é para?

Levantando os olhos para olhar para as algemas em meus pulsos, o canto da boca de Ivy se transforma em um sorriso debochado antes que ela encontre meu olhar novamente.

— Isso é para mantê-lo no lugar — ela explica.
— Para?

O sorriso debochado muda para um meloso que sempre me deixou maluco.

— Para a discussão que nós estamos prestes a ter.

Escolha interessante de palavras...

Eu sorrio de volta.

— E que discussão é essa?

O silêncio cai por alguns segundos, a tensão entre nós interrompida por um único *cacarejo*.

— A discussão em que você finalmente esquece todas as suas besteiras e me diz a verdade.

Ela dá um passo em minha direção, mas para a vários metros de distância.

— A discussão em que você admite que não tem me usado e que só disse aquilo porque se culpa pelo que meu pai fez.

Nossos olhos dançam juntos, os dela de um azul-cintilante que tem assombrado meus sonhos desde o dia em que a conheci.

Minha voz é suave quando respondo:

— Pode ser meio difícil ter essa discussão com uma galinha no quarto.

Seu sorriso desaparece e sua expressão fica séria.

— Então tente o seu melhor, Gabriel. Porque se a discussão não acontecer hoje, não posso prometer que nós vamos nos ver novamente.

Não gosto do olhar que ela está me dando. Também não gosto de como meu coração está em meus pés, meu pulso uma batida forte que parece uma marcha fúnebre.

Desistir dela seria um erro estúpido. Um dos piores que já cometi. E depois do que eu disse ao pai dela, depois de perceber que a única pessoa para quem eu estive mentindo esse tempo todo sou eu mesmo, a última coisa que preciso fazer é tomar uma decisão da qual vou me arrepender.

— Tudo bem, Ivy. Conversaremos. Mas o que diabos há para dizer?

capítulo quarenta e dois

Ivy

Admito que isso é um pouco ridículo. Enquanto Ezra e eu sabíamos que estávamos encurralando Gabriel para que eu pudesse forçar esta conversa, Tanner tinha que ser convencido de outra maneira.

Ezra mentiu e disse que estávamos pregando uma peça simples e, na verdade, foi ideia de Tanner envolver as galinhas. Não menti para Gabe sobre isso.

Mas a mentira tinha sido o suficiente para conseguir uma chave da casa de Gabriel e foi também o suficiente para que Tanner ajudasse a prendê-lo no lugar. Ele simplesmente não entendia a verdade do porquê estava fazendo isso.

Agora que estou olhando para Gabriel, seus olhos verdes desprotegidos e sua máscara escorregando, estou subitamente com medo do que ele possa dizer.

Ainda assim, essa conversa precisa acontecer. Eu preciso saber. Porque não adianta ficar por aqui e fingir que isso pode funcionar se não puder. Mas também não adianta ir embora só porque um homem que esteve se escondendo a vida inteira escolheu colocar a máscara mais uma vez para ocultar seus medos.

— Você pode começar sendo honesto comigo. Pela primeira vez... ou de novo, devo dizer. Você já prometeu fazer isso antes e falhou miseravelmente.

Ele pisca lentamente, sua língua se movendo contra os dentes superiores de forma que seu lábio fique em destaque.

Acima dele, as correntes chacoalham levemente, e eu luto para não rir de como isso é insano, mas se isso o mantém no lugar e o impede de correr, vale a pena.

Quando ele fala, sua voz é cuidadosa, controlada, suave, mas não a de um mentiroso experiente. É honesta. Tão honesta que não tenho certeza de como responder.

— Você está melhor sem mim. Pelo menos, foi o que pensei ontem à noite. Você se arriscou por minha causa. Seu rosto estava machucado por minha causa. Eu entrei em pânico ao ver isso e ouvir você admitir que, mesmo sabendo que eu queria te machucar, você se arriscou para se prender a mim de qualquer maneira. É a segunda vez que você faz isso. E mais uma vez, acabou machucada.

A memória me assalta. Da outra vez, ele me machucou tanto quanto ontem à noite.

Você é uma vadia estúpida, sabia disso? Porra, quão patética você tem que ser para continuar aparecendo onde quer que eu esteja? Talvez eu deva apenas foder você agora e acabar com isso para que possa se sentir como se fosse algo especial e possa ir embora para se juntar ao resto das prostitutas fáceis que eu não me importo...

Ele disse isso para mim com sangue escorrendo de seu lábio e um corte em cima do olho. Disse isso enquanto estava sentado no meu estômago com a mão na minha garganta. Disse quando um raio caiu ao nosso redor, e o vento soprou em nossas roupas.

E então ele me beijou e removeu todas as dúvidas de que tinha mentido naquela noite também.

Para Gabriel, é fácil mentir com palavras bonitas e um sorriso maravilhoso, mas seus lábios e mãos contam a verdade quando me tocam. Ele não consegue esconder o desespero que sempre senti neles.

— Você se machucou naquela noite, então me machucou. Não seria a primeira vez. Tecnicamente, se você contar me empurrar para o chão quando nós éramos crianças, aquela noite foi a segunda, e a noite passada foi a terceira.

— Ah. — Ele ri. — Bem, obrigado por esclarecer. Isso me faz sentir muito melhor.

— Feliz em ajudar.

Seus dedos se enrolam nas algemas que se ergueram para abraçar as palmas de suas mãos.

— Tudo o que faço é te machucar. E depois do que foi feito comigo, a última coisa que eu quero é fazer o mesmo com outra pessoa. Especialmente você.

Ele tem um ponto. Mas esqueceu uma parte importante.

— Exceto que ninguém pode te machucar mais. Não como costumavam machucar.

A confusão nubla seus olhos.

— Não?

Como ele pode não ver isso? Por mais inteligente que Gabriel seja, às vezes ele é tão malditamente cego.

— Toda vez que você me machuca, é porque alguém te machucou. Eu já te disse isso.

Eu me aproximo dele e estico a mão para encostar a palma em sua bochecha.

— E se ninguém pode te machucar mais...

Minha voz some enquanto espero que ele siga essa linha de pensamento.

Sua expressão se suaviza.

— Isso não é justo com você. Você não deveria ser um alvo, independentemente do que está sendo feito para mim.

O silêncio passa, nossos olhos fixos enquanto nós dois ficamos expostos e abertos.

— Você queria me machucar ontem à noite, ou estava fazendo aquilo para me proteger? Para me fazer fugir? Seja honesto.

— Você sabe a resposta para isso.

— Então como isso me torna um alvo? Se me perguntar, essa é a primeira vez que você fez exatamente o oposto do que você tem medo. Ok, de uma maneira realmente horrível, mas é assim que você é. Você mente. Mas, em vez de mentir para se proteger, você mentiu para me proteger.

Ele não diz nada. Em vez disso, olha para o meu rosto.

— Eu já te perguntei isso antes, Gabriel, e vou perguntar mais uma vez. E qualquer resposta que você der é a última. Não vou deixar você mentir para mim de novo.

Respirando fundo, viro meus ombros e travo os olhos nos dele.

— O que você quer?

Ele leva *um minuto* para responder à pergunta, seu olhar procurando meu rosto o tempo inteiro.

Você tem ideia de quanto tempo dura um minuto?

Aproveite o tempo para contar os segundos em silêncio.

Sinta quanto tempo realmente é.

As pessoas dizem um minuto pensando que é tão rápido quanto um piscar de olhos. Quando, na verdade, é o contrário.

É uma eternidade quando seu coração está em jogo.

Uma eternidade quando sua respiração está presa nos pulmões.

Quando seu pulso bate com tanta força que tudo o que consegue ouvir é o trovão suave e ondulante do sangue correndo.

Quando se está esperando por uma resposta que desejou sua vida inteira, mas não tem certeza se vai conseguir.

— Você — ele finalmente diz. — Eu quero você.

Uma respiração trêmula jorra de mim.

O alívio derrete a tensão do meu corpo enquanto minhas mãos deslizam para a gola de sua camisa, minhas pontas dos dedos acariciando o nó de sua gravata.

— Então nunca mais minta para mim e diga o contrário. Isso me deixa puta.

Ele sorri, porque aqui estamos nós. Duas pessoas que acreditavam estar lutando entre si, mas na verdade estavam se segurando.

Nós levamos todo esse tempo para descobrir que estávamos lutando contra os ventos caóticos que tentavam nos separar. Estávamos lutando contra a chuva que penetrava e congelava nossa pele. E estávamos lutando contra o chão que estremecia e se abria, tentando nos engolir inteiros.

Mas nós nunca — *nunca* — lutamos um contra o outro.

Estávamos apenas lutando para nos segurar, apesar dos desastres ao nosso redor.

Aperto o nó da gravata até seu queixo, seus olhos verdes brilhando para mim em resposta à sugestão de violência.

Mas essas faíscas rapidamente acendem chamas verdes quando puxo o nó novamente para desamarrá-lo, nossos olhares se prendem enquanto desfaço os botões superiores de seu colarinho.

O canto de sua boca se curva em um sorriso sexy, e meus lábios se esticam para combinar com a expressão.

— O que você pensa que está fazendo, Ivy?

Inclinando minha cabeça, continuo desabotoando a camisa dele para revelar a pele dourada por baixo.

— Não sei. É meio que legal ter você acorrentado e indefeso.

Puxando os lados de sua camisa para abri-la, deslizo as mãos em seu abdômen e peito, meus dedos se curvando sobre seus ombros musculosos. Eles ainda são tão largos, independentemente de como seus pulsos estão presos acima da cabeça.

Gabriel sorri para mim, seus braços lutando contra as algemas, seus lábios entreabertos, mostrando uma sugestão de dentes.

— Me deixe sair dessas algemas — ele exige, sua voz comandante, e ainda assim sem fôlego.

Com um balanço recatado da minha cabeça para os lados, eu provoco:

— Não tenho certeza se você já aprendeu sua lição.

Minhas mãos deslizam de novo para baixo para pousar em seu cinto de couro. Quando olho para cima, a ponta da sua língua de fala mansa desliza pelo seu lábio inferior. Eu daria qualquer coisa para prová-lo, mas, mesmo na ponta dos pés, ele é alto pra caramba.

Estou me torturando tanto quanto estou torturando-o.

Minhas mãos trabalham lentamente para desabotoar seu cinto, aquele olhar verde me prendendo no lugar.

— O que você faria comigo se pudesse usar suas mãos? — Levanto meus olhos para ele e derreto ao ver a curva de seu sorriso.

— Me solte e descubra.

Com o cinto solto, eu trabalho no botão de sua calça em seguida.

— Você agarraria meus quadris?

Um som baixo sacode seu peito porque conheço Gabriel bem o suficiente para saber exatamente onde ele gosta de me controlar.

Minha voz é um som de ronronar.

— Você gosta dos meus quadris, não é? Totalmente redondo e macio, o lugar perfeito para se segurar em mim quando você está conseguindo o que deseja.

Eu olho para cima para ver seus lábios se curvaram mais, puro calor brilhando por trás dos olhos de esmeralda líquida. Há um aviso naquele olhar, e isso força minhas coxas a se apertarem, uma dor entre minhas pernas que só ele tem o poder de causar.

Minha mão desliza sob sua cueca para encontrar sua ereção longa e dura. Olhando para cima para ele enquanto envolvo meus dedos sobre o eixo grosso e passo meu polegar na cabeça, estremeço com o rosnado que rasteja por sua garganta, sua voz caindo para um sussurro perigoso.

— Destrave as malditas algemas, Ivy.

Eu o bombeio uma vez, um puxão lento para cima e para baixo.

— Ou o quê?

— Porra... — Ele respira, seus olhos se fechando quando o bombeio de novo, mais forte dessa vez, mais rápido.

Afastando minha mão, deslizo os dedos por baixo das laterais de sua calça e puxo para baixo por seus quadris. A fivela de seu cinto bate contra o chão, o algodão de sua cueca escorregando por suas pernas logo depois, enquanto eu caio de joelhos e o coloco na boca.

Gabriel estremece quando minha língua desliza sobre a cabeça, meus lábios se fechando no eixo para levá-lo profundamente na boca.

Acima de mim, as correntes chacoalham novamente, seus músculos ficando tensos enquanto trabalho seu pau com a minha boca e saboreio o gosto de sua pele.

Sua voz é um grunhido profundo quando seus quadris se contraem, as correntes chacoalhando novamente.

— Abra as algemas, Ivy. Eu não vou te dizer de novo.

Correndo as mãos para cima por suas coxas fortes, passo a língua sobre a cabeça de seu pênis, meus lábios estalando ao liberá-lo.

Lentamente, levanto os olhos para encontrar os dele, e um tremor percorre meu corpo com a maneira como ele me encara, a força tão violenta quanto um terremoto.

— O que você vai fazer se eu não abrir?

Seus olhos brilham com faíscas, o calor é tão intenso que derreto a seus pés e perco a capacidade de continuar jogando.

— Ok.

Fico de pé e puxo a chave de uma mesa lateral onde a encontramos hoje mais cedo. Minhas mãos estão tremendo enquanto fico na ponta dos pés, mal conseguindo alcançá-la com meus braços totalmente estendidos. De alguma forma, desbloqueio uma, a mão de Gabriel deslizando livre.

Ele pega a chave de mim e destrava a outra, seus dedos agarrando meu cabelo assim que ele está livre, seu corpo se inclinando e sua boca travando sobre a minha enquanto chuta as calças de seus pés.

Gabriel deve tê-las chutado pelo quarto um pouco forte demais, porque um cocó alto soa, sua boca sorrindo contra a minha quando rosna:

— O que há com você e galinhas?

Estou rindo por apenas um segundo, o humor completamente perdido para o desejo enlouquecedor quando suas mãos tomam posse agressiva dos meus quadris e ele me levanta para que eu envolva minhas pernas em sua cintura.

Boca batendo contra a minha, ele morde meu lábio inferior como punição, sua língua sacudindo um segundo depois para deslizar contra a minha.

Escuto o tecido se rasgando enquanto ele me leva para fora do quarto, seu ombro colidindo contra uma parede enquanto anda cegamente, nossas línguas emaranhadas e dentes arranhando antes que eu tenha que me afastar para respirar.

Ele apenas aproveita a oportunidade para deslizar sua boca pela minha garganta, seus dentes beliscando o ponto do meu pulso, sua língua quente onde ele sente o gosto da minha pele.

Preocupo-me brevemente que Tanner ou Ezra ainda estejam na casa e possam assistir Gabriel me carregando pelo corredor sem calças.

Não deve importar para ele, no entanto.

Uma vez em seu quarto, ele puxa meu vestido novamente, e cai no chão como um pedaço de papel, meus seios nus pressionados contra seu peito, o contato o suficiente para nós dois liberarmos um profundo suspiro de alívio.

Os dedos de Gabriel agarram meu cabelo enquanto ele puxa minha cabeça para trás e corre seus dentes pela linha do meu pescoço para morder o ponto macio no meu ombro.

Quando penso que ele vai me deixar cair na cama, Gabriel se acalma, uma mão apalpando minha bunda enquanto a outra aperta meu cabelo. Fico preocupada que meu peso seja muito grande, mas ele não luta para me segurar, seus bíceps apertados sob minhas palmas enquanto as deslizo por seus braços e ombros.

Sua boca se torna macia ao subir roçando a linha do meu pescoço, seus lábios úmidos e quentes quando pressionam contra a minha orelha.

O que ele diz me surpreende, tanto que meus olhos se fecham, as pontas dos meus dedos brincando nas ondas soltas de seus cabelos.

— Me desculpa.

Quase não respondo, porque, o que há para dizer? O que há para se desculpar? Mas tenho que responder, tenho que reconhecer a vulnerabilidade absoluta nas duas palavras que não tenho certeza se já ouvi Gabriel dizer a alguém em sua vida.

Claro, eu não estava perto dele constantemente, ele pode ter se desculpado com um milhão de pessoas antes de mim, mas de alguma maneira isso parece…

— Pelo quê?

Sua mão solta meu cabelo para se fechar em volta do meu queixo em um aperto forte que vira meu rosto para o dele, nossas bocas se tocando, meus olhos se abrindo para testemunhar o brilho da esmeralda líquida sombreada pela culpa.

— Por te machucar. Por não ver você. — Ele faz uma pausa, nossas respirações dançando juntas, quentes e rápidas. — Por mentir minha vida inteira que você não tem sido sempre minha.

Seus dedos se apertam no meu queixo, um flash de dor requintada antes que ele me deixe cair na cama sem aviso.

Apertando seu pau em sua mão, Gabriel me encara, seu olhar derretido, seu corpo duro, seus ombros escondidos sob a camisa branca e a gravata solta que ele ainda não tirou.

Arrogância arqueia uma de suas sobrancelhas e o movimento lento de sua mão atrai meus olhos para baixo.

— Mas agora eu sei disso, não é?

A possessão masculina crua acompanha essas palavras. Isso arrasta meu olhar para cima novamente, um tremor percorrendo meu corpo quando ele finalmente tira sua camisa para jogá-la no chão. As mãos dele travam sobre as minhas coxas, minhas pernas são forçadas a se separarem, seu olhar percorrendo minha pele como se dedicasse à memória cada centímetro do corpo que ele agora possui.

Porra...

Eu avisei no começo.

Avisei a todos.

Gabriel não é apenas o sorriso amistoso e cativante, e o charme fácil que ele vai fazer você acreditar.

Ele não é as palavras suaves e as mentiras bonitas, as penas coloridas de pavão que embalam você em uma amizade fácil, confortável e feliz.

Ele é isso.

Um homem tão perigoso quanto o resto.

Um homem igualmente astuto.

Um demônio que olha para você por trás dos olhos de um anjo enquanto dilacera seu mundo.

Ele é uma tempestade com o aviso de trovão e o estalo de um raio, com o vento violento que rasga seus cabelos e a chuva forte que atinge sua pele.

Acima de tudo, ele está certo.

Eu sou dele.

Sempre fui.

E está na maldita hora de ele parar de mentir para nós dois e finalmente aceitar o que eu sempre soube.

Com um puxão forte, ele traz meu corpo para a beira da cama, o seu próprio se inclinando para capturar minha boca em um beijo escaldante, sua língua conquistando a minha, seus dentes me beliscando de brincadeira.

Mas então suas mãos agarram meus quadris, sua boca se afastando assim que me vira e levanta minha bunda para o alto, para que meus joelhos se esmaguem contra o colchão, suas mãos grandes reivindicando as minhas e direcionando-as para ficarem espalmadas na cama.

O hálito quente desce em cascata pelo meu pescoço depois que puxa meu cabelo de lado para sussurrar em meu ouvido:

— Você estava certa.

Seu corpo pressiona sobre o meu, seu pau empurrando ao longo da fenda da minha bunda. Quando ele se move apenas um centímetro, uma onda de necessidade me atravessa.

— Sobre? — pergunto, minha voz desesperada e sem fôlego, meus lábios se separando quando ele segura seu pau e o inclina para baixo para provocar a carne molhada da minha boceta.

— Eu realmente gosto dos seus quadris — ele fala, a mão tomando posse firmemente. — Mas eu gosto mais da sua boceta.

Ele empurra dentro de mim, um mergulho longo e lento que me preenche completamente, me esticando, minhas pernas se abrindo mais, minhas costas arqueando como um gato. A mão de Gabriel segura meu cabelo novamente e puxa meu corpo para cima, a outra mão apertando meu seio, polegar e dedo beliscando o mamilo.

Seus quadris se movem e seu pau se afasta para a ponta apenas para empurrar dentro de mim novamente. E estou perdida com isso. Perdida para ele. Ofegando, gemendo, me contorcendo e implorando pra caralho. Meu corpo treme quando os dentes dele mordem o ponto fraco em meu ombro e pescoço.

Eu sou reivindicada.

Sua.

Sou possuída pelo mentiroso.

Pelo Engano.

Pelo príncipe quebrado.

Ele ri baixinho contra o meu ouvido, seu corpo ainda dominando o meu, minha boceta apertando com a necessidade de algo mais duro, mais rápido e mais profundo até que eu goze.

— Sempre gostei da sua boca também. Especialmente quando você está dizendo alguma coisa que me irrita. Esses fodidos lábios atrevidos são meus também.

Ele vira minha cabeça apenas o suficiente para que ele possa me beijar, e meu corpo explode sobre seu pau, cada músculo tenso, cada sensação enviando outra onda de prazer por mim, até que estou dizendo seu nome como uma oração, e ele está engolindo o som.

Eu sei exatamente quando ele está prestes a encontrar seu próprio orgasmo. Seu pau incha e seus quadris se movem mais rápido. Ele está se dirigindo mais profundamente, seu corpo tão duro que é quase doloroso tomá-lo todo.

Antes que ele possa chegar ao clímax e sair, estendo a mão para agarrar suas pernas, pânico em sua voz quando ele diz:

— Estou prestes a gozar.

Meus lábios se curvam com isso.

— Estou tomando pílula.

Gabriel fica quieto e rosna:

— Porra... agora que você me diz.

Ele me empurra para baixo e agarra meus quadris, nossos corpos batendo juntos com o som úmido de pele e, em seguida, seu pau estremece quando ele goza dentro de mim, cada pulsação quente e forte.

Depois de terminar, ele me puxa para cima com mãos gentis, sua palma envolvendo minha bochecha enquanto me beija.

— Obrigado — ele sussurra contra a minha boca, pura verdade em sua voz.

— Por?

Olhos verdes fixos nos meus, sua resposta rasgando meu coração e costurando-o de volta.

— Nunca desistir.

capítulo quarenta e três

Gabriel

Verifico meu relógio pela terceira vez esta manhã, perguntando-me por que diabos Tanner está demorando tanto.

Ao meu lado, o motor do nosso elevador privado está silencioso, os números apagados enquanto espera no andar inferior ele chegar e dar o fora daqui.

Nós temos uma grande reunião envolvendo dinheiro em uma hora, e antes disso, tenho que dar a ele uma notícia que vai fazer sua cabeça explodir. Mas é o que é. Ele mereceu isso.

Tanner e seu problema de atitude tirânica finalmente levaram a um ponto onde o inevitável tinha que acontecer.

Finalmente, escuto o elevador ganhar vida, meus olhos observando os números vermelhos se moverem lentamente na linha até que um ding acima da minha cabeça sinaliza sua chegada, as portas se abrindo com um movimento suave.

Seu cabelo escuro está penteado para trás e seu terno caro é feito com perfeição. Levantando os olhos do que quer que esteja lendo em seu telefone, suas sobrancelhas se franzem em confusão.

— Onde está Lacey?

Isso é exatamente o que estou aqui para dizer a ele.

— Ela se demitiu.

Uma gargalhada explode de sua garganta.

— Não. Ela não se demitiu. Lacey não pode se demitir. Nós pagamos muito a ela.

Imediatamente, ele começa a digitar uma mensagem em seu telefone, mas eu coloco a mão sobre ele, impedindo-o.

— É exatamente por isso que ela pôde se demitir. Pagamos mais àquela mulher do que aos advogados associados, e ela economizou um bom dinheiro para se apoiar. Depois das férias, ela me enviou sua demissão e disse que a folga lhe deu um momento para pensar sobre sua vida. Ela cansou, Tanner.

Sua mandíbula salta com tiques, e ele muda sua postura. A raiva fervilha por trás dos olhos, suas narinas se dilatando pouco antes de ele apontar um dedo no meu rosto.

— E é exatamente por isso que eu disse sem férias! Viu o que você fez? Você deu a ela tempo para avaliar sua vida e perceber que sou um fodido babaca.

— Ela não precisava de tempo para descobrir isso. Não é como se isso fosse um segredo.

— Vá se foder, Gabe.

Ele passa furioso por mim a caminho de seu escritório, sua voz explodindo pelo pequeno corredor.

— Agora o que diabos eu vou fazer? Quem caralhos vai preencher o lugar dela?

— Relaxa, já contratei alguém como sua nova assistente. Ela está em seu escritório preenchendo a papelada agora.

Com um revirar de olhos, eu o sigo até seu escritório e me sento no meu lugar habitual em uma cadeira em frente a ele. Tanner joga sua bolsa em uma pequena mesa antes de ir até sua mesa e largar seu peso na cadeira.

Por vários segundos silenciosos, nós olhamos através da extensão um para o outro.

— Quem diabos você contratou?

Meus lábios se curvam em uma carranca.

— Bem, aí que está. Infelizmente, você tem uma reputação entre os profissionais da área jurídica, então tive que raspar o fundo do poço para encontrar alguém disposto a trabalhar para você, mas Alice é uma boa mulher e está ansiosa para aprender, então tenho certeza de que ela pode ser treinada. Só pode demorar um pouco.

Seu olhar me prende no lugar, um músculo pulando em sua têmpora.

Apenas alguns segundos depois, uma voz estridente soa atrás de mim, o sotaque sulista profundo da nova assistente de Tanner me lembrando de Luca quando ela não consegue disfarçar de onde é.

— Bem, bom dia, senhor Caine. Estou feliz em ver que você finalmente chegou ao trabalho. Quer dizer, você está um pouco atrasado, mas posso te perdoar por isso.

375

Os olhos de Tanner se contraem, seu olhar deslizando por mim para assistir Alice valsar para dentro da sala.

— Eu sou a porra de um sócio. Eu possuo este lugar, no caso de você não ter reparado no meu nome na porra da porta quando entrou esta manhã. Eu apareço quando quero.

— Olha a boca! — adverte, com uma voz cantarolante. Mordo o interior da minha bochecha para não rir quando suas sobrancelhas se juntam.

— Minha mãe teria lavado minha boca com sabão por dizer isso, e talvez eu devesse trazer um pouco para o escritório para lhe ensinar a mesma lição.

— Que porra? — As sobrancelhas de Tanner disparam em direção à sua cabeça.

Cubro a boca com o punho, meus olhos fechando e abrindo novamente enquanto me sento o mais imóvel possível.

Alice não reage à explosão, apenas caminha mais para dentro do escritório, um prato em uma mão e uma xícara de café na outra.

— Uma das outras garotas me disse que você prefere somente café para o café da manhã, mas, de onde eu venho, isso é garantia de estar com a barriga vazia e de mau humor. Eu pretendo consertar isso, então trouxe para você alguns ovos poché para fazer o cérebro funcionar. Espero que goste deles.

Os olhos de Tanner estão redondos como pires, seu furioso olhar fixo em sua nova assistente.

— Mas não se preocupe — ela diz, despreocupada com o olhar assassino que ela está recebendo —, prometi a todo mundo no escritório que iria consertar você dentro de algumas semanas. Te ensinar uma lição sobre por que não deve ser um idiota tão mal-humorado.

Eu não teria pensado que fosse possível, mas seus olhos se arregalam ainda mais, suas sobrancelhas tão altas que estão desaparecendo sob a linha do cabelo.

Ai, meu Deus. Contratar esta mulher é a melhor decisão que já tomei...

Aproximando-se da mesa de Tanner, ela se move para colocar o café na mesa, mas o salto de seu sapato fica preso no tapete embaixo de sua mesa, seu corpo se lançando para frente enquanto os ovos caem do prato. Eles pousam na camisa branca de Tanner, as gemas líquidas se abrindo para manchar o tecido de amarelo.

— Que porra é essa? — reclama, seus olhos disparando para a camisa, a boca se contorcendo de raiva.

— Olha a boca, senhor Caine. E eu sinto muito. Vou buscar algumas toalhas de papel para limpar.

— Foda-se isso. Você está demitida! Arrume suas merdas e dê o fora do meu escritório.

Ela ergue o quadril e põe a mão nele.

— Você não pode me despedir. O senhor Dane assinou um contrato garantindo-me um ano completo de emprego. Aparentemente, você tem um temperamento explosivo e toma decisões precipitadas. Como posso ver agora. Vou buscar aqueles guardanapos.

Seu olhar se prende no meu enquanto Alice sai da sala.

— Por que diabos você faria algo tão estúpido?

Eu encolho os ombros, meu rosto uma máscara de calma.

— É como eu disse antes, tive que raspar o fundo do barril. A única maneira de ela concordar em aceitar o emprego era se eu garantisse isso.

— Porra — ele sibila, suas mãos movendo-se para empurrar os ovos para longe antes que ele repense e evite manchar a bagunça.

— Eu não tenho outra camisa, e nós temos a reunião do Goldman em meia hora. Não posso entrar lá desse jeito.

Meus lábios se curvam.

— Goldman é um cara bom. Ele vai entender que acidentes acontecem.

— Estou de volta com os guardanapos — Alice anuncia, enquanto anda de volta para a sala — e encontrei este cavalheiro simpático andando por aí. Ele diz que está aqui para vê-lo, senhor Caine.

Olhos disparando para cima, Tanner parece que está prestes a se lançar sobre a mesa para ela.

— Absolutamente não! Você não traz pessoas ao meu escritório sem antes pedir permissão. — Seus olhos disparam para o homem ao lado dela. — Quem caralhos é você?

Eu me viro na cadeira para ver um homem mais velho, careca e com um paletó mal ajustado entrar na sala, uma pilha de papéis em sua mão.

— Você é Tanner Caine, correto?

— Claro que sou Tanner Caine. Esta é a porra do meu escritório.

— Olha a boca! — Alice o lembra.

Luto para não rir, minha mandíbula aperta com a expressão incrédula de Tanner manchada de vermelho.

— É bom saber — diz o homem. — Sou Maxwell Smart, da Casper Investigations.

— Por que porra eu deveria me importar?

— A boca.

O músculo ao lado da mandíbula de Tanner está saltando continuamente, a raiva fazendo seus dentes rangerem.

Eu não aguento. Estou prestes a me mijar.

— Você deve se preocupar porque estou lhe entregando esta intimação e reclamação de paternidade.

O homem deixa cair os papéis sobre a mesa.

— Tenha um bom dia, senhor.

— Paternidade?

A cabeça de Tanner está prestes a explodir, sua pele de um vermelho-escuro, seus olhos esbugalhados e as narinas dilatadas.

Minha cabeça cai para trás enquanto Tanner agarra os papéis da mesa e os folheia com raiva.

— O que caralhos está realmente acontecendo? Eu nem sequer conheço essa mulher. Trigêmeos? Estes não são meus filhos, porra!

Estou morrendo.

Bem aqui.

Agora mesmo.

Alguém precisa escrever meu discurso fúnebre.

Tanner larga os papéis para pegar os guardanapos de Alice.

Limpando furiosamente a gema de ovo que só mancha mais sua camisa, sua cabeça estala para cima quando Ezra nos chama da porta.

— Goldman está aqui. Todos estão na sala de conferências.

— Cancele — Tanner ordena. — Tenho que lidar com essa besteira de paternidade. Acabei de receber.

Franzindo os lábios, Ezra ri.

— Eu sempre pensei que Jase seria o idiota que acidentalmente engravidaria alguém primeiro. Acho que devo a Damon e Shane cinquenta dólares por perder essa aposta.

Inclinando-me para frente, mordo meu lábio e controlo minha expressão. Segurar o riso é praticamente impossível.

Soltando um suspiro, endireito minha postura e fico de pé.

— Você não pode cancelar a reunião. É apenas uma apresentação rápida, e então podemos voltar a resolver o seu problema. Ou... três problemas, eu acho.

Ele aponta o dedo para mim.

— Se eu ouvir você rir disso uma vez, vou te estrangular, te enterrar e mijar no seu túmulo.

Revirando meus lábios, respiro fundo novamente.

— Vamos apenas terminar a reunião.

Tanner se levanta de seu assento e sai tempestuosamente do escritório.

— O maldito mundo inteiro enlouqueceu — ele murmura, seu passo rápido enquanto caminhamos para a sala de conferências.

Dando um passo para dentro, examino a sala para ver todos os Inferno presentes, Steven Goldman sentado entre Sawyer e Mason. Ele sorri para mim, sua postura relaxada, o paletó faltando porque ele não é tão engomadinho quanto nossos clientes regulares.

Sento-me enquanto Tanner está de pé na cabeceira da mesa, sua camisa manchada de amarelo, seu cabelo desgrenhado enquanto ele folheia a pasta sobre o que estamos aqui para discutir e começa seu discurso sobre os fatos da fusão que estamos tratando.

Depois de dez minutos de conversa, ele pega um controle remoto para a tela na parede atrás dele.

— Nós preparamos uma apresentação visual para ilustrar ainda mais os delicados passos que precisarão ser dados a fim de concluir com êxito a fusão com o mínimo de problemas possível.

Tanner clica em um botão para iniciar a apresentação, mas outra cena ganha vida em vez disso, o ruído silenciado, mas os corpos nus se contorcendo deixando claro que esta não é a apresentação que ele pretendia.

— Uh...

Sua voz some enquanto Sawyer gargalha do outro lado da mesa.

— Ah, merda. Taylor carregou o arquivo errado.

Steven ri e se recosta na cadeira.

— Embora aprecie o entretenimento, não tenho certeza se peitos e bundas vão nos ajudar muito na fusão.

Tanner desliga com raiva a televisão antes de virar em nossa direção. Atrás dele, a tela volta a tocar, a pornografia tão atrevida como sempre, a barra de som aparecendo à esquerda da tela conforme o volume aumenta.

Estou mordendo o interior da minha bochecha com tanta força que sinto o gosto de sangue. Lágrimas ameaçam vazar dos meus olhos.

— Filho da puta — Tanner estala. — Desculpe por isso, Steven. — Ele aperta o controle remoto novamente, mas assim que a tela escurece ela ganha vida outra vez.

A sala inteira explode em gargalhadas, as sobrancelhas de Tanner se juntam enquanto a voz de Steven se eleva acima da nossa.

— Isso é um burro? Que tipo de merda doentia vocês gostam?

É a gota d'água, os olhos de Tanner se fechando com força antes de abrir novamente com uma raiva ardente.

— Foda-se este dia! Pra mim já chega!

Tanner joga o controle remoto sobre a mesa com tanta força que o plástico racha antes de marchar para fora da sala de conferências com todos nós rindo de suas costas.

Eu sorrio para Steven.

— Obrigado por jogar com a gente. Você é um bom esportista.

Sorrindo de volta para mim, ele responde:

— Valeu a pena ver a expressão no rosto dele.

Taylor acena o controle remoto universal que ele codificou para a televisão para foder com o Tanner.

— Como ele não descobriu que eu tenho isso?

Nós ainda estamos rindo quando um estrondo soa no final do corredor, a voz puta da vida de Tanner berrando:

— *Quem fodeu com a minha cadeira? Maldição! Onde caralhos está a Ivy?*

Ficando de pé, corro pelo corredor para ver Tanner furiosamente pegando sua bolsa da mesa em seu escritório, sua cadeira em pedaços no chão. Seus olhos disparam para mim.

— Estou indo embora. E você pode dizer à sua namoradinha que ela está na minha lista de merda. Ela precisa seriamente ficar atenta.

Ele bate seu ombro contra o meu em seu caminho para o elevador, a porta apitando ao se abrir antes que ele entre, se vire e lance um olhar mortal para mim.

— Falo sério, Gabe. Hoje não é dia para a merda dela!

As portas se fecham e vejo os números vermelhos descerem para a garagem subterrânea enquanto Ivy se aproxima de mim.

— Ele realmente acreditou que os papéis de paternidade eram reais?

Rindo, limpo uma lágrima da minha bochecha.

— Sim. Ele nem se preocupou em olhar a última página onde assinei meu nome como advogado de Dewey, Cheatum e Howe[7]. Eu até listei o número de telefone como 555-867-5309.

Ivy explode em risadas e entrelaça seus dedos com os meus.

— Eu paguei Alice. Ela já foi embora.

---

[7] Nome de uma firma de advocacia ou contabilidade fictícia, usado em vários ambientes de paródia.

— Suas habilidades de atuação foram impecáveis. Contratá-la para que pudéssemos fingir que Lacey se demitiu foi uma boa decisão.

Nunca me diverti mais pregando peças em uma pessoa na minha vida. E com Ivy me ajudando, nunca foi tão fácil.

Nós realmente formamos uma excelente equipe. E eu fui um idiota por levar dezoito anos para descobrir isso.

— Você encheu o carro dele com penas?

— Até o topo — ela diz. — Tive que abrir seu teto solar para colocar as últimas.

Nós dois ficamos em silêncio quando o elevador chega à garagem, os números parando por vários minutos.

— O que você acha que ele vai fazer quando descobrir que você fez tudo isso?

Rindo disso, eu me viro e planto um beijo casto em seus lábios.

— Ele vai aprender que a vingança é uma cadela e não vai mais foder com a gente.

Os números começam a se mover novamente, o elevador subindo rapidamente de volta ao nosso andar.

— Essa é a nossa deixa. Hora de dar o fora daqui.

Nós dois seguimos na direção de uma escada que leva ao andar abaixo de nós. De lá, tomaremos outro elevador para escapar do escritório antes que Tanner possa torcer nossos pescoços.

Quando passamos pela sala de conferências, Ivy enfia a cabeça para dentro.

— Ezra, você tem que estar em um certo lugar, lembra? Mexa-se.

Ele acena com a cabeça em concordância para isso, e eu a puxo para seguir em frente. Batendo minha mão na maçaneta da porta da escada, estendo um braço para ela ir na minha frente.

— Primeiro as damas — eu sussurro.

Seus olhos brilham, aquela boca pecaminosa se abrindo em uma piada interna que sempre será nossa.

— Tão cavalheiro.

No final do corredor, o outro elevador apita um pouco antes da voz de Tanner ecoar pelo escritório.

— *Onde diabos estão Gabriel e Ivy?*

Beijando Ivy rapidamente, murmuro:

— Só por você.

Minha mão dá um tapa na bunda dela porque estamos sem tempo.

— Agora, mexa-se antes que ele nos encontre.

epílogo

Ezra

Como eu sequer começo isso?

Andando de um lado para o outro na sala de banquetes privativa que aluguei no restaurante favorito de Emily, passo as mãos pelo cabelo porque não sei o que fazer.

Este não sou eu.

As flores.

A porcaria do quarteto ao vivo.

Os pratos abobadados de prata e as velas tremeluzentes.

Pequenos lustres brilham acima da minha cabeça, a iluminação baixa para ser romântica.

Estou tão fora da minha zona de conforto aqui quanto estaria em um comício pela paz, e não consigo ficar parado por causa disso.

Prendendo as mãos atrás das costas, olho para as pontas das minhas botas arranhadas. Eu nunca uso a porcaria dos mocassins polidos que Tanner, Gabriel e Mason preferem. Os ternos que uso a contragosto para o trabalho são muito restritivos e grudentos.

Só estou aqui há dez minutos, mas já tirei o paletó, desamarrei a gravata, desabotoei o colarinho e os punhos e arregacei as mangas até os antebraços.

Parte disso é a raiva que eu sinto, a necessidade de rasgar a merda toda porque é mais fácil do que me preocupar com o que Emily vai dizer quando chegar aqui.

Os dois garçons me encaram nervosamente de onde estão parados perto de uma porta distante. Até mesmo o violinista continua roubando olhares rápidos na minha direção antes de voltar seu olhar para a música à sua frente.

Ninguém olha para mim por muito tempo, exceto a violoncelista que deixou claro que ela gosta do que vê.

Um monstro.
Uma fera.
Um canhão carregado que explodirá com a menor faísca.
Esta não é a minha coisa, mas estou enterrado nela por sugestão de Ivy. Ela acha que uma grande demonstração vai convencer Emily a resolver isso. Mas tenho minhas dúvidas.
Nunca deveria acabar assim. Emily era algo divertido quando começamos a transar com ela. Ela estava se rebelando de seus pais por prometê-la a Mason, e Damon e eu estávamos nos revezando para brincar com ela porque ela nos permitiu.
Era um jogo.
Algo que fizemos no ensino médio por alguns meses, que terminou quando todos partimos para a faculdade.
Tudo mudou quando a vimos novamente em sua festa de noivado. E agora, aqui estou eu, como um idiota deprimido, andando de um lado para o outro no chão de uma sala em que não tenho que estar.
Eu poderia destruir meu irmão fazendo isso.
Eu poderia foder minha própria cabeça.
Nenhum de nós é tão bem equilibrado, para começar.
Pior do que isso é a chance de rasgar o coração de Emily ainda mais quando ela aparecer e descobrir que não vou desistir dela.
Isso é estúpido.
Irresponsável.
Vai contra tudo o que prometi a Damon quando ainda éramos crianças.
Eu não deveria estar aqui.
E eu não posso destruí-lo.
Não quando ele está tão perto do limite da raiva o tempo todo que não há como dizer o que pode fazer.
Não que eu esteja muito mais longe do limite. Especialmente não agora, enquanto meus dedos se enrolam em minhas palmas, minhas mãos se fechando em punhos. A dor dispara ao longo da minha mandíbula quando meus dentes se apertam e meu pulso bate contra a minha garganta.
Eu não deveria estar aqui.
E Emily não vem.
Um músculo na minha mandíbula salta quando me viro para arrancar o paletó da cadeira onde o deixei cair, meus ombros tensos e bíceps contraídos enquanto marcho em direção às portas para sair.

Foda-se tudo, penso. A melhor coisa que posso fazer é ficar bêbado ou chapado, bater em algum idiota sem rosto em algum bar sem nome. É a única coisa que ajuda a aliviar a energia dentro de mim.

Estou quase na porta, minha decisão tomada quando ela se abre antes que eu possa agarrar a maçaneta. Meus olhos disparam para cima, meu olhar duro e inabalável quando Emily entra.

Instantaneamente, seus olhos olham ao redor da sala. Primeiro a surpresa brilha por trás da cor turquesa. Então confusão. Júbilo. Medo e tristeza. Ela percorre toda a gama de emoções nos primeiros cinco segundos.

Eu me viro e franzo o cenho para as rosas e velas. Os garçons e o quarteto. Eu balanço minha cabeça e me arrependo de alugar este lugar e contratar essas pessoas.

Este não sou eu.

Não é Damon, e não é Emily.

Nenhum de nós jamais foi tão elegante.

Ela deve estar pensando a mesma coisa. Seus olhos dançam com os meus, nossos olhares se misturam e ficam presos. A pele pálida é emoldurada por seus cabelos ruivos, sardas e salpicos leves de pintinhas na ponte do nariz. Elas sempre me deixaram louco.

E aquela boca, que me deixa de joelhos toda vez que ela abre com um gemido, os mesmos lábios rosados e carnudos que brilham com saliva quando estão envolvidos no meu pau, eles me olham carrancudos agora, porque ela sabe por que eu a trouxe aqui.

Não somos nós.

Não somos flores e instrumentos de corda, velas e coquetéis. Não somos nada oficial, porque estou ligado ao meu irmão gêmeo e ela está ligada a um casamento que ela não quer.

Em vez disso, somos sujos e errados. Três pecadores que passam nossas horas suados e se contorcendo, um emaranhado de membros e corpos todos empurrando e mordendo, lambendo e sugando, beijando e arranhando sem dar a mínima para o fato de que, em todos os sentidos que importam, isso é proibido.

Quantas vezes eu olhei para o seu belo corpo, minha mão bombeando meu pau enquanto ela montava o rosto de Damon? Quantas vezes minha língua esteve entre suas pernas enquanto meu irmão fodia sua boca?

Isso era tudo que deveria ser.

Até que cometi o erro fodido de me apaixonar.

Assim como Damon.
Assim como Emily.
O único problema é que dois irmãos nunca foram feitos para compartilhar. Especialmente dois irmãos que desejam possuir uma mulher inteiramente.

— O que é isso?

Meus olhos patinam para a cena e voltam novamente enquanto coloco minhas mãos nos bolsos e encolho os ombros largos.

— Ivy sugeriu, mas não tenho mais certeza se estou me sentindo no clima.

Seu olhar se fixa no meu.

— Sugeriu isso para quê? Achei que eu estava encontrando Ivy aqui.

Sobrancelhas franzidas em confusão, a preocupação passa por trás de seus olhos, brilhante e acusadora. Um rosnado ressoa baixo no meu peito ao ver isso, minhas mãos em punhos contra as minhas pernas.

Não há outra coisa a fazer senão desembuchar. Eu passei pelo processo ridículo de preparar isso, posso muito bem fazer uso.

— Quero que você nos dê uma chance. Só eu e você. Ninguém mais.

Mesmo para os meus próprios ouvidos, as palavras são patéticas, mas não sou um mestre estrategista como Tanner ou bom de lábia como Gabriel. Eu sou o mais direto possível e não vejo o ponto em dançar por aí para dizer o que quero.

Estou mais acostumado a quebrar braços e bater cabeças para conseguir as coisas.

— Nós não podemos fazer isso — ela diz, a voz suave, seus olhos lacrimejando. Há tanta dor em sua expressão que está me deixando louco.

Ela se move como se fosse abrir a porta para sair, mas bato a palma da minha mão na madeira para mantê-la fechada. Emily se encolhe com o som repentino, e eu seguro meus antebraços ao lado de sua cabeça e a prendo no lugar.

Meus quadris esfregam contra seu estômago e ela treme. Assim como sempre, quando nossos corpos se tocam.

Abaixando a cabeça para que eu possa olhar em seus olhos, seguro seu queixo com os dedos e escovo minha boca na dela.

— Você sabe que quer isso.

— Não é sobre o que eu quero — ela insiste, com a voz sem fôlego e trêmula pra caralho.

Uma lágrima escorre de seu olho e eu a pego com o polegar, levando minha mão à boca para sugá-la da minha pele. Não há nenhuma parte dela que eu esteja disposto a desistir. Não do gosto dela. Nem da sua voz. Nem do seu coração.

— Você quer isso.

Seus olhos se abrem, a dor crua agora derretendo o azul até que seus olhos são as profundezas do mar, afundando tanto que estou feliz em me afogar neles.

— O que você acha que pode sair disso, Ezra? Como nós vamos ficar? Em agonia, como Ava e Mason todos os dias? Duas pessoas que sabem que não importa o quanto se amem e quão desesperadamente se segurem, no final não há nada que possam fazer sobre serem separadas? Eu vou me casar com Mason em menos de dois anos.

— Nós vamos consertar isso, porra — eu rosno.

— Ah, sim? E quanto ao Damon? Hein? E ele? Se nós ficássemos juntos, ele seria destruído.

Lágrimas escorrem de seus olhos e eu as beijo, minhas mãos subindo para cobrir suas bochechas enquanto seus ombros tremem com soluços.

Pressiono minha testa na dela e prendo seu olhar no lugar.

— Ele nunca deveria ter se apaixonado. Você sempre foi minha, Emily, sabe disso. Ele era apenas parte disso por diversão.

Ela ri, a curta explosão de som mais irritada do que engraçada.

— Sim, eu me lembro quando ele foi trazido. Para a sua fodida curtição. Para a sua diversão. E olha o que você fez, porra, jogando esses jogos. Isso não é minha culpa.

Mudando meu peso entre os pés, seguro o rosto dela nas mãos, desesperado para ser gentil, porque eu morreria se alguma vez a machucasse. Mas a adrenalina torna tudo mais difícil, meus dentes mordendo o interior do meu lábio, meu coração martelando como um tambor de guerra.

— Você é minha.

Eu digo isso de novo e de novo, mas ela apenas balança a cabeça para os lados e bate nas minhas mãos para afastá-las.

As lágrimas escorrem por seu rosto para deslizar ao longo de sua mandíbula e pingar de seu queixo.

— Sinto muito, Ezra. Mas há muita coisa ficando entre nós.

A voz de Emily cai para um sussurro rouco enquanto apoia sua palma da mão contra o meu peito — contra o meu coração — e me empurra para longe.

— Eu te amo, mas não há possibilidade de consertar isso. Não importa como nos sentimos. Acabou.

Dou um passo para trás quando ela abre a porta e sai andando, meus olhos grudados em seu corpo, minhas mãos cerradas em punhos.

A porta se fecha entre nós, e pura raiva flui por meu corpo, meus olhos vendo vermelho, meus músculos rígidos.

Antes que eu perceba o que estou fazendo, fiz alguns buracos na parede, a porta quebrando a dobradiça quando a abro.

— Senhor — um dos garçons corre atrás de mim. — Senhor, você não pode simplesmente ir embora depois de danificar o lugar.

Eu me viro para encará-lo, e alguma coisa em minha expressão o faz dar vários passos inteligentes para trás.

— Coloque na minha conta — digo, com os dentes cerrados.

Foda-se essa merda, eu penso, enquanto saio do restaurante como uma tempestade e vou para onde minha moto está estacionada.

Eu não dou a mínima para o que as pessoas dizem.

Não me importo com quem vai se casar com quem e quais corações serão quebrados.

Emily Donahue é minha.

Ela sempre foi.

E não há uma única fodida pessoa que vai ficar no meu caminho.

FIM

A The Gift Box é uma editora brasileira, com publicações de autores nacionais e estrangeiros, que surgiu no mercado em janeiro de 2018. Nossos livros estão sempre entre os mais vendidos da Amazon e já receberam diversos destaques em blogs literários e na própria Amazon.

Somos uma empresa jovem, cheia de energia e paixão pela literatura de romance e queremos incentivar cada vez mais a leitura e o crescimento de nossos autores e parceiros.

Acompanhe a The Gift Box nas redes sociais para ficar por dentro de todas as novidades.

 www.thegiftboxbr.com

 /thegiftboxbr.com

 @thegiftboxbr

 @GiftBoxEditora